蔷薇少女恋爱记

麦日仙 / 著

北京日报出版社

图书在版编目（CIP）数据

蔷薇少女恋爱记 / 麦日仙著 .—北京：北京日报
出版社，2019.2
ISBN 978-7-5477-3238-0

Ⅰ . ①蔷… Ⅱ . ①麦… Ⅲ . ①言情小说 – 中国 – 当代
Ⅳ . ① I247.5

中国版本图书馆 CIP 数据核字（2019）第 024145 号

蔷薇少女恋爱记

出版发行：北京日报出版社
地　　址：北京市东城区东单三条 8–16 号东方广场东配楼四层
邮　　编：100005
电　　话：发行部：（010）65255876
总编室：（010）65252135
印　　刷：廊坊市海涛印刷有限公司
经　　销：各地新华书店
版　　次：2019 年 4 月第 1 版
2019 年 4 月第 1 次印刷
开　　本：710 毫米 ×1000 毫米　1/16
印　　张：22
字　　数：346 千字
定　　价：55.00 元

目录
CONTENTS

Chapter 1

不会说话的洋娃娃少女

Part 1

“快闪开！”

一句吼声从高空急迫传来，瞬间打破了这寂静的夜晚。

如同天使羽翼般皎洁的月光照耀着嫩绿嫩绿的蓊蔼树叶，黑色的夜幕中，这棵有着几百年树龄的大树显得与其他植物格格不入，只见那树叶丛里忽然蹦出一位脸色苍白的少年。

他有着一张精致的瓜子脸，绝美的轮廓透出些许寒意，洁白如雪的衬衫搭配着鲜红色的领带，他虽然衣衫不整，却显得性感至极，那端正、精致的五官，零零碎碎亚麻般的发丝沾着些许汗水，令人想探究的是他那深邃如同混血的暗黄色晶眸，仿佛任何人接触到他的目光后都会因此而沉醉。

他是众人瞩目的学霸——道玄斯！

他迅速从树上一跃而下，只见树下是一群记者、摄影师以及拥簇的粉丝，他们犹如饿狼见到极其美味的食物般穷追不舍，那叽叽喳喳的声音在地面此起彼伏地响起，让道玄斯感到十分厌恶。

这都晚上九点半了，还不让人休息？

道玄斯咬咬牙，转身再一次藏了起来。

“唰唰——”

窗外的树叶幽然地晃着，莓铛顿时惊了一身冷汗，蹲在窗底下不敢动弹

半分。她紧张地回过头凝视着那手舞足蹈的树叶，罅隙间仿佛看见模糊的影子，一滴小小的珍珠般的汗水从莓铛的额头滑过。

该……该不会有人发现我了吧？

她颤抖着小身板，不敢相信自己这个时候偷偷溜进来居然还能被发现。

还……还是赶紧逃吧！

莓铛鬼鬼祟祟地站起身，缓缓地挪起脚步，踏着轻盈的步伐想要离开教室。

突然！

“吱呀——”

窗户被打开，吓得莓铛身子一抖，不禁加快脚步，可没几步，她慌乱中听到了一位男性的声音——

“快闪开呀笨蛋！”道玄斯拿开碍眼的树叶从上一跃而下，骤然发现这个教室居然还有人，他一慌，马上对她大吼！

莓铛瞪大眼睛，傻傻地愣在原地，当她鼓起勇气转过身面向窗户时，猛地被一双柔软的唇覆盖。

他吻了我！

这个人居然吻了我！

没一会儿，道玄斯就放开了她，顺便连她一起拉到黑暗的角落里躲了起来，窗户外传来川流不息的脚步声与喋喋不休的混杂噪音。

他的手掌紧紧地捂住莓铛的嘴，另一只手死死地搂住莓铛的双肩，似乎害怕莓铛会忽然跳出来然后对着外面的人大吼：“快来！道玄斯在这里！”

显然，莓铛不会说出这样的话。

“呼，他们走了。”道玄斯缓缓地松了口气，呼吸有些重，这美妙的磁性嗓音钻进莓铛的耳朵里，耳朵差一点怀孕！

“喂，你是猪吗？刚才不是叫你快点闪开吗？怎么会有你这么迟钝的笨蛋！”道玄斯蹙眉，暗黄色的晶眸投向身高只到他胸脯的……奇怪的少女？

莓铛用手紧紧地捂住唇，用一双水灵灵的大眼睛盯着他，见到他的那一刻，浑身不禁打了个寒战。

他……他是道玄斯吗？

和电视上那个叫道玄斯的长得好像好像。

莓铛记得他的容颜，还告诉洋娃娃说，以后寻找的王子就要像道玄斯那样，有才华，有令人尖叫的容貌。

可真的是他吗？

那是自己的初吻哎！

“你不能说句话吗？该死！”道玄斯急了，从头到尾都是自己在说话，这个娇小如同真人版洋娃娃的少女仿如幽灵一般盯着他，使他浑身难受！

“……”莓铛依然捂着嘴，静静地站在他面前，不挪动也不作声。

“我知道了，你是想让我对你刚才的行为负责对吧？这些都是误会，误会知道吗？喂，见到我傻了吗？”

道玄斯邪魅地勾唇，一双暗黄色的晶眸注视着缓缓低下头的她。

道玄斯……

是道玄斯的声音！

他有着独特的嗓音，开口能让女生心动不已，因此莓铛记得他，听说他以前是A市重点大学大四学生，后因成绩优秀直入M国洛坲波斯大学，擅长数独以及奥数，任何理科的考试都会让人联想到这个绝顶聪明的少年，道玄斯因此被称为“奇迹神子”。

莓铛印象深刻，是因为学校每一届的数学期末考都邀请他参与出题。

可在很多女生眼里，道玄斯的外貌更引人注目些，188厘米的身高与极具磁性的嗓音，精致的五官与白皙的肌肤，若隐若现的腹肌都能让人尖叫不已。

莓铛曾经也这样幻想过，可……这里不是M国，不是A市，这里是B市，为什么道玄斯会在这里？

莓铛百思不得其解。

抬眸瞬间，她撞上了道玄斯的晶眸。

啊……

粉色少女心差一点破碎，他真的太好看了！

“你不会说话吗？还是得了什么病？”道玄斯冷漠地问。

不会说话？得了什么病？

莓铛的内心仿佛被一块巨大的石头压着，无法呼吸。

其实莓铛明白，自己总是被大家这样误解。

原以为道玄斯与电视上的温柔王子一样，为什么这个道玄斯如此……有点小失望呢？

莓铛咬咬下唇，皱着细眉，头低得更深。

道玄斯从口袋拿起签名笔，抓起莓铛的袖子，在上面快速挥洒，随后说道："这是我的签名，以后你就当作什么都没发生，明白吗？"

"……"莓铛盯着那袖子上的名字，依然沉默。

道玄斯冷笑，原以为这个真人版洋娃娃的少女会死死地缠着他，要他对那个吻负责任，或者见到他，就会如同那群人一般凶猛地扑上来。

可事实是截然相反。

道玄斯运气好，遇见了一个不会说话的人。

"好吧——看来你真的不会说话了，我走了。"

道玄斯弯下腰伸出头探了她几眼，随后不耐烦地站直身板，双手酷酷地放在裤兜，他感觉自己在喃喃自语，甚至觉得自己疯了，明明这少女根本不会用声音回答他。

无论道玄斯怎么看，莓铛也就是一张白里透红的娃娃脸，沉默的模样如同不会说话的洋娃娃一般。

她应该很喜欢洋娃娃，手上攥着一个不大不小的洋娃娃，衣着是复杂的以浅紫色为主的洛丽塔风格，把自己打扮得浑身上下跟洋娃娃般。

真是一个奇怪的笨蛋。

道玄斯闭上晶眸深呼吸。

"阿斯，原来你在这里啊！到处都找不到你！"亚子美兴奋地走进来，甜甜地说道。

Part 2

道玄斯见到亚子美突然出现，显然有些惊讶，瞧见除了她自己之外再没有其他人，道玄斯才放松了警惕，可还是不满地追问："你来干什么？"

"你还说我？"亚子美撒起娇，噘起唇，"跑那么快，我都快追不上了！还好我知道你在这里，不然被其他记者发现，肯定采访你到天亮呐！"

道玄斯沉默，用好看的眼眸瞪着她。

"不过啊，你现在可以走了，记者们都已经跑到很远的地方去了！"亚子美挽起道玄斯的手臂。

全学校的人都知道，亚子美喜欢道玄斯，没有人否定的是，他们真的很般配，亚子美周围都是满满的忌妒与羡慕，也有些人只能呆呆地看着，觉得自己配不上道玄斯，而配得上道玄斯的，也许就只有亚子美了吧！

爱上道玄斯，可以说是一个偶然的奇遇，亚子美从遇见他的开始，就怦然心动，无法自拔，形影不离，开始接触，开始交流，成为朋友。

喜欢，对于亚子美来说已经超越了，那是爱。

可道玄斯爱她吗？

亚子美不知道，也不想知道，因为她现在在争取。

莓铛深叹一口气，缓缓地从黑暗的角落走出来，亚子美这才注意到这里除了道玄斯之外还有其他人！

是不是这个人对道玄斯做了什么？

亚子美咬咬牙，似笑非笑道："啊，莓铛同学，你怎么会在这里？"

莓铛还是沉默，转身背对着他们，捡起地上的洋娃娃捧在手中，缓缓地走向门口。

"你认识？"道玄斯目送着莓铛，对亚子美询问。

亚子美望着她的背影点点头，阐述道："认识，上次在莱恩德学院，一张'男友要求贴'的海报被一群调皮的学生拿出来贴在学校公告栏上，之后校长重重处罚，我也是因为那一次才认识她的，她好像还跟校长的儿子有什么关系来着，反正都说她是一个很虚荣的人，脑袋里总是想着一些童话故事里的白马王子，而且还很少说话，她要是说话对我们来说都是奇迹了，不过我建议阿斯你还是少跟她接触，很多人讨厌她！"

"原来是这样。"道玄斯认真地听着。

见到道玄斯认真思考，亚子美有些着急，连忙补刀："就她那种人，简直就是癞蛤蟆想吃天鹅肉，而且她的成绩也特差，每次考试都是垫底，估计这个学期结束，学校就会把她开除了。"

这些话让靠在门口外墙上的莓铛听得一清二楚，捧着洋娃娃的小手一直在发抖，她的心跳得很快，眼泪差一点就要滴下来。

可就在道玄斯与亚子美一并走出来时，莓铛回过神，快速地从他们眼中消失。

混蛋！

全部都是混蛋！

我没有想吃天鹅肉！

至于那个海报……我是被人陷害的！

我的试卷也是被人调包的！

为什么没有人相信我！

全部都是混蛋！

再也不想相信这群人！

好可怕！

真的好可怕！

莓铛加快脚步，飞速地离开了这栋教学楼。

第二天，一缕温和的暖阳初升，穿透教学楼内的每一处白色窗棂，一层又一层的阶梯与一排排的教室被照射得通透，带着阳光的颜色，妖娆而显得有些刺眼。

莱恩德学院的学生不紧不慢地走进校园，而后本该宁静的清晨就被一股刺耳的尖叫声打破——

“天！哪！是道玄斯！”

“啊啊啊啊！本人哎！好帅！真的是道玄斯吗？”

“应该是了，谁会这么高仿道玄斯啊！我的天，不是在做梦吧？”

“快，快打我！用力打！我需要证明我这不是在做梦！快快快！”

众女同学眼里冒着粉红色的心，嘴里的口水泛在舌尖。

“咳咳，是道玄斯，没错，新闻报道说他是奇迹神子，特别是理科。”

“这个我知道，每一届的数学期末考都是他出的题，出题非常刁钻。”

“哪天请教请教他。”

“不过这些女生也太过了点吧？很帅吗？有我帅吗？”

“呃……比道玄斯确实差了一点点，如果你高一点的话，绝对秒杀道玄斯！”

“原来败在身高了！”

这是男同学的对话。

道玄斯本人却冒出了冷汗，他的到来如同神子降临，瞬间引起了全校人的关注。

道玄斯敏捷地躲过他们，走到安静的走廊上，当他再次经过昨晚遇见那不说话的莓铛的那间教室时，不禁停下了脚步。

他依然记得，亚子美说她坏话的时候，莓铛全部听到了，应该是哭了吧！

那看起来像洋娃娃的女孩哭起来是什么样子？

她跑开的时候，道玄斯其实追上去了，只是莓铛的脚步声实在太轻，没几步就消失不见。

令他讶然的是，莓铛抱着课本从另一边走廊走过来，头低着，不去看周围，不去看面前是什么人，甚至不去看地面是什么样子、什么颜色。

道玄斯苦笑，她这是什么情况？

“喂，洋娃娃公主！”道玄斯上前堵住了她的去路。

莓铛被迫停下脚步，她准备不理会，往旁边走，又被堵住，再回来又被堵住，于是只好停下来听他讲完。

“这么见不得人吗？抬头我看看！”道玄斯伸出手，捏着她的下巴逼迫她抬起头，可没几秒，莓铛别过脸甩开了他的手，再一次低下头。

“昨天……哭了一晚吧！”道玄斯双手插在裤袋，居高临下地俯视着她。

莓铛沉默。

道玄斯打量着她，她大概也就一米六左右，身材娇小，大波浪卷的长发让人看起来很舒服，昨晚穿的是复杂式的洛丽塔，今天乖乖地穿了莱恩德学院的制服，可手里依然捧着洋娃娃，洋娃娃也换了衣服，可依然还是昨天那个洋娃娃，道玄斯认得出来。

“跟你说话真没意思。”道玄斯不耐烦地嚷着，趁她没有任何防备猛地从她怀里抽出洋娃娃，很无聊地讽刺：“你都几岁了还玩这破玩意儿！扔了吧！”

莓铛忽然抬起头，伸出手想要去抢回来，却被道玄斯拦住。

“想拿回去吗？你说话我就还你！洋娃娃公主。”道玄斯嘲笑一番。

“……”

莓铛的内心很是崩溃，害怕他真的扔掉自己最重要的洋娃娃。

不能！

绝对不能！

“你挺奇怪的……不说话是吧？那这个小不点我就暂时没收了！”道玄斯推开她想将洋娃娃抢回去的小手，将洋娃娃小心翼翼地放在外套制服的口袋上，做成了装饰。道玄斯很满意地眯起眼笑了笑：“好看吗？”

“……”

Part 3

“这个洋娃娃跟我的衣服挺配的，是吧？”道玄斯摸了摸洋娃娃的脑袋，他能感觉到面前这个束手无策的莓铛已经怒气冲天了，她的双眸充满了厌恶，她板着严肃冷漠的小脸，双手紧握着，微微颤抖。

“真是抱歉，我忘记在跟谁说话了，失陪！”道玄斯轻轻地从她身边走过，莓铛迅速堵住他，向他伸出手，示意要他把洋娃娃还给她。

道玄斯低下头看了看口袋里安静的洋娃娃，又看了看莓铛一副“再不还我，我跟你拼了”的表情，优美的薄唇弯起了月牙弧度：“我说了，你说话我就还你。”

说话？

莓铛沉默。

自己多久没有开口说话了？

大概是两年前吧！

在莓铛十多岁的时候，爸爸妈妈就已经分开了，妈妈二婚嫁给了暴发户，又担心莓铛影响了她所谓的幸福生活，所以特地把莓铛“隔离”了起来，每月给点生活费支撑着莓铛的生活。

而莓铛的爸爸却在两年前过世，只留下莓铛一个人自力更生，从那个时候开始，莓铛就发誓，拒绝跟任何人交流，能够陪伴她的，只有道玄斯口袋里安静的洋娃娃。

她不能没有它！

她不能失去这个洋娃娃！

当莓铛回过神的时候，道玄斯已经走得很远了，莓铛甚至找不到他，忽然觉得自己的手里有个东西，打开一看，是洋娃娃今天穿的粉色格子裙……

也就是说……道玄斯把洋娃娃的裙子脱了下来？

莓铛的脸一红。

这个家伙！

校长室。

道玄斯倚靠在一组精致奢华的沙发上，左腿很习惯地搭在右腿上，在暖阳的照耀下，他那头亚麻发被阳光点缀，双眸里镀满了晶莹剔透的黄色钻石，薄厚的唇线性感而诱人，修长的手指划了划口袋中洋娃娃的下巴。

奇怪的洋娃娃女孩。

幻想自己是公主？

是你的主人吗？

道玄斯瞥下眼，盯着依然有着美丽笑容的洋娃娃。

校长端来茶，放在道玄斯面前，笑道："道玄斯同学，这一次劳驾你从M国过来，真是难得的机会啊！"

"校长你客气了，我也是挑选了几家学校，最终还是选择了这里，校长的才华我在M国都有看到，所以我还得向你请教呢！"道玄斯也跟着客气说。

"哎，过奖了过奖了，不过你得稍等一会儿，还有一个人没来。"

"哦？谁？"道玄斯好奇。

"父亲，我回来了。"没等校长回应，一位貌美的少年就从校长室外提着行李箱走了进来。

道玄斯蹙眉。

"你还好意思回来？"校长不满地站起来对着他说道。

安默隐摸了摸后脑勺，尴尬地赔笑："昨晚有些小意外，加上路上堵车，我才在酒店里住下。"

"你儿子？"道玄斯淡淡地询问。

"哦，是的，我儿子，安默隐。"校长面对道玄斯的时候表情大变，客气地对他说道。

安默隐温柔地向他自我介绍："你好，我是安默隐，早在法国就知道道玄斯的风采，以后还请多多指教。"

道玄斯淡淡地看着他。

昨天晚上，有一件事令安默隐十分心疼，本该回到学院的时候，安默隐正巧碰见了一瘸一拐的奇装异服少女——莓铛。

本来不该管的，不过看起来她的脚好像扭到了，见她走到黑暗的角落蹲了下来，伸手抚摸着小脚窝处，他心疼便走上去一看究竟。

莓铛见到有人，马上站起来要离开，却被脚拖累得不能走开，只好祈祷他快点走。

“别动……你的脚扭到了……”安默隐半蹲着拿起她的脚，柔声说道。

是她。

真的是她，她没有离开莱恩德学院。

她还在这里，可她还恨我吗？

她会原谅我吗？

莓铛沉默，静静地看着他。

安默隐猛地一扭，原以为莓铛会大叫一声，可她紧紧地咬着牙齿，用羞涩的目光注视着他。

四目相对，莓铛很快转过脸。

“好了。”安默隐放开她的脚，好看的蓝色晶眸宛如玛瑙石般透明，他伸出手，捧住了她精致的娃娃脸，声音轻柔带着些许无奈：“这么久没见了，连我都不认识了吗？”

他在说什么？

莓铛惊慌失措地别过脸，甩开了他的手。安默隐也没有继续坚持下去，尊贵的身形站起，居高临下地观察着她这两年内的变化。

奇装异服，还有怀里从来没见过的洋娃娃，还有——

“你好像很喜欢躲在黑暗的角落呢！”安默隐发现了她现在的特殊习惯，似乎与以往的她有些不同，于是淡淡地说着：

“以后不要一个人在夜晚里四处游荡了知道吗？很危险的，尤其是你这么一个女孩子，小猫咪。”

莓铛依然没有说话，站起来连忙跑开。安默隐冷静一会儿，回过头忽然追上去，大手猛地扣住她的手腕：“你走错方向了！校门口在你右边！”

莓铛尴尬地停下脚步……

转过身快速地往校门口冲去——

想到这里，安默隐就觉得很奇怪。

回国的第一时间居然遇见这么奇怪的少女。

而且……

还是他一直喜欢的、难以放下的人。

“隐，道玄斯可是爸爸花了一年多时间才请到的，这一次的合作，你可不许怠慢道玄斯！”校长拍了拍安默隐的肩膀，郑重地说道。

安默隐乖巧地点点头：“我知道了，父亲。”

所谓的合作，无疑就是学习上的事情。安默隐已经是硕士生，道玄斯是即将毕业的博士，这次来到莱恩德学院，校长安排他观察学生的言行举止，从中找出一些问题并解决，让学生的学业更加进步，也是为了给学院争光。

道玄斯自然不会拒绝，不管是什么，他都能一口答应，可面对这个贵族豪门的安默隐，道玄斯实在没辙。

安默隐温柔地笑了笑，回过头的瞬间，望见了道玄斯口袋里的洋娃娃，他愣了一会儿，优雅地说：“道玄斯也有玩洋娃娃的爱好吗？”

嗯，模样看起来好像是他喜欢的那个莓铛的洋娃娃。

最近很流行洋娃娃吗？

道玄斯看了看洋娃娃，别扭地回应：“没有，帮别人保管的。”

学校早晨会议上，学生们纷纷坐在犹如影院座位一样的椅子上，会议厅的空间非常大，大到能装得下这里的所有教师以及学生，他们各个满怀希望地看着台上的位置。

今天是道玄斯来到莱恩德学院的日子，校长肯定也会举行一些演讲，一般学生们都是面无精神，可今天，各个都提起精神来，穿上学院的制服，梳妆打扮一番。他们的目光纷纷投向台上，满怀希望地等待道玄斯的出现。

没有位置了。

莓铛的位置让给了班主任，她自己则坐在两排位置间的小阶梯上，双手抱着膝盖。她依然低下头，一双雪白的小手猛地发抖着，似乎这双手丢失了什么。

嗯，是被道玄斯拿走的洋娃娃。

Part 4

掌声忽然震耳欲聋，莓铛被掌声吓了一跳，抬起头注视的瞬间，被阳光照射的大讲台开始生动地飞舞着，行走过来的是校长、安默隐和道玄斯。阳光在他们身上洒下金灿灿的光芒。

那好像就是神！

莓铛的心抖了一下。

好帅气的道玄斯。

原来他和昨晚那个人认识——

"同学们好，我是道玄斯！"

掌声再次热烈地响起，莓铛的目光紧紧地盯着道玄斯口袋的洋娃娃。

你还好吗？

千万不要站起来，你的裙子在我这里，拜托你了，我一定会尽快将你带回来的！

显然莓铛并没有认真听他们在讲什么，她满脑对洋娃娃的关心。

道玄斯很早就注意到了坐在阶梯上目光盯着自己口袋的莓铛，所有人都在椅子上坐了下来，可她却偏偏选择坐在阶梯上，是有人故意的吗？

道玄斯不明白，甚至开始同情她，一定是有人故意的，知道莓铛不会责怪别人欺负她。道玄斯心想着。

放学后，莓铛从五点钟等到六点半，始终不见道玄斯从学校内出来，可就算自己进去找他，也不可能找到，还是乖乖地在校门口等吧！

可学院的学生都快走完了，难道道玄斯不从大门回去的吗？

莓铛不解，可就在她转过身的刹那，那具高大的身躯在黄昏下闪闪发光，无数如金色魔法的光芒萦绕在他身边，那双暗黄色的眼眸如同深渊里闪烁的钻石般绝美。他双手酷酷地插在裤袋，而那小小的洋娃娃一直安静地待在他口袋里等候主人领走。

"我在你身后起码十分钟了。"道玄斯不耐烦地看了看学院大门内不远处悬挂在高塔上的复古钟。

他觉得眼前这洋娃娃少女没救了，他在她身后那么久，为什么她跟个雕像般只会在那里眼巴巴地望着，却不会回头？

莓铛抿了抿粉嫩的樱唇，内心有着无数混乱与抗拒，可为了洋娃娃，她最终还是斗胆冲过去靠近他！

那一瞬间，少女美丽的身影与少年接近，她伸出手，想要在他防不胜防的时候夺回洋娃娃，可却在半空中被一只温热而有力的手掌握住！

她的心忽然怦动，却容不得她有任何想法，他一个拉扯，少女便准确无误地跌入怀里！

莓铛满脸绯红，她靠在道玄斯怀里，贴着他温热的胸脯，有一颗炙热的心脏在跃动着，专属于他的独特清香不知不觉钻进她的鼻息，融入她的每一根神经，让她记住了他。

“干什么？”道玄斯单手搂着莓铛，另一只手摸了摸自己的口袋洋娃娃是否还存在，随即带些嘲笑地询问。

“……”莓铛低下头，忘记了从他怀里走出来，可她却不知道该用怎样的方式去让道玄斯明白，她有多不能失去它！

道玄斯能感觉到怀里的洋娃娃少女微微颤抖着身躯，隐隐约约间，他好像嗅到了忽隐忽现的蔷薇芳香，好像是莓铛的发丝散发出来的，又好像是她的体香……

那一刻，他仿佛被这奇妙的香味迷住，拥住她的手臂收了收。

莓铛瞪大眼睛，这种贴近他胸脯、触碰到他身体时感受到的温热气息使她在被拥紧的瞬间推开了道玄斯。莓铛红透了脸，低下头没有看他，而是看着依然安静待在口袋里的洋娃娃。

道玄斯打量了一会儿她滚烫的粉红色脸蛋，清澈的眼眸目不转睛地盯着他口袋上的洋娃娃。

有意思！

道玄斯眯起眼眸。

“洋娃娃很好，今天的演讲也非常顺利，这样吧，你开个价，我买下它。”道玄斯试探地笑着说。

下一秒，莓铛的脸瞬间变得僵硬，他怎么可以这样？

那是我的洋娃娃！

“喂。”道玄斯无奈，看见她有些难过的表情时，自己竟然有些后悔。

“重新认识一下吧，我叫道玄斯，二十三岁，之前是A市重点大学的学生，现在是洛坲波斯大学的在读博士。你呢？”道玄斯自我介绍道。

莓铛猛然抬起头，以前莓铛看过新闻报道中的道玄斯，小学就如开挂般直入初中再跳级高中直进重点大学，很多人把他形容成“奇迹神子”，二十岁就读大四，还是世界顶级大学的理科生，所有的数学物理考试都有他出的题，也是理所当然。

只不过……

莓铛一直很少关注这些与她无关的事情，比如他什么时候进的洛坲波斯大学，她并不清楚。

不能理解的是，为什么他会在这里？

为什么这样的奇迹神子会夺走她不能失去的洋娃娃？

这不是她所认识的道玄斯。

道玄斯抽出洋娃娃，就见洋娃娃真的没有穿裙子！

真是太丢人了！

莓铛赧着脸从书包拿出一个娃娃盒，取出裙子，替它穿好。

道玄斯没有拒绝，握着洋娃娃注视着她细心地替洋娃娃穿上，动作很轻，轻到道玄斯无法感觉洋娃娃在晃动，下一秒，莓铛抿着小唇推开了他的食指。

他的食指刚好压住了洋娃娃的心脏部位，对于莓铛来说，洋娃娃和人一样，都是有心跳的。

可莓铛做完之后依然没有离开，她那双渴望得到洋娃娃的水灵灵的大眼睛，那柔软粉嫩饱湿的小唇微抿，加上那红润得无法挑剔的香腮，仔细一看，她可爱至极，就好像安静的美丽洋娃娃般，像个绝代的公主。

道玄斯有些入迷，莓铛尴尬地别过脸，一双小手十分渴望地想要夺回洋娃娃，失败一次之后，她已经失去勇气。

“它有名字吗？”道玄斯继续试探着询问，企图让她开口告诉他。

可是当她抬眸望着他的时候，那双清澈的晶眸好像在告诉他，其实她很想说话，可是已经不能说话了。

哑女？

不像……

哑女好歹会手语吧？

她到底发生了什么？

“那就给它取个名字，叫什么好呢？”道玄斯故作思考。

莓铠急得睁大眼睛！

好想拒绝他！

好想告诉他！

“叫芭比公主吧！最近小女生都很喜欢欧美的芭比，你说呢？”道玄斯随口说道，随即又想将洋娃娃塞回口袋，一双小手抓住了洋娃娃的另一边。

“想干什么？”道玄斯停住，若有所思地审问。

“……”莓铠没有回应，死死抓住不放手。

“说你想拿回去我就还你。”道玄斯俯下身，将洋娃娃推向她，可自己也不肯放手。

“……”依然沉默回应，莓铠颤抖着身躯，害怕他再次夺走。

“那对不起了——”道玄斯稍微一用力，顺利将洋娃娃拿到手，准备扭头就走的时候，莓铠匆匆从身后跑到他面前，可一个不小心便摔倒在地！

Part 5

“莓铠！你真是！喂！”道玄斯大吼着将她从地面上拎起，莓铠的脚就在这一刻旧病复发，“咯噔”一声响了起来。

啊！

又扭到了。

为什么他那么用力？

莓铠整个人都扑进道玄斯的怀里，小脸红了一会儿，就见他将洋娃娃塞进她手中。

道玄斯吓出一身冷汗，训道：“别再做这种傻事了！”

莓铠狠狠地将洋娃娃抱在怀里，颤抖的小身体终于安静了下来，她松了一口气，凌乱的刘海遮挡住她的脸，但道玄斯知道，此时她一定很开心。

“走吧，我送你回家，你家在哪里？还是住宿？”道玄斯放开莓铛，低下头看见的却是她埋头紧紧地抱着洋娃娃不作声。

又是沉默。

道玄斯咬咬牙，要不是因为她等他到现在，他一定会假装不认识这该死的洋娃娃少女！

莓铛坐公交车大概半个小时到站，她下了车，道玄斯也下了车，她在前面不紧不慢地走着，偶尔停下脚步回过头，就会看见道玄斯双手酷酷地插在裤袋里，他也会停下来，好看的暗金色眼眸会拓映出莓铛有些惊讶却忽然转过身加快速度行走的模样，道玄斯沉住气，依然紧跟着。

十分钟——

再十分钟——

再二十分钟——

道玄斯不耐烦了，他停下脚步看着前面的身影：“你家这么远？都快到郊区了。”

“……”

莓铛没有回答他，也没有停下来，保持自己的速度依然行走着。

“你家捡破烂的吗？这都什么地方！”道玄斯环视着周围，只见地面上脏兮兮的。道玄斯非常嫌弃地跨了过去。

“……”

莓铛深呼吸，又走了五分钟，到了一个很普通的小区门口停了下来，转过身，对着一路尾随在后的道玄斯鞠躬表示感谢。

“你还会做这种举止？好神奇。”道玄斯嫌弃地瞥了一眼周围的环境，对着莓铛说道，“你到家了对吧？”

莓铛没有回应，而是停在小区门口，没一会儿，保安就从保安亭里走了出来。

“哎，你谁啊？想欺负我们莓铛啊？”保安一下来就对着道玄斯凶巴巴地吆喝道。

下一秒，他愣住了。

“道……道玄斯？”保安有些不敢相信自己的眼睛。

道玄斯一副“糟了，被发现了”的表情，就在保安准备激动地上前一步靠近他时，莓铛堵住了他，将保安拉回保安亭。

道玄斯目送她离开，再看了看周围，这里……他很陌生。

跟随莓铛走了一个多小时，这鸟不拉屎的地方别说出租车了，连公交车或者一台小轿车都没有经过。

再次转过头，除了那几位带着激动情绪的保安，莓铛早已不见身影。

夜晚如同黑色的墨水般泼洒在天空中，那几颗闪着淡淡金黄色光芒的星星若隐若现，宁静的夜晚让道玄斯对这个陌生的地方有了另外的看法。

虽然这里偏僻，可同一天空却显得如此美丽，空气也很新鲜。

他想着，看了看时间，差不多九点了，他迈开脚步离开了这个地方。

“莓铛啊，刚才那个是不是叫道玄斯啊？长得跟电视机里那个神子很像！”见到道玄斯离去，保安看了看躲在墙后面迟迟不敢出来见道玄斯的莓铛，开口询问道。

“是啊，真的很像，你们怎么认识的呀？看起来好像就是道玄斯！”另一位保安像见到宝贝似的笑着说。

莓铛抱紧洋娃娃，匆匆忙忙跑去超市买了一瓶矿泉水，摸黑追了上去——

道玄斯听见身后有脚步声正在快速地靠近自己，不由得停下脚步转过身，就见莓铛大口大口地喘着气停在面前。

“做什么？想感谢我送你打算留我一晚？”道玄斯沉着俊脸，蹙眉询问。

莓铛无语，呼吸调整好了之后，将自己手中的一瓶矿泉水硬塞到他手里。

“……”这次道玄斯也沉默了。

送矿泉水？

什么意思？

下一秒，他便明白了。

“原来你还是有知觉的，我以为你会跟洋娃娃一样麻木呢！”道玄斯笑道，打开矿泉水，在她面前大口地喝了起来，喝过之后，水只剩一半。

莓铛的额头流下冷汗。

也许买一瓶不够他喝……

小手在衣角有些紧张地摩擦着，目光盯着他手上的矿泉水，还是不说话。

“不用看了，够了的。”道玄斯明白她内心的想法，淡淡地描述道，“既然不是留我过夜，那你就回去吧，这种黑暗的地方，没准儿哪个男人把你拉走做些更加可怕的事情也不一定。”

哪个男人？

这里哪有哪个男人？

莓铛心想，于是目光投向道玄斯，恍然大悟地跑回了小区。

“幼稚。”道玄斯冷冷地丢了句，可他忽然间却觉得这洋娃娃般的少女有些可爱。

翌日，道玄斯盘算了一下莓铛的时间。

从她住的地方到学校大概一个半小时，所以她必须要提前起床赶过来上课。

道玄斯查到，莓铛以前有过在学校食堂吃饭，可后来充值卡上的余额一直没有消费，已经持续差不多两年了，住宿也有莓铛的位置。

那个室长说莓铛的床位早就被其他女生霸占了，还说莓铛很少来宿舍，大概是忘记了自己还住宿这么回事吧！

莓铛的试卷成绩很差，没有一次是拿到30分的，而且莓铛的座位是在教室不起眼的角落里，只有她一个人独自坐在那里。

有些看不下去的同学会向道玄斯透露说：“有时候莓铛的课桌都不见的，她大多数时候都是站着上课，没有人愿意让出位置，还有她的书本其实都是被一些调皮的学生拿走了，丢给她一些很烂的课本，教室和操场很多时候都是她一个人打扫的，她也不说话，也乖乖地做了，还经常被同学欺负，真是搞不明白她。”

为什么大家都那么讨厌莓铛？

就因为她不爱说话？喜欢洋娃娃吗？

莓铛——

道玄斯看完这些，内心很不舒服，他站起身，走到阳台透透气，修长的手指搭在栏杆上，微风将他额头的发丝吹起，暖阳照耀下，他美得如同带着白色翅膀的天使。

道玄斯深吸一口气，决定在上课期间去一下莓铛的教室。

Chapter 2

蔷薇香的洋娃娃少女

Part 1

“叮——”

上课许久，道玄斯依然屹立在莓锴的教室后门，默默注视着教室内不起眼的角落，空荡荡的位置，她的课桌椅比任何同学的都旧，不时有些女同学直接将废纸扔到她的位置上。

瞥到后门身姿挺拔的王子，女同学不禁脸红起来，故作什么都没发生似的继续听课，内心里却是波涛汹涌，强压住内心的兴奋，咬牙做笔记。

她没有来上课。

逃课了吗？

还是压根就没有来？

道玄斯有些疑惑，双目凝神，绝美的薄唇微抿，显然有些失落。不过很快，他的疑惑便解开了。

她来了，上课半个小时后，道玄斯以为她不会再来了准备离开，学院制服与洋娃娃出现在眼前，洋娃娃换了衣装与发型，打扮得比莓锴还要美丽。

她低着头走到教室门口，抬起头的瞬间，发现自己正被那双暗黄色晶眸目不转睛地注视着，眸中充满疑惑与不解。

是他。

是道玄斯。

下一秒，她自觉地低下头，硬着头皮走进教室。

“莓铛同学！这是第几次了？不能在我下课的时候再来吗？没听见老师说话吗？”老师很不客气地对着莓铛一顿训。

“就知道破坏班风！”纪律委员一边拿笔记下迟到的莓铛的名字，一边恶狠狠地瞪着莓铛，犹如注视着自己最厌恶的东西。

莓铛沉默，低下头不去看大家，越过大家走到自己的位置，慢慢地坐下来。

不拿书本，不抬起头望黑板，将手里的洋娃娃放到课桌上，自己默默地收拾着周围同学扔过来的垃圾，随后将洋娃娃摆在课桌上，发呆。

她，到底是怎么样的人？

她，到底发生了什么？

道玄厮依然站在原地，目光没有离开过莓铛，可他觉得，她一定有很多与大家不同的地方。

莓铛收拾完，从课桌内拿出一些画纸，不慌不忙地画着。

她没有意识到，那个在教室后门默默注视着她一举一动的少年，此刻记住了她美丽动人的模样。

中午放学的时候，所有人都到食堂内吃着丰盛的午餐，道玄厮等待莓铛许久，始终不见人影，他故作漫不经心地询问关于她的事情。

“莓铛啊？你现在去学校路边找找，运气好的话就会看见她的影子，估计现在在吃馒头呢！”一名女同学贼笑地回应。

道玄厮有些难以置信，但也去了校门口一看究竟。

果然，莓铛确实在校门口一个包子店内坐着，手中是一个洋娃娃和啃到一半的馒头，桌上是一本书，是语文书。

道玄厮很有感触，他对她有着极大的好感，这个不爱说话或许还是哑女的莓铛，究竟说话的时候是什么样的？

是不是很可爱？

有多可爱？

道玄厮不知道，或许很少有人知道，只觉得她的脚步很轻，脸上的表情很少，少得像她手中的洋娃娃般，美丽却面无表情。

该死！

自己居然偷看一个女孩吃馒头那么久！

道玄斯走到一家高级饭店打包，返回的路上一直想着以什么借口送给她才好，她会不会不吃？直接低头走掉？她会不会报以微笑？然后接过吃掉？道玄斯也不知道点些什么，所以点了最贵的外卖。

带着几分沉默，道玄斯总算来到原地，正准备靠近的时候，他忽然停下脚步，晶眸映出莓铛与安默隐在一起的画面。

安默隐？

他怎么会和莓铛在一起？

道玄斯有些生气却气不上来。安默隐也给莓铛买了午餐，可莓铛拒绝了，甚至连头都不抬，用一个拒绝与陌生人交流的手势拒绝了安默隐。

“为什么不去食堂吃呢？嗯？”安默隐温柔地注视着低头的莓铛，举止温雅，目光柔和，声音柔软，仿如黎明时初升的暖阳，他，也就只对她一个人温柔。

他想靠近她，可每靠近一步，她就会连退三步，垂着脑袋不敢看他，战战兢兢得像受到惊吓的小猫咪，这让安默隐的心越来越痛。

“莓铛，我知道错了，求你不要离开我……”安默隐站在她面前，声音轻柔如风般拂进她的耳朵。

他在说什么？

为什么我听不懂？

莓铛咬着牙，站起身对着安默隐躬了一躬，转身离去，只剩安默隐一人发呆。

道玄斯一阵苦笑，追上了莓铛。

“喂！”不冷不热的磁性嗓音砸入莓铛的耳膜。

“哗——”

微软的风中，少年的大手忽然握住了冰冷的小手腕，男性的温暖融进了少女的心窝，仿如她内心的天使，正跃出与她见面。

莓铛瞪大眼睛回过神。

是道玄斯的声音。

他有着盛气凌人的洪亮干净带着几分成熟的嗓音，听声音犹如见到了他绝美的容颜。

“见到了不该见的东西吗？为什么不能抬起头看着我？”一副阴鸷的神

情盯着她，他猛地将她扳过来正对着自己，将手里的便当硬塞给她，“吃！否则别想跑！如果你想闹出什么绯闻，我不介意上头条走一走！”

声音凌厉，目光阴鸷，他的手依然没有放开莓铛。

不要！

她讨厌这样的触碰！

每一次触碰，她的心就好像小鹿乱撞般难以收拾！

她绝对不能再与他触碰！

莓铛接过便当，使出全身的力气才从他手中脱离，可她还是逃不了。

这个比她高半截的道玄斯！

“听说你学习很烂，喜欢玩 Cosplay ？还是洛丽塔？你那种装扮，应该是介于两者中间吧？”道玄斯放开她，双手交叉在胸前，水晶般的暗黄眼眸深不可测，却清晰地印出少女受宠若惊的童颜。

她心跳加速，一时不知道怎么回答这个问题，只好握紧便当，跟随他在公园椅子上坐着。

好尴尬……

莓铛打开便当，里面是丰盛的佳肴，莓铛从未这么大胆地点过这么多的东西，看起来价格也不菲吧！

见她望着便当犹豫不决，道玄斯似乎明白了什么，随即说道：“你放心，没毒。”

莓铛恍惚了一会儿，不经意间拿起筷子，细嚼慢咽起来，一开始有些不敢，却不知道为什么会在他面前这么随意。她不顾形象地吃了起来，白皙嫩滑的娃娃脸让人怦然心动。

道玄斯认真地看着她，嘴角微微扬起，连他自己都不可能会清楚自己的内心——

莓铛畏畏缩缩地瞥了一眼在一旁盯着她的道玄斯，道玄斯的身上有着令人猜不透的神秘气魄，压得住气场，他的身边有很多人，仰慕他、暗恋他、追随他。

而她自己，永远都是茕茕孑立，被埋没在簇拥的人群中。

Part 2

在她入神的时候，异性的触碰感随即一涌而上，触电的心跳感应随着脸颊犹如波涛汹涌的大海一层层滚入她的心扉！

莓铛瞪大晶眸，她没有抗拒地扭过头凝视着呼吸与她靠得如此接近的恶魔。

她抬头，他低头，鼻翼柔软地贴在一起，只差几毫米的距离，就能吻到他。

他一只手轻握成拳，替她擦去残留在脸颊的白米饭。

“你的脸蛋也要吃饭是吗？”道玄斯见她满脸通红又低下头，紧握的饭盒瑟瑟发抖，无奈地只好说了这么一句。

莓铛咬咬牙，打算合上饭盒却被道玄斯阻止，她感觉得到身边有位正满满散发恶魔气息的人。

“你就吃这么点？减肥也要给我吃完！看你瘦得跟个洋娃娃似的！”道玄斯紧蹙着眉头，声音霸道，吓得莓铛夹起一块大肥肉直往嘴里塞。

天哪！

这什么人啊？

莓铛心想着，可动作却非常听话。过了几分钟，莓铛吃得很饱很饱，她根本吃不完这看起来可供四个人吃的饭菜，怎么办？

旁边的“金主”还在盯着她……

见到莓铛嚼的速度大大减了一半，道玄斯有点想笑，吃不完说不想吃就可以了，就不能说句话来表示拒绝吗？

“吃不完是吗？”道玄斯探过头明知故问。

莓铛沉默地咬了咬下樱唇，睫毛微微颤抖。

怎么办……好想开口告诉他，自己真的吃得好饱……

万一他要收费怎么办？

带的钱肯定不够。

下一秒，道玄斯掠过她手里的饭盒和筷子，津津有味地吃了莓铛剩下的饭菜。

“哎？”莓铛轻声发出反应音，可道玄斯却没听到。

“还剩这么多，你的饭量真小，这些东西扔了真是浪费，这块肉不好吃吗？为什么不吃？这青菜多有营养，莓铛你居然挑食！活该你这么瘦。”道玄斯边吃边嫌弃莓铛，拿起一块五花肉在她面前摇晃试图引诱，不见起作用又夹起她根本不碰的青菜责怪道。

他居然连我吃到一半的饭菜都吃了！

莓铛在那一瞬间怦然心动，她的脸变得更加红润，眼角边带着些许湿润，瞳孔映出他绝美的容颜、修长的手，在光芒的折射下，他好像是恶魔，又好像是天使。

他都是这样子的吗？随便什么女孩子剩下的饭菜他都会吃吗？

莓铛目视着他将饭菜吃得一点不剩。道玄斯抬起头，绝美的唇瓣沾着些许食油，他有些不好意思却故作冷漠地询问：“有纸巾吗？”

莓铛匆匆忙忙地从包包取出纸巾和湿纸巾，随即又低下头不敢看他。

道玄斯大方地接过一边用干纸巾擦了擦唇，又用湿纸巾擦了擦手，一边打量着面前羞涩的少女。

“谢了，走吧，你该回教室了。”道玄斯起身拉着莓铛往前走。莓铛跌跌撞撞地任由他抓着手腕，面色绯红，心跳加速，可是胃好疼……

好疼……

莓铛一只手摁住自己的胃，脸色瞬间难看几分，她使了很大的力气才从道玄斯的手中逃脱。就在道玄斯转过身准备训她一顿的时候，莓铛难受得扭头就跑，迅速地离开了他的视线。

道玄斯看了看时间，距离上课还有五分钟，现在跑回教室还有可能会迟到，本想带着莓铛回教室避免她被人责怪，不料她却中途离开。

“真是不爱上学的逃课人。”道玄斯喃喃自语，无奈地转过身，自己走进了学院。

“阿斯，总算找到你了，安少爷和校长都在找你，说要开什么会议呢！”亚子美从学院跑出来抓住道玄斯的胳膊，气喘吁吁地说道。

“知道了。”道玄斯一开始并没有抗拒，没一会儿，他停下脚步，暗黄的眼眸盯着亚子美的手，抽出手臂冷冷地说道：“亚子美，以后不许这样了。”

“什么？”亚子美显然听不懂。

道玄斯笑了笑，转过上半身轻轻弹了弹她的鼻翼，声音柔和："不然有人可是会吃醋的。"

有人会吃醋？

是谁？

亚子美紧张地想着，见道玄斯走远，她慌忙追上。

暮色苍茫，彩霞缭绕，学校早已放学，道玄斯才从会议室走出来，手里拿着一堆需要他解答和出题的文件，可他没有心思，中午之后就再没有见到莓铛。

莫名的思念……

她还在吗？

道玄斯摸了摸已经没有洋娃娃的口袋，才苦笑自己原来也会这么傻，整理了东西之后，他单肩背上书包，在离开教学楼的时候，脚步情不自禁地走到莓铛的班级后门，凝视了空荡荡的教室，思绪凌乱地独自离去。

他走到停车场，对着自己开来的轿车琢磨了一会儿，望了望此刻雄伟壮观的晚霞，他跑去租了辆脚踏车，想在晚霞的笼罩下享受骑行。

可谁知他骑出莱恩德学院大门之后经过的第一个公交车站候车座位上，坐着一名耀眼的少女。

她依然低着头，在晚霞下看得见她面无表情的侧脸，手里依然捧着洋娃娃，静静地坐着，似乎在等公交车。

道玄斯看了看手表，现在都七点半了，按理说她早都回去了，为什么现在还在这里？

没顾得太多，道玄斯在她面前刹车，扭过头看了看莓铛，才发现她藕白的小手有些擦伤，洋娃娃有些凌乱，她不停地给它梳理头发。

莓铛忽然意识到自己面前有人，抬起头的瞬间——四目相对，她眼角残留着泪珠，粉嫩的唇变得殷红，嫩滑的脸上也有轻微的擦伤。

那一秒，莓铛立即低下头，开始紧张。

为什么又是他？

"莓铛，你怎么了？"见状，道玄斯有些慌地下了自行车，逼迫她抬起脸望着他，"谁欺负你了？"

"……"

他阴戾着，紧握着她的双肩：“说啊！”

“不好意思啊，同学你没事吧？”只见一位抱着泰迪的大姐姐匆匆忙忙走来。

莓铛听见熟悉的声音，立马又低下头。

道玄斯蹙眉。

这女人敢欺负莓铛？

“不好意思啊，我家泰迪很喜欢洋娃娃，见到这位同学抱着一个，就追着她跑……”

什么？

莓铛被泰迪追？

Part 3

怀里的泰迪望见了莓铛手里的洋娃娃，瞬间像见到自己的恋人般拼命想要从主人怀里挣脱，吓得莓铛站起来躲在道玄斯身后。

“实在是不好意思啊，不好意思，哎呀，同学你受伤了！是不是被泰迪咬的？我家泰迪虽然打了针，但是被咬了也要打个预防针才行！”大姐姐见到莓铛脸上的擦伤，吓得脸都白了，连忙对着泰迪的屁股抽打了几下，“叫你乱追人！你是不是咬人家了？太过分了！”

道玄斯扭过头，见到躲在自己身后的莓铛正瑟瑟发抖，她抬起头，对道玄斯摇了摇头。

道玄斯明白了什么。

“没事，她只是自己摔了，下次一定要注意啊。”道玄斯说。

大姐姐连忙鞠躬致谢：“谢谢你了，你女朋友吗？很可爱！”

莓铛涨红了脸，羞涩的烟气从左右耳喷出！

“呃……谢谢。”既然眼前的大姐姐是以后不见面的陌生人，就没必要多解释了。

大姐姐走后，道玄斯看着躲在自己身后的莓铛，觉得有点好笑。

这么大一个人了还被泰迪狗追，也是头一次见。

道玄斯拉起她的手往不远处的药店飞去，买了一小瓶酒精、药棉和碘酒，付款后在药店内的坐席位置处理她的伤口，可莓铛拒绝坐下来。

“疼吗？”道玄斯捧起她滚烫的脸，左脸有些擦伤。他取出酒精和药棉，准备往她脸上抹，怕疼的莓铛立马躲开，下一秒就被压住！

“你想留疤就不要涂。”道玄斯霸道地在她左脸上抹了消毒水，然后抓起她的手，在她手上也抹了抹。

“没有流血，只是小伤，明天就会好，洗澡的时候热水不要太热，明白吗？”道玄斯细心地叮嘱。

“……”却总是忘记了这个洋娃娃一样的少女根本不会回应。

道玄斯哭笑不得地站直身子：“这么晚了，我送你回家。”

这不是陈述句，是命令。

她不可反抗的命令。

莓铛安静地坐在自行车的后座，可过了半天，道玄斯依然没有出发，他好奇地扭过头看了看坐在后面已久的少女。

“你什么时候上来的？”道玄斯有些惊吓地询问。

“……”

上来好久了……

“你是鬼吗？没有体重？”

“……”

是你太重了……

自行车驶过一条又一条街道，期间莓铛伸出手指指着某个方向，道玄斯就会往那边骑。他似乎不觉得累，很有耐心地被她指挥，暗中欣喜。

骑行的过程中有时会四处颠簸，莓铛又不敢伸出手，只抓住了他外套的一角，内心祈祷不要被他发现。

莓铛侧坐在后座，仰起头望着满天星辰，还有比十五还要圆的大月亮，她已经很久很久，很久没有这样仰起头望着天空了。

是道玄斯。

是他给了我这么一个机会。

莓铛收回视线，就发现没有自己指挥的道玄斯居然骑过了！

莓铛有一点想笑，她弯起嘴角，轻轻地拍了拍道玄斯的肩膀。

“干什么？”前面的少年却骑得不亦乐乎，他扭过头望了一眼好像在笑的少女。

莓铛指了指在自己身后的另一个方向。

“该死！骑过了！”明白莓铛的意思，道玄厮低低冷骂了几句。

莓铛红着脸，趁他不注意的时候，甜美地笑了起来。

她好想说：谢谢你。

可最终还是选择放弃了。

送莓铛到家的时候，已经是晚上八点半了，莓铛下了车，转过身望了望准备离开的道玄厮。

“进去吧，这天气估计是要下雨了，我得赶紧回去了。”道玄厮边说边抬头望了望没有星辰和月亮的夜空，周围刮来冷风，让他不得不有所警惕。

莓铛跟着抬头望了一眼，随后低下头，她根本不会看天气……

“我看着你进去。”道玄厮注视着她，说。

莓铛点点头，犹豫地走了几步，内心总是担心着什么，随后加快速度消失在他眼前。

道玄厮一阵苦笑。

真是有趣的人。

这大概就是令人喜爱的羞涩少女吧！

天气容不得道玄厮久待，天气越来越凉，风渐渐加大，他只好快速离开这里。

“莓铛你可回来了。”小区的保安笑眯眯道，随后指了指天空，“今天天气预报说会下大暴雨，你没带伞我们还担心呢！”

莓铛抿抿唇。

妈妈去A市前给了这个保安一点钱，让保安帮忙照顾一下莓铛，内容是几点回来几点上学，但保安也不怎么管她，顶多就是多跟她说几句话。

莓铛明白，自己是被保安监视的，而保安是被妈妈收买的，妈妈想把莓铛控制在自己可掌控的范围之内。

莓铛回到家里，疲惫地倒在沙发上，休息了一会儿，起身准备去煮东西吃的瞬间，不远处的天边闪出一道长长的雷电，“轰”的一声怒吼，暴雨犹如天崩似的从云朵中破碎，惊涛骇浪一般地倾泻而下，雨点犹如大颗大颗的透色珍珠，一连串砸在屋檐上、地面上，发出清脆的撞击声。

周围刮起了狂风，所有的东西都被吹起，在半空中群魔乱舞。

莓铛的手不禁一抖。

道玄斯离开也就十分钟。

现在他在哪里？

有没有躲雨？

有没有淋湿？

各种思绪从脑海中浮现，她想到了道玄斯还没有离开，他躲不了，周围没有什么好躲的，难不成躲垃圾桶里？

“轰——”电闪雷鸣的咆哮声！

“呼——”大风狂刮的呼呼声！

道玄斯应该走不远！

没有顾虑太多的莓铛拿起一把大伞就跑出了家门！

大雨不停地下着，万条如同细针的雨丝忽大忽小，一针串着一针，挂在少年眼前。

他望着一片漆黑的天空、不断倾泻的大雨，不禁默默叹息。

看来这雨一时半会儿是停不下来的，估计得在这里过夜了……

道玄斯扭过头看了看废旧的停车站。

再一次转过身的刹那，远处昏暗的灯光下停留着熟悉的少女的身影，撑着一把透明的雨伞，眼睛四处寻找着什么。

她是来找我的吗？

道玄斯内心不禁有些兴奋。

道玄斯……

道玄斯你在哪里？

周围好黑……

洋娃娃忘记带在手上的莓铛突然失去了安全感，看着周围黑漆漆的环境，雨的敲打声和风的呼呼声让她胡思乱想，莓铛吓得扭过头看了看自己走了多长的路。

啊！

已经离小区这么远了……

遭了！

这附近好像还有坟墓！

啊！

莓铛吓得蹲在角落……

Part 4

道玄斯蹙眉，望着蹲在地上自己抱着自己的莓铛，心想着她难道是在害怕吗？

没多想他便冲过去！

“喂！”道玄斯站在她面前，居高临下地注视着她，那双只要看一眼就能让人结冰的暗黄色晶眸折射出少女蜷缩的样子。

莓铛听见熟悉的嗓音，抬起头与他对视，看他那完美至极的五官，看雨滴落在他洁白的衬衫上，使他仿如灼亮的天使，湿漉漉的衬衫紧贴着他的肌肤，若隐若现的完美曲线在昏暗的灯光下充满性感与诱惑！

唔！

莓铛红着脸站了起来，身边的伞早已不翼而飞。

“如果你说是担心我才跑出来的，我暂且原谅你。”

被雨水滑过的白皙脸庞透着棱角分明的骄傲与兴奋，他微微俯下身，垂着长长的睫毛，一双犹如在深渊中的暗黄色晶眸闪烁，有着莓铛不解的寓意。

“……”莓铛神情扭捏地低下头。

“笨蛋，下这么大的雨还跑出来，你想让两个人一起感冒吗？伞呢？”道玄斯低吼着，四处搜寻她带来的伞，可伞早就被风刮走了。

该死！

道玄斯暗自骂了一句。

今天晚上他还有其他事情要做呢！就这么被耽搁了，真是倒霉！

暗黄晶眸微微往下，就见衣着单薄的莓铛身体颤抖，穿这么少就跑出来找我……是因为担心我吗？

笑话！道玄斯是三更半夜走坟墓都没有什么知觉的胆大男人，什么时候要这种只是天黑就怕得不敢动的洋娃娃担心了？

可一想到她担心了……是代表她在乎吗？

道玄斯突然好高兴。

莓铛看着这雨可能要很久才停下来了，看着湿透了的道玄斯，看他又苍白又俊美的脸庞，莓铛开始犹豫起来。

嗯……如果让他现在回家……好像也不合理，现在都那么晚了……

待一晚上，应该没什么问题吧。

一双小手做出了决定，忽然向大手伸过来，轻轻地握住他。道玄斯忽然觉得身体被电流酥麻，没等他反应过来，就被她拉着往小区后门跑去！

她的手温热柔软，道玄斯反握住，紧紧地将她扣在手心，任由少女牵着。

真可爱！

安氏别墅，翼城。

雨清洗了整个空气，大型豪华的别墅耸立在蔷薇花园之中显得瑰丽至极，雪白的乳色泥墙在经过天使的眼泪洗洁后变得闪耀，顶层的尖塔高矮不齐，上刻着复杂的图案，显尽了它的美，散发出浪漫与贵族的豪华气质。

好像是王子居住的城堡——

“安少爷。”女佣从门外端来一杯咖啡，放在他身边，接着说：“安少爷，您的咖啡。”

“……”安少爷沉默，没有看她。

女佣无奈，看来是得不到安少爷的宠爱了，失望地离开前还不忘偷窥一眼他的容颜，花痴着离开。

安少爷看起来是个专一的人，得继续加油啦！

安默隐深叹一口气，目光注视着笔记本电脑上的合同，另一只手拿出手机，给道玄斯拨了几个电话，一直是关机状态，又往道玄斯家里打了几通座机，依然没有人回应，这让他有些摸不着头脑。

平时的道玄斯那么勤快，而且事那么多，他不可能关机和不接的。

看着窗外忽停忽下的暴风雨，安默隐若有所思地喝了一口咖啡，忽然想起莓铛。

她好像忘记我了。

很陌生的小眼神。

已经——什么都不记得了吗？

安默隐放下咖啡，打开手机看了看手机屏幕上的壁纸，是莓铛的照片，照片中的她坐在图书馆的地上翻着书，扭过头用一副好奇的模样看着安默隐。

“莓铛，我要我们重新开始，不再受任何人的束缚。”

Part 5

打开房子的灯，道玄斯眼前一亮！

这真的就是少女的房子，道玄斯居然亲眼目睹了这么惊人的一幕。

整个屋子里，大小公仔无处不在，沙发是甜美的淡粉色系，桌子上铺盖着粉色蕾丝边的餐布，偏黄色的吊灯上每隔一段距离就捆绑着一个粉色蝴蝶结，墙壁上刷着粉色的香漆，不大不小的电视机周围摆放着两瓶满满的粉色和白色百合花，还有一些蔷薇花、玫瑰花作为小装饰，所有的简单装修就成了这粉色少女屋！

“你家人不在？”见到莓铛打开门，好像是在邀请他进去，道玄斯好奇地询问。

“……”

莓铛沉默，从鞋柜拿出一双39–41码的拖鞋放在他面前。

道玄斯无语，毫不客气地跟了进来，浑身湿透的他不敢碰屋内的任何东西，而是呆呆地站在那里，等待莓铛的下一步。

莓铛从自己房子里翻了好久好久，才翻出一件至今没有人穿过的男休闲套装。

那是莓铛曾经给自己未来男朋友定制的，当时不知道该定多大尺码，不过看起来，道玄斯足够穿得下。

她走出来将衣服丢给了道玄斯，然后走到一边打开门，莓铛的举止告诉他，让他先洗澡，这里是浴室。

“哦，那谢谢了。”道玄斯尴尬了一会儿，心想着洗完澡就给自己那边的关翼打个电话，让他过来接自己回去。

留在女孩子家怪尴尬的。

换好干净的衣服后，他抬起头望了一眼挂钟。

该死！

已经十点钟了！

现在打给关翼他也不可能及时赶过来，更何况这里狂风暴雨，就不要为难他了吧！

莓铛煮好了弯弯曲曲的面条，上面还有一些荤类葱类点缀，放在餐桌上，让道玄斯吃。

道玄斯拿着筷子吃了几口，就见莓铛已经默默地走进自己的房间。

“你不吃吗？”道玄斯试图喊住，回应的是房间门无声的关闭。

他低下头看了看这有色无味的面条，吃起来味道很一般，可他不知为什么那么想继续吃第二碗？

莓铛将房间门反锁，心扑通扑通地小鹿乱撞，她深深地呼吸着，靠在门后闭上眼眸。

回想着道玄斯身穿的那件休闲衣，不大不小，浅灰色的宽松上衣，暗色的宽松裤，只要他微微地俯身，就能在大圆领下清晰地看见他分明的锁骨，与若隐若现的健壮身躯；半干半湿的碎发盖住了他的额头，灯光折射下他那双金色的晶眸深邃而迷离，薄唇微微开启着，俊美的脸庞垂首，修长的手指拿着的是莓铛给未来男朋友的筷子和碗，那种不失优雅的恶魔般的少年，居然让人如此心动……

“扑——”

莓铛感觉自己无法呼吸，她尽快调整自己的情绪，冲向躺在床上的洋娃娃，紧紧地将它抱在怀里，她才开始平复心情。

啊……

怎么办……

道玄斯用的……

都是我给未来的男朋友准备的……

他知道了会不会觉得我喜欢他呢？

他会不会嘲笑我呢？

莓铛看了看墙壁上挂着的海报，有那么一两张是道玄斯的写真，吓得她慌忙将海报撕扯下来，扔进垃圾桶！

可忽然还想到什么——

遭了！

阳台还有挂……

被自己祭拜过后看起来像遗像的道玄斯照片！

莓铛冲到阳台的时候，一具高大的身躯已经在欣赏这张黑白遗像了。

莓铛面色凄凄，僵硬在阳台门口。

道玄斯的目光从遗像上滑落到遗像下的几根香和香炉上，香炉上积满了香的灰迹，一看就知道这不是近期摆放的，而是很久了……

见到他蹙着眉，目光凝视着香炉，他的沉默让莓铛害怕得发抖。

“为什么你要放我的照片？而且，还要烧香？你在干什么呢？”道玄斯瞥了一眼莓铛，略带讽刺与嘲笑地审问。

莓铛咬了咬下唇，清澈的大眼睛变得模糊，她看着无与伦比的道玄斯，一瞬间却不知道怎么解释。

算了。

反正没有人在乎过我的感受。

“为什么？”道玄斯将她的下巴勾起，逼迫她注视着他，可她却选择逃避。

“这是我前几年拿世界奥数冠军时拍照片，你是有多恨我？每天都祈祷我快点死去吗？”

道玄斯说着，目光凝视着她，他自然是希望自己的理解是错误的，可是除了这一点，他想不出另外的想法。

“……”

果不其然，莓铛根本不会告诉他，她的内心是怎么想的。

“拒绝与别人交流，就是你的生活方式吗？莓铛。”道玄斯环视着无处不在的娃娃，这些娃娃的存在说明了莓铛有一颗孤独寂寞的心，他相信她会跟这些娃娃说话，她总会打开心扉。

莓铛的内心很是凌乱，外面的雨变小了，却闪着无声的雷电。

道玄斯扭过头，望了望天气，跟这只不想说话的莓铛交流真是困扰！还不如直接回家算了！

“感谢你的款待，听说你的学习很差，以后有什么不懂的直接问我就好了，忘记了……你根本不会说话的对吧？我发现我总是自言自语——真蠢！”道玄斯一字一句地说道，莓铛没办法表达自己内心真正的想法，只能任由他这般思考着，可是他脸上充满了愤怒。

他完全误会她了。

“雨差不多停了，我该回去了……”道玄斯说完这句话的下一秒，雷电交加，大暴雨忽然袭来，莓铛被雷电的怒吼声吓得就要蹲在地上，一具宽大结实的胸脯忽然靠了过来，而莓铛双手紧紧地捂住耳朵，眼睛紧闭，唇瓣抿着，一副害怕难受的样子。

她感受到他身上有着自己浴室的牛奶沐浴露香气，还夹着他的专属味道，耳边还能听到他的心不紧不慢地跳动着，隔着衣服都有着他带来的温暖，甚至是安全感，莓铛的脸刷地一下更红了。

道玄斯知道她又会蹲在地上自己紧紧地拥抱自己，可就在那一瞬间，他有了阻止她的冲动，将她拥入怀中，这种对谁都没有做过的举动让道玄斯不敢相信。

莓铛从他怀里站稳，依然低着头。

“一个人住，还怕打雷，真不知道你是怎么活下来的。”道玄斯一脸冷漠地望着她，随后又补充道：“你这里有鬼片吗？我最喜欢看鬼片了！”

啊！

讨厌！

真的很讨厌！

莓铛的内心快要崩溃了！

为什么他要这样说？

她最怕这些东西了！

莓铛脸色苍白地抬起头，正准备迈进客厅将这个讨厌的恶魔轰出去的刹那，阳台门的小门栏钩住了她的脚，使她防不胜防地即将摔倒在地！

说时迟那时快，反应极其敏捷的道玄斯早就料到她会这般粗心大意，伸出手拉住她的手腕，再一次往自己面前一拉。

莓铛整个人猛地被抽起，再一次扑进他的怀里，她慌张地抬起头——

道玄斯无奈地微微俯下身，刚想说一句“笨蛋”，谁知她抬头的瞬间，唇瓣触碰，两人吻在了一起！

Part 6

“啊！”莓铛轻轻发出声音，很快离开了突如其来的吻。

道玄斯板着无辜的俊容，冷冷地说道：“是你自己刻意冲上来的，怪不了我。”

下一秒，道玄斯似乎感觉到了，暗黄色的晶眸捕捉着少女，他步步靠近她，严肃地审问：“你刚刚是不是说话了？”

“……”

莓铛皱起小细眉，却不敢抬头注视他。

“莓铛，你刚刚说话了是不是？”道玄斯好像中奖了一样，情绪略显激动地握住莓铛的肩膀，“我好像听见了你的声音，你刚刚说了什么？我没有注意，太小声了，但是我肯定，你说话了！”

“莓铛，你说了什么？”

“说啊！你说了什么？”

“莓铛……”

好烦……

明明就没有说话。

莓铛一脸不解，却感觉得出来道玄斯非常的开心。

她推开他，缓缓地转过身将要离开，却被道玄斯抓了回来。他面容严肃，声音充满期待，“不准离开！告诉我，你说了什么？嗯？我听见你的声音了，我明明听见了！”

“……”

“你是想让我吻你才肯说话对吗？”道玄斯想了一会儿，似乎想到了什么，询问道。

莓铛瞪大眼睛！她难以置信地连忙后退了一步，随后快速地离开阳台，只见她撞来撞去地四处跑，从房间里拿出粉色被子和粉色枕头往沙发上一扔，迅速跑进房间反锁！

道玄斯抿唇，他不会忘记刚才还没有开始便留念的味道。

修长的指腹抚摸着与少女触碰过的唇。

蔷薇与牛奶混合的香甜。

他明明听见了。

莓铛极其渺小的声音。

她在说什么？

道玄斯百思不得其解，正转过身准备走进客厅，眼角利索地感应到什么，往自己的“遗像”旁边一看，是一个柜子。

觉得这个柜子应该在客厅而不是阳台的道玄斯走了过去，打开一看，里面有好多红色的长纸条，看起来好像是符文？

道玄斯愣了一会儿，拿出符文纸看了看，瞬间明白了莓铛真正的心。

第一条符文：“我就知道你很厉害，所以我以后会对着你的照片祈祷，祝福你，同时也希望你保护我不再被欺负哦！”

第二条符文：“怎么回事呢？我今天变成落汤鸡了，也许有很多人跟我一样都在对着你祈祷吧，还是我的祝福不够？”

第三条符文：“啊，对不起！我不是故意的，照片褪色了！可是我没有你的照片了，你会不会因此而憎恨我？我不要你憎恨我，这个世界除了梦儿公主，莓铛最喜欢的人——就是你！”

第四条符文：“没有人相信我，没有人喜欢我，没有人疼我……连你也好像放弃我了，也许别的女孩子的祝福比我更好吧……”

看着莓铛耗费心血做的事情，一字一句、一笔一画地认真写着，道玄斯异常高兴，他眯起暗黄色的晶眸：这些符文纸上的“你”是指我吧？

把我的照片挂在这里跟拜菩萨似的，或者跟祭奠死人似的，那些心里话，除了说给了那个叫梦儿公主的，还说给了我。

她没有亲人了吗？

她被家里人抛弃了吗？

没关系……

都没关系。

他不是在这里吗？

不是就站在这里吗？

为什么她还是这般逃避？

他回过头，看着房间紧闭的门，苦笑一番，拿出一张红色无字的符文纸，找了一支笔在上面写了一段话，随后夹在门缝里。

他走进客厅，又望着莓铛的房间，没有动静，可他却知道莓铛没有睡。

莓铛坐在窗边，伸手触摸着蕾丝纺纱粉色窗帘，嘴角微微地笑了起来，怀里没有了洋娃娃，没有了抱枕，可是因为道玄厮的存在，她不再害怕……

晨曦，莓铛猛地睁开晶眸，就见道玄厮酷酷地站在床边，居高临下蹙着眉头凝视着她，她慌慌张张地坐在床上，不明白他是怎么进来的。

“门外怎么喊你都不应，我还以为你兴奋过度一命呜呼了！”道玄厮侥幸地松了一口气，刚才真是吓死他了，无论他怎么打门，怎么踹门，里面的人依然没有回应，只好——把门踹飞！

莓铛转过头，惊慌失措地看了看可怜兮兮的门被道玄厮踹飞到一边，继续沉默，可是她现在这样的起床模样，真丑。

自从他踹飞门的刹那，仿如一股黑色恶魔般的杀气怒涌而进，粉色软绵绵的公主床上，躺着一位穿淡粉色系睡衣裙的少女，她卷卷的刘海滑落，露出她弯弯又显得令人怜惜的小细眉，乌黑长长的睫毛细细分明，雪藕般晶莹剔透的肌肤在阳光的照耀下，有着象牙的光晕，还有小巧的鼻子与微微张开呼吸的粉唇。

张开眼睛，那双从梦中走出的晶眸仿佛被清洗过，显得格外清纯可爱。她坐在床上，面容被道玄厮的举止吓得泛白，却不失被夜晚温暖过的样子，白里透红。

她就好像在梦中的睡美人，他却如恶魔般打碎了这美丽的画面。

这人……

睡觉都要化妆？

道玄厮看不出她与平时的模样有什么不同，反而觉得这样的她真美。

“起床了，你想迟到我可不想，我的制服洗好了吗？干了吗？”道玄厮压制自己内心乱七八糟的思绪，故作一脸无所谓的样子，直接把莓铛从床上拽下来，往浴室拖去，边拖边说：“快点行不行？头发不梳了，到路上边走边梳！”

莓铛不紧不慢地刷着牙，脸蛋红得跟苹果一样，心却一直跳动着，她闭上眼睛，缓缓地加快速度。

道玄斯也显得尴尬，莓铛的淡粉色睡衣连衣裙，这……

该死！

道玄斯烦躁地离开了浴室。

“昨天你帮我洗的？”道玄斯一脸疑惑地看着已经干了的制服，瞥了一眼莓铛。

莓铛已经换好了制服，直接越过他，将他的私人贴身衣物扔给他，脸就更红了……

莓铛绝对不会承认，自己是因为认真洗了他的衣服而忙了一晚上，看见道玄斯睡得跟只猪似的，莓铛觉得好笑又小心翼翼地去给他盖被子。

还……偷亲了他的脸颊，所以高兴得一晚难以入睡。

也许离开了这个房子，他们又会变得跟以往一样吧？

再也不能接触到道玄斯了吗？

莓铛看着安静地吃着早餐的道玄斯偶尔抬眸望了她一眼。而道玄斯见到她羞涩得做贼心虚般低下头，不禁苦笑。

他突然好期待，说话的莓铛会是什么样子？

Chapter 3

是恶魔、是王子、是骑士

Part 1

看着走在自己前面的道玄斯帅气的背影，秒杀少女心的气势，摄魂的淡淡香，莓铛搂着洋娃娃的手越来越紧，手上还撑着一把欧式洋伞。她走得本来就慢，而道玄斯的一步却相当于她的三步，她根本追不上他。

“慢死了你！”

平时走路都好像有天大事情般的道玄斯，已经放慢脚步了，莓铛依然追不上他，他转过身，堵住了莓铛的路。

“难怪你会迟到，真是个没有时间概念的笨蛋！”暗黄晶眸凝视着正眨巴眼睛天真地看着他的少女，那原本烦躁的心瞬间没辙，只好点到为止。

“下雨不带伞，大太阳的打个洋娃娃伞？”也许是因为身高的原因，碍到道玄斯的伞被他一把抢过，他绷紧着冷酷的脸庞，将伞收了起来。

莓铛小心翼翼地窥了一眼自己的伞，安静地站在他身旁。

“你要打伞吗？”见到莓铛低下头，道玄斯略带愧疚，将伞伸到她面前。

莓铛沉默一会儿，缓缓地摇头。

她摇头。

她听得见我说话。

她回应我了！

好高兴！

道玄斯淡淡地笑了笑，将伞打开，放在她头上，莓铛茫然地抬起头望着伞遮挡着阳光。

“呵，幼稚。”道玄斯边撑着，边冷哼。

后来他也觉得无趣了，反正怎么刺激她，她依然都在洗耳恭听，绝不反抗，绝不顶嘴。

道玄斯也不好意思继续说下去。

只不过想到那些符文纸，他就想笑，暗黄晶眸情不自禁地打量着微微低头看路的莓铛，莓铛手里捧着的洋娃娃面朝着他，对他微笑。

有那么一刻的冲动，他想扔掉她手里的洋娃娃，然后紧牵着她的手。

莱恩德学院。

道玄斯阴沉着俊脸，而旁边的少女依然低着头走路，在他眼里，她的低头就好像是垂头丧气、孱弱无能。

一路上唠叨不停的道玄斯不知道怎么就停了下来，莓铛有些不解地瞥了一眼他修长的手，却不敢抬头，也静静地停在他面前。

“迟到半个小时，莓铛真有你的，光是骑自行车也会迟到，坐公交车也会迟到，出租车也会迟到，知道为什么吗？嗯？”恶魔般的冰霜冷音砸进她的耳朵，金黄色的晶眸暗了几分，睥睨着莓铛。

道玄斯深吸一口气，然而这句话说出来像在聊天，也许道玄斯觉得自己看透了一切。

“因为你真的太慢……”道玄斯正准备伸出手抚摸甚至揉乱她卷卷细滑的头发以示惩罚，话没说完，便被另一种声音打断，他的手放在半空中。

“道玄斯？”

柔软的声音。

不是来自道玄斯。

耳熟，莓铛熟悉这个声音。

一缕温煦的阳光从走廊穿透进来，将走廊的周围照耀得透亮无比，白色的泥墙闪着金光，照耀着窗外的玫瑰花，嫣红的玫瑰受到神的宠爱折射出华丽而空灵的光晕，好像无数个有魔法的精灵在上面戏耍飞舞。

他逆着金色光芒而靠过来，他身穿莱恩德学院的贵族制服，那剪裁得恰到好处而又精致的制服完美地勾勒出他高大、挺拔而不失优雅的贵族气魄，胸口上的蔷薇胸针奇特而耀眼。白皙的俊脸，一双如玛瑙般的暗蓝色晶眸宛如海洋深处璀璨的星光，微薄的红唇，高挺的鼻梁，那种无与伦比的美丽却有着让人心碎的温柔。

安默隐本想道玄斯不会来了，苦忙了一晚上修改批阅不少文件，手握着几本数据文件袋准备去会议室开会，不料在这里遇见。

嗯，他还看见了低着头的莓铛。

莓铛望着眼前的安默隐目不转睛，之前的两次见面，她都没有抬起头来看着安默隐，这一次见到了，他就好像是王子。

“你来做什么？”道玄斯放下手，脸色略带不耐烦地审问。

冰冷的嗓音再熟悉不过，莓铛再次低下头。

此刻的道玄斯晶眸黯然，如同夜空中的星光熠熠生辉，唇瓣紧抿，双手插在裤袋，酷酷的背影让莓铛感受到他与生俱来的倨傲与冷漠。

“碰巧遇见。”安默隐简单地陈述，目光注视了一下道玄斯身后想刻意隐藏自己的莓铛，他一番苦笑，如天使般蹙着眉头，接着说了下去：“莓铛，你也在。”

“……”莓铛赧然地低下头，没有回应。

呵。

活该。

道玄斯内心对莓铛此刻的态度非常满意，瞬间难看的黑脸平复了不少，得意扬扬地看了看尴尬的安默隐。

“为什么不说话呢？”安默隐显然没有变化，他温柔地询问，两次见面，安默隐就没有见过她现在真正的模样，也没有听过她的声音。

两年前，她不是这样的。

是我害了她吗？

“她不想跟你说话，看不出来吗？”帝王般的冷音桀骜而霸道，那双暗黄色的晶眸泛起了涟漪，不羁的带着生人勿近的气势！

道玄斯莫名的不爽，蹙紧眉头，眸中映出安默隐绝美的容颜。

莓铛愕然地抬起头。

讨厌，道玄斯为什么要这样说？

安默隐怔了怔。

道玄斯怎么了？

眼前的道玄斯如同一名守护公主的骑士，又像帝王一般的恶魔，威风凛凛地站在安默隐面前。而他，像阿波罗之神般的王子，又像隐藏自己洁白羽翼的天使，降临在恶魔面前。

他们四目相对，湛蓝色的美眸与暗黄色的晶眸碰撞交集在一起！

安默隐收回目光，淡淡地说：“我们该去开会了，B市的所有校长都聚集在一起了，只差你我。”

“知道了。”道玄斯不屑地回应。他一个华丽的转身，从莓铛的怀里抽走洋娃娃，今天的洋娃娃打扮得十分美丽，放在他的口袋一定是别具一格的风景！

啊！我的——我的洋娃娃！

莓铛眼巴巴地看着自己的洋娃娃再次冷不防地被他掳走，她十分想上去阻挠，可对面的安默隐温柔地目视着这一切，她已经没办法与他挣扎。

“这洋娃娃是你的？”安默隐向莓铛笑了笑，随后与道玄斯共同消失在阳光的光芒中。

“你喜欢吗？”道玄斯将洋娃娃塞进自己的口袋，没有回答他的问题，而是皮笑肉不笑地审问。

“很可爱，像莓铛。”安默隐淡淡地露出一抹如同玫瑰盛开的笑容。

道玄斯低下头，洋娃娃也许和莓铛在一起久了，无论表情轮廓和装扮都与莓铛十分相似。他暗自地伸出手抚摸着洋娃娃的脸庞，犹如莓铛那吹弹可破的肌肤。

果然……

由于新来了个插班生，莓铛的课桌椅都被老师拿去给新生用了，老师以为莓铛不会来上课，于是莓铛蹲在教室角落制作手工。她不说话也不抬头看黑板，习惯性地低下头估摸着什么，周围全是被同学翻出来的洋娃娃衣装。

不责怪谁，不抱怨谁。

Part 2

“啊哈哈哈！你看！这是什么？这是莓铛洋娃娃的小裙子！”下课了，一群女生拥挤着莓铛，A 女同学拿起洋娃娃的粉色蓬蓬裙，一番嘲笑道。

“哈哈笑死我了，你看你看，这个又是什么？这是那孩子的皇冠呢！还真的是渴望嫁给王子的洋娃娃公主呢！”

B 女拿起洋娃娃小小的银色皇冠，笑着笑着就往自己的头上戴，跟 A 女演了起来。她故作一脸委屈，掐着嗓门羞答答地问：“哎呀！我的王子，你会接受我吗？”

A 女非常配合地摸了摸她的手，一脸深情：“我的公主！戴个皇冠就是公主的话，那么蛤蟆都是神仙了！”

“哈哈哈，笑死我了！”两人默契地笑了起来。A 女看了看莓铛怀里空荡荡的，冷笑着追问：“莓铛啊，你的孩子呢？是不是呜呼了？”

“呸！你怎么说话这么难听！莓铛的孩子是得了绝症，正在洋娃娃医院抢救呢！没看见莓铛一脸忧伤吗？”B 女贼笑着说。

莓铛闭上眼睛，捂住耳朵，她们五个人你一言我一语地唠叨不停，让她害怕得浑身颤抖，头越埋越深，直至脸上滑落的泪珠被她们发现。

“哎哟，对不起啊，我们不是故意要提到的。”

我……根本就没有什么孩子，为什么非要这样说……

好厌恶这些人……

“你们说的，是它吗？”

一句熟悉而好听的声音钻进所有人的耳朵，她们都被这股强大的磁性音吸引而去。

他的声音。

他的降临……是巧合吗？

莓铛胆怯地转过头，湿润的眼眸清晰地印出他的影子，他额前的发丝随着暖风丝丝拂起，暗黄又好像带着血红的晶眸闪着桀骜不驯的英锐之气，仿如雕刻般的轮廓深邃分明，英俊得无与绝伦、无可挑剔。

他一只手酷酷地插在裤袋，另一只手提起莓铛的洋娃娃，面容看似柔和，可谁都能看得出他平静的俊脸下暗藏着怒火。

“哎？道……道玄斯！”A女同学显然被他的出现吓了一跳，惊诧地注视着他。

天哪！是道玄斯！

女生的梦中情人！

五位女生见到道玄斯，个个涨着绯红的脸，她们开始紧张，心跳开始加速，满眼欣喜地望着往日难得一见的真人。

真好看。

“这个洋娃娃有什么问题吗？”道玄斯故作很有心情地询问，可他充满阴鸷的眸出卖了他，他充满冰霜的仿佛能够将她们冻结的嗓音也出卖了他。

五人面面相觑，难得与道玄斯对话，怎么说也要有个好印象——

“道玄斯，莓铛以前怀过孕，后来不知道怎么回事，她就很伤心，一直把洋娃娃当作她的孩子！”A女同学一直坚持自己从始至今的说辞，慌忙解释的声音带着几分甜美羞涩。

道玄斯沉默，目光一直没有离开过蹲在角落自己抱着自己的莓铛，那一刻他心疼不已，怒火又升了一倍！

“就是啊，道玄斯你看，我手机里还有她那些‘征男友要求’的贴条呢！不信你看！”B女同学连忙从书包搜出手机，翻出两年前的照片，失笑道。

不要再说了！

不！要！再！说！了！

至少——不要在道玄斯的面前说这种事情！

不要！

她弱小的心已经难受到极点，浑身抽搐得厉害，仿如下一秒她便会停止呼吸！

“抱歉，也许莓铛没有告诉大家，那次的贴条是她故意气我才贴出来的。而这个洋娃娃是我送给她的礼物。”

道玄斯淡淡地说着，忽然夺走了B女同学的手机，猛地将手机从五楼的窗户扔了出去！

“啊！我的手机！”B女同学难以置信地尖叫起来，她内心快要崩溃，对道玄斯的感情从爱慕转换为恨！

道玄斯拿出纸巾擦了擦触碰了手机的手，随后一副若无其事的模样站在莓铛面前，他居高临下地望着她，此刻的她无依无靠，只有自己抱着自己哭，哭不出声。

他微微俯下身，冰冷的大手扣住莓铛的手臂，将她从地上拉了起来。由于蹲得太久，莓铛根本站不稳，扑进他怀里，他顺理成章地搂着她，将她埋进自己的胸口，不让她们发现她的为难。

“麻烦你们这群白痴以后别再找这笨蛋的麻烦，否则后果不仅仅是手机被扔那么简单！”道玄斯咄咄逼人的眼眸发出凛冽的光，嗓音桀骜地回应她们。五人的身体忽然有那么一刻僵硬，感觉到自己的内心正被他霸道地扣在原地动弹不得！

莓铛睁开眼睛，惊讶地抬起头，看到他那完美得无懈可击的侧脸闪着狂野不羁，薄而不失性感的唇瓣冷漠地向上勾起，那只大手触碰着她的肩膀，犹如一股神秘的电流正一点点试图撬开她的每一寸肌肤。

“还需要重复吗？”见到她们露出一副惊耳骇目的模样，道玄斯搂紧怀里的少女，眸中色彩加深，他郑重地宣布：

“莓铛是我的女朋友！”

“砰——”

这句话让所有人都难以置信，她们瞪大双眸，震惊到毛孔都张开的面容齐刷刷地望着他怀里的莓铛，羡慕起她平时什么都没做反而和这个神子在一起！

莓铛的心跳加速，她已经紧张到腿都站不直了，整个人软在他怀里，这么近距离的靠近，她能听见道玄斯的心跳声，她能感受到道玄斯身体的温暖。

即便手里没有洋娃娃，可是在道玄斯身边，就会有着比有洋娃娃在还要坚固的安全感。

“所以——莓铛只能被我欺负，如果有人敢伤害她，我会非常火大！给我记住！”

道玄斯虽然不是什么豪门贵族少爷，可是他却比那些人重要，所有职场人都在想办法挖掘他的智慧，都在想办法将他邀请到自己身边，没有人敢得罪他。

她们咬着牙皱着眉琢磨了一会儿，随即向道玄斯毕恭毕敬地鞠躬后撒腿就跑。

不能得罪这个可怕的学霸！

以后再找莓铛算账！

见到她们离开，道玄斯没有放开莓铛，而是加深了力度，将她紧紧地嵌入他的身体。

“笨蛋！下次被欺负就要反抗啊！”

道玄斯低吼着，恼怒与心疼挂在脸上，他微微俯下身，俊美的容颜贴着她的耳朵，修长的手将她的头扣在他的胸脯上，指尖穿过她柔顺的发丝，俯下身的那一刻，他能嗅到让人舒畅的蔷薇清香，那是他平时极少嗅到的，这种特殊的清香从她身上散发！

“……”莓铛闪着大大的眼睛没有回应他。

她吓坏了，被道玄斯吓坏了！

我只不过是一个再普通不过的女孩，为什么道玄斯要这么特殊地对待我？

他不知道他说出这些话的时候，莓铛都快要感动得晕掉了！

一定是梦！

“喂！”道玄斯敲了敲在他怀里不知道发什么呆的莓铛，绷着黑脸望着她，随后将洋娃娃塞进她的手里。

道玄斯万万没想到，原来洋娃娃在别人眼里的定义居然是她的孩子！

该死！

那群智商低级、脑袋进水的女生！

就算是莓铛的孩子又怎样？

就算是莓铛想做妈妈又怎样？

那孩子的父亲也一定是道玄斯！

道玄斯猛地反应过来！

我……什么时候有这种想法了？

莓铛抬起头，便迎来一双深不见底的金黄色冷眸，剑眉微拧，面有愠色，似乎在因为刚才的那些事而强忍着怒火。

他注视着她，略噙着冷笑的薄唇显得邪魅性感。

“走了笨蛋！”道玄斯从她身旁走过的时候，大手忽然抓住了她发麻无力的小手。

莓铛措手不及，被他带动得转过身，她的步伐加快，她以往的速度根本追不上道玄斯，可现在他牵着她，他就在她的面前，他离她那么近！

莓铛的脸上泛起了红晕。

“莓铛是我的女朋友，所以——莓铛只能被我欺负，如果有人敢伤害她，我会非常火大！给我记住！”

那句话一直徘徊在莓铛的脑海中，犹如循环的情话，她越想越脸红，心跳也就越来越快。

道玄斯，这是真的吗？

Part 3

“你的手机给我。”道玄斯永远都是走在莓铛的前面，修长的腿不禁因为后面的小短腿而放慢了速度。他不耐烦地别过脸来凝视着低着头擦头发的莓铛，淡淡地说道。

突然，不知是过于专心还是发呆出神的莓铛不知道前面的道玄斯停下步伐，一个不小心便撞进他的胸脯！

“砰——”

疼——

莓铛有些生疼地闭上眼睛，揉了揉额头，发现自己在道玄斯怀里，下一秒，她急忙站直身。

“这么想被我拥抱吗？”就在她投入怀抱的时候，他伸出手情不自禁地想要将她揽入怀中不放开，可谁知他的手刚抬起，反应突然加快的莓铛却下意识地站直身子，离开了他的怀抱。

“发什么呆？”那双仿如灌满了璀璨金黄色钻石的眼眸目不转睛地捉捕着莓铛那绯红的小脸。他脸色阴沉，向她伸出手，简单地说：“给我！”

什么？

莓铛一脸迷茫。

他想要什么？

见到她一脸天真的模样，道玄厮不禁扶额，淡淡地再次重复一遍：“手机给我。”

手机？

莓铛想了一会儿，到底还是从口袋中拿出不常玩的手机递给了他。

道玄厮接过手机，只是滑动解锁配上非常可爱的粉色少女系主题桌面，桌面上也只有一些再普通不过的软件，却没有任何有关聊天的软件，音乐里没有歌曲，短信的消息是零，照片全是洋娃娃的，没有一张是莓铛的自拍，他迫不及待地打开里面的通讯录，里面却只有保安叔叔。

一个人……

莓铛……

你这个年纪不可能没人聊天，不可能没有自拍，不可能只有这一个人的电话号码！

你到底发生了什么？

在你的身上，到底承受了多少？

道玄厮拧紧眉毛，手指以火箭的速度打字。莓铛吓坏了，道玄厮这玩手机的手速明显就是一个狂魔！他的手机一定有很多喜欢他的女孩子的电话号码吧！

莓铛沉默地低下头。

直至他将手机递到她面前，莓铛才抬起头，接过手机，通讯录多了一名成员，联系人叫道玄厮，然后三个手机号码、五个座机，加上他家里的住址……

莓铛咽了咽口水，紧张地偷窥了他一眼。

“听着，第一个手机号码是我经常用的，有时特殊情况我会带错手机，怕你找不到我，这个座机是我家里的，这个是学院校长办公室的，这个是考点办公室的，这个是MK集团总部的座机，如果你打我家里我没接，后面这些座机都要挨个打，你在听吗？喂！真是……算了，我挨个备注……”

道玄厮板着脸，随后又将手机夺回去，边走边在她的手机上拼命地划来划去，吓得莓铛好担心他这手速会把手机屏幕划碎！

感觉自己好像在查自己女朋友岗的道玄厮郁闷了几番，打开拍摄功能，他忽然停下脚步，后退几步俯下身，下巴贴着莓铛的肩膀，莓铛扭过头望着他……

道玄斯就要按下拍照键——

如此近距离的靠近虽然不是第一次，可每次的靠近都能让她心跳不已。

“别看我，看手机，笑一个。”

“咔嚓——”

照片中的少年闪着暗黄色的深邃眸子，头部略低，靠着她的肩膀侧脸贴着她，殷红绝美的薄唇略噙着一抹弧度，似乎在静静地微笑，几近妖娆。

旁边的少女似乎才刚刚回过神，她闪着好看的清澈晶眸，柔软的粉嫩双唇微微张开，娇俏玲珑的小脸被心里渗出来的色彩染成了粉色，粉色香腮，她似乎在这一刻充满着好奇、紧张、心动……

那是莓铛第一次与别人合影……

与道玄斯合影……

暧昧的靠近，能清晰地感受到他扑鼻的清香，他能感受到她因他的靠近而紧张到浑身发抖的样子。

真可爱！

道玄斯站直身，对这次拍的照片并不算很满意，莓铛的表情太僵硬了，简直就是一个活生生的洋娃娃！

“给你，想和我合影的人还得排着队，算是给你的特殊待遇。”道玄斯将手机递给莓铛，然后无聊似地看着她手里的洋娃娃。

莓铛接过手机，看着日光下清晰可见的两张面孔，他好熟悉，可为什么觉得自己这么陌生？

“她是我的女朋友！”耳边又吹起刚才道玄斯说的话。

他的女朋友，他才能欺负的女朋友，只是梦吗？

道玄斯这种又阳光又带几分撒旦的性格外加男神般的身高和天使的绝美脸庞，哪个女生不喜欢？

他应该——跟很多女孩子说过这种话吧……

莓铛更是失望地低下头。

道玄斯凝视着莓铛发呆，他看了看时间——

一个笨蛋再加一个迟钝的洋娃娃，已经发呆很久了。

当他不存在吗？

“阿斯！”清澈甜美的少女音打破了这片死寂。

道玄斯的心猛地一抽！

她怎么来了？

只见亚子美兴高采烈地走了过来，毫不拘束地一把挽住道玄斯的手臂，甜甜地望着他：“知道你会议结束了，我特地跑去买些你爱吃的东西！今天的会议还是和以往的一样吗？”

以往……的一样……

亚子美的主动与道玄斯的不抗拒证明了他们是再熟悉不过的人，莓铛眨巴着眼眸却不敢望着他们，可她却能从亚子美的声音中感受到她的笑萦绕在心扉！

大概是恋人吧……

“啊，怪不得会议结束不见你等我。”道玄斯觉悟地阐述着，随后目光扭向如同透明般存在的莓铛。他说了谎：“路过教学楼的时候听见莓铛被欺负，就顺手帮她解决了。”

什么……

莓铛瞪大眼睛，她的心在那一瞬间破碎！

什么叫顺手？

如果亚子美在会议室门口等了道玄斯，现在的自己还是会蹲在角落哭泣，他不是王子！

他不是！

紧握着的洋娃娃瑟瑟发抖。

“哦，原来是这样，莓铛同学你没事吧？”亚子美走过来打量了一番莓铛，她无处不在的特殊，制服即便再衬托出学院的特色，可穿在莓铛身上却有着一股华丽与欧式的即视感。

她大概就是阿斯说的有人会吃醋的人吗？

见到莓铛侧脸上的发丝黏着什么，亚子美细心地替她摘取下来，微笑着说：“是一片叶子。”

她无法相信亚子美会这么做，不是所有的学院学生都讨厌她吗？

亚子美望着她手中安静的洋娃娃，对着她说：“如果你能再次说话，说清楚你内心真正的感受，或许就不会再被欺负了，给自己一点勇气！”

她临走前向她抛了个媚眼，随后拉着道玄斯的手臂对道玄斯说：“阿斯，走吧走吧！东西我放在门口，万一被别人拿走怎么办？”

“猪啊你？不会放我位置上吗？”道玄斯一边打趣，一边跟着亚子美的步伐，并同前行。他扭过头望了一眼莓铛，就见莓铛在他扭过头的那一刻转个角，消失在他的眸中——

“亚子美……”道玄斯说。

“啊？”亚子美抬起头，撞来一双她从未见过的认真眸子。

“你跟莓铛说了什么？”

Part 4

“没什么，只不过她还忘不掉以前的事情，挺让人心疼的！”亚子美笑了笑，两年前莓铛的事情让所有人都触目惊心，难以忘记。

“以前除了你们说的这些，她还经历了什么？”道玄斯问得毫不在乎，却迫不及待地想要知道答案。他的心充满了怜悯，他对莓铛有着特殊的心疼……

莓铛……总是一个人踽踽独行，总是一个人被拥簇在人群中，她那样的女孩子，曾经……一定……哭了很久很久，没有人安慰她，没有人拥抱她，达到濒临崩溃的地步了吧？所以才会变成这样子。

宛如玩偶般活着，所有人眼中最不存在的透明莓铛……

那双璀璨迷人的暗黄色晶眸有着让人痴情的柔情，亚子美瞪大眼睛紧咬着下唇，下一秒，她嫣然一笑，搂紧道玄斯的手臂，似乎害怕他会丢失般。

“嗯……她的事情所有的人都知道，要不然莓铛这么可爱的女孩子哪个男生不喜欢啊？”

道玄斯明白了什么，莓铛以前一定很受男生欢迎。

这样拥有洋娃娃般白瓷肌肤的女孩，不说男生喜欢，女生也很羡慕。

“不过现在啊，只有坏男生才喜欢她！”亚子美噘了噘粉粉的小唇，一脸不高兴地等待道玄斯发现她的变化。

她是一个很糟糕的女孩吗？

不像……

不对……

道玄厮心想着，完全无视了在一旁撒娇生闷气的亚子美。

莓铛现在……应该还在公交车站……

残阳西沉，光辉把暮霭吻得不堪一击，温暖暖昧的金黄色洒在这座美丽的城市，公交车站椅子上是少女等候多时的倩影，满天穹殷红的云霞，泛滥着金碧辉煌的波浪云朵，一点一点地将世界染成金色。

那种无法媲美的风景……像是道玄厮的眼睛。

莓铛默默地抬起头凝视着天空带来的瑰丽多姿的壮景，手中的洋娃娃被残阳遗留的残光宠爱得温和，她搂紧洋娃娃，视线转移到公交车上，一辆又一辆公交车驶过，却没有一辆是她要坐的。

她拿出手机，看了看主屏上的合影，道玄厮的笑容与自己紧张却害羞的面容，渐渐地，淡淡地，她轻轻地扬起一抹不起眼的微笑。

道玄厮——人真的好好！

亚子美……公主般存在的亚子美……应该是道玄厮的女朋友吧，只有公主才配得上王子。

亚子美其实人真的很不错，她在以前救过莓铛，她声称自己是仗义女侠，她曾在莓铛面前哈哈大笑说自己就是无敌的美少女骑士。

可是她在莓铛的眼里，是公主——

只是后来亚子美相信了所有人的话，不相信莓铛了，无所谓，她们本来也不认识。

莓铛闭上眼睛深深地呼吸着，不料身后传来一阵令她恶心的声音！

“哟呵！小铃铛！”朱戒开着车望见了旖旎的美少女，嘴角牵起一弧邪恶的笑容！

这句话犹如地狱魔鬼般刺进莓铛的耳朵，她瞪大眼睛，浑身动弹不得！

“小铃铛，这么晚了还在等公交车啊！哦，我忘记了，我可爱的小铃铛可是一只喜欢等同学走光了才会从角落里钻出来的猫咪，上来吧，哥哥送你回家！”他坏坏地抚摸着下巴说道。

莓铛一动不动地僵硬在那里，充满胆怯的清澈晶眸凝望着朱戒，那楚楚动人、令人怜惜的模样，朱戒实在心动不已，迫不及待地从车上趔趄地爬下来，如同见到美食的饿狼般直奔莓铛扑去！

莓铛就在他飞扑过来的那一瞬间站起身，紧张与害怕涌进她的心，她的每一根神经，她的每一滴血都开始在体内发冷，仿佛停止流动。

她搂紧洋娃娃准备掉头就走，可手臂却被他箍住，他阴鸷着眼眸，居高临下地望着她。

“小铃铛，我又不欺负你，别跟见到瘟神一样啊！而且，我可爱的小铃铛不是除了学院和公交车站，哪里都没有去过吗？怎么样？我是不是很了解你？”他龇牙咧嘴地说，迅速将她的洋娃娃夺了过去！

可恶！

我的洋娃娃！

莓铛咬着牙，没有反抗他，只是望着他紧紧抓住她手臂的手。

“怎么了？弄疼你了？啊！我好心疼，我马上松开好不好？”

朱戒凑过脸来，抓着她卷卷的发尾嗅了又嗅，似乎整个人都放松了，他一脸欣赏地望着她精致恐慌的小脸，笑道：“我家小铃铛真香！蔷薇的香味！没有认识我家小铃铛的时候，我可是从来都不知道蔷薇花的香味是什么样的哦！”

讨厌！

好讨厌！

为什么要遇见这样的人？

“安少爷——”

不远处的豪车后座内，安少爷静静地望着眼前这一幕，玛瑙般湛蓝色的晶眸折射出莓铛恐惧害怕的模样，实在令人怜惜。安少爷修长白皙的粝指在厚皮书的封面上敲了又敲，似乎在考虑要不要下车，直到莓铛差一点被亲！

“安少爷……”副驾驶的保镖不明白安默隐为什么要停在马路边，这里是不能停车的。

“闭嘴！”安默隐烦躁地命令道，他拧紧着眉毛，打开了车门——

“小铃铛，哥哥送你回家，哥哥还不知道小铃铛的家住哪里呢！顺便带我见见未来的爸爸妈妈！”朱戒坏笑地钩住莓铛的脖子，拖着她硬往自己车上走。

不要……

莓铛内心十分挣扎，可她就要被他折磨得筋疲力尽时。她越过他夺回了洋娃娃，紧搂着不能再让他抢走了，她企图让自己平静下来，忍受这一切。

却在那一瞬间，一只大手捉住了莓铛！

“她很明显不愿意跟你走，为什么还要逞强呢？这样男人的风度就没有了……”柔软的声音犹如残阳下拂来的暖风，淡淡地进入她的耳膜。

夕阳落下的时候，金水的光芒透过云层投进他的身上，那被拉长的影子若隐若现。

令莓铛充满恐惧的声音中忽然降临了柔暖的嗓音，好像天使，好像王子，好像天神，好像是莓铛无法形容的人。

“什么？”朱戒听到这声音足够破坏他的心情，本想狠狠揍这个说他没男人风度的家伙，带着愤怒的面容想要转过身，整个人瞬间软了下来，他结结巴巴的声音更像是见到了自己的祖宗般：“安安安……安少爷……”

是——安默隐吗？

莓铛背对着安默隐，内心揣测着身后好听到骨头都要酥软的声音，一定就是安默隐。

他的声音与道玄断不同，莓铛分得出来。

“很抱歉，你得把这只可爱的小猫咪还给我。”

安默隐对着朱戒袭来一抹杀伤力极度强大的温暖笑容，借着金色光芒的残阳如同一把把锋利的刀刃向朱戒刺去！

说完，他把目光挪向莓铛紧张到发抖的身体，却因见到熟悉的人而愧疚地低下头，不敢直视她。

又是低头……

安默隐已经很久没有见过莓铛抬起头望着他的模样了……

朱戒怔了怔，他是贵族的大少爷和莱恩德学院院长的儿子，在他的地盘闹事……似乎不太妥，还是下次再找莓铛吧。

朱戒想着想着，觉得自己越想越对，于是他放开了莓铛，好声好气地对着安默隐说道：“安……安少爷，这纯属误会啊！莓铛跟我约好了让我来接她的，这小丫头居然敢食言了……你看……这……”

“我知道了，你回去吧。”安默隐温柔地打断，打断这种不礼貌的行为证明了安默隐不喜欢他，他身上浓浓的烟草味连安默隐这个距离都能嗅得到，可想而知被他攥在身边的莓铛有多难受。

朱戒点头哈腰地火速离开！只希望安少爷不要记得他的样子，不然他就惨了！虽然他在莱恩德学院是出了名的不良少年之一，可还是希望自己有个毕业证什么的，希望这次安少爷不要追究了！

真是倒大霉了！

果然，那之后的第二天，朱戒被莫名退学。

Part 5

安默隐看了看莓铛清泪潸然的模样，梨花带雨，亦是美丽动人，她手上的洋娃娃被她紧紧地贴在胸口，似乎猜到了什么，他准备走过去的时候，莓铛却害怕地退了一步。

她怀中紧抱不放开，是道玄斯开会会议上摆在他桌子前的洋娃娃，是道玄斯对着发呆的洋娃娃，以前的道玄斯在会议上总会第一个发言、第一个反对，那样的专心致志，似乎今天看不见了。

因为莓铛吗？

安默隐不由得在心底打了个结，眼前的莓铛真是让他心疼不已。

他好想抱抱她。

可是，两年前，他就已经失去了这种勇气。

莓铛冥思苦想了一会儿，向着他低头弯腰鞠躬，随后准备离开，却被他阻止。

“你似乎很怕生。”温暖的大手扣住她细小的手腕，她给他的感觉轻飘飘的，好像只是空气中的气流，随时会伴着风飘走。

他不许她这样。

安默隐温柔地注视着她，望着她娇小的背影，此刻明白她所受的所有委屈，他只想将自己最温柔的一面作为道歉献给莓铛，作为他没有及时下车、让她受到了惊吓的道歉。

她害怕……

安默隐是什么人物谁不清楚？他——也会让她退学吗？虽然她不是什么不良少女，可是确实是学院头号讨人厌的女同学，没有之一。

莓铛难为情地收了收手，却被他攥住，力度很紧。她根本逃不开，可却一点也不疼。

“我送你回家。”安默隐简单地说，似乎意识到了什么，他连连补充道：“放心，我不会跟那种人一样。”

既然她已经忘记了我，那就选择重新开始吧！

重新在一起。

重新互相信任。

莓铛一个劲地摇头，“嗖”的瞬间，一辆豪华的奔驰便出现在她面前，安默隐为她打开后车门，等待她上车。

“天色不早了，还想遇见像刚才那种人吗？”安默隐淡淡地说道。残阳下，他绝美的容颜粲然迷人，让人无法抵抗。

莓铛犹豫不决，天很快就会黑了，如果……如果让他送我回去应该没什么问题吧……

安少爷……

应该不是坏人……

我要是上车了会不会被人看见然后又误会我？

想到这里，莓铛的眼睛四处张望着，金色笼罩着眼前的一切，她没有看见来往的莱恩德学院的学生。

不能……那也不能上车……

莓铛害怕地往后退，下一秒，安默隐成功地拉着她上了车，快速地关上车门，他向司机扔了句“开车”，之后便一直打量着莓铛。

可上了车，安默隐就开始头疼，他无奈地望着跟他保持非常夸张距离的莓铛，且莓铛的姿势如同木偶般纹丝不动。

“你家住哪里……”安默隐蹙着眉头温柔询问。

“……”

莓铛恨不得把自己的身体与车门合二为一，或者钻进去，他说的话在此刻形如拷问，让她紧张得沉默。

“你……两年都不说话的吗？”安默隐手扶搭在车窗边，顺着脑袋微微侧着，手撑住了他的脸，他凝神地望着尴尬至极、瑟瑟发抖的莓铛。

“……”

依然是沉默回应。

即便不说话，也难不倒安默隐，他伸手对着面前打了个响指，淡淡地命令道：“派人到校长室的文件架找一找学生家长的住址，名字莓铛。”

“是，少爷。”保镖通过蓝牙又发布了新任务，没过三十秒，他得到了回应：“少爷，没有找到莓铛的住址……”

啊，好尴尬。

莓铛羞涩地低下头……

那些需要填的资料，许是她当初忘记了填写，或者说她根本就接触不到，所以什么时候有这种东西，也没有人告诉她，更不会有人伸出援手帮助她。

所以……她注定要下车的。

莓铛惊慌失措地看了看离自己不远的安默隐，安默隐柔情似水，脸上似乎从未有过除了温柔以外的表情，静静地坐在那里，温文尔雅，高贵无比，安默隐这个名字，莫名的与他本人搭了起来。

“这样……”安默隐暗下眼眸，他的侧脸是莓铛幻想中的模样，高挺的鼻梁与恰到好处的绝美薄唇，那双灌满湛蓝色玛瑙石般的晶眸永远带着让人心碎的忧伤，白皙的脸庞与穿着的制服张扬着他的高贵与优雅。

好美……

莓铛不禁看得有些出神。

好看的侧脸在她不知不觉的时候扭了过来，她安静地坐在那里，肌肤如雪，似乎一触摸便会融化，那双犹似一泓清水的清澈大眼睛让人顾盼之际，细削优美的双腿配上她自己搭的蕾丝裙，摇曳着少女的特殊、可爱至极，让他为之所摄。

他也望着她出神，四目相对，那种无法阐述的表情在温暖的空气中渐渐变得不一样。

“咳咳……嗯……”坐在副驾驶的林文故作什么都没看见，司机也有些不好意思地别过脸。

莓铛收回视线，才发现彼此注视着好久了。她更是羞涩地蜷缩着身体，整个头埋进洋娃娃身上。

安默隐苦笑着，刚才的那一瞬间，他竟有想要抚摸她脸颊的冲动，那种让他渐渐心跳起来的感觉，安默隐明白，那是什么——

“去翼城。”他简单地对司机说。

“是，少爷。”似乎觉得自己有活干了的司机忽然精神百倍，立即启动车子。

啊，翼城？

那是什么地方？

车行驶的地方离我回家的路越来越远，怎么办怎么办……

莓铛将头抬起，便被安默隐的视线成功捕捉。

“不告诉我你家在哪里，只好去我家了，刚好我一个人，挺闷的。”安默隐朝她绽放出让人无法抵抗的璀璨笑容，直直地暖进她的心扉！

莓铛瞪大晶眸！

什……什么？

去他家？

不要！

“嘀嘀——”安默隐的手机响了，他拿起手机看了一眼来电的对象，才接了起来：“都处理好了吗？”

“处理好了，总共三十一份，唉，现在这些出题的学生水平真差，觉得大家好骗吗？”道玄斯不耐烦地看了一眼被他摔在办公桌上的文件。

亚子美在沙发上吃着喜欢道玄斯的女生为他做好的便当，时不时抬头看了一眼道玄斯。

“呵呵，也许他们觉得自己不如几十年前的出题导师吧！好了，时间不早了，你回去休息吧，辛苦你了。”安默隐淡淡地笑了笑。

道玄斯问：“你到家了吗？”

安默隐望了一眼莓铛，她依然缩在角落，犹如一只受到惊吓的小猫咪。

“在路上。”安默隐说。

“好吧……”道玄斯想了想，似乎对这个贵族少爷没什么想要说的了，正准备挂断电话的瞬间，对方忽然说了一句：“等一下！”

“你说。”道玄斯看了看时间，该死，都这么晚了！

安默隐想了想，本想隐瞒这件事，可莓铛这副害怕到眼泪都要掉下来的样子，实在让他心疼不已："你知道莓铛家住哪里吗？"

莓铛？

安默隐怎么会问莓铛的事情？

道玄斯百思不得其解，随后，他认真地询问道："怎么了？"

"今天放学回家的时候恰好碰见莓铛被一个男的强行带走，她似乎受到了惊吓，怎么问她住哪里都不说，可是——我发现她好像不怕你……"安默隐望了莓铛一眼，犹豫不决地开口。

听见这句话的时候，莓铛就已经知道，电话那边是道玄斯，可为什么知道是道玄斯的时候，她的心会那么难受？

Chapter 4

因为在乎所以才生气

Part 1

“什么！”

他被惊吓得瞪大了眼睛，整个人僵硬在那里动弹不得，炽热的心在那一刻变得冰冷，空空的，似乎被人挖走了重要的东西。

不远处坐着的亚子美被他的反应吓到，不禁望着他，她皱着眉头看着他，他此刻脸上挂着她从未见过的表情。

“道玄斯？”见对面一直没有声音，安默隐怔了怔，自己说错了什么吗？

“她自己跟你上车的吗？”许久，道玄斯开口审问。

安默隐凝视了莓铛惊慌的小脸一会儿，才笑了笑：“不是。”

随后，安默隐又说：“如果你不知道的话，那我只能看着办了，再见。”

“等下！”就在安默隐准备挂断的时候，一股充满力量的声音忽然响起。

亚子美吓了一跳，安默隐吓了一跳，莓铛害怕得不行！

“我跟她住得非常近，可以顺路跟她一起……让她下车……在公交车站等我，我很快过来……”说出这句话的时候，他感觉特别别扭，他家跟莓铛那鸟不拉屎的地方简直就是一个南和北，怎么可能住得非常近！

真是疯了！

安默隐想了想，咨询了一下莓铛：“道玄斯说让你等他，你要等吗？”

哎？

握紧洋娃娃的她听到这句话的时候，似乎得到了安全感，她睁大可爱的大眼睛，忽闪忽闪地望着安默隐。

没一会儿，她点了点头。

亚子美眼睁睁地看着，他刚一挂断电话，就匆匆忙忙拿走制服的外套，对着她说：“抱歉，我先走了。”

亚子美嘟起小嘴，娇嗔地说：“这便当难吃死了，下次有喜欢你的女生给你做便当不要再给我吃好吗？我都变胖没人要了！”

道玄厮苦笑，拿起衣服，走的时候留下一句话给了亚子美，那是亚子美最喜欢最喜欢的话：“谁敢嫌弃你胖，我就揍谁！”

亚子美笑着笑着哭了起来，虽然她不明白他跟安默隐说了什么，可为什么这次道玄厮的离开，好像……

好像她就要失去他了——

黑色纱布一层又一层地裹住一望无际的天空，数不胜数的星星如同顽皮的仙子般挣破黑纱，远远地望去，星星好像是无数颗金黄色的珠子，密密麻麻地镶嵌在此时的夜空。

城市的灯火流光溢彩，在空中还飞着结群成伴的流萤，搭配黑幕的美，虽然这种景色很常见，可细细一看，就会获得某种意义上的画家无法画出的艺术美感。

公交车站，有着娉婷婀娜背影的少女，眸光柔和地望着车水马龙的公路，清澈而平静，怀中的洋娃娃被她用双手轻轻地贴在胸口，可爱的书包斜斜地挂在她的胯骨边，看不出重量，似乎从来不装书。

“莓铛——”

一阵凉风吁吁拂来，那带着清爽磁性好听至极的声音随着柔风一点一点，温暖地钻进她的耳朵，带着魔法般触进她身体的每一处。

她的心仿佛在那一刻从胸膛里掉落，她害怕又期待地转过身，眸里是一具高大的身躯，他闪着璀璨的暗黄色晶眸，绝美的唇线微紧，板着一张白皙绝美的脸庞。那深邃的五官带着一股混血的味道，那凌乱却不失身份的制服，此刻显得格外性感迷人。

他就站在她面前，他只要伸手就能随意触碰她的距离，使莓铛不禁吓了一跳，她微微抬头看着他，瞬间跌入他深邃的晶眸中。

“为什么你要上安默隐的车？”他冷着脸孔审问，见她害怕地后退，他便一步一步地靠近，直至扣住她的双肩。

“……”他此时气势骇人，被他扣住的双肩开始隐隐作痛。莓铛闭上眼睛低下头，怀中的洋娃娃渐渐被她搂紧。

她有些不敢去注视他此刻闪着一丝冷漠的晶眸，他放开了她，唇瓣勾起的弧度带着玩世不恭的味道，仿如看透一切。

可他松手的那一刹那，莓铛心慌了，他眸中透着光，眼神与大家看她时一模一样，是……和大家一样……开始讨厌她了吗？

“洋娃娃公主，你真贪心。”道玄斯冷笑一番，伸出手弹了弹她的脑袋，试图把她弹醒，“只要哪个男的对你好，你就会跟他走，是吗？”

“……”我没有。

“如果安默隐不在，就不会破坏你的好事了对吗？”

“……”我没有。

“如果我不让你下车，你现在应该到他家了，是吗？”

“……”我没有。

“莓铛，你的心就是这样的吗？”道玄斯轻嗤着，说出这种话的时候，眼眸透露着光泽与柔情，却在对话之后化为肃冷。

“……”莓铛的脑袋越来越低，她不知道怎么说，不知道怎么解释。

这次……也真的无所谓吗？

即便我真的忘记了怎么开口说话……怎么去解释自己内心真正的想法，真的会有人顾及我的感受吗？

上了安默隐的车，在道玄斯面前，现在估计已经是毋庸置疑的事情了。

而他，看不见她那如洋娃娃般精致华丽的小脸，对他来说，她在逃避！

道玄斯伸出手，捏着她的下巴逼迫她抬起头，逼迫她注视着他，逼迫她靠近他。

他目光浅浅，闪着灼亮的情愫，冰冷的粝指轻轻摩擦着她柔软至极的粉唇，慢慢地划过她嫩滑的脸颊，扣住了她的后颈，微凉而光滑的大手带着无法抵挡的电流，直射进她的每一根神经！

可他触碰她温热的肌肤时，又像是在感受她体内被他袭击而逆流的血液，怔了怔，他轻蔑地笑了笑：“你身上有烟草的味道。”

莓铛睁大眼睛，可就在她反应过来的瞬间，他稍微一用力，将她拥入自己的怀中，在她毫无预警的情况下吻住了她的嫩唇，吓得她手上的洋娃娃掉落在地！

突如其来地俯身让她措手不及，他突如其来的吻犹如暴风雨般让她惊慌不已。

莓铛的心扑通扑通地跳着，脚趔趄地踮起，此时自己与他紧紧地靠近，感受得到他传达的温暖，她像被道玄斯捆绑住一般。

无论她怎么反抗都只是白费功夫，好像他这般肆意亲吻着她是理所当然的。

“他没有吻你。”道玄斯淡淡地说着，嗓音有些沙哑，有些浓厚，让人沉迷。

那一刻，他的心软了下来，一开始他并不想责怪她，只是她抬头的瞬间，他恰好在气头上。

他的反应已经说明，他对这个不说话的洋娃娃般的人动心了——

在乎了——

他口中的“他”——是朱戒吗？因为我身上残留着他的烟草味，所以觉得我被他侵犯了，所以觉得我被他亲吻了，所以……所以他才吻我的吗？

好过分！

真的好过分！

为什么他也要这样误会我？！

“走吧……回家……”

Part 2

城市霓虹闪耀，大小各异的杂音混乱地夹在空气中徘徊，公交车站不远处的十字路口中央，喷泉散出漫天水灵灵的清泉，似剪不断的珠子，似在空中戏耍飞舞的流萤，似闪闪的银色花朵，水池里的清泉不停地翻滚，将人们投进去的硬币来回旋转，似乎在抽取幸运的许愿者，满足他们的愿望。

那喷泉喷涌而出，犹如莓铛此刻的心，道玄斯就站在她身旁，很近很近。

可一想到他的靠近，她的心“扑通扑通”地跳个不停，脸更是红彤彤的一片，要她怎么去说这种感觉？

“喂！”道玄斯敲了敲发呆的莓铛，蹙着眉头喊了句。

“……”莓铛抬起头的瞬间，她的手被他攥起，她才发现，眼前一辆她等待许久的公交车终于来了。

道玄斯戴着一顶黑色鸭舌帽，帽子微微往下拉，利用帽子来遮住他的模样，这样在人多口杂的地方就不会有人大声尖叫，发出跟见到鬼似的嘶吼音了。

那骨节分明的白皙手掌凉凉的，可是牵久了，他的冰冷会被她的温暖融化，从手掌心与气息传播而来的电流，一次又一次地侵犯着她的每一寸肌肤。

莓铛瞪大双眸望着道玄斯，他认真地看着公交车，对车内的拥挤流露出反感的神情，车上拥簇着许多人，他们有的低头玩手机，有的塞着耳机望着窗外的景色，有的无聊得和朋友聊天哈哈大笑。

该死！

这么多人，早知道开车过来了！

道玄斯咬咬牙，琢磨着到底要不要进去，没一会儿，莓铛迈出一步，就告诉了道玄斯，她想坐公交车。

这种拥挤的公交车，莓铛早就习惯了，只是有时被人用异样的眼神注视着，好可怕……

道玄斯主动牵着她上了公交车，由于要给车费，莓铛先进了里面，道玄斯没有零钱，于是直接将一百元扔进投放箱，吓得司机目瞪口呆，顿了顿，不由得在道玄斯身上多看了几眼。

道玄斯正准备往莓铛身边去时，便听到离她不远的几个男生上下打量着莓铛。

“大哥，好可爱的女生！”A 见到莓铛的时候，如同见到了活宝，眼里冒星，口水挂在嘴边，激动地拍了拍身边人的手。

“对呀！”B 更是夸张地搓了搓手掌。

“你看她的衣服是制服哎，还是个学生，可能是高中生。”

"太好了，我最爱学生了！"大哥摘下墨镜，仔细地打量了一下莓铛，随即他的笑容让人觉得邪恶。

"看见没有看见没有？她很可爱！"他们的眼睛齐刷刷地冲向莓铛的容颜。

就在他准备靠近的时候，一具高大的身躯堵住了他们，挡住了他们继续偷窥莓铛的眼睛。

道玄斯微微侧过脸，那双阴鸷的晶眸充满厌恶，持续了一会儿，车忽然在红灯停的时候晃了一下，莓铛站立不稳，还不够高，拉不到走道上的手柄，只好任由自己四处碰撞。

"笨蛋。"道玄斯走过去将莓铛拥在怀里，使自己成为她的依靠。他摁住她的头，不让她乱动，不让那些男人看见她身上的所有诱惑。

有那么一瞬间，道玄斯很想把莓铛上下都裹成粽子，不让别人欣赏。

想到这里，道玄斯的火就越来越大，几个男生面面相觑，怎么突然蹦个人出来了？

"大哥，他们估计认识。"A有些意外地说。

"还……还有可能是对恋人！"B有些惊慌地补充了A的话。

"大哥，咱还是另想法子吧，留得青山在，不怕没柴烧，这男的比我们还高而且那么壮，有可能是黑社会！"A凑过来在大哥的耳边叮嘱劝道。

"还有可能是练散打的！"B很肯定自己的回答，一副严肃的模样望着A和大哥。

"我怎么总觉得这男的好像个明星？"

"不不不，我觉得他像洛坲波斯大学的道玄斯！"

"你想得美吧！那学霸在M国，怎么可能在B市，还挤公交车？"

"哦哦……"

"……"大哥只好憋住内心的狂躁，白了道玄斯一眼，不耐烦地扭过身去。

道玄斯只感觉自己的胸脯炽热。他低下头，就见怀里的莓铛熟睡，手里的洋娃娃时不时想要掉落，他小心翼翼地抽走她的洋娃娃，她的双手放在自己的面前，甜恬的睡姿让人惊艳不已。

他收紧手臂，让她整个人都贴着他。

周围的人望了一眼恋人般存在的俩人，都不由得艳羡着。

莓铛醒来的时候，发现自己整个人悬空，被他横抱着走在昏暗的街道上。她迷迷糊糊，似乎刚睡醒还没有搞清楚状况。

“舍得睁开眼睛了？”道玄厮走着走着，发现怀里的人有了动静，他低下头，用那双暗黄色的晶眸望着她。

唔！

自己睡多久了？

哎？

为什么会睡着？

啊！

好害羞！

莓铛知道自己在公共场合就这样睡在他怀里直至被他抱下车的那种画面，虽然满满的让她心跳不已，可脸却红得不得了，热气从两耳喷发而出！

道玄厮也没有要把她放下来的意思，他默默地抱着她前行，眼前既熟悉又有些陌生的小路，曾经被他说是捡破烂和鸟不拉屎的地方，今天开始，好像不一样了……

他沉默，另有思绪，他将她整个人贴近他，对于他来说，莓铛小得不得了，轻得不得了，他从公交车上抱着她下车的时候，所有人都目瞪口呆地望着这对鸳鸯，他轻声对着他们做了个“嘘”的动作。

那个时候开始到现在，他一点都不嫌累，莓铛是有多瘦？营养不良吗？

到了家门口，道玄厮这才肯将她放下，他没有出汗，也没有喘气，好像他根本没有抱着个人走了半个多小时一样。

莓铛乖乖地低着头背对着他，从包包里搜出钥匙，就在她打开门的瞬间，身后一股力量忍不住朝她袭来，她失控地被他推倒在沙发上——

“莓铛，你给我仔细听着！”他目光炯炯，声音低沉性感。

莓铛惊慌失措地注视着他。

“我可以原谅你今天和那个男的在一起，但是下不为例！否则……”他悠悠地伸出手，放在莓铛扑通狂跳的胸口上，下一秒，他扯开了捆绑在胸口中央的蝴蝶结。

莓铛浑身血液逆流而上，冲刷着她的整个大脑！道玄厮得逞地邪魅一笑，将脸慢慢地逼近她："这就是下场！"

那双暗黄色晶眸灼亮，印出少女可爱诱人的脸孔，柔美的线条、雪白的肌肤如出水的芙蓉，此时她绝美的小脸上红晕如火般，那双清澈见底的美眸惊讶地望着道玄斯。

该死！

为什么她这么可爱？

他缓缓地站起身，双手酷酷地插在裤袋上，他噙着一抹邪魅的笑容，郑重地宣布道："从今天开始，你放学必须给我打电话，我送你回家，作为回报，你得做便当给我吃，就这样！"

道玄斯转过身挥挥手，似乎忘记说了什么，他背对着她补充道："记得把教科书都带上，我教你，否则会被留级的，再见，洋娃娃公主。"

Part 3

在……做梦吗？

莓铛顿了许久，一只小手掐着自己，即便掐得生疼，她依然觉得这是在做梦，她不敢想象地望着已经离开的道玄斯，不知道为什么，她忽然站起身，往阳台冲过去，想看道玄斯是不是已经走到小区门口了。

他额前的亚麻发被柔软的凉风缓缓吹起，圆圆的月亮将它最美最亮的银白色光芒照耀在他身上，一点又一点地点缀着他绝美的容颜。那双宛如沉浸在魔法池里的黄色水晶美眸见到阳台上的少女倩影，他非常满意地勾起唇角。

她出来了。

他亲眼看见她出来了。

太好了。

道玄斯站在楼底下的时候，一直抬起头看着莓铛住处的阳台，暗自揣度地幻想着莓铛的身影。

可她真的出来了。

他不需要质疑，一定是来寻找他的。

道玄斯朝她挥挥手，莓铛顿了顿，没想到他还真的站在那里，那种说不出的甜蜜感，她弯起不起眼的唇角，大胆地朝他轻轻挥手。

道玄斯很满意，他仿佛隐隐约约望见了莓铛的笑容，淡淡的，甜甜的，柔柔的，好像一朵羞涩闭合的蔷薇……

第二天，拂晓的阳光彻底地立在天穹之中，白白的晨纱把天地装扮得朦朦胧胧，触不可及的湿雾缭绕着、旋转着，如同一缕缕透明色的彩虹在空中袅袅漫舞着，整个气氛让酣睡的人们瞬间神清气爽。

莱恩德学院。

“道玄斯！这……这份是我熬夜做好的点心！不……不知道道玄斯会不会喜欢……”

女生挡住了道玄斯的去路，她羞答答地低下头，斗胆将心形爱心便当递到他面前，声音有些故意捏着嗓子，今天的打扮也比以往还要美丽，还喷了百合味的香水。

道玄斯似乎还没有从睡意中清醒。他半眯着眼眸，探了几眼眼前矮小的女生，没一会儿，他漫不经心地询问：“你有湿纸巾吗？”

“呃……有……”面对道玄斯忽然开口，带了湿纸巾的女生有些激动，紧张到颤抖的小手伸进书包摸搜了几秒，一个粉粉的、香喷喷的包装盒便拿了出来。

道玄斯伸出手毫不客气地拿了过来，抽了两张擦了擦懵然睡意的脸庞，随后将未用完的包装盒主动塞回她的书包。

“扑通——扑通——”

天天天……天哪！

道……道玄斯居然在用我的湿纸巾哎……

心……跳得好快怎么办？……

女生难以置信地站在那里，纹丝不动，感觉自己与他的距离非常的近，脸红透了似的，内心快要兴奋到爆炸！

“刚好还没有吃早餐，便当里面是什么？”道玄斯收下便当，打开扫了一眼，慵懒地问。

“都是你最爱吃的，自从我知道道玄斯要来莱恩德学院的那个时候就开始在努力做便当！希望你能吃！就算一次也好……”女生开始恢复正常心态，忍着给自己放松，让自己克制住内心的澎湃。

道玄斯不紧不慢地点点头，打了个哈欠，迈开脚步的时候，他顺手将手放在女生头上，那种微凉的触感瞬间酥麻了女生的全身。

"谢谢你，这么努力！"他放下手，走的时候丢了句，"不过，即便这么努力也没什么用，还是好好用心读书。"

"是！"女生激动地点头，目送道玄斯离开后，她高兴得飞了起来，跌跌撞撞地扑向教学楼。

望着手里热乎乎的便当，道玄斯有点想扔，可想到自己要被亚子美训斥，他便开始犹豫起来。

只要是女生送的任何吃的东西，进的都是亚子美的肚子，包括一些小礼物手工品，也都成了亚子美的东西，看着看着，他忽热想起了昨晚对莓铛说的话，心不禁一抖。

她也会做吗？

上次吃她做的面，虽然比不上那些正规的大厨们，却有着独特的味道，让他流连忘返。

上课的时间就要到了，算准了莓铛的日常规律，他想飞奔到公交车站不远处，假装碰巧遇见，然后假装毫不在乎地问有没有做便当，然后假装说味道很一般，然后假装说顺路一起去学校。

会不会太幼稚了？

道玄斯第一次对自己的智商产生怀疑。

可就在他抬起头望着前方的时候，眼前的少女耸立在那里，似乎站了很久。他的抬头让她不知所措，美眸闪了闪，唇瓣抿了抿。

莓铛恍然回过神，道玄斯已经站在她的面前，四目对视，她羞涩地又低下头，洋娃娃放在书包外，怀里捧着粉色蕾丝的正方形，热乎乎的，好像是便当。

可莓铛尴尬极了，明明会有别的女生送便当给道玄斯，为什么还要她做？

好蠢！

真的好蠢！

"笨蛋！这是亚子美的朋友让我给她的。"看得出她那清澈的晶眸时不时窥着他提着的便当，道玄斯有些想笑地弹了弹她的脑袋，假装不在乎地解释道。

听到这句，莓铛才缓缓地抬起头看着他，那双暗黄色的宝石泛起淡淡的光泽，她不小心跌入他的美，却又小心翼翼地爬了起来。

“你的便当给我。”他伸出手，像极了一只饿死鬼，猛地从莓铛手里夺走便当，迫不及待地打开一看，好看的晶眸目不转睛地注视着，仿佛是第一次见到便当里的美味。

看着他沉默，莓铛吓得瑟瑟发抖！

是不是……我放了什么他不喜欢吃的东西？

那绝美的唇形泛起了诱人的光泽，他微微地瞥过，探了几眼莓铛的脸色，嘴角忽然噙着一抹特有的笑意。

“你也熬夜给我做了便当吗？”道玄斯得意地询问。

莓铛怔了怔。

他……是怎么知道的？

心不由得加速起来。

“下次，多放点草——‘莓’，我最近很喜欢吃。”道玄斯望了一眼便当内孤苦伶仃的草莓，淡淡地说道，可眼神满是欢喜。他话中有话，莓铛听不懂。

她记在了脑海中——

道玄斯喜欢吃草莓——

刚好，自己的名字也有个“莓”字，可是很多讨厌她的人都说不是草莓的莓，是倒霉的霉……

莓铛的心情忽然舒畅了不少，因而对道玄斯的喜好又多了一分！

就在她刚想斗胆过去再次靠近道玄斯的瞬间，一道光速般的魅影从远处飞扑过来，吓得她又退缩在原地。

Part 4

“阿斯！你居然这么早就过来了？是不是别人又催你啦？”亚子美一如既往，总是从不远处跑过来，然后挽住道玄斯的手臂。

一如既往，在莓铛的面前开口闭口就是“阿斯”，一如既往，绽放出谁看见她的笑容都知道她是真心喜欢道玄斯的女生，而道玄斯却好像没有拒绝过或提起过，这种奇怪神秘的关系让人摸不着头脑。

莓铛收回视线，缓缓地低下头，一双手空空地放在两边，不知道为什么，失去了洋娃娃和道玄斯炽热的掌心，她便好像得了很严重的病一般。

她双手牵在一起，上下戏弄着，好在便当被道玄斯拿走了，不然亚子美肯定会……会嘲笑她的……

“啊，早上好，你也很早！”道玄斯挠了挠头，漫不经心地说，似乎对亚子美的突然出现有些惊讶，这么隐秘的走廊她也找得到？自己身上安装了GPS定位系统吗？

亚子美甜甜地笑了笑，一眼就望见了道玄斯左手一份便当、右手一份便当，随后高兴得直接伸出手去抢，兴致勃勃地边抢边嚷着：“便当哎！哪个女生送的！好香好香！快点给我！我帮你解决掉！我好饿哦！”

道玄斯被她摇晃得烦躁，将那女生的便当硬塞进她怀里，却将莓铛的便当放在自己身后，小心翼翼地保护着不让亚子美抢到，随即蹙着眉头对着她低吼埋怨：“拿着你的便当快走，猪婆！”

“啊？你说什么？”亚子美放开道玄斯的手臂，提着那女生的便当不高兴了，她嘟起可爱的小脸，“道玄斯你再喊我猪婆试试！我天天帮你吃女生送你的便当！你还嫌弃我猪婆？”

“你敢上天秤称吗？”道玄斯一番苦笑地凝视了一眼亚子美。

“比……你……轻！”亚子美的脸一紫一红，随即咬着牙齿一字一句地丢进他耳里。

噗……

旁边的莓铛差一点笑出声，她慢慢地抽起洋娃娃，放进怀里。

“没人让你吃，你自己要吃！肥了还赖我养肥的你，亚子美你肥也是注定的！啊！该死！”道玄斯说着，脑袋突然被亚子美从身后抽了一下，他俯下身扭过头，本想狠狠地抓着亚子美好好地跟她厮杀一番，却发现莓铛还在那里静静地看着这一幕。

糟了！

她该不会误会亚子美是我的女朋友吧？

谁是亚子美的男朋友谁倒霉！

这个男人婆！

道玄斯恶狠狠地瞪着亚子美，可没几秒，亚子美鼓着腮帮子不轻不重地踹了他几脚，随后她笑了笑，一副和好的样子拉着他的手臂，力大无比地拖着道玄斯离开：“走了！这笔账我先记着！好在没有人，要是有人看见你喊我猪婆，绝对笑死！”

……

莓铛……

亚子美没有发现我的存在吗？

是故意把我当作透明的吧……

一定是这样……

“喂！你能不能别这么冲动？”身高原因，道玄斯面色十分尴尬，他半俯着上身，制服的红色领带被亚子美抓得紧紧的，往前走去。

话音刚落，亚子美有些心疼，她放开了攥着他领带的手，顺便帮道玄斯整理好领带周围皱巴巴的衬衣，他的眼底余光还留着不远处少女的倩影，她看得很清楚，还有他隐藏在手中的那份便当。

阿斯喜欢的人做的吗？

是谁？

那洋娃娃吗？

莓铛将怀里的洋娃娃搂紧，带着美好而又复杂的思绪离开。

亚子美和道玄斯是恋人吗？

为什么道玄斯从来没有公布过他们的关系？

大概是以朋友名义作为的恋人吧！

好羡慕……

亚子美能够那么活泼地和道玄斯在一起，打他，触碰他，损他。

而我，只是一个连说话都忘记了怎么开口的人。

莓铛走进教室的时候，发现还没有上课，自己居然没有迟到，可却忘记了她的课桌已经让给了新转生，自己的几本教科书零零碎碎、可怜兮兮地躺在教室的角落。

“来了来了……”女同学的眼睛捉住莓铛的影子，伸出手晃了晃旁边B女的手臂。

“她是不是化了妆？真恶心。”

“道玄断说莓铛是他的女朋友，是不是真的？”

“道玄断人好，要是你被我们欺负，他也肯定会站在你身边对我们说这种话！所以，道玄断只是出于好意！让那梦想嫁给王子的蛤蟆得逞而已！”

“呵，居然还有脸来上课，要是我呀，早就跳进黄河洗一洗了！”女同学气急败坏地双手交叉在胸前，那双锋利的眼眸企图把莓铛给瞪死。

可莓铛却选择无视她们，她慢慢地半蹲在地上，捡起被人踩碎的圆珠笔。

“喂！你就不能考好一点吗？想给班里拖后腿是不是？真是垃圾！看看你考了多少分！总分才 10 分！”班长见到莓铛从后门飘进来，气势汹汹地从柜子里拿一沓试卷，“啪”的一声砸在莓铛的肩上。

莓铛毫无预警、毫无防备地被砸，她失控地倒在地上，随后慢慢地捡起自己的试卷。

算了……

没人相信你……

莓铛深呼吸着，不让人看见她的为难，或者，在别人的眼里，她永远都是一个洋娃娃的表情。

“莓铛我告诉你，班主任昨天开会已经提出让学校给你办退学了，你好自为之，求你别再出来害人了！”班长留下一句能够刺死她的话，愤怒地回到自己的座位。

“呵，活该。”女同学高兴得撩了撩发丝。

退学……

她不能退学！

再坚持一年就可以了！

班主任一脸无奈地望着跪在地上不愿起来的莓铛，办公室的所有老师纷纷惊讶不已，齐刷刷的讶异目光投了过来。

莓铛跪在班主任面前已经很久了，她依然低下头，没有人看得见她精致的脸上是什么表情，却能看得见几滴如珍珠般的泪珠滴落在她的裙子上，而洋娃娃则静静地靠在一旁。

“你现在跪下求我有什么用？入学时你的月考成绩不算很好，但也算优秀，你再看看现在的分数，班里 40 人成绩都被你拖了后腿，我们班排名总是倒数，大家还责怪我教不好你们，现在我不想带你了，其他班的班主任也不愿意带你，你知道吗？是没有人想带你，退学申请待会儿你就签字，别再啰嗦了，莓铛你真的不适合读书！”

班主任严肃地推了推眼镜，对着她揶揄一番。

其实她对莓铛也很心疼，这个在所有人记忆中从来没有说过话的可爱女孩应该很受欢迎才对，为什么会变成这样子，其实具体原因谁也说不清。

看着她跪在地上，手里捏着零分的试卷，班主任莫名地想哭，现在班级竞争力真的太大了，简直压得所有导师不能怠慢，为了让同学们不分散注意力，莓铛只能被退学。

莓铛轻声哽咽，头越来越低，她拼命地摇摇头，不去看班主任此刻难为情却要故作严肃无情的模样。

不许！

我不允许！

我做错了什么！

当初试卷被人调包，被人陷害，所有的一切都是她们的计划，凭什么她们就没事？

看着莓铛的小手绝望地抹了抹脸上的泪水，依然丝毫没有要起来的意思，这画面更是让班主任无奈又心疼几分。

“莓铛同学，这样吧，你转去其他学校，到其他学校去读，好不好？”班主任叹息，手上的退学申请表也不好意思拿给校长签字。

“……”

不好不好不好！

莓铛一个劲地摇头，内心一万个拒绝！

Part 5

不管班主任说什么问什么，她全摇头否定拒绝，随后使劲地擦了擦脸上的泪珠，她的心跳得好快，重重地呼吸着，似乎伤心到快要崩溃了，整个人抽搐着身躯，肌肤的雪白此刻却变成了死白，让人觉得悚然，让人心疼。

她梨花带雨，滑落的泪水烫红了她的小脸，那双有气无力的手抓着班主

任的衣袖，似乎在绝望地祈求，似乎在心中暗暗地咆哮。

“这同学是不是得了什么忧郁症？”隔壁的老师实在看不下去，每次莓铛都会被叫到办公室挨训，可她却如同木偶般不说话，脸上的表情也不变，就这样那么久了，她依然如此，理所当然地变成了办公室的常客。

“我说啊，这孩子如果真的是忧郁症自闭症的话，千万别刺激她，不然她想不开怎么办？还是得联系她的家人才对。”老师走过来小声对班主任劝了几句，莓铛却听得清清楚楚。

班主任咽了咽口水：“她家人一直联系不上，问她家人在哪里，她也没开口说，她住得太远了，在郊区，地方还很偏，所以我没有去做过家访。”

“很有可能是被抛弃的孩子，今天你让她先走吧，退学的事情下次再说，看着她怪可怜的。”

班主任无奈地摊手，一副比莓铛更难做出选择的模样：“对啊，可不退的话她又会拖全班的后腿，你能怎么办？”

老师苦笑一番，回到了自己的位置继续批改作业。

班主任拿出莓铛的试卷，看了看班长做的记录，迟到、缺席、不去操场、作业一直都有缺少的记录，体育课也待在教室，不参与任何活动或同学聚会，却奇迹地每天都穿莱恩德学院的制服。

出于母性的慈爱，班主任最终还是被莓铛说服，看着她跪了一个小时了，课也不想让她上了？她扶起莓铛，抽出几张纸巾递给她：“行了行了，这期的期末考你一定要加把劲，期末不许拖后腿知道吗？就算你会被退学，也要努力！”

莓铛畏畏缩缩地后退几步，许是跪地久了有些站不稳，膝盖还是红肿着，她不敢接过老师好心递过来的纸巾，即便跪了那么久依然还是有被退学的风险，可她……尽力了。

她缓缓地弯下腰，深深地向老师鞠躬道谢，内心所有的绝望、无奈、忧伤、痛苦都被翻起，她拿起洋娃娃，无声地走出了办公室。

道玄斯看着便当傻笑了许久，纲目的考题被他搁置在一边，这稀少的草莓真是越看越像莓铛那张洋娃娃的脸，尤其是那透着可爱迷人的红，像极了莓铛害羞的模样，他噙着柔软的笑容，拿起可爱的迷你叉子，开始品尝莓铛的手艺。

“真是神奇，哪个女孩让道玄斯改变主意了？”安默隐坐在对面的办公椅上，他忙碌着手上的文件，一边抬起眼眸望了道玄斯一眼，见他细细品尝着便当，不禁温柔地一笑。

道玄斯嚼了嚼嘴里的美食，伸出叉子指了指安默隐，乐滋滋地询问：“安少爷忌妒是不是？”

安默隐愣了愣，见他脸上洋溢着幸福的神情，难道道玄斯与亚子美在一起了吗？

“是亚子美做的爱心便当吗？”安默隐一阵苦笑，亚子美那种巴不得别的女生送给道玄斯然后进自己肚子的吃货，会给道玄斯做便当吗？

果不其然，听到这句道玄斯差一点呛到，他慌忙喝了一杯牛奶，阐释道：“得了吧，亚子美要是能做出这么美味的便当，就不会老缠着我了！”

“呵呵，你们真是一对欢喜冤家。”安默隐收回视线，站起身，“我先回去了，剩下的交给你了。”

道玄斯只顾着吃，连忙打了个“OK”的手势：“你去休息吧！”

反正莓铛每次都是很晚才出来，他算好时间就去找她……

当安默隐进超市打算买一瓶水时，收银台却一直在争执着什么，安默隐好奇地走了过去。

“姑娘你是不是没带钱？找不到钱包就先到一边去找，找到了重新排队付款行不行？没看见后面一群人在等你吗？”似乎今天失恋了的收银员一脸愤怒地对着眼前慌慌忙忙寻找钱包的莓铛，她将三盒草莓推到一旁，却又被莓铛推了回来。

怎么会……

钱包怎么会不见了？

不可能啊！

我记得明明放在这里的……

“姑娘你能不能到一边去找钱？听见我说话了吗？聋子！”收银员直接骂了起来，恶狠狠地白了她一眼。

“喂！前面的，你找不到钱包就到一边找，我还有急事！”后面排队的人不耐烦地瞪着莓铛吼道。

没一会儿，一具庞大的身躯挡住了莓铛，她茫然地抬起头，眼前的人并不是道玄斯，而是安默隐。

他……怎么会在这里？

安默隐站在莓铛前面，目光淡淡地凝视着脸色十分难看的收银员，随后温雅地替莓铛回应：“多少钱？我替她出。”

“安……安少爷……”收银员目瞪口呆，嘴巴张大得快要掉在地面上了，她的心跳加速，不敢相信居然能够见到安少爷本人！

这简直就是白马王子！

“多少钱？”安默隐嘴角挂着一抹柔和的浅笑，可他的内心似乎在压制着怒火。

“1……147.9 元……”收银员收了收口水，努力让自己冷静下来。

什么？

147.9？

三盒草莓 147.9？

抢劫吗？

在安默隐准备掏出钱包的刹那，莓铛迅速地准备将草莓盒放回柜子去，好在反应快的安默隐伸出手扣住了她细小的手腕。他温柔地低下头，这是他两年后第二次见到莓铛的容颜。

晶莹剔透的肌肤如同冬日飘落的白雪，细细的弯眉微微地皱着，长长的上下睫毛如同蝴蝶般，那双似乎沉寂在梦幻水晶里的清澈眼眸美不胜收，泛着闪闪惹人喜欢的光泽，精致的娃娃脸配上小巧玲珑的鼻梁，那两颊的肌肤渲染着红晕。

今天，她的长卷发蓬松地盘在脑后，并用看似文雅甜美的粉色大蝴蝶结装饰着，卷发随着滑落在她的腰上、肩上、锁骨上，一切自然形成的一道美景，让人难以从中脱离视线，那精致的制服恍如新的一样，这样的她，对安默隐来说，是天神的公主降临。

真好看！

莓铛神情扭捏地别过脸。她松了松被安默隐轻握的手，却怎么也挣脱不开。

“没关系的。”安默隐朝她露出一抹温柔的笑容，带着些许宠溺的味道，那宠溺渐渐地包裹了她的全身。

“给你。”安默隐拿出两百元，放在收银员的面前。收银员吓得一身冷汗，浑身哆嗦地望着安默隐，此刻的安少爷看起来好可怕……

莓铛尴尬极了，连忙提着包装好的草莓对着安默隐鞠躬，可他又一次地阻止。他注视着她，温情脉脉：“不用客气。”

唔。

好尴尬……

莓铛满脸绯红，眼前无论到哪里都闪着贵族金色光芒的大少爷，这般的温柔，这般的温雅，真是让人心动。

她呆呆地点点头，想着下次一定会还钱，便离开了超市。

果不其然，安默隐与莓铛离开超市的一个小时后，收银员被莫名地开除了。

Chapter 5

以后我会在你身边

Part 1

莱恩德学院放学后，同学们都在议论纷纷地分享着班主任大概怎么把莓铛训个半死。

“我猜啊，那人肯定签了退学书，哈哈哈，真是替我们出了口气！”A女奸笑道。

“看不出来那班主任还蛮有用的，下次班主任的课你们几个都不许闹事知道吗？”正在说话的这个双手叉在胸前打扮艳丽的女生是几个女生中的大姐，她得意洋洋地揶揄着她们命令道。

女生们点点头，收了收书包：“放心吧！就她那样子还道玄斯女朋友呢！我要是道玄斯，早把莓铛甩了！”

“对了，对了大姐，你什么时候才去吸引道玄斯的注意力啊？人家都来了一段时间了，没看见莓铛想靠近你未来的男朋友吗？啊呸！我说莓铛这名字就觉得脏了我的嘴巴！”B女对着空气吐了吐口水，表示很无奈地笑了笑。

“反正都要被退学了！看她还有多大的本事抢我未来的男人！”大姐高傲地抬起下颌，言辞里蛮不在乎，可内心依然很是愤怒。

莓铛什么样子班里的女生都清楚，上高一的时候，莓铛那张精致的、吸引了许多男生的娃娃脸，总是很乖巧地对着他们微笑，有时还会表达对他们的关心，女生们别提多气愤了，都认为莓铛是在装清纯卖可爱！

她没有朋友，只有手里的洋娃娃，没有人愿意和她玩，没有人想主动靠近她！

“哗——”

道玄斯从女生群中忽然出现，伸出手猛地掐住了大姐拉得长长的脖子！将她整个人抽了过来，她毫无防备地撞进柔软的胸脯，可很快便被他推开。他俯下身，阴鸷的晶眸凝视着她，似乎要把她整个人凝固住，永远定格在那里！

道玄斯的出现让她们难以置信！

她们都目瞪口呆地看着道玄斯，他居然在学校做出作为世界学霸根本不可能会做的事情！

他在做什么？

为什么他要这样做？

“道……道玄斯……”A女惊恐得不敢相信，他居然会突然出现。她呆呆地看着他冷酷的背影透出桀骜专横的气势，那美丽绝伦的冷漠侧脸，完美的轮廓犹如漫画师笔下的漫画男主角。

“他……该不会听见了我们的对话吧？”B女想上去阻止又畏缩不前，对着A女说道。

那双阴沉的暗黄色晶眸闪着骇人的光泽，他板着冷酷的俊脸，削薄绝美的唇角透着冷血，那让人无法抵挡的气势如同帝王般桀骜与尊贵。

“我记得我说过，如果有人敢欺负我的女朋友，我会很火大！”道玄斯阴戾地将脸凑近大姐，一字一句地对着她说道。

那声音犹如地狱之火，嗓音带着无懈可击的魅力，他收了收掐在脖子上的手，手背上分明的青筋暴露，只需稍微再用力，大姐便会一命呜呼！

“咳咳……”大姐被道玄斯掐得脸上不见任何血丝。她无助地伸出手握住了道玄斯的手腕，却好像被他整个人吸引了一般，电流随着手掌闯入她的每一寸肌肤。

“现在有人在她背后这样说她，身为男朋友的我是不是该为她做点什么？嗯？你说是吗？”他轻嗤着，脑海中是那天她们几个将莓铛围在角落欺负的样子，她无助地环抱自己的样子，她低下头不想让她们看见她哭泣的样子，她绝望痛心的样子，她没有解释的样子！

他就难受！

他就愤怒！

他就暴躁！

他甚至责怪自己痛恨自己没有早出现！

莓铛很敏感！

她很敏感她们不知道吗？

想到这里，理智一点一点地回到他身上，他才渐渐地平息着身上的怒火，紧掐着她脖子的手缓缓地向上，勾起了她的下巴。

“你……叫什么名字……”道玄斯冷漠地望着她，明明见过了几次，可在大姐的眼里，他看着她的样子，好像在注视着一个陌生人。

“林……林雅……”大姐林雅惊慌害怕的情绪瞬间转为紧张。

“还需要我再重复一次吗？”道玄斯放下手，酷酷地插在裤袋上，“谁欺负莓铛，就是跟我道玄斯作对！包括背后的那些很恶心的话题！还是记不住的话！那就试试！”

夕阳的金光穿过教室的罅隙、穿过教室的窗棂，将教室照耀得透亮，那金色光芒犹如魔法般洒在他身上，折射出他的美，那精致裁剪的制服，胸前别致的胸针被光晕晕染得空灵而十分耀眼，那认真的俊脸，深邃的黄色晶眸，仿如天神莅临！

忘记了在她身边与她并行走了多久，温暖的空气与若隐若现的蔷薇花香时不时钻进安默隐的鼻。他时不时俯视她几眼，可莓铛却一直没有抬起头。

“你想去哪里？”安默隐细细地观察着她，却发现她将自己隐藏得太好了，他怎么也猜想不出。

“……”莓铛沉默，继续慢走着。

温煦的太阳缓缓向西边飘去，湛蓝的天边与乳白色的天穹被染成金黄，云朵亲密地触碰便会通红，地面上被拉长的一高一矮的影子在金色魔法般的光芒下漫步着，犹如一对天使。

他的温柔，她的羞涩。

似乎也习惯了莓铛如同洋娃娃般沉默，安默隐静静地站在她身边，她觉得好尴尬，羞着脸低下头，嗅到了手提袋子里草莓弥漫而来的淡淡清香，那清香瞬间笼罩她的心。

道玄斯说他很喜欢吃草莓，可一向嫌弃草莓贵的莓铛怎么也没有想到，三盒加起来最多六七十块钱的草莓在大超市居然要一百多，就算……

就算……

莓铛的心越来越不安，提着草莓的手越来越紧。

就算钱包没有掉，带的钱也远远不够，好在安默隐出手相助，可是……怎么把钱还给他呢？今天是肯定还不了的……钱包……好像真的掉了……

公交车的钱也没有了……

是回去找道玄斯吗？

不……不太好吧……

虽然……好像他跟别的女生说自己是他的女朋友……

啊……好纠结……

“莓铛……”安默隐在旁细心地呼唤道，湛蓝色的晶眸注视着夕阳下美得不真实的莓铛。

“……”

“莓铛，你的手机响了。”安默隐有些无奈。他伸出手，碰了碰莓铛的肩膀，再一次唤醒她。

莓铛对手机铃声很是陌生，那件事之后就没有接过一次电话，虽然发过无数条对方不会回复的短信，而如今的她，早已习惯没有手机没有电脑的自己。

她恍然回神，拿出手机看了看，屏幕上的名字让她心动不已、让她心跳快得要炸掉的名字——道玄斯！

第一次有人给她打电话。

第一次有人给她打电话还等候了那么久。

那个人——是道玄斯！

她颤抖着小手，许久不用手机了，都快忘记了接听电话是按哪个键了，红色那个吗？还是绿色？接听的按键又在哪里？

没一会儿，颤抖的小手从绿色按键划过——

“莓铛你在哪里？该死！是不是她们欺负你了？你放心，我道玄斯发誓那群蠢东西不会再欺负你了！你在学校吗？学校哪里？还是公交车站？我都找过了，你在哪里？！你说话呀！”莓铛接起电话放在耳朵边，一连串的咆哮声吓得莓铛浑身发抖。她僵在原地，仔细地听着他说完。

他……是在关心我吗？

“喂！莓铛你在不在？”道玄斯快被莓铛急疯了。他咬着牙齿，找不到莓铛，他只感觉自己的心脏也找不到了，似乎丢失了氧气，俊脸上冒着汗，打了几通电话一直不接，他真是快要疯掉了！

“……”莓铛张了张嘴，想说什么，却迟迟没有发出声音，她扭过头，安默隐并没有偷听，而是静静地在她身边待着。

如果……让安少爷跟道玄斯说，应该没关系吧？

想到这里，她又觉得自己好自作多情，到底还是想了想，内心揣测着道玄斯在学院附近，如果现在赶回去的话一定会找得到他的！

该死！

居然忘记了那洋娃娃根本不会用声音回应！

道玄斯懊恼地拍了拍自己的脑袋，随后望向某处：“天山湖知道吗？我们在天山湖见……喂！莓铛你好歹回应一下我行不行？感觉自己在跟鬼说话似的！”

“……”

“那这样！你要是听见了就给我挂断电话！”

“嘟……”

那是道玄斯第一次觉得被对方挂断电话还能这么高兴！

他欣喜若狂地放下手机，迅速地离开了学院。

Part 2

亚子美在二楼悬空的走廊上静静地观察着从学院大门前到学院后门，连每一个老鼠能躲的死角都被她翻得彻底，只想找到道玄斯。

根本不用道玄斯去阐述自己要找什么，能让道玄斯从莓铛的教室匆匆忙忙地跑出来，发了疯似的去寻找的人……一定是莓铛。

亚子美笑了笑，大步流星地继续前行：“阿斯好像谈恋爱了……对象好像不是我……我该怎么办呢？”

莓铛挂断了电话，她抬起头望了一眼安默隐，安默隐回过头，金色光芒的折射下，他的发丝闪着金色，美得如同古希腊的阿波罗王子。

莓铛对着他深深地鞠躬，随后转过身迅速地消失在他的眸中。

安默隐很自然地将手放在裤袋里，牵起一抹淡淡的笑容，他没有说话，湛蓝色的晶眸凝视着少女渐渐跑远的背影，柔柔的暖风拂过，似乎在安慰着让人心疼的王子。

电话里的人是谁？

那是安默隐对莓铛的另一个新发现。

难道我深爱的莓铛忘记了我，爱上别人了吗？

对方是谁？

莱恩德学院的不远处有一座山，群山层层叠叠，宛如海洋起伏的波浪，远看是一道雄伟壮丽的美景，近看却如同进入仙境般，天地好像结合在了一起，白雾漫漫，一层又一层地抚摸着居住在这里的各种奇花异草，撕不开扯不断的白雾如同轻薄的纱，梦幻无比，美不胜收。

夕阳的照耀下，湖水清澈透明，泛着金黄色的光泽，像极了洒落在湖面上的金子，水软软的，暖风徐徐拂来，轻轻地摇曳着湖水，波纹翻了又翻，一道道如同起舞的丝绸，随着暖风泛起一丝涟漪。

这座山叫天山，是莱恩德后门不远处一道美不胜收的风景。

莓铛喜欢这里，因为这里舒适，因为传说这里是神仙来过的地方。

道玄斯喜欢这里，因为这里舒适，因为传说这里是能让心有所属的人实现愿望的地方。

可他也只是单纯地把地点明确了而已，才后知后觉自己居然做了这么一件幼稚的事情。

忘记了从什么时候开始，他对莓铛有着怦然跳动、想要保护她的心——

残阳终要离开，金光如魔法般晕染出一条暗红色的帷幕，映照着粼粼闪着红色光芒的湖水，周围的路灯都亮了起来，开始与天穹的自然色媲美。

“嘟——”

“你拨打的电话暂时无法接通，请稍后再拨……”

道玄斯放下手机，他走进天山湖无数次，在天山湖门口等待无数次，在天山湖附近寻找无数次，可依然没有莓铛的踪影。

这么慢吗？

她到底从哪里走过来？

眼看太阳落幕，道玄斯看了看时间，距离与莓铛约定的时间过去了一个半小时了，她应该不会来了吧！

该死！

敢放我鸽子！

道玄斯恶狠狠地咬咬牙，转过身望了一眼天山湖的美景，不知怎么的，他总想继续待在这里等待莓铛。

哪怕有一万个不可能，也一定有零点几的可能性，所以，他还想继续等十分钟。

十分钟，如果她还不出现，明天就找莓铛好好算这笔账！

暗黄色的晶眸环视了一眼周围，便望见不远处公路上静静躺了许久的洋娃娃。

好熟悉的洋娃娃……

道玄斯内心的不安瞬间涌上心头！

他迈开脚步直奔洋娃娃走去，捡起洋娃娃的瞬间，他开始紧张起来！

这是莓铛的洋娃娃！

她来过！

也许她很早就到了，然后……她……

道玄斯不敢再继续往下设想，可手里的洋娃娃证明了一切！

莓铛将洋娃娃视如宝，以往抢走她的洋娃娃她都会着急得不行，所以……她绝不可能会丢掉洋娃娃！

难不成……

他猛然瞪大晶眸，火速地往回跑去！

亚子美的心情很是低落，似乎知道了道玄斯今天吃的是谁做的便当，似乎知道了道玄斯真正的内心。

她与道玄斯被学校公认为郎才女貌的好朋友，没想到她却被一个从来不说话的莓铛给打败了……

亚子美面无表情地抬起头，眼角还残留着泪珠，她愤怒地擦了擦准备要掉下来的泪水。

不准哭！

亚子美，你怎么可以这么脆弱！

不就是一个男人嘛！

有什么了不起！

道玄斯那破男人也是被莓铛当作垃圾捡起来的！

我根本不稀罕！

我不稀罕！

亚子美，你继续哭试试！

你再哭我就把你眼珠挖出来！

道玄斯每次都会损亚子美，让她毫无形象地显露在其他朋友面前，可别人说亚子美不好的事情的时候，道玄斯总是第一个挺身而出，他总是信誓旦旦地说：“我兄弟被欺负，我不帮忙谁帮忙？”

道玄斯知道自己被她喜欢着，每一次他的话总是能暗示她，他们只是朋友，道玄斯把她当作兄弟一样对待。

所以亚子美也在努力，每一次挽着他的手臂，他不会拒绝，可那一次他拒绝了，他噙着的笑容是那么甜，他说有人会吃醋。

自从莓铛出现后，道玄斯的口袋里时不时会出现她手里的那个洋娃娃，他出去的时候总是会经过莓铛的教室，她甚至明白，道玄斯在莓铛面前的笑容很特别，那种带有占有欲的眼眸望着莓铛，那种对莓铛的细心呵护。

大概……是爱吧！

怎么可能呢？也许道玄斯很快就会腻了，莓铛是什么人他只是没有搞清楚而已！

对！没有搞清楚而已！

可就在那一瞬间，她抬起头望见了身穿偏洛丽塔式的学院制服的少女，少女的下颌被身后的男人抬起，男人的大手揽着她的腰，左顾右盼，强行推着她钻进小轿车内，随后快速地向前行驶着。

如果没有意想到道玄斯喜欢的是莓铛，那么亚子美对眼前这一幕应该见怪不怪，可明明……那个少女就是莓铛！

她怎么了？

亚子美从窗内探出头，她刚刚看见了，那男人没有捂住莓铛的嘴，却死死扣住她的身体，看起来非常自信莓铛绝对不会发出声音。

可这样……怎么有点像……绑架？

亚子美不禁起了疑心，却没有再继续思考下去。

如果是莓铛……那不更好吗？反正……

这样莓铛也一定会更加自责与自卑，就算道玄斯跟莓铛告白了，莓铛也会拒绝的。

她清楚自己是什么身份。

可这样见死不救真的好吗？

本来，莓铛就没有做错过任何事情……

亚子美犹豫不决地凝视着已经离开很久的小轿车留下的停车位……

刺进莓铛鼻子的是一股夹杂着恶酸而让人发晕的难闻气息，她只感觉后脑很疼，在去天山的路上被一股强大的力量捂住了嘴，鼻子被强行嗅了一股浓浓的药水味，很快，她便晕了过去。

莓铛醒来的时候发现自己躺在用男生大外套铺盖的地板上，捆绑在身后的绳子直勒出一条条红色的勒痕。

这里是一栋被废弃很久的楼，鲜绿色的野草从墙壁上或地板上的罅隙钻出来，一层层的台阶被苔藓笼罩，死寂的空气中，时不时传来各种各样令人毛骨悚然的声音。

“笃、笃、笃……”皮鞋后跟发出的声音正缓缓靠近，对于莓铛来说，那是恐惧的开始！

是什么人绑了我？

他要干什么？

我的洋娃娃呢？

失去洋娃娃的莓铛瞬间坠入恐惧，她大口大口地喘着气，心跳得厉害，想要在附近找到什么解开绳子的办法，破烂的房门却缓缓地打开。

朱戒身穿暗色的休闲衣打开了门，见到莓铛已经清醒，那双即使在恶劣的环境中也能明静清澈、宛如璀璨繁星的晶眸瞬间吸引了他！

“小铃铛你醒了！”朱戒兴奋地摊开怀抱向她扑了过去，猛地将她拥在

怀里。他像安抚一只可爱的小猫咪一般，紧紧地拥抱着，犹如渴望将怀里的美食一口吞噬。他声音低沉，似乎觉得自己做错了什么事情：

“对不起小铃铛，我找遍了也找不到你的洋娃娃，你会不会怪我？”

莓铛难受地皱起眉头，好难闻的烟草味，她不喜欢这种味道……

她想要挣脱，可身体被捆绑，她没办法推开他。

Part 3

“小铃铛你真香！”朱戒将头深深地埋进她的发丝间，深深地呼吸着她的芳香。

莓铛浑身颤抖得厉害，朱戒抱着她的刹那，一种恐惧与反胃从脚心直至头顶蔓延，吞噬着她的每一根神经，想到朱戒可能还会对自己做出更龌龊的事情，莓铛就不安到了极点！

“蔷薇的香味，我很喜欢！”朱戒邪妄地咧开嘴注视着她，她实在是被吓到了，没有了洋娃娃，犹如夺走了她心底的最后一丝安全感，苍白的容颜不见红润，那双清澈见底的晶眸此刻充满了恐惧与绝望。

“小铃铛你是不是很疼？”朱戒望了一眼被他捆在背后的细手，发现自己似乎太用力了，莓铛纤细的双手已经被捆出了红痕。他惊慌失措地替她松开，连连道歉：“对不起小铃铛！我不是故意要绑这么紧的！我马上放开你。”

很快，绳子便被他解开，解开的一瞬间，他迫不及待地扑向她！她便毫无防备地被他压了下去！

他要干什么？

莓铛惊恐得瞪大眼睛，四周静默无声，静得只能听见朱戒那急促的呼吸声。她心惊胆战，一颗绝望的心正在垂死挣扎着！

“小铃铛，我做你的洋娃娃可以吗？我想被你搂进你的怀里，让你不再害怕，可以吗？”朱戒放开她，邪恶的眸子映出少女胆怯的模样。

“你知道你有多好看吗？那年的‘征男友要求’，其实是指道玄厮吧？现在他就在莱恩德学院，你告白了吗？他理你吗？呵呵，我的小铃铛真傻……”朱戒低下头蹭了蹭，闭上眼眸慢慢地享受着这扑鼻的蔷薇芳香，他淡淡地阐述着陈年往事。

莓铛蜷作一团，企图逃离令她作呕的触碰，却被他搂得越来越紧，几乎是箍在怀里！

“明知道不可能会攀上那么高贵的大人物，非要去尝试，其实小铃铛你不用说，我也知道你是被那群人给陷害的，或者说所有人都知道你是被人陷害的，只是刚好她们恨你，恨你太过出众，就顺水推舟地把你越抹越黑，我可怜的小铃铛是不是因此而受了很大的刺激？本身我的小铃铛就不爱说话对不对？你放心，我都帮你教训她们了，没有人会再来欺负你了！”朱戒哧哧地笑着，摸了摸她的脑袋，似乎在安慰她。

莓铛的身子一下子绷紧！她厌恶地想要推开他，却发现自己毫无抵抗之力！

走开！莓铛歇斯底里，却倔强得一句话也说不出来，眼底蔓延的满是羞愤与不甘！

莓铛吓得魂飞魄散！她眼里盛着的泪水终于滚出眼眶，流淌在血色全无的脸颊上。

她猛然捂住胸口，奋力推开他想要逃走，却发现自己根本不知道出口在哪里！

“小铃铛好美！”朱戒再次向莓铛逼近，将她堵到墙角，看着莓铛那精致的小脸正害怕地望着他。

不要过来……不要！走开！

莓铛喘不过气，泪水模糊了她的双眸，他的靠近犹如一根根细小锋利的针，扎得她浑身刺痛，浑身的血液仿佛都在那一瞬间凝固，呼吸都要停止。

“咚——”一声突如其来的撞击声，随后就是朱戒吃痛的闷哼声。

莓铛睁开眼，就看见朱戒侧脸肿了一块，被打倒在不远处的地上。

“该死！”道玄斯低吼着，暗黄色的晶眸在黑暗中散发着冷冽的光。他冷着脸缓缓向他走去，仿若地狱修罗，带着森森寒意，盯得朱戒发怵，忍不住轻轻发抖起来。

道玄斯蹲下身去，冷冷地看着他，猛地将朱戒从地上拽了起来。

“咯噔——”朱戒听到骨头断裂的声音，那瞬间，他疯狂地咆哮着、嘶吼着，犹如一只受了重伤的魔鬼，面部扭曲抽搐，难看至极。

他知道——他的胳膊被他废掉了！

莓铛愣愣地看着眼前的一切，望着那俊美得无懈可击的侧颜，道玄斯尊贵的身姿如同天神降临一般，精致剪裁的制服口袋内静静地躺着她的洋娃娃。

他笔直的身躯立于朱戒面前，看着朱戒痛得倒在地上声嘶力竭，周身散发出与斯文外貌所不符的王者之气。

身边骤然多了一人，莓铛回过神来慌忙地抬起头，道玄斯高大挺拔的身影在她身边，他脱下外套，蹲下披在她身上，单手将她拥进怀里，轻松地将她抱起。

“你谁呀？想死吗？敢打老子！”朱戒忍住疼痛咬着牙齿对道玄斯怒吼着，仿佛要将他生吞活剥了。

“——道玄斯！”他搂紧莓铛往外走去，临走之际，暗黄色晶眸瞥了一眼朱戒，眼底满是不屑与厌恶，似乎与他再多说一个字都觉得浪费。

这个世界上，他的名字就是一种无形的威胁！

他低下头，与怀中的少女四目相对——

他将她紧紧地抱在怀里，视如珍宝，迈着修长的脚步，渐渐消失在朱戒的眼中。

莓铛迟迟没有从被朱戒欺凌的险境中走出来，抬头看着救出她的道玄斯，不禁一抖，自己竟然是以这副模样出现在他面前的。

脸颊的泪水早已被风吹干，她微红的脸颊干燥得生疼，自己最狼狈不堪的样子，最丑陋的样子，一一在道玄斯面前呈现出来。

莓铛也幻想会有人来拯救她，不是道玄斯也好，不是她认识的人最好，幸运的是最终如她所愿，被人从虎口救了出来，可是为什么偏偏是道玄斯？

该高兴吗？还是该难过呢？

如果没有道玄斯——自己现在早就被朱戒得逞了，那个从入学的开始就对她想入非非的不良少年，如果不是她每次的闪躲，如果不是她不懂得拒绝，如果不是她迟迟不肯说话，估计也不会有今天……

都是命吗？

莓铛紧紧地闭上了双眼，不再去想，不再多看，轻轻地将头靠在道玄斯的胸脯上，疲惫的神情令人怜惜，想借此机会在他怀里小睡一会儿，怕再也不能这样依赖着他，废旧的房子依然没有走出去，可即便一片黑暗，她也不害怕了，因为身边带来的炽热真实感。

她一点都不讨厌这种感觉，这种让她蠢蠢欲动的感觉，这种怦然心动的感觉，那小鹿乱撞与恐惧交织的心跳正慢慢地延伸。

道玄斯紧紧地抱着她，想让自己的怀抱温暖她，不再多言。

紧绷的脸、精致的轮廓勾勒出完美的线条，那双犹如灌满了星光的、深邃的黄色晶眸流淌着狂野不羁。他收了收手上的力度，企图将她吞进自己的心脏。

朱戒忍着疼痛从口袋掏出手机，连连按了通电话。他残缺地倒在地上，脸上满是青紫的淤痕，地上残留着他嘴里喷发出的血迹，右手全然没了反应。当对方接听了电话，他哀声冲天，歇斯底里！被道玄斯折磨的手臂更是让他痛不欲生，全身瘫在地上迟迟无法站起。

很快，犹如安排好般，废弃的大楼下，一群挥舞着棍子的青年波涛汹涌地冲了上来！声音震耳欲聋，莓铛警觉地缩了缩瘦小的身子。

Part 4

道玄斯停下脚步，抬起头望了一眼自己所在的楼层，已经感应到危险正在极速地逼近。他连忙带着莓铛躲进三楼不起眼的小房间内。

“该死！居然敢找人！”道玄斯放下莓铛，扭过头看了看他们还没有上来，估计是在一二楼挨个房间搜寻着。

道玄斯看了一眼门外，黑压压一片全是人。

“莓铛你给我听着！不要害怕，不要发出任何声音！我下去一会儿就上来，你就待在这里，哪里也不要去，知道吗？”道玄斯抓紧了她的手臂，认真而快速地叮嘱道。

莓铛听见二楼那群人犹如着了魔、发了疯一般在拼命嘶吼着。她害怕地颤抖着身体，可那一刻她不是害怕自己出事，而是害怕道玄斯会受到伤害！

莓铛一个劲地摇头，抓住他的大手迟迟不肯松开，双眼的泪水如同断了线的珍珠滚滚滑落。

道玄斯的心瞬间软了下来，他伸出手将她搂进怀里，微微俯下身，充满磁性的嗓音溺在她耳边，犹如亲吻着她的发丝："乖，我会毫发无损，向你保证！"

说完，他狠下心迅速地消失在她面前，他轻盈一跃，一个帅气的横跳从三楼楼梯猛地降落到二楼，亚麻发在空中飞舞着，月光的银色光芒挥洒在他身上，那双璀璨夺目的晶眸噙着肃杀的冷光，那骇人跋扈的气势让人胆怯！

"二哥！他在这里！"一群放肆搜寻的青年望见了在身后逼近的道玄斯，猛然抽出手里的武器向他飞扑过去！

楼梯上陆陆续续的脚步声让莓铛紧张得屏住呼吸，她害怕得蹲在角落，用颤抖得厉害的双手紧紧地搂着自己的腿，目光呆呆地注视着阴森灰暗的地板，那颗怦怦乱跳的心瞬间悬了起来！

她脚下的地板正在晃动，二楼传来的摔打声与激烈的嘶吼咆哮声让莓铛的脑子一片空白。她竖起耳朵仔细听着，听不见道玄斯的声音，看不见道玄斯在二楼发生了什么……

有没有受伤？

脑海里不停地浮现出自己补脑的二楼打架的场景，莓铛便吓得脸色苍白。她抬起头，便见朱戒从四楼匍匐前进。他狰狞着恐怖的脸，一只手与脚都被他用身体拖着，如同受了伤的丧尸，趔趄、恐惧、憎恨！

莓铛收了收自己的身躯，避免自己被他看见……

可在她不经意间，发现二楼已经一片寂静，这让莓铛的心猛地跌入谷底！

怎么回事？怎么没有声音了？道玄斯！不要！他是不是受伤了？道玄斯！

她猛然抬起头，鼓起勇气站起身的瞬间投入温暖的怀抱。他轻轻地拥抱着她颤抖得厉害的心，他心里明白，她吓坏了……

"我回来了，别怕……"他收了收手臂，将她揽入他的怀中，给她更多的安全感。

莓铛慌忙推开他，在他身上四处检查着哪里有没有受伤，有没有流血，最终还是担忧地流下了眼泪，那梨花带雨的精致小脸让他心疼不已。

"笨蛋……我没受伤……不是说好了毫发无伤地回来吗？"道玄斯伸出手，轻轻地抹掉她脸上的泪痕，生怕只要自己一用力，那白皙的脸颊便会被自己割破！

他摊开手臂，暗黄色的晶眸满是宠溺，在她面前优雅地转了一圈，尊贵华丽的身形在昏暗中散发，犹如即将绽放的玫瑰花蕾！随后他补充道：“我可是学过一些散打的，所以那群小人不是我的对手，你就不要再难过了——”

“道玄斯……我……我好害怕……”

道玄斯惊讶地瞪大瞳孔！

那双微微颤抖的小手紧紧地攥着道玄斯的衣角，少女那颗小鹿乱撞的心正渐渐地变成红色，她缓缓地低下头，唇齿间是她许久未发出的声音，细小、沙哑、陌生，却异常动人。

道玄斯惊讶地瞪大晶眸，全身都被那股声音定格在那里。他紧绷着俊脸，像个古希腊矗立着的神话雕像，错愕的晶眸不可思议地望着羞涩低头的莓铛！

他听见了！不会错！也错不了！是女生的声音！

莓铛说话了是吗？他确实听见了！超甜美可爱的女音！

许久，僵硬的两人迟迟没有下一步动作，少年的大手忽然扣住她弱小的双肩。他逼迫她抬起头，她的双眸水润透明、清澈见底，他的双眸如同璀璨的星空，那精致绝美的五官带着一抹与生俱来的温柔。

“你说话了！”道玄斯惊诧不已，晶眸来来回回地看了又看，仿佛初次认识她一般。

唔……

莓铛下意识地捂住唇，她瞪大眼睛注视着他俊俏的容颜，眼里满是惊讶。

刚刚——那声音——是我的吗？我的声音——我说话了吗？

莓铛害怕地望着他，又胆怯地低下头，一只大手轻轻地握住她，他抚摸着她粉嫩柔软的唇，似绵绵的果冻，似粉色蔷薇花的颜色。他目不转睛地注视着她的唇，想象那从绝美的唇齿间吐出胆怯、紧张、害怕、担心的沙哑、甜美、可爱的声音。

“别害怕，我不是在这里吗？”生怕自己下一个反应会吓到莓铛，道玄斯努力克制自己内心的激动。他静静地将手放在她白皙的小脸上，巴掌大的脸冰冷，没有了往日的通红。

莓铛淡淡地注视着他，他是那样的好看，那样的俊美，那样的无可挑剔，高大的身躯挡住了她，使她的眼里只有他的存在。

她不害怕，不紧张，不胆怯。

似乎想到了什么，她四处搜了搜口袋，便发现自己的口袋只剩一颗完好无损的草莓，其他的都在半路被朱戒捏得粉碎了。

“说你傻就是傻。”道玄斯看到她拿出的草莓，薄薄的唇瓣莞尔微笑，扣住了她的后脑，轻轻俯下身，无视她眼里的惊恐，将唇贴近她——

“我喜欢吃的草莓，就是你的唇。”混沌性感的嗓音泛着与生俱来的占有欲。他将她拥进怀里，轻声阐述。

Part 5

楼下公路边，一辆豪车静静地停在那里，车门边雕刻着安氏皇家贵族的图腾，活灵活现，如同一触碰便会飞在天穹中。

后座的安少爷慵懒地靠在华丽的金色毛绒上，玛瑙石般的湛蓝色晶眸灼灼地注视着车窗外一片黑暗的风景，修长的双腿交叠，犹如天使般完美。

“安少爷，现在该怎么处置？”保镖从一楼将朱戒拖了出来，毕恭毕敬地微微低着头询问。

安默隐睥睨地注视着被掰断的手臂，略带讥笑地微微低下头，似乎看不见一切，声音柔软至极：“还需要我说吗？”

“我明白了，安少爷！”保镖得到命令，九十度鞠躬后威风凛凛地将哭得狼狈的朱戒拖走。

安默隐望了一眼被道玄斯纷纷打倒在地的青年，他们——与安默隐的身份格格不入。

“将那群垃圾搬到警察局，记得戴上手套，以免弄脏了手，辛苦你们了。”安默隐对着车门外的几名保镖淡淡地说道，温柔的命令触进他们的心扉，让人无法置喙。

“是！安少爷！”几名保镖似乎很荣幸低下头，对着安默隐异口同声地接下命令。

安默隐别过脸，看了看超薄笔记本上的桌面，桌面上是少女长长的卷发，手里捧着洋娃娃，清澈的眼眸望着他。他伸出手，隔着屏幕抚摸着她的脸颊，晶眸微低，长长的睫毛分明，那声音如同暖风："道玄断真是的，打了架还需要我来帮忙清理后事，你说是不是呢？小猫咪。"

莓铛……

他抚摸着她脸颊的手忽然凝固，目光的柔情让人心碎，内心的记忆却一涌而出——

你真的忘记了……我吗？

"莓铛。"他轻声呼唤着她，低沉的声音一字不漏地融进她的耳朵。

她通红着脸。

"做我女朋友……"道玄断轻轻地抚摸着她滚烫的小脸，认真地注视着她，似乎想要把自己所有的感情都在那一瞬间灌输给她，想让她瞬间明白，想让她瞬间同意！

莓铛却瞬间顿住了，她惊讶地睁大眼睛看着他。

做他的女朋友，似乎是自己一直以来梦寐以求的事情，觉得不可能会追求得到的道玄断，如今就站在面前告白呢。

是那么的温暖，是那么的让她心跳不已，是那么的不真实。

她抬起头仰望着他那俊美的脸，昏暗的灯光下完美的轮廓带着混血的味道，那凌乱有污渍的制服衬衫有着独特的性感，那薄唇微抿，妖娆。

他低下头注视着她，那双渴望她同意的晶眸目不转睛地望着她脸上的丝丝变化，害怕自己一眨眼就会错过什么一样。

他紧紧地扣住她的双肩，周围的氤氲氲氲因他们的沉默而变得渐渐柔软、暧昧，仿如带电般漂浮着，等待少女的回应。

莓铛沉默。

好想答应他！好想和他在一起！好想做他的女朋友！哪怕只是仅仅一天的女朋友也好！我好想答应他……我好想亲口答应他！

她内心十分激动地想着，那双圆溜溜的大眼眸焦急地与他对视，微微张开小嘴，想要说什么却欲言又止，只好开始放弃，她已经忘记了要怎么说出口了，所有的想法都卡在喉咙，她根本……没办法马上说出话。

这一幕，道玄断都看在眼里。他不是瞎子，不是没脑子，他清楚莓铛此刻的想法，只是她还没有办法适应开口说话而已。长长的睫毛闪着，一个机灵便抓住了莓铛的下巴。

“你沉默，那就是默认了，接下来的任何反抗在我眼里都不作效！”

莓铛错愕地望着他，却被他再一次拥入怀中，只是一个俯身，他吻了吻她炽热的唇，她嗅着他身上的清香，诱人而舒畅。

“啊噗——”

暧昧的空气中忽然闯进亚子美的喷嚏声，本来想偷听的亚子美还没有来得及靠近便被周围的空气薰得她难受地打起喷嚏。

“亚子美？”道玄斯轻轻地放开莓铛。他侧着脸，蹙着的剑眉带着一抹杀气！这个时候还进来破坏他的好事！真会挑时间！

莓铛从道玄斯身后小心翼翼地探出脑袋望了亚子美几眼，被她女王般的气势压制，又小心翼翼地缩回脑袋。

亚子美？她跟踪道玄斯吗？果然……亚子美真的很喜欢道玄斯……那我呢？

莓铛退了退，想要离道玄斯远一点，忽然一只大手牵着她的小手。莓铛惊讶地扭过头，道玄斯用余光瞄了可爱的莓铛几眼，唇角微微扬起一抹淡淡的笑容。

他似乎在告诉莓铛：不要离开，就待在我身边……

“不好意思不好意思，我有一点点洁癖，实在受不了这里的恶劣环境！”

亚子美捂住鼻子，十分嫌弃地左顾右盼，发现没一处是她看顺眼的，如果绑架的人是自己而不是莓铛，亚子美首先嫌弃的肯定就是这个地方！

可她自己明显是来找道玄斯的，还什么都没看见、没听见就发出声音，未免太笨了吧！

亚子美懊恼地皱起眉头，似乎那一瞬间她好讨厌自己。

亚子美……幸好自己没有点头同意道玄斯……不然的话……我以后上学……还会牵扯到道玄斯……幸好亚子美及时出现了……可是……我真的……真的好喜欢道玄斯……怎么办？

莓铛缓缓地将头越压越低，那只被道玄斯紧牵着的小手微微颤抖着……

道玄斯似乎感觉到莓铛的尴尬，他华丽地转过身，将自己从未拥有过的对异性的认真灌输到她的眼眸中：“这次你要感谢亚子美，是她告诉我你被

那家伙带走的，要不是亚子美，恐怕我很难找到你，还有安默隐，他也帮忙抓取了监控摄像头。”

亚子美和安默隐……

莓铛有些吃惊地抬起头望着道玄斯，便见他笃定地点头。

“没什么没什么！”亚子美一脸不屑地摆摆手，眼里满是纠结，说得心不在焉：“只是良心发现而已！”

那个时候，亚子美并不打算告诉所有人自己看见的一幕，可还是很担心莓铛的安危，就算莓铛是情敌，也不允许有人用这种卑鄙的手段，那不是亚子美的风格！

她拿起手机，在拨打道玄斯电话之前就想清楚了，如果告诉道玄斯莓铛的事情，他去了，那就是他真的喜欢莓铛，自己没有猜错，如果他毫不在乎，那证明他不喜欢莓铛，她想多了而已。

可打了电话，才说到一半，道玄斯便匆匆忙忙地说了句“谢谢”挂断了。那一刻，她觉得自己很多余。

陪伴了那么久的道玄斯……根本就不喜欢亚子美吗？

真的只是像道玄斯所说的那样，只是单纯的“兄弟”吗？

“你还有良心？”道玄斯粲然一笑，眼中带着一丝调侃地投向亚子美。

“要你管！”已经知道这件事的亚子美心情十分糟糕，她不耐烦地朝他吼去，却很想收回丢出去的话，害怕从此失去他。

道玄斯无语。

莓铛依然沉默。

亚子美咬咬牙，上前想要如同以前一样挽住道玄斯的手臂，然后带他走。

可是……当她走过来的刹那，她发现道玄斯紧紧地牵着莓铛的手，心瞬间被一颗大石头狠狠地压着，压得她无法呼吸。

“阿……阿斯……回去了……安少爷在外面等着……”亚子美停下脚步，喊着他的昵称时却犹豫了几番，内心说不出来的伤痛。

“好。”道玄斯低下头望了望莓铛，似乎对莓铛亲昵地说了些什么，随即牵着她与亚子美擦肩而过。

亚子美愣在原地。

“喂，猪婆，你在发什么呆？”

“啊！没有！”亚子美猛地回过神，“我先打个电话。”

“那你快点。”

“嗯……嗯……”

她静静地注视着那对今晚确立关系的恋人。道玄斯握着莓铛的手，亚子美的身体开始颤抖起来，手中紧攥的手机忽然摔在地上，手机壁纸是亚子美与道玄斯如同恋人般的合影……

她僵硬着身体迟迟挪不开脚步，在自己落下眼泪的瞬间，她狠狠地、死死地捂住自己的嘴巴，生怕他们听见。

与道玄斯在一起的日子里，亚子美从未哭过。

在道玄斯眼里，亚子美可是个不可能会哭的仗义女侠……

Chapter 6

最甜蜜的爱恋

Part 1

三人都坐在后座，亚子选了左边靠窗的位置，莓铛第二个上车，尴尬地夹在亚子美与道玄斯中间。她小心翼翼地不敢发出动静，生怕破坏这安静的气氛，她下意识地低下头，微微往道玄斯身边靠近，寻求一丝安全感。

她低下头的瞬间发现道玄斯裤袋紧塞着她美丽的洋娃娃，吓得她手脚发抖，将洋娃娃轻轻地抽了出来，四处检查她有没有坏有没有脏。

洋娃娃被道玄斯保护得很好，并没有受到“伤害”，只是被他这样硬塞在裤袋……太折磨她可怜的洋娃娃了！

身体是不是变形了？

道玄斯没有理会莓铛，而是顺从地让她从自己的裤袋里抽走洋娃娃。他单手搭在她的肩膀上，另一只故作夸张地捂着鼻子，看似不怎么绅士的姿势却如此不逊，他调侃道：“亚子美，你今天喷那么浓的香水干什么？”

“我……我没喷啊！”亚子美别过脸，望着窗外，不让道玄斯发现她红肿的眼眶。她淡淡地回应着，听起来若无其事的声音里有着几不可闻的哽咽。

她承认，她是喷了香水，本来是想把自己熏醒，好能看清自己，现在她只想熏死自己！好端端的自己一定是发疯了，买什么玫瑰香水！浓得自己也受不了！

可她怎么放得下脸承认？

虽然在他眼里，她只是他的哥们儿，可是对她来说却远远不够，她想要的不是做他的哥们儿，她不想在他面前出丑，所以她更不会低头！

“明明喷了还不承认，莓铛你觉得味道浓吗？”道玄斯按下车窗玻璃，低下头的瞬间，嗓音却变得格外温柔，注视着低头连大气都不敢出的莓铛。

莓铛似乎感受到一般，抬起头对上他的视线。她搂紧怀中的洋娃娃，无声地摇了摇头。

“啊，好吧！”

亚子美松了口气，重新坐直身子，扭头打量了莓铛一眼，却敏感地捕捉到她脖子上深一道浅一道的痕迹，心猛地漏跳了半拍，再次跌入谷底！

“莓铛……你……你的脖子……”亚子美努力克制着波涛汹涌的情绪，语气平淡地问道。

她心里已经乱作一团，眼前都是莓铛脖颈间的红紫，她看得一清二楚，即便莓铛披着道玄斯的外套，披着长长的卷发，依然掩盖不住。

莓铛本来低头想着心事，听见她说脖子的瞬间，脸色变得苍白无比，慢慢的有红晕染上脸颊。

莓铛胆怯地缩了缩脖子，呼吸变得急促起来，慌乱地用道玄斯外套的衣领掩盖住漏出来的脖颈，随后羞涩地看着怀里的洋娃娃发呆，不敢再抬头。

道玄斯见她窘迫不安，手一使力将她带入怀里，望着亚子美，暗黄色的晶眸闪过一丝恼意：“我亲的！”

亚子美咬着牙，心仿佛要撕裂一般。

鼻子酸酸的，视线也变得模糊起来，担心自己狼狈的样子被他看到，亚子美赶紧转过头去佯装看窗外，努力把瞬间就要夺眶而出的泪水憋了回去，气不过地说道：“也只有你才会见到漂亮女生就亲，死色鬼！”

“也就只有你见到食物就一个劲地吃！死猪婆！”道玄斯已经习惯了和她针锋相对，自然不会让她占了上风，随口就应了回去。

亚子美虽然被他这话顶得有些生气，可心里却欣慰起来，至少道玄斯不会忘记她的存在，更多时间是和她说话聊天的，而他怀里的人只是个人偶娃娃而已，不说话，也没什么表情，兴许他玩几天就腻了呢？

看开点亚子美，没有人能打败你！没有人能把道玄斯抢走！这么想着，她扭头再次朝他看去，他怀里抱着的莓铛是那么的文静、优雅，可爱得像个

洋娃娃，甜美得像天使。

她收回视线，低头望向自己的坐姿，跷着二郎腿，一副大姐大的吊儿郎当模样，怎么看也不像一个乖巧可爱的女孩子。也对，她可是一口气能扛一大桶矿泉水爬上五六楼连口气都不喘的女汉子，也难怪道玄斯会跟她称兄道弟了。

想到这里，亚子美尴尬地放下交叠的双腿，心里暗下决心，从明天起，她要学着怎么去做一个淑女，首先就从淑女的坐姿开始。

可是……要她学做淑女比减肥还难啊！但她必须适应，因为道玄斯喜欢这种类型的女生！而她……喜欢他啊，她愿意为了他而改变！

“亚子美。”道玄斯望向发呆出神的亚子美，一副郑重其事的样子。

“怎么了？”被点到名字的亚子美犹如忽然被电到一般，猛地回过神来。

“她叫莓铛，我的女朋友。”道玄斯的手紧了紧，望向怀里的人，眼里满是宠溺。

“呃……那恭喜你找到了真爱……”亚子美勉强地牵起一抹笑容陪笑着，内心却是另一种祝福：然后愿你们早日分手！明天就分！

“莓铛，她叫亚子美，跟你同一年级不同班，你们应该很少见面吧！亚子美在另一栋教学楼。”道玄斯低下头，“亚子美是我的好哥们儿！”

果然……果然把我当作好哥们儿了……

亚子美早已经有了心理准备，可心底还是满满的失望与难过。

莓铛没有回应他，但她心里知道。

他们的事学校里传得沸沸扬扬，莓铛早就知道了。

可是，她想不明白，亚子美是莱恩德学院的校花，性格又很随和，大家都很喜欢她。

再看看自己……莓铛也不知道自己怎么了，一直被厌恶与憎恨，怎么会被道玄斯喜欢呢？

翌日，道玄斯和安默隐正在聊天，桌上突然多了一个书包。

亚子美把塞得满满当当的书包用力拍在安默隐与道玄斯桌上，对他们受惊的表情很是满意，顺势就坐在旁边的一张桌子上了。

“你背大理石呢？什么东西这么重？”道玄斯好奇地拉开她的书包，满满一书包的冥币仿佛找到了突破口，“哗啦啦”掉在桌上、地上。

他顿了顿，想到了莓铛用他照片祭拜的画面。

亚子美瞪着道玄斯，从他手中夺回自己的书包，一字一句生怕道玄斯听不见地说道：“我未来男朋友眼瞎了，我给他烧烧纸钱不可以吗？”

她直直地看着他，他的名字早已记入心底，她希望未来的某一天，她也能有机会大方地和身边的人介绍他的名字……并且是以她的男友身份，那该多好……

“你未来男朋友？你什么时候有未来男朋友了？他去世了吗？”道玄斯瞥了眼冥币，打趣道。

“快了！”亚子美不甘示弱，她差一点就要被道玄斯气爆了，难不成他不知道她口中的“未来男朋友”就是指他自己吗？

“那你可得抓紧找好下家，可别成老剩女，就更没人要了。”道玄斯讪笑着坐回办公椅，翻开书本说道。

“这就不劳你操心了！”亚子美瞪他一眼，忍不住气结。

安默隐无奈地摇了摇头，静静地坐到一旁去了，看着他们你一言我一语，谁也不退让，忽然就想起那张可爱的娃娃脸……

她可从未像亚子美那样活泼过呢！

要是她也和亚子美一样活泼开朗，那一定很有趣吧！

他抿唇轻笑，继续翻着书。

Part 2

“给，这是退学手册。”班主任与旁边的老师嘻嘻哈哈地闲聊着，见到莓铛如同幽灵一般飘到她身边，把她吓了一跳，随即从书柜内抽出一本不大不小的金色外壳刻着“莱恩德学院退学手册”字迹的本子递到莓铛面前。

莓铛沉默，她没有接过退学手册，一双手紧紧地搂着怀中的洋娃娃，那双清澈的眼眸含糊着，似乎看不见那金黄色的退学手册，也听不见班主任在说什么。

班主任见她如同木偶一般麻木地站在原地，便将退学手册塞到她怀里，随后解释道：“我已经尽力了，可是上级非要把你退掉，连期末都不让你考了，莓铛你是不是得罪校长了？”

班主任似乎想起来，两年前，莓铛与校长的儿子安默隐的事情……她收了收嘴，没有再继续说下去。

马上就要期末考试了，连期末考试都不让她上分是吗？也对，反正都只会觉得她是个总分个位数的而已……

虽然知道会是这种结果，虽然已经做好了承受这种事实的心理准备，可心里还是很难过。

坚持了那么久，再坚持一年到毕业不行吗？

好残忍……

她没有得罪过任何人，可憎恨她的人却数不胜数，如同天上的星斗，如同她细长的秀发。

算了……

她翻开退学手册，手册上要求她在这一个星期处理好所有的同学关系、师生关系。

怎么处理？这不就是已经把她处理了吗？得逞了，她们不幸灾乐祸吗？

她捏紧退学手册，她不得不将自己最厌恶的这个东西拿在手里，像对待心肝般的东西紧紧捂着。

“莓铛手里藏的金黄色本子是退学手册吗？”一名男同学显得有些惋惜，胳膊挨了挨旁边的男生。

B 同学抬起头望了一眼莓铛刻意隐藏起来的本子，低声嘟囔道：“应该就是退学手册，不知道为什么，现在知道她被退学蛮同情她的。”

“是啊，这么可爱的女生——”

日轮当午，道玄斯饿了一上午的肚子正四处搜寻莓铛，这笨莓铛真是太不乖了，说了几遍让她在教室等，非溜出去。最终在天山湖的休息椅上找到了她。

“你有老年痴呆症？忘记了我说要你在教室等我的吗？”道玄斯有些心累地坐在她身旁，那张嚣张的俊脸微微低下，很快就瞄到了她手里不大不小的便当。

“今天做了什么？”道玄斯盯着她羞涩的小脸，霸道地将便当夺了过来。

今天做的是两份，本来早上想去给道玄斯的，被班主任耽搁了，一直到中午，他……是吃了其他女生做的便当了吗？

道玄斯打开之后，拿出手机对着琳琅满目的便当拍了一张，他伸出手捏着她的小下巴，对着羞涩至极的莓铛拍了一张。

那张可爱柔软的小脸如同洁白纯真的天使般倾国倾城，清秀红润的脸上有丝丝的妩媚，勾魂摄魄。

道玄斯的心骤然一跳，他邪妄地俯下身，富有磁性的嗓音在那一瞬间变得危险："突然发现你真可爱……"

俯视着怀里的莓铛害羞了，道玄斯很满意地笑着，随后才开始对便当一个劲地狂扫。

"我家小莓铛做的便当真是好吃！你要吃吗？"道玄斯边扫边夹起一片蔬菜，询问道。

莓铛摇摇头。

她根本就没有心思吃饭。

道玄斯蹙眉，没多想便继续夹进嘴里，令他觉得意外的是，莓铛居然还有这种手艺！

莓铛望着他绝美的侧脸，那是她的男朋友……她最喜欢的道玄斯！可如今……被退学的自己已经不可能再和他接触了，他会不会和我分手？好舍不得……不想离开莱恩德学院……不想离开道玄斯……

莓铛想到这里，有些伤心地轻轻靠在道玄斯的肩膀上，静静地注视着路边散步的人们。

道玄斯扭过头，望着莓铛面无表情的脸，开始担忧起来："有人欺负你了？"

莓铛闭着眼睛摇摇头。

道玄斯将她搂进怀里："你是我的女朋友，你的事就是我的事，我绝不允许你私藏秘密！"

听到这里，那忧伤的小脸变得异常温馨，小小的粉色唇角微微牵起一抹淡淡的笑容，如同初次绽放的蔷薇花，美得如同天使。

安默隐此刻却很头疼，华丽的餐桌边坐着尊贵优雅的贵族少爷，修长的粝指敲了敲自己的太阳穴，那双如同海洋般的晶眸深沉地注视着亚子美，不禁好奇起来。

她把我押在这里干什么？

没一会儿，亚子美将书包放在餐桌上，左顾右盼着那群好奇的保镖们。

“让他们退下！”亚子美命令安默隐。

“好。”安默隐温柔地回应，只是一挥手，如同魔法般，那群佣人恭恭敬敬地弯腰鞠躬后离开，庞大的客厅内只有一名看起来年老的管家林文。

亚子美抱着书包小步跑到安默隐身边，随即拿出一盒便当放在他桌上，毫不客气地对安默隐说：“安少爷真是有口福品尝我亚子美的手艺，来，我做便当的‘第一次’献给你！”

安默隐温柔地蹙眉，饶有兴致地打量着紧张到手脚发抖的亚子美。

他早就在顶级厨师那里吃过了，不过，亚子美的手艺他倒是想品尝品尝。

见安默隐迟迟不动，那双温柔的眼眸深沉地盯着她，尴尬的亚子美自己打开便当摆在他面前，解释道：“你帮忙尝尝味道咸不咸淡不淡，色香味什么的能不能过关，然后你估计一下道玄斯会不会喜欢吃！快点给我吃掉！”

旁边的林文下巴都要掉到地上了！

天哪！居然有人敢这样对安少爷说话，无论如何，她也不能输给莓铛！

Part 3

安默隐拿起精致的银白色叉子，对着她那无色无味的便当犹豫再三，最后苦笑着叉了又叉，随即入口，姿势无比的尊贵与优雅。

亚子美眼睛都不眨地盯着他的唇，双手交叠在餐桌上认真地望着，像淘气的孩子注视自己最喜欢的东西。

毋庸置疑的是，安默隐浑身上下都自带华丽与尊贵、优雅与温柔，那精致绝美的轮廓与薄薄的、微微张开的唇，极其诱人，仿佛天使，仿佛宫殿里最美的王子。

“亚子美……”安默隐蹙着好看的眉头，一脸无奈地注视着迫不及待地等着他做出反应的亚子美。

“怎么了？不好吃吗？”见到他故作平静的俊颜，亚子美开始不安起来，望了一眼自己这做得糟糕的便当，又看了看他。

“嗯……味道还不错……只不过……下次可以不放洗衣粉吗？”安默隐显然有些痛苦，可又担心亚子美不开心，只好硬生生地咽下去，好在自己夹的食物并不多，否则一嘴的泡泡！

“洗衣粉？安少爷你可不许污蔑我！想一个人吃完是不是？”亚子美掠走他吃过的叉子大口吃了吃自己做的食物，刚入口便吐了出来，匆匆忙忙地跑去洗手间冲刷嘴里的泡泡。

天哪！我居然把盐和洗衣粉搞混了！完蛋了！安默隐肯定会笑话我！万一他把这件事告诉道玄斯，那我岂不是丢脸丢到家了？

亚子美你真是败家女！

这样子……道玄斯一定会更加嘲笑我是个只会吃不会做饭的男人婆！

亚子美站在镜子前，呆呆地望着自己甜美的小脸，脑海中存着不解。

除了做事情非常女汉子之外，论身材论姿色，好像并不比莓铛差呀！

啊……我在干什么？居然吃一个不会说话的洋娃娃的醋？

道玄斯迟早会回来的，他只爱我，只能爱我！

安默隐见她火速离开，最终还是忍不住将吃进去的东西吐了出来。林文管家心疼地轻轻拍了拍安默隐的后背：“唉……真是为难少爷了……”

真是胆子太大了，要不是安少爷让着亚子美，现在亚子美早被粉身碎骨了，哪还轮到亚子美指使安少爷？还……还给安少爷吃用洗衣粉做的食物？

“咳咳……没关系。”安默隐接过管家递来的餐巾，优雅地擦了擦唇，淡淡地回应，声音如风，如暖暖的泉水，渗进心扉。

“要是莓小姐在的话，少爷一定会一口气吃完的。”想起以前安少爷与莓铛的事情，林文脸上带笑地说着。

提起莓铛，不知是那段时间习惯了她的手艺，还是太过思念，安默隐顿了好久，凝视着空气，温柔的嗓音充满忧伤：

“林文，我想莓铛了……”

明明她就在眼前，明明她已经忘记了两年前的誓言，明明她在他离开后变成这般模样，明明他根本不可能会忘记她！

莓铛，因为这个特殊的女孩，他曾拒绝了无数千金小姐的联婚定亲，只因他深爱着莓铛。

可是……一切都变了。

如今她看他的眼神，如此的陌生。

她拒绝与他交流，拒绝被他触碰，再也不可能回到从前了吗？

“那段时间没有少爷的维护，莓小姐确实受到了很重的打击，可老爷也并没有退了莓小姐学籍的意思，眼下，恕我多嘴，现在少爷好不容易与老爷不发生冲突，少爷还是再等一年，等莓小姐毕业了，再告诉她也不迟。”林文管家微微低着头，尊重地说道。

“你体会过那种感受吗？”安默隐玛瑙石般的蓝色晶眸闪出忧伤：“看见比你出色的男人和你深爱的人交往……”

出色的男人？难不成是道玄斯？

林文怔了怔，毕恭毕敬地低下头，不敢再多说一句话。

“最近莓铛有什么情况吗？”安默隐收回视线，害羞紧张的女佣打扮可爱，端着果汁放在安默隐面前，心跳加速。

安默隐叹息，优雅地喝了杯佣人递上来的果汁。

“莓铛收到了退学手册——”林文考虑许久，到底还是决定将这件事告诉他。

“什么？你怎么不早点告诉我！”安默隐听到这句话如同晴天霹雳，他猛然站起身，愤怒地抓起他的领口衣服。

“少爷别冲动……发生这件事的一个小时后，道玄斯先生就已经解决好了，但他没有跟莓小姐提起这件事，我想，道玄斯先生很尊重莓小姐，千思万虑才没有对你提起这件事。”

又是他……又是道玄斯……为什么做什么事情都会被他抢了风头？学业也就算了……为什么连我的莓铛也要抢走？难道是想让我的各方面都碾压吗？不……他相信道玄斯……可事实就摆在面前……信任还有什么用？

安默隐一个落空，摔在椅子上。林文吓得一身汗，连忙看了看安默隐有没有受伤，可林文靠近他的刹那，安默隐凝望着空气，淡淡地阐述着：“林文，这情敌我很难对付……”

“放心吧少爷，感情的事是不能勉强的，如果莓小姐记起当年的事情，一定会回到你身边的，所以任何事情都需要时间，时间——会证明一切。”林文心疼地拍了拍他的肩膀。

当年？安默隐只剩冷笑。

当年他享有了所有除了吻她唇以外的权利，他可以搂着她做暖宝宝暖身体，他可以拿起她卷卷的发丝放在鼻间细细地嗅着蔷薇花的清香，他可以吃她做的爱心便当，他可以从身后紧紧地抱着她……

可这些权利，都因那年那句谣言传开。他开始怀疑莓铛，所有人都不信任莓铛，所有人都在讽刺她、嘲笑她甚至欺负她，他是那样的心疼，却因太多太多的事情无法插手帮助，最终在她最需要他的时候，他却被自己的父亲强行绑回了法国。

那段时间的痛苦与折磨在两人心上翻滚，安默隐明白，那个时候的莓铛比他更难受。

如果莓铛还记得那件事，他一定要亲口告诉莓铛，他这次回来不是因为道玄厮，而是因为他想回来给她最好的解释，亲口告诉她，他最爱的人是她！可她不记得了……也好，那就让这种痛苦的忧伤都施加在安默隐身上吧……

亚子美靠在走廊上，默默地听完了安默隐与林文管家的对话，内心不禁一震！

安默隐和莓铛……先前是恋人关系吗？所以……安默隐这次回国……是因为莓铛？我的天……好突然……

亚子美不敢相信地捏了捏自己的脸蛋。

放学后，莓铛被道玄厮扛到图书馆，来来往往的同学面面相觑，那好奇的眼睛齐刷刷地望着靠窗的两人，随后喃喃细语：

“是道玄厮……”

“道玄厮怎么跟莓铛在一起？”

“嘘……小点声，看起来道玄厮跟莓铛很熟，咱还是别管了吧。”

“他们该不会是情侣吧？”

“勾引完安少爷还想勾引我家道玄厮？真不要脸！”

“嘘嘘！小声点行不？”

“气死我了！这莓铛真是死性不改！”

Part 4

莓铛拿圆珠笔的手一抖，心不在焉地竖着耳朵听那群女生的声音，内心瞬间绷紧！

道玄斯见她不专心，转过身瞪了那群女生一眼，吓得她们连滚带爬地逃跑而去。

“别管她们，赶紧看书！这半个月我必须让你拿个及格的分数！”道玄斯伸出手弹了弹坐在自己对面走神的莓铛。

可是……已经要被退学了……不可能参加考试……道玄斯这样做……不是多此一举吗？不是白费心思了吗？

想到这里，莓铛的心更是难过，可她却不知道怎么跟道玄斯说清楚这件事，也对……她从来就没有跟任何人解释过她内心深处的真正想法。

莓铛闭上眼睛，随后睁开，认真地看着她根本不会的教科书。

道玄斯望了望她，又望了望书，随即指着书上的一道题，一题一题地开始讲解，最终他无奈地摊开手，慵懒地说道：“不行，之前的所有知识你根本不会，这样吧，我们从头开始……”

道玄斯根本没有告诉莓铛，他得知莓铛被退学的事情后差一点与副校长闹翻，甚至差一点出手打了莓铛的班主任。

几番折腾，退学事件最终被道玄斯阻止了下来，只因那句“没有莓铛就没有我道玄斯！”

这句话惊天动地，所有在校长室的导师与上级都目瞪口呆，包括从外刚好进来的校长也听见了，他动了动唇，想说什么却又咽了下去，最终道玄斯说服了所有人。

他们都若有所思地望着道玄斯认真的脸，宛如丈夫在为自己的妻子解围，让人对莓铛既羡慕又嫉妒。

他勾勾唇，望着认真复习的莓铛，卷卷的长发散散地披在肩上、腰上，卷卷的空气刘海覆盖住她细小的弯眉，大大的双眸无比清澈水润，小巧的鼻翼与白皙光滑的皮肤如同出水的芙蓉般楚楚动人。

他撑着脑袋，暗黄色的晶眸深沉地注视着她，见她殷勤的可爱模样，那一刻，他心里发誓：这辈子，只爱她，只疼她，只宠她……

谁也不能将他们分开！

夕阳染红了天穹，铺成了金光闪闪的钻纱与柔软的云朵相融交织在一起，形影不离、熠熠生辉。

道玄斯喜欢跟莓铛挤公交车，每次他们上公交车都会非常拥挤，见到别的女生说他好帅的时候，莓铛精致的小脸就会通红，眼睛发亮，似乎是在吃醋。

道玄斯喜欢牵着她的手一起走着，走在公路边、小道上，他会看见她羞涩低下头的模样。

“这本退学手册就交给我吧！”道玄斯掠过她可爱的书包，从内搜出退学手册，随即阴鸷着脸将书包还给了莓铛。

“嘶——”退学手册被道玄斯撕得粉碎！

莓铛惊恐地瞪大眼睛！

他在干什么？他知不知道自己在干什么！

莓铛吓坏了，看着退学手册被撕得粉碎而散落在地面上，她战战兢兢地蹲在地上，狼狈地捡起那些根本黏不回来的碎片。

“给我停止！”道玄斯一把将她拉起，反手一扣将她拥入怀中，随后声音霸道至极：“没有任何人能够让你退学！我发誓！”

莓铛怔了怔——

他这番话是什么意思？

她眨巴着动人的美眸，小唇微微张开，似懂非懂地望着他。

“想感谢我吗？”道玄斯满意着她的反应，邪魅勾唇，双眸很快擒住她。

莓铛还没有来得及反应，却因为这句话后知后觉地明白了。

难道是……道玄斯帮助了我，让我不被退学的吗？真的是……这样的吗？

莓铛抬起头，呆呆地望着他。

道玄斯将脸渐渐逼近她，近在咫尺。

“扑通扑通——”一颗心开始跳动着，她满脸绯红地注视着他，随即伸出手，踮起脚尖轻轻地将他拥抱。

不远处的拐角，停靠着至尊黑色豪车，修长的双腿交叠，他穿着华丽的黑色偏西装制服，优美尊贵的胸针闪着冷光，白皙的手微微摇曳着高脚杯，绝美的薄唇冷漠地牵起一抹肃杀的笑，那双玛瑙石般的深海蓝眸温柔却也忧伤。

他凝视着高脚杯的反光，是莓铛与道玄斯拥抱的画面，一对深爱的鸳鸯，让人艳羡的恋人，不可能会走在一起的恋人！

他优雅地喝光了高脚杯里的酒，不禁将高脚杯伸出车窗外，一松开，“当啷”一声，世界稀有的高脚杯就此被毁灭！

那一刻，高脚杯破碎，画面中的那对恋人也因此而碎成碎片。

“少爷！”林文见势不妙，扭过头望了一眼在后座变得阴鸷的安默隐。

安默隐微微抬起头，凝视着眼前的空气，可此刻，连呼吸的空气都那么让他厌恶！

莓铛……你回来好不好？我好想你——真的好想你——莓铛……

内心的各种思绪不停地涌上心头，安默隐猛然低下头，难受地用指尖按着自己的太阳穴。林文心疼地注视着安默隐如生如死般的模样，不禁感到叹息。

要是能为少爷做出更多的事情，那么这辈子也算活得值了。

退学的事情真的被道玄斯撤了下来，不仅如此，莓铛在教室也重新有了自己的座位，而莓铛的旁边还有一个同桌。

她居然还会有同桌？

莓铛有些激动地捏了捏自己的小脸。

虽然依然是在最后一排不起眼的角落，可重新拥有新书的她格外高兴，不知是否因为道玄斯，她在新书的封面写上自己名字的时候，也写上了道玄斯的名字。

“各位同学，从今天开始我们班会有一名听课导师，希望大家都能够遵守好课堂纪律——”班主任开班会的时候郑重地说。所有的同学都在好奇这位听课导师是谁。

下一秒——他从教室门外踏进。

所有人都目瞪口呆地尖叫着！

莓铛跟随着那如同见到了自己偶像般的嘶吼尖叫声望去，下一秒，她惊讶地睁大眼睛不禁捂住嘴！

Part 5

他的身影穿透所有人的眼睛，一缕阳光从窗外折射而入，将整间教室照耀得梦幻，仿佛所有的空气都在栩栩如生地发光，都在活灵活现地施展热气沸腾的金色魔法，倒在他身上，撒下七彩缤纷的光，使他如同降临的天神！

“天哪！班主任是大发慈悲了吗？居然……居然是道玄斯！”

“你别激动！你心脏不好别激动！”

“我我……我要向道玄斯表白！”A同学气喘吁吁地苍白着脸望着道玄斯，心跳得快要从身体里蹦出来了。周围的女生赶紧给她缓缓，她咽了咽口水，目不转睛地继续说道：“如果告……告白失败……我……我就躺棺材！”

“我的天！你这也太夸张了吧？”

而了解A同学的另一位女生嘿嘿笑了一下：“她棺材早在家准备好了，目的就是跟道玄斯告白！”

可另一组的女生却似疑非疑地望着道玄斯，低声交流着：

“道玄斯怎么来了？”

“大姐，难不成他是来报仇的吗？”

“我看不像……”

“难不成是为了莓铛？啊，大姐你干吗打我？”

“闭嘴！”

他的出现如同天上降临的天神，浑身的气势都在流淌，英俊而嚣张的脸邪妄，他的出现，光是那桀骜不驯的气魄便将在场的所有人碾压下去！

同是人类，为什么差距就这么大？

许多人都对此百思不得其解——

“从今天开始，我会与同学们一起听课，持续到期末考试，希望我的到来能让你们学业进步！”

一股富有导师口气的磁性嗓音在尖叫声停止之后响起，寂静得连空气飘浮的声音都能听得一清二楚！

下一秒，不需要班主任说鼓掌，就在道玄斯话音刚落的瞬间，铿锵有力的掌声汹涌而来！

唯独莓铛——静静地待在不起眼的角落，似乎这教室根本不存在这么一个可爱的女生。

莓铛错愕地仰起头，迎来的是道玄厮那猖狂霸道的俊脸。

道玄厮用手指背敲了敲莓铛的课桌，饶有兴致地望着正发呆的莓铛，好奇地思考着此时的莓铛会想些什么？

很意外是吗？真有趣。

“上课可不能发呆。”道玄厮不客气地坐在她身旁，手里拿着笔记本与一支钢笔，他微微别过脸，余光望着她。

莓铛羞涩极了，一双小腿瑟瑟发抖……

天哪！还有……还有被男朋友这样监督着学习的吗？

所有的女生都非常眼红莓铛，而道玄厮选择与莓铛同桌的原因却非常明确：“莓铛成绩倒数，难道你们想让她拖班里的后腿吗？”

但对于莓铛来说，却不是这样……

每次上课，道玄厮根本不做课堂笔记，根本就不听老师讲课，他时不时拿起莓铛的洋娃娃左看右望。时不时将莓铛的长卷发扯下发绳，手忙脚乱地给自己的头发编辫子，看着她的编得乱七八糟的辫子，道玄厮非常满意。甚至趁老师转过身望向黑板的时候，他会突然对莓铛恶作剧。

原以为他会被老师同学看低，可即便不做笔记的道玄厮依然能将昨天的笔记一字不漏地说出来，并很快解答课本里的问题，笑着说：“这些跟前几届出的题差不多。”

如此嚣张猖狂的道玄厮是怎么变成学霸的？莓铛不明白。

兴许是因为道玄厮坐在莓铛身边，有些女生凑过来与道玄厮对话的时候会时不时演起假装的关心。

“莓铛，食堂有很多好吃的东西，我要不要帮你一起买？”

“同学，一起去吃东西吗？”

“学习要加油哦！”

真是瞬间万变……

莓铛站起身，道玄厮准备拦住却被女生围得死死的，男生们拿起积累了几百年的不懂的题目也凑了上来，包围着道玄厮，使得道玄厮进退两难，只

好过后再找莓铛。

莓铛在教室门外转过身，便发现隔壁班的男女生都拥簇上来，几乎要把道玄斯压得不能呼吸。她叹息，今天没给道玄斯做便当，下午去食堂给他买些吃的吧？

可……莱恩德学院的饭卡没带，也很久不碰了……估计冻结了吧！

随即莓铛到了食堂的零食城堡拿了几袋薯片与面包。

“只有小袋子了，你等一下我去拿大袋子。”付了钱之后，B服务员找了找袋子，随后对着莓铛说道，她走了几步就转弯不见人了。

莓铛害怕人多拥挤的地方，不想等待服务员便准备离开，却被另一个服务员抓住！

“同学！你怎么能偷东西？”A服务员对着莓铛大吼着，惊动了周围的同学们。

莓铛不解地皱起眉头。

“拿了东西不付钱就想走吗？以为我们眼瞎吗？摄像头在那里你看不见？偷一罚十外加校记一分！”A服务员对着莓铛冷吼着，惹得周围的学生议论纷纷。

我已经付钱了……没有偷东西……

莓铛的心慌慌的，她就知道自己来食堂绝对没什么好事！

“走！带你去校长室！莱恩德学院怎么会有这种学生存在！”A服务员气势汹汹地走出来，拽着莓铛的手臂，弄得她生疼，她被服务员硬生生地拖了几步。

“又是莓铛……”

“又偷东西……”

“啧啧啧，仗着自己以前跟安少爷交往过就得意忘形？”

“丢人！”

“简直就是一个神经病。”

周围一大堆冷嘲热讽，即便知道莓铛是被冤枉的也绝对不会站出来，而是继续将她越抹越黑！

而在人群中本来不想管的亚子美却听见了这番话，不由得皱起眉头，她猛然扒开人群对着说“丢人”的女生抽了一巴掌！

“啪——”响亮的巴掌打得亚子美手心发热，可她忍住了，伸出食指恶狠狠地瞪着她们：“在别人背后说这种恶心的话，你说谁最丢人？”

“你敢打我？你知道我是谁吗？我是千金夏美欣——”被打的女生脸颊滚烫红肿，她惊慌失措地盯着亚子美，语气咄咄逼人！

她话都没说完，便被亚子美打断：“我管你是什么破千金，在我眼里说这种恶心的话的人就是一废物！”

反正她有道玄斯撑腰她怕谁？

她完美地越过她们，向被带走的莓铛走去——

Chapter 7

因为喜欢所以才自私

Part 1

“砰——”

手臂被人猛地拉住，所有人都惊讶地望向来人，亚子美多管闲事是众所周知的，只是不知道这次她又想做什么。

怀里的零食落了一地，莓铛慌慌张张地蹲下身捡起，抱在怀里，心却再一次跌入谷底！

亚子美？她……想干什么？

居然被她看见我这么狼狈的模样，好丢人啊！莓铛紧张得满脸通红，手指不自觉地绞上了衣角。

“我看见她付钱了！你污蔑一个不善言辞的同学不觉得害臊吗？”亚子美瞪了一眼服务员，咬牙吐出这番话。

A 服务员显然是被亚子美的话惹火了，双手叉腰对亚子美怒目相视道：“你们是认识的，当然包庇她了！再说了，你哪只眼睛看见她付钱了？”

看着 A 服务员一副盛气凌人的架势，亚子美很是恼火，挽起制服的衣袖毫不示弱：“事情都没搞清楚，你凭什么冤枉人？一个打工的居然这么嚣张跋扈，想出名是吗？”

两边剑拔弩张，谁也不退让，这时 B 服务员从员工室拿着袋子走了出来，看见收银台前围着许多人，不禁愣了愣，一头雾水地走到莓铛面前，打开袋子将她的零食放了进去。

“她付钱了？”A服务员的脸色有点难看，用质疑的语气问B服务员。

B服务员不解地点点头：“她付了，因为没袋子，所以我就进去找袋子了，发生了什么吗？”

莓铛沉默不语，可她却觉得很委屈，强忍住在眼眶里打转的泪水，终究没有夺眶而出。

“打脸吗？你刚才的气焰呢？”亚子美冷笑一声，十分不满。

A尴尬得脸憋成了猪肝色，想要低头转身离开，却被亚美子叫住：“等等！我想你似乎忘记了一件事，你还没给这位同学道歉呢！”

莓铛不安地抬头看向亚子美，轻轻地拽了拽她的手，随后对着她摇摇头，她不要A服务员的道歉，只想赶紧离开这里……

莓铛低下头，她知道，如果今天不是亚子美出面解围，她可能会羞愤到不知所措，好讨厌自己这种没有勇气的样子。

突然好羡慕亚子美敢作敢当、助人为乐的开朗性子……而自己，却截然相反……

“对不起，我向你道歉！”

莓铛正在低头看脚尖，突然听见A服务员低如蚊哼的小声道歉，然后就看见她飞快地冲进了员工休息室，看热闹的人群这才觉得A服务员很搞笑，随后无趣地散开。

“你没事吧？”亚子美打量了一眼莓铛，故作轻松地问道。

莓铛摇摇头，感激地从袋子里拿出一包面包递给她。

不知道她爱不爱吃草莓味的面包？

亚子美不由得皱起眉头，看着她停在半空中的面包。

这是想干什么？拿面包作为感谢吗？

“不用，我吃过了，再吃的话就真的该减肥了。”亚子美摆摆手，看了看自己这不胖不瘦的身材，无奈地笑道。

莓铛不好意思地收回袋子里，乖巧地对着亚子美鞠躬之后准备离开，却被亚子美拦住：“阿斯是不是在你班里？恰好我找他，顺路一起去吧！”

阿斯？总听见亚子美这般亲昵地叫道玄斯，莓铛的心里有种说不上的怪异感觉，她沉默一会儿，点点头。

立于中央旋转楼梯上的安默隐目睹了全过程，他朝身边的保镖勾勾食指，后者连忙附上前，只见他面不改温柔，淡淡地下令道：“把刚才那两名服务员开除了，并扣除半个月工资以做惩戒，不要问为什么。”

“是，少爷！”保镖毕恭毕敬地答应，忽然想到刚才打了那位千金小姐的亚子美，动了动唇，到底还是问了出来：“少爷，刚才亚子美小姐似乎得罪了夏家的千金……需要派人保护她吗？”

“她？不需要，就她那张嘴，连我都怕她。”安默隐浅浅一笑，转身离去，只留下一道优雅的身影。

听到这里，保镖忽然想起那时大家流传的——安少爷自从吃了亚子美做的洗衣粉便当之后，对她产生了极大的心理阴影，他不禁暗笑起来。

也对，亚子美比莓小姐强悍多了，哪里还需要保护？只不过安少爷那份执着的感情……真的没事吗？

少爷纵然看起来温润如水，可他眼里总是有着让人为之心碎的温柔，过往的遗憾，令忧伤充溢他的眉间心上是无法掩盖的。

教学楼走廊上，亚子美大步流星地走在前面，莓铛不知不觉就落在了后面。一路上，亚子美热情地和同学们打着招呼，因此众人都没注意到她身后低头不语的莓铛。

“亚子美人真的很好啊！”

“对呀，长得又好看，还那么平易近人，一点都没校花的架子！”

“亚子美还帮我教训过欺负我的人呢！”

“真的啊？早就听说亚子美经常见义勇为，我还听说亚子美和道玄斯的感情非常不错呢！”

“大概已经发展到恋人关系了吧？”

“如果亚子美和道玄斯在一起，我是绝对支持的！”

周围的人窃窃私语，早已听多了这些话，亚子美心里并没有因为这些话而感到骄傲，她心里清楚，身后这个被所有人无视的莓铛才是道玄斯真真正正的女朋友！

“其实我觉得你挺奇怪的……”到了走廊尽头，人变得少了，亚子美回头，才发现莓铛一直低着头走路，速度不快不慢，已经被甩开有一段距离了，她缓了缓脚步，等莓铛走到面前才轻声开口。

莓铛沉默着没有回应，可她说的话莓铛听得见，莓铛眨巴了下眼睛，不解地看着她。

“我开始很想不明白，阿斯这样的人为什么会选择跟你在一起，不过我现在已经知道了……为了你也为了阿斯好，我还是得提醒你一下。”亚子美忽然脸色沉重起来。

见莓铛的眼神闪烁不安，她继续说道：“在M国，那混蛋可有不少追求者，什么外国洋妞，华侨名媛……对了，他有个前女友，跟你很像，可惜人家不喜欢他，是不是很惨？所以我在想……阿斯跟你交往，不会是因为你像他心心念念的某个人，所以他才选择你的吧？就算不是因为她，你有把握能和那群名媛千金争阿斯吗？”

听起来像是在提醒莓铛，可话语间不自觉地透露出嘲讽刺痛了莓铛原本就不安的心。

Part 2

莓铛的心被动摇了，那颗炽热的心正跳动着，犹如被什么东西重重地压着。

她知道，在认识道玄斯之前，亚子美与道玄斯的关系一直是大家茶余饭后议论的话题，也许道玄斯真的跟亚子美交往过也不一定，所以即使亚子美很亲昵地称呼道玄斯，道玄斯也从来没有拒绝过。

可是……即便他在M国有女朋友……即便他和我在一起的原因真的就像他不能忘记的那个女朋友……我也……好想继续和他在一起……

“我劝你放弃吧，不然最后受伤的人只会是你……”亚子美见她仍旧麻木地站在原地，不由得有些气恼，脱口而出道，“没错，我喜欢阿斯，所有人都看得出来，只有他什么都不知道！试问……你和我站在阿斯身边，谁更适合他？为什么不说话？你觉得像他这样让所有人仰望的人，需要你这种不说话，整天只会抱着洋娃娃发呆，被人误会污蔑连辩解都不会的木头人做女朋友吗？顶多就是因为新鲜罢了，你醒醒吧，莓铛同学。”

见她呆呆地站着，眼睛里似乎有泪花浮动，那柔软的粉唇轻轻抿着，唇角抖动，亚子美知道莓铛听见了。

莓铛会因此而感到自卑吗？可这样，亚子美的心也不好受，尽管自己所说的那些也都是真心话！

同时爱上道玄斯怎么了？

明知道莓铛承受不了，这个犹如娃娃的少女到底有多脆弱？

说了一大堆，莓铛听懂了亚子美的话，亚子美果然是喜欢道玄斯的，想让自己放弃这份对道玄斯的感情。

可是……即便莓铛真的很不堪一击，可她喜欢和道玄斯在一起的时候，喜欢被道玄斯保护的感觉，喜欢被他牵手的时候那种手掌心的温度……她不想放弃，她还想要继续和他在一起！

就算最后如亚子美所言，被他甩了，就算会被伤得体无完肤，她也不愿意放弃，她会珍惜那段与道玄斯在一起的时光。

“还有一件事……”亚子美缓缓地靠近她，目光不停地打量着她粉腻透白的玉肌，与自己相比，她真是一位窈窕淑女。

莓铛依然低着头，没有勇气去注视亚子美。

“安默隐你认识吗？”亚子美开口审问，自从不小心听见安默隐和林文的对话之后，就一直很想问莓铛，为什么跟安默隐有过去，为什么安默隐还爱着莓铛，而莓铛却要选择道玄斯？

安默隐？莓铛抬起头，许久，她点点头。

这个温文尔雅的贵族大少爷，无人不知无人不晓。

“那……你以前认识安默隐吗？”亚子美有些心急地上前一步，迫不及待地想要立刻得到答案。

以前？莓铛想了想……第一次认识……是遇见了道玄斯之后自己跑开才遇见的安少爷，可只是仓促地说了几句，自己那个时候并没有抬头看他，只知道他声音很温柔。那是安默隐的标配。

莓铛摇摇头，表示以前并不认识安默隐。

“你真是奇怪。”亚子美瞥了几眼，发现她日常搂在怀里的洋娃娃今天意外不在，这引起了亚子美的好奇，可下一秒便想开了，一定在道玄斯的口袋里！

“以前不认识？怎么可能？两年前，你和安默隐……算了，你们的事情我懒得插手。”亚子美说着说着，突然不知道怎么说下去了，于是甩了甩头不冷不热地说道。

不管亚子美怎么说，怎么去告诉莓铛道玄斯是个怎么样的人，莓铛的心始终因为道玄斯而悸动着，这是无法改变的事情。

亚子美叹了口气，感觉自己在跟空气说话，她就好像是幽灵，飘逸在空中。

可就在亚子美迈开脚步的瞬间，耳边响起了一个从未听过的声音——

“我想尝试……”她木然许久，突然像是下定了决心一般，喃喃低语，因为许久发不出声音。她的字句有些含糊稚嫩，却有着独特的甜美、致命的诱惑。

声音不大，可亚子美却清晰地听见了，她惊讶地瞪大眼睛，脚步停了下来，转回身错愕地凝视着此刻因说话而浑身发抖的莓铛。

是……是莓铛的声音吗？我听错了吗？是她的声音吗？

“我也……我也好喜欢道玄斯……我不想放弃……”

她的声音，就好像失去双目的盲人突然见到了光芒，就好像失去听觉的聋人突然听见了世上最优美的声音，就好像新生命的襁褓忽然发出声音，让所有人都觉得是奇迹！

在亚子美看来，莓铛此刻就是奇迹！

她清澈湿润的眼眸雪亮地注视着亚子美，她的小脸带着与生俱来的认真，一双嫩嫩的小手紧握成小拳头瑟瑟发抖着，为了说出那句话，她鼓起了所有的勇气。

亚子美从未见过这样的莓铛。是谁解开了她？安默隐吗？还是道玄斯？

太过惊讶的亚子美犹如被这句话凝固在原地，她有太多太多的问题，此刻脑子却一片空白，所有人都容易忘记莓铛的存在，根本忘记了莓铛会不会说话……

“亚子美？”

道玄斯从另一边寻找了半天莓铛，才发现她们居然在角落里，看这阵势，似乎发生了什么？

熟悉的声音，让她怦然心动的声音，莓铛紧张地低下头。

亚子美许久才被这富有磁性的嗓音回过神，她不可思议地瞪大眼睛望着道玄斯，吞吞吐吐地告诉道玄斯这个奇迹："阿……阿斯……莓……莓铛……莓铛她——"

道玄斯浅浅地弯起唇角，暗黄的晶眸满是宠溺，他直接走过去站在莓铛面前，居高临下地望着羞涩的小莓铛，不禁抬起手，修长的指尖穿在她的发丝间，缓缓地揉了揉她的脑袋，余光瞥了几眼对面的亚子美："你怎么变成结巴了？"

"不是……莓铛刚刚说话了！"

亚子美一个激动，终于把这句话拼成功，她深深地呼吸着，莓铛说话的奇迹真的就像亚子美中了一个亿的彩票！

道玄斯瞪大眼睛，他顿了顿，下一秒，他兴奋不已地搂起莓铛，直直地往怀里撞，满心欢喜："真的？莓铛你又说话了？不错，进步了！告诉我，你对那猪婆说了什么？嗯？"

Part 3

看着他紧紧地将莓铛搂在怀里，又激动得难以抑制地摁住莓铛的肩膀。

曾经，亚子美也幻想过，自己能被道玄斯这样抱着，可是童话只能是童话，幻想终究是幻想，亚子美忽然有些懊悔刚才自己的一时嘴快了。

莓铛有些窘迫地避开他炙热的目光，羞赧得想要找个地缝钻进去，他的力道那么大，抱着她的手收得很紧，她感觉快要窒息了，心跳也急促起来。

"你知道吗？听见你说你不想放弃我，我高兴得简直快要疯掉了，你知道我有多兴奋吗？"道玄斯说完俯下身，在她红润的脸颊上吻了吻。

莓铛的脸颊已经红透了，她整个人都埋在他怀里，随后又被他摇晃着注视他。

他此刻的声音只说给她听，离自己三四米远的亚子美根本听不到，似乎刚才他所说的话只是故意说给亚子美听的，而他溺在莓铛耳垂边的话却是真实的！

"没关系……以后你会明白的……"道玄斯终于平复了极度喜悦的心情，嘴角却带着难掩的笑意。

天哪！阿斯居然当着我的面吻莓铛！

“咳咳……注意场合好吗？”

面对如此赤裸裸的秀恩爱，亚子美心里酸酸的，故作镇定地打断了他们的暧昧举动。

亚子美有些不安起来。

他能因为莓铛说话的微妙细小声音而兴奋，显然是真的喜欢她，要是听见我刚才说的话，只怕会连朋友都没得做了。

所以……亚子美从来没有对道玄斯说出自己内心对他的真正感情。

“你什么时候站在那里的，听见我们说话了吗？”她不安地询问，其实她好担心自己被道玄斯误会。

“什么？”道玄斯挑挑眉，那双暗黄色的晶眸挪向她，一副被打断很是不爽的样子，“难道你说我什么坏话了？”

亚子美松了口气，还好，他没有听见，现在还不是时候，等他对莓铛失去了兴趣，也许到那个时候，他就会看见她了。

“没什么，不过……我说，下次好好看着你的小莓铛，别总被人欺负了都不知道。”

亚子美努力恢复平静，看了莓铛一眼，刚才的话她并不担心莓铛会和道玄斯说，除了她不爱说话外，这些话其实多少有点期待道玄斯知道后的反应。

她怎么了？被欺负了？那双担心的晶眸上下打量着莓铛，果然，只要她一离开他，便会遭到别人欺负！

“谁欺负你了？”

莓铛连忙对着他摇摇头，今天的事情太过丢脸，她不想让他知道，也不想他帮忙出头，都是一场误会罢了。

“今天要不是我出手相助，你的小莓铛现在还在校长室被冤枉呢！”亚子美抿抿唇，“好了，阿斯，安少爷让你回去，下午一点钟有个会议，就这样，我先回教室了。”

说完，她朝二人摆了摆手，转身快步离去。

她承认，今天和莓铛说的话是有点过分了，可是她没说错不是吗？至于替莓铛出头解围，就算是替阿斯守护莓铛好了，反正她都出头出惯了，不是吗？

道玄斯目送亚子美离开，她的背影有着令人说不出的落寞，其实，她的那番话他都听见了……

起初她说到那个人时，他有些气恼，可是听到后面他却不知该怎么做才好了。亚子美对他的心思，即便是傻子都能看出来，他又怎么会不知道呢？可是他一直都把她当成好朋友，不想破坏这份友情。

浅笑着回过头，视线落在莓铛身上，发现她正怔怔地看着亚子美离开的方向发呆，她在想什么？也不知道莓铛听了亚子美的话会不会多想。

莓铛长得像他的国外的女朋友是假的，他有史以来的第一次心动便是莓铛。

“在想什么？”道玄斯低沉好听的声音在头顶响起，莓铛这才回过神来。

她心里不好受，亚子美的话对她来说没有影响是不可能的，只是她选择相信他，可是亚子美的感受她也能理解，现在亚子美一定难过极了。

无人的走廊上，道玄斯手里拿着莓铛买来的草莓面包，津津有味地吃着。莓铛的小手抓着他的衣袖，另一只手搂着洋娃娃，有些忐忑不安，道玄斯今天竟然会因为她的一句话如此兴奋，这让她有些意外。

“今天我高兴！说吧！还有多少课题要请教我的！”道玄斯倚在课桌旁，心情大好，主动对上前来请教问题的同学们开口道。

莓铛坐在他旁边，同学们闻声一拥而上，把道玄斯和莓铛的座位团团围住。莓铛有些手足无措，显得有些尴尬时不时偷偷地打量一眼正在给同学讲题的道玄斯，不由得为他感到骄傲。

道玄斯似乎感受到了她的尴尬，一只手从桌下向她伸去，轻轻地握住她紧张得放在课桌下的手，牵着放到自己的大腿上紧紧攥着，示意她不必担心。

莓铛的心猛然一跳，脸上滚烫得要滴出血来一般，羞涩地望向他，座位前这么多同学，他居然敢明目张胆地来拉她的手！

不得不说，他手心传递的力量莫名地给了她比洋娃娃还要强大的安全感。莓铛红着脸别过头去，心虚地抱紧洋娃娃，手却拉得更紧了些。她一刻也不想放开道玄斯此时与她紧紧相扣的手。

这边春光明媚，可安默隐那边却并不好过。

欧式风格的玫瑰园里，坐落着一栋欧式小别墅，有着无比浪漫的梦幻气息，气派的大门上雕刻着安氏家族的图腾，圆形的白色建筑延伸至尖顶，复杂设计的拱窗拼接，精致的雕像与别致的风格尽显贵族应有的华丽。

这是安默隐的一处私人酒庄。

绚丽的水晶吊灯下，米色的欧式沙发上坐着穿着制服的亚子美，林文管家笔直地站立在一旁，一脸的无可奈何。

“亚小姐，你等会儿还要上课，还是不要喝酒才……”林文的额头直冒冷汗，对着这个比安少爷还祖宗的亚子美不断劝解，却被亚子美一声打断：“给我酒！”

Part 4

桌上有一沓餐巾，她不时抽出几张擦着泪水，看起来哭了很久，而且还哭得那么伤心……是考试不及格吗？

林文百思不得其解。

“你再啰嗦我让安默隐把你开除了！”一副比少爷还跋扈的性子实在让林文进退两难，眼看着她要将少爷从法国带回来的全球限量水晶杯砸碎，林文无奈，只好依着她。

“好，我给你拿酒去！”林文向她鞠躬，度数不高的鸡尾酒可以吧？女孩子喜欢这种酒。

只是，下一秒，亚子美要的酒却让林文怎么也迈不开步子：“我要白酒！最猛的！度数最高的！你们这里最烈的白酒都给我拿上来！”

林文顿时怔住了。

白酒自然是有的，但是……

安默隐远远的就听见亚子美穿透力极强的声音，门被推开，他迈着优雅的步伐，犹如温柔的童话王子，从门外徐徐走来。林文仿佛看见了救星，连忙投去求助的目光，赶忙上去站在主人身边。

“怎么突然想喝酒？”安默隐随手脱掉白色的精致手套，一旁的佣人立刻走上前端着托盘接过拿下去了，他挑起好看的眉，望向摊在椅子上的亚子美，温柔地询问。

亚子美笑了笑，拍了拍旁边的空位，让他过去坐。安默隐四下看了看，确定亚子美今天没有带便当来，这才放心地走了过去。

“我想喝……你不给？”

亚子美窥着他，泪水模糊了双眼，安默隐时不时变成了道玄斯的模样，她摇摇脑袋，只感觉心好痛，似乎从来没有过这种滋味。

没有想过道玄斯会爱上别人，没有想过莓铛居然会胜过她，而她除了在这里闹，没有胆子去挑战这必输的爱情。

她还是那样的刀子嘴，可那双泪眼婆娑的美眸却出卖了她，她并不是傲然独立的人——

安默隐斟酌一会儿，到底还是扭过头望向林文，淡淡地说：“去拿葡萄酒，前几天我喝的那瓶。”

“是，少爷。”林文鞠躬后走下旋转楼梯，楼梯一圈又一圈地通往地下室，在那里，琳琅满目的酒，扑鼻飘来的酒香吸引了亚子美的鼻子。

“这是什么酒？好香！”晶莹剔透的泪珠滚滚落下，可她却忘记了自己为什么哭，只想流泪。

安默隐接过热的湿毛巾，看着她哭了好一会儿，脸上一片狼狈，他一番苦笑地伸出手，忽然摁住亚子美的脑袋，细心地在她脸上轻轻地抹擦着，动作很轻，热毛巾还弥漫着安氏玫瑰的独特芳香。

亚子美忽然不说话了，眼泪被他这一举动止住，瞬间屏气凝息，心跳忽然加速，脸上原有的苍白渐渐变得红润。

“疼？”安默隐轻声询问，如同深海中最美丽宝石的蓝色晶眸探了亚子美几眼。

“不疼……”亚子美呆呆地说着，却目不转睛地望了他好久。

“为什么哭？”安默隐收回手，将热毛巾递给佣人，随即又有两名女佣规规矩矩地端着大大的高脚杯，放在他们面前。

亚子美黯然无神，花容失色，许久，她的声音没有了之前的响亮：“失恋了，来你这里想喝点小酒发泄发泄！”

“哦。”

明知故问。

除了道玄斯，还有谁能让亚子美哭得跟只猪一样？

林文拿着大瓶葡萄酒走了过来，倒在高脚杯上，只倒了半杯，可亚子美死活要他倒满。

“给她倒。”安默隐淡淡地说着。

林文低下头，倒满了。

“怕我喝完你这酒庄是不是？这么小气！”亚子美不满地拿起高脚杯，先是小心翼翼地舔了舔，才发现这葡萄酒的味道实在是刺激味蕾。

她只是凑鼻过去，却被反弹了回来，令安默隐觉得十分顽皮可爱，以前的莓铛虽然不饮酒，却从未展示过这一面。

“能喝吗？”安默隐柔声询问，有些心疼地抬起高脚杯，放在唇上抿了一口，如此优雅的动作似乎在示范给她看，“这是1376年法国调酒师酿制的葡萄酒。”

话音刚落，就见亚子美一口气喝光了！喝的过程中，她屏住呼吸，一口气便下了肚！

她只感觉放下高脚杯的瞬间后脑烧得厉害，滚滚地烧红了她全身。

安默隐深沉地凝视着她此刻的模样，腮晕潮红如火红的晚霞，天生丽质的脸蛋更是撩人。

“我忘记告诉你了，这瓶酒，喝三口就会倒。”安默隐淡淡地说。

更何况亚子美喝下去的是一大杯，真是让他头疼的女生。

她闻声望去，温柔的安默隐骤然变成了道玄斯。

阿斯……还会不会关心我？像以前一样扶着我，抱着我带着我离开？

“阿斯……”亚子美淡淡地说出口，安默隐却愣住了。

亚子美望着自己眼前的“道玄斯”。

不妙！

正准备逃离的安默隐被亚子美死死地抱在怀里，她死死地搂着安默隐抱头痛哭，心犹如被千万把匕首刺进。她放肆地哭着，哭着哭着忽然笑了起来！

“少爷！”林文见亚子美把安默隐扑倒在地，吓得眼睛差一点掉到地上！他连连走过去却不知道怎么帮助自己的主人。

安默隐悠悠地摆摆手：“我没事。”

亚子美靠在安默隐怀里，如同撒娇的小猫，这样安静的她真像莓铛。

绝美的唇瓣勾起一抹微笑，他正准备伸手过去搂她的时候，亚子美只感觉自己肚里似乎在点火般滚烫滚烫的，胃内的东西正在熊熊燃烧着，翻山倒海地抽搐！她一个没忍住——

“啊啊啊！少爷！少爷！糟了！快来人！”

道玄斯赶过去的时候，亚子美正醉醺醺地趴在餐桌上，两名女佣小心翼翼地照顾着，而安默隐洗好澡换好衣服走出来，便见道玄斯正扶起她。

“该死！你怎么喝了这么多！”道玄斯拉起她的手臂，将她整个人扛起，旁边的林文似乎非常感谢道玄斯带走亚子美。

亚子美只要一靠近安少爷，安少爷准要倒霉！

“不要不要！我要抱抱！”亚子美对着道玄斯调皮地撒娇，踩起脚尖半眯着眼睛嘟囔着，声音甜美娇嫩而响亮，所有人都听见了。

道玄斯尴尬极了，巴不得堵住她的嘴。

“我要你这样——抱着我！你不抱我我就不走了！我就在这里睡觉！我在这里睡觉就会生病！我就会生病你知道吗？”亚子美示范着把林文横抱了起来，一个不小心差一点摔倒在地，好在亚子美没什么力气，不然摔坏了林文一把老骨头。

道玄斯咬咬牙，没一会儿，她双脚踏空，整个人被道玄斯横抱在怀，随后二人在亚子美欢快的声音中离去。

“林文。”目送他们离开后，安默隐望了一眼刚才差点被亚子美抱起来的管家。

“少爷……”林文低下头毕恭毕敬。

“你没事吧？”钻蓝色的晶眸微微注视着他。

“没事，虚惊一场！”林文露出慈祥的笑容。

“少爷，莓小姐在酒庄门外！”门外走进一名佣人，对着安默隐低头说道。

什么？是莓铛吗？

Part 5

夕阳潮红，像画家的水彩墨水泼洒在天空中，夕阳神奇地变化着，一会儿淡红，一会儿鲜红，一会儿又会变成橘红色，远远望去十分壮观！软绵绵的云朵一个挨着一个，大大小小不规则地紧凑着，显得生机勃勃。

夕阳下，酒庄别墅大拱门外鲜艳的红色玫瑰馥郁芬芳，朵朵旺盛地绽放着，花瓣一层裹着另一层，瓣上还有佣人浇灌时留下的水珠，如同珍珠般闪着璀璨的光芒。在温煦的阳光照耀下，这些花展示出它们最旖旎的一面，令人为之惊叹！

莓铛望着这番美景，赏心悦目，她乖乖地站在酒庄别墅大拱门外不远处，被玫瑰朵朵萦绕着，她就好像在玫瑰园采花的仙子，又好像是美丽的公主，仙姿玉色、气若幽兰，她注视着美不胜收的玫瑰，感叹它令人艳羡的美，却不敢俯下身去触碰。

安少爷……似乎是个很浪漫的人呢！

莓铛好奇地想着，她身穿莱恩德学院制服，双手提着书包，洋娃娃挂在书包拉链上露出可爱的娃娃脸。

很快，道玄斯犹如王者般，抱着亚子美从中走出，可是紧绷着脸，此时的他一万个想要把怀里的亚子美丢在地上！

“阿斯！你怎么知道我家住哪里？嗯？啊，我记得了！你有偷偷跟着我回家对不对？嘿嘿嘿！我不会说的！嘘……”亚子美含糊地靠在他怀里，头部一个劲地蹭着他的胸脯，头发都蹭乱了，她的声音充满暧昧撒娇，双腿在半空中快乐地摇晃着，像是恋人在打情骂俏、谈情说爱。

道玄斯继续紧绷着俊脸，这蠢货喝醉了在胡说八道些什么？

他也就无所谓了，可莓铛在不远处，他很清楚地看见她眼中的惊讶，看见自己这样抱着亚子美，脸上的表情似乎不开心，听见亚子美这些话，她更是陷入其中。

“亚子美你给我闭嘴！再多说一句信不信我马上把你扔了！”道玄斯低下头，锐利如凶猛的野兽般的晶眸阴鸷地盯着亚子美，白皙的五官越绷越紧，越来越黑。

亚子美红着脸蛋听完马上捂住嘴，随后傻笑着乖巧地做了个“嘘”的动作，很快便安静了下来。

“莓铛，我们先送她回家。”走到莓铛面前，亚子美跟泥娃娃一样，即便把她放下来，她的双腿也会紧紧地箍住他的腰，怎么都不会下来，无奈，道玄斯只好任由她，酒醒后一定要亚子美看清她喝醉的模样！

莓铛匆匆忙忙跑过来，望了望亚子美醉醺醺的嘴里还嘟囔傻笑的样子，从书包里抽出一张湿纸巾，给脸颊热得冒汗的亚子美擦了擦。

为什么亚子美要喝这么多酒？是因为给我说了那些话害怕被道玄斯听见而难过吗？啊……笨笨的亚子美……

擦了后，她安静地跟在道玄斯身边走着。

她没有怨言，也不怪亚子美，不怪道玄斯，反倒很心疼道玄斯。

亚子美会不会很重？道玄斯能承受得住吗？

陡然想起那时候自己在公交车上睡在他怀里被他抱起来的时候，她的脸不禁一红。

啊！在想什么？不要想不要想不要想！

她羞涩地低下头，却因这样而与道玄斯的距离越来越远。她恍然抬起头，才发现道玄斯在不远处等着她，一双黄眸拓映着她，深沉地打量着。

因为我抱着亚子美，她一定是生气了，莓铛是真的在乎我。

绝美的唇扬起一抹得意的笑，微微抬起下颌，对着莓铛说道：“过来，挽住我的手臂。”

莓铛瞪大眼睛，呆呆地定在原地，此时睡在道玄斯怀里的亚子美与道玄斯真的很般配，就算自己站在一边，大家也会相信他们才是男女朋友关系。

“过来！”道玄斯故作恼怒地对着莓铛命令道。

这样……真的没关系吗？

莓铛的手穿过他的手臂，轻轻地挽着他，就好像恋人才会有的动作那样。她有些害羞，却被道玄斯带动着。

这样看起来，莓铛才是道玄斯的女朋友，而道玄斯怀里的只不过是一个喝醉的朋友。

二楼大拱圆弧的落地窗外立着安静的王子，忧伤的蓝色眼眸对那洋娃娃般可爱的少女有着与生俱来的温柔，似乎他所有的温柔都毫无保留地献给了她——莓铛。

修长的手伸在半空中，触碰着渐行渐远的莓铛倩影。

莓铛，告诉我，我该怎么办？我好想你，好想跟你在一起，永远不分开——我受不了！我好难受！由我来揭开过去的真相好不好？

在屋内的林文找到了安默隐所在的位置，望着他越发深沉的模样，不由得叹息。

少爷虽然温柔，可终究是伶俜着，寂寞、孤独、失望、忧伤……是少爷近年的症状，他真的还好吗？他真的没事吗？

少爷……撑不住就不要再撑了。没有人会责怪你，莓小姐也一定不曾憎恨你……

亚子美的住处与道玄斯的家是一个方向，莓铛想，也许他们经常一起上学放学，打打闹闹的吧？

亚子美的小区在最繁华的街区，她住在二十层楼。

电梯关了之后，他忽然捂住亚子美半眯的眼睛，斜过身，另一只手忽然扣住莓铛的脑袋，俯下身顺利地将莓铛搂进怀里……

电梯还有一层就要开的刹那，道玄斯才肯放开她，暗黄色的目光炯炯，随后靠在她耳边，声音迷人："莓铛吃醋的样子真可爱……"

莓铛的小脸蛋更红了！

道玄斯笑着给莓铛来了个摸头杀，电梯到达二十楼后打开，他再次扶起亚子美，对莓铛说道："走吧，一起扛这头猪进去。"

其实无数次，道玄斯都想让莓铛学会与亚子美一样，活泼开朗，敢作敢当，敢爱敢恨，不被欺负，起码，她不会自卑，只是胆小。

没关系，他可以保护她。

莓铛点点头，弯起腰，扶着亚子美的另一只手臂，可显然莓铛比亚子美还矮一点，好像……根本不需要她帮忙呢……有点尴尬……

不够高的莓铛只好尴尬地照做着。

而亚子美的身高刚刚好到他的肩膀上，她昏昏地往他身边靠着，靠在他的肩膀上。

莓铛内心一阵乱絮，她努力地摇摇头，被吻过的唇时不时传来他残留的清香，瞬间，她整个人酥麻起来，胡思乱想的脑袋瞬间平静了下来。

“她的钥匙在书包里的内拉链。”看着莓铛帮亚子美背书包，道玄斯指着那书包地说道。

道玄斯好了解亚子美……

莓铛放下亚子美，打开书包内拉链，果然见到了一把钥匙，有着道玄斯Q版动漫模样的钥匙扣紧紧地扣着……

莓铛的心抽搐起来，为了避免道玄斯发现她的异常，她连忙拿起钥匙递给了他。

Chapter 8

最有魅力的男朋友属于洋娃娃

Part 1

“吱——”门开了。

“啪咔——”灯被打开。

道玄斯凝视着眼前的一幕沉默。

莓铛呆呆地望着眼前的一幕沉默。

这是一间很乱的女生房子，差不多一个星期没扫地了，屋内杂乱无章、一片狼藉，堆积着空袋子和吃剩的零食，四处乱扔的衣服显得狼狈不堪。

道玄斯扛着亚子美走进她的房间，一把扔在床上，替她盖好被子，忽然一只手抓住他，亚子美昏昏沉沉地睡着，脸色红润，半妆美人，细腻的肌肤如酥。

“阿斯是笨蛋……不明白亚子美的感情……”她紧紧拽着他的手，嘴里嘀咕着，脑袋微微摇晃，身姿丰盈窈窕，犹如百年难得一遇的美少女。

道玄斯顿了顿，听完她的话，他才沉默地轻轻拿开了她的手。

他很早很早很早……很早就明白了亚子美对他所产生的感情，不拒绝她是因为不想伤害她，纵容她是因为他很欣赏她直爽的性子，他承认他确实很喜欢亚子美，可是这种喜欢与对莓铛的喜欢不是同一种。

深入了解莓铛的时候，他发现自己已经掉入对她的感情之中，她主宰着他的一切，他的喜怒哀乐被莓铛随意地牵动；可亚子美却始终停留在友谊上

的喜欢，无论她多么努力，无论道玄斯给她多少机会，喜欢依然到此为止，仿佛已经是极限，无法延伸到男女之间恋爱的喜欢。

这大概就是亚子美注定要过自己的这个坎吧？

道玄斯深沉地目视着睡得不安稳、四处乱翻被子的亚子美，嘴里念着他名字且痴情的亚子美，现实中不善于表达却愿意替别人承担的亚子美。

一切的一切，都在此刻呈现出来。

莓铛进这屋子的时候一刻也不停地四处捡着她乱扔的东西，放垃圾桶、摆好、叠好、洗好……井井有条地弄着。

道玄斯走出来，就见她系着亚子美的荷叶边蕾丝围裙，围裙内是精致的学院制服，她弯下腰扫地整理，忙碌的样子似乎让道玄斯看见了未来她贤妻良母的模样，让他舒心，这间房瞬间充满温馨。

“我帮你。”道玄斯挽起袖子说道。

莓铛脸色红润地点点头，手里还拿着湿漉漉的手帕，两人开始打扫亚子美的房间。

“猪一样的人，狗窝一样的房子！”

道玄斯看着一坨小粉色卷在一起，好奇地伸出手打开看，结果发现是三角裤，俊美的脸略红，尴尬地扔给莓铛，落在莓铛头上，低沉着训了亚子美一顿。

莓铛收了亚子美的三角裤，同为女生，她也脸红了……

莓铛第一次见到这么乱的房子，可她总感觉不对劲，会不会是……亚子美回家太伤心砸东西乱翻东西发泄呢？

嗯……也说不定。

上上下下打扫后，道玄斯没有这方面的劳动能力，才到一半就趴在沙发上，歪着好看的脑袋望着电视，手里捏着遥控器不停地调着频道。

一双暗黄色晶眸微微斜着，映出少女依然勤劳的模样。他望着她入神，若有所思地浅笑着。

莓铛煮了一碗放有番茄鸡蛋葱的面条在保温盒内。她抬起头，与金黄色的晶眸相对视……

他邪魅地笑着，扬着绝美的容颜，目光直勾勾地逮捕着她。她沉默，樱桃小唇似乎在隐隐地弯起不起眼的嘴角，那一刻，她如同日光下照耀的蔷薇花，他如同深渊中璀璨的玫瑰花蕾，闪着灼亮的光，与她对视。

城市的路灯全被点亮了，犹如被困在玻璃里的萤火虫，白色的、金色的、紫色的……一个挨着一个铺在公路上、公园小路上、人行道上的各个角落，新时代的建筑高层从一楼到顶到处都是霓虹闪烁着，光芒四处辉映！

他牵着她的手穿过大街小巷，停留在夹娃娃店内。站在夹娃娃机面前，莓铛手里端着一大堆硬币，道玄斯抽出两枚硬币毫不犹豫地投进去。

“我告诉你，我夹娃娃，这家店基本上破产！你想要哪个？”道玄斯扭过头望了望一脸仰慕他的莓铛。他得意地笑了笑，随后帅气地询问道。

莓铛非常相信自己的男朋友，她指了指小叮当玩偶。

“你等着，夹不到罚你亲我！”道玄斯开始操控着娃娃机，嘴里不禁扬起笑容，似乎想到什么，他顿了下。

他不想夹娃娃了，他想故意夹不到，他想被莓铛亲！

显然莓铛不会这么做……

小叮当顺利到手，莓铛不敢相信地瞪大眼睛，道玄斯拿起小叮当递给了莓铛。

心血来潮，为了展示自己的水平，道玄斯跑去大玩偶面前，投了两枚硬币，继续询问莓铛：“喜欢哪个？”

此时脖子上、手上、腿上、手臂上、腰上挂满了道玄斯夹的玩偶的莓铛已经满头大汗。

天哪！道玄斯两枚硬币能夹三个玩偶？前所未闻！

她伸出手指了一只可爱的大白熊。

“太简单了，我帮你把大白熊旁边那只肥的也给你夹到！”

道玄斯咧开嘴笑着卡准位置，红色按钮一按，“砰咚”一声，两只大大的玩偶掉了下来。

莓铛瞪大眼睛，张大嘴巴难以置信地看着眼前的一幕。

天哪！这道玄斯……太厉害了吧？

道玄斯抱起两只大玩偶，忽然发现小莓铛已经挂满小玩偶，可爱逗趣的模样让他想笑。

“亲爱的，你看人家男朋友好厉害！你快点给我夹几个呀！”旁边本来就眼红莓铛有这么帅气的男朋友的女生，不停地催促着自己的男朋友，只见她的男朋友被她这么一闹，失手又没有抓到娃娃。

“妈妈，大哥哥好厉害呀！什么时候我也能够两枚硬币夹三四个娃娃就好了！”小女孩望着自己的妈妈流着口水说道。莓铛浅浅地笑着，将怀里的玩偶送给了小女孩。

“啊啊啊！谢谢姐姐！姐姐你有这么一个男朋友好幸福！”小女孩开心地抱着她送来的玩偶，甜甜地说着。她的妈妈不好意思地笑了笑。

莓铛摇摇头，乖乖地回到道玄斯身边。这么多玩偶，该怎么办呢？

“她的男朋友好帅……”

在店外的女生发现了道玄斯酷酷的背影，随即引来一群花痴粉的围观。

“有没有觉得她的男朋友很像道玄斯？”

“电视上的那个学霸道玄斯吗？”

“对对对，越看越像！不会真的是本人吧？”

“天哪！这男的……美得太夸张了吧……漫画里走出来的吗？”

“那女的好幸福！”

Part 2

完全忘记了道玄斯身份的莓铛恍然大悟地睁大眼睛，浑身凝固在那里，一颗跳动的心开始紧张起来。

为什么……我总是能够忘记道玄斯的身份呢？

他是令人瞩目的神子，他的名字就是一个让人震惊的存在，而这个不可能出现在我的世界的道玄斯，此刻会为了我夹娃娃，牵着我的手穿过大街小巷……

一切的一切，她快要忘记了，道玄斯只是和其他男生一样，只是普通的道玄斯……

道玄斯并没有因为外面的粉丝疯狂围观而躲避，他饶有兴趣地盯着自己可爱的女朋友，不知道此时的莓铛在揣度着什么……是吃醋自己长得太好看太聪明太吸引女生的注意力吗？

想到这里，道玄斯的心忽然像是灌满了蜂蜜般甘甜。他一把搂住她的

肩，带着她走到收银员处。

“你……你好……”收银员似乎见到了自己的超级偶像，两眼对着高大的道玄斯放光，呆呆地望着道玄斯却忘记了自己手上的工作。

“这些公仔你打算怎么办？”道玄斯扭过头，探了一眼莫名脸红的莓铛，低声询问，似乎忘记了这个世界还有其他人的存在。

服务员数了数，总共四十三个，这些公仔大小各异，莓铛低下头开始苦想起来，几番思考，她对着道玄斯招招手。

似乎明白了什么的道玄斯俯下身，将脸凑过去，她细小柔软的甘甜嫩音渡入他的耳内：“我……我想……我想做一件事……”

道玄斯睁大瞳孔，他被她诱人至极的声音迷惑，如同魔法般充满温馨地钻进全身，一颗心猛地跳动。

她的声音……好甜！好可爱！仿佛是天籁之声！仿佛是天使的声音！

望着道玄斯忽然沉默的样子，莓铛不禁有些担心，是……自己说错了什么让道玄斯为难了吗？

一双小手开始微微颤抖着，不安地低下头懊恼着。

她……在道玄斯面前真的是越来越大胆了，内心的想法居然就这样告诉了他……

下一秒，道玄斯忽然扣住她的手臂往自己的怀里按，手臂揽住她的细腰，越发收紧，目光深沉地半眯着，不顾周围那些羡慕到眼珠都要掉下来的观众：“好甜的声音，莓铛，可以再多说几句吗？”

莓铛下意识地捂住脸，可爱的模样瞬间揪住了道玄斯的眼球。

服务员简直羡慕到快要疯掉！昨天才刚刚跟男朋友分手！昨天才刚刚发誓绝对不会再找男朋友，此刻却那么希望有个像道玄斯这样的男友！

他含情脉脉，目光深沉。她满脸绯红，心跳加速。两人的柔情蜜意漫延整间房子，最终在莓铛的尴尬之下结束了这甜蜜的气氛。

服务员按照道玄斯说的将这些公仔包装好，随后派送货员送到莓铛家。

这是幸福的夜晚。道玄斯牵着莓铛送她到楼下，一脸邪恶地注视着她，唇间牵起一抹调侃的味道询问：“我送你到家了，不准备留我过夜？”

莓铛红着脸，一时间不知道怎么回应，现在这种关系……留着他过夜……

莓铛的脑海中浮出道玄斯搂紧她沉睡的画面，她的耳朵喷出了羞涩的泡泡。

“笨蛋！”道玄斯弹了弹她的额头，苦笑着，莓铛还当真了！

他是那样的男人吗？

这一晚，莓铛一晚上高兴得无法入睡，想到在抓娃娃店的时候，所有人羡慕她有这么好的男朋友的时候，她忽然傻笑了起来，害羞地搂着洋娃娃在床上翻来覆去。

道玄斯靠在车的后座上，好看的晶眸微闭，似乎在休息，鼻翼间飘逸着莓铛身上的蔷薇芳香，甜美、柔软极致。

回想起她那无法形容的甜美声音，那是莓铛的声音，因为细小好听，如同天使展开洁白的羽翼降临，对于道玄斯来说无比珍贵。

“阿斯，莱恩德学院制度怎么样？”跟随道玄斯来的合作总裁兼经纪人关翼坐在副驾驶上问道。

“很不错。”道玄斯淡淡地说，忽然扬起了一抹笑容。

来这所学院还是关翼强行让他来的，本来那个时候在M国参加一些奥数小比赛就可以了，但是关翼认为回国是最大的收获。

看来，确实是很大的收获，他到现在终于明白了深爱一个人是什么滋味。

关翼无视他脸上的幸福笑容，看了看道玄斯的日程，画了画他的时间，郑重地说：“那就好，学院考试的第二天，你就要跟我回M国了。”

“什么？”道玄斯猛然睁开眼睛。

“机票已预订好了，下个月二十八号是全国奥数比赛，你忘了？”关翼抬起余光望了望这个自从他出现之后就连拿冠军的道玄斯，淡淡地描述着。

道玄斯的内心瞬间紊乱起来，回M国可不是一两天，这个关翼怎么说也得压他一两个月，再加上洛坲波斯大学教授的报告还没写，虽然都只是分分钟搞定的事情，可为什么知道自己要回M国了，他会那么不舍？

关翼低下头处理他的行程文件，冷声警告：“最近你似乎挺关心住在郊区的女生，不管是什么原因，我都希望你有个身份高低之分。”

“闭嘴！”

道玄斯烦躁地闭上晶眸，刀削的脸庞无比俊美，下巴微微抬起，头部倚靠在椅子上，昏暗的视线中，后座的他是黑暗中等待绽放的玫瑰，每一处都是那么的让人嫉妒世界对自己的不平等。

许久，完美的薄唇微微开启：“让我想想……”

说到这里，成熟稳重以自己事业为第一的关翼大总裁已经看出一切，他沉默，给他仅剩无几的时间考虑。

对于关翼来讲，道玄厮是他几家大集团的摇钱树，他一手带大的集团因道玄厮一夜而红，如果失去道玄厮这个顶梁柱，集团会遭到前所未有的危机！

晨风徐徐拂来，扯不断的白雾渐渐随着初升的暖阳散开，一粒粒珍珠大小的露水顺着嫩叶的尾端滑落，一缕清晰冰凉的新鲜空气漫延，万籁俱寂，第二天的早晨，便拉开了帷幕。

晨光穿过她的窗棂，将昏睡的少女围绕着，用温暖渐渐地包裹着她，亚子美迷迷糊糊地睁开眼睛，发现自己躺在床上，周围是再熟悉不过的房子。她昏昏沉沉地坐了起来，不禁地打了个寒战。

清醒之后的亚子美恍然大悟地瞪大眼睛，糟糕！昨天她居然喝醉了！

Part 3

自认为千杯不倒的自己居然喝了一杯葡萄酒就喝醉了！

可是——是谁把我送回来的？安默隐的手下吗？

亚子美懵懵懂懂地爬下床，有气无力地打开房间门——

看见眼前井井有条摆放的客厅，亚子美沉住呼吸，忽然沉默。

安默隐派佣人打扫我家了？

她冥思苦想着，绕了房子一圈，走到餐桌上发现保温盒在那里，走过去打开一看，是面条，好像还是昨天做的面条。

保温盒的底下夹着留言条：

记得感谢莓铛——

道玄厮，留

啊！怎么会是他们？亚子美惊慌地后退了一步。

完了完了！我的家这么乱，莓铛是不是在道玄斯面前嘲笑我了？可是眼前的面条，显然是莓铛做的，卫生是莓铛打扫的，肮脏的衣服莓铛已经清洗好挂在阳台上，却非常细心地把她的贴身衣物私底下晾着，家里的每一处死角，都在闪闪发光，都有着莓铛辛勤劳动的成果。

她尴尬地皱起眉头，不知道是觉得自己太过愚蠢还是太过可笑。可她的心却莫名地被感动。

莱恩德学院，一大清早，学院热闹非凡，人声鼎沸，沸反盈天，同学们拥簇地挤在一起，难以置信地望着公告栏的公告贴：

与神相约，助你考试成功！

学院将在下个星期五晚上七点举行盛大的活动舞会，由于人数有限，每班只能推选十名同学作为代表参与舞会，与安少爷、道玄斯相约在星期三吧！

"天哪！老天睁眼了！"A女激动得喷出眼泪，道玄斯三个字更是让她热血沸腾。她踩起脚尖匆匆忙忙地飞去班主任办公室，祈求班主任能给个推选位置。

"啊啊啊！道玄斯道玄斯！我的王子！我要参加！"B女生尖叫着笑出声音。

而男生们也不放过此次机会："不知道亚子美会不会去，好喜欢亚子美！"

"喂！追了亚子美那么久追到了吗？"B男白了他一眼，无比嫌弃。

男生摇摇头，一脸无奈，却有着一颗积极向上的心："还没有，亚子美喜欢道玄斯，不过我觉得我与道玄斯的差距就在学习上，所以我一定会先好好学习，再去追亚子美！"

"相比之下，我还是喜欢那个可爱的洋娃娃女孩。"B男意味深长地抚摸着下巴认真思考着。

"你指的是莓铛吗？"

"嗯，很奇怪对吧？总觉得莓铛超级可爱，看见她就好像看见了天使！"

“哈哈哈，这种事你自己藏着就好了，别忘了莓铛当年是怎么被全校歧视的。”

“嗯，可我觉得莓铛不是这种人，她一定有什么难言之隐吧？”

“爱情啊！是不会分黑白的，你说得有道理！”

舞会的事情自然轮不到莓铛，班里的五名幸运女生与五名幸运男生被班主任推选后，兴奋得手舞足蹈，炫耀着他们是如何的幸运，让同学们既羡慕又嫉妒。

上课的时候，道玄斯无聊地趴在课桌上扭过头望着莓铛精致光滑的小脸。他在桌下牵着她的小手，上下轻轻抚摸着，暗黄色晶眸里的宁静是想掩盖住他内心的混乱。

莓铛被盯得羞赧，此时的道玄斯离她非常近。她轻轻抿唇，继续假装镇定地望着黑板。

“你似乎昨天睡得很不错。”莓铛依然那样倾城撩人，道玄斯淡淡地说着，慵懒地眯起晶眸，“可我睡不着……”

在莓铛的感觉里，他所说的睡不着大概是太过思念她，可道玄斯实际上是内心凌乱，思考一晚上，无法入睡。

莓铛没有看他，乖巧地点点头。

“莓铛……”道玄斯认真地开口，那双暗黄色的晶眸犹如世界最稀有的宝石般璀璨，让人容易陷入他深邃的旋涡中。

莓铛娇小的身体颤抖了一下。她好奇地转过身，对着已经叽叽呱呱半堂课的道玄斯做了个“嘘”的动作。

这家伙是不是有多嘴症或手脚多动症？一看见我就说个没完没了？

道玄斯干笑一声，深呼吸着点点头，闭上眼睛，安然入睡。

有时候，她发现这样的道玄斯真的好可爱。

放学后，道玄斯被校长叫去，无奈之下，他万分叮嘱：“在这里等我，我很快就回来。”

莓铛捧着做给他的便当，脸颊红润，睁着清澈的眼眸乖巧地点点头。

道玄斯离开一会儿后，传来她既熟悉又陌生的嗓音：“好久不见，莓铛。”

柔软的声音传入她的耳畔，柔中带着几分磁性的温润，带着一丝邪魅。

莓铛回过神，却被安默隐紧紧地拥入怀中！

他尖削的下巴撑着她的头顶，鼻翼间弥漫着他许久未闻的蔷薇清香，那是真正的蔷薇花也无法让安默隐寻找得到的真正芳香。

一双手臂如同坚固的铁锁紧紧地将怀里的少女扣进自己的胸脯，仿佛想要将她融入自己的心脏。

他有多久没有这样抱着她了？

还记得那一次他拥抱她的时候，她泪流满面，伤心欲绝，脸色苍白如同奄奄一息的少女，可是现在不一样了，她选择忘记，宛如洋娃娃一般坚强地留在莱恩德学院继续生活着。

还好她没有离开，还好她没有放弃！

安默隐内心一阵欣慰，浑身散发出温柔的气息。

莓铛呆呆地眨巴着眼睛，粉嫩的双唇紧紧地被迫贴在安默隐的左心房位置。她脸颊红润，双眼清澈，内心瞬间紧绷了起来。

安……安默隐在对我做什么？

“你不愿意面对我，没关系，我可以纠正自己的所有错误，包括你厌恶的、憎恨的，我统统都可以改掉！可是你不能丢下我一个人……我们可以一起承担，我相信你，求你不要丢下我一个人……”

沙哑的温润嗓音充满怜悯，他眷恋地低下头，亲吻着她卷卷的柔软发丝。暗蓝色晶眸微闭，长睫毛微微垂着，划起一抹淡淡的忧伤。

莓铛颤了颤身子，听完他的话却一头雾水，思绪混乱，根本不知道他在说什么，可莓铛却很清楚，安默隐此刻的忧伤正在感染着她。

扑鼻的柔软芳香是莓铛莫名熟悉的气息，这样的靠近似乎在很久以前是她喜欢的这种依赖，可现在，她一时很难接受除了道玄斯以外的人触碰，下意识地推开安默隐，却发现怎么都推不开。

莓铛的脸颊不禁流出冷汗，他这是在干什么？万一道玄斯回来误会我了怎么办？

不能这样……放开……

许久，安默隐才慢慢地松开手，微微弯下腰，一只手抚摸着她滑嫩嫩的粉颊，目光深沉，脸色柔和，薄唇微抿，宛如画中的童话王子。

“还是不愿意跟我说话吗？”

只要她对他说话，哪怕只是一个反应音，任何施加的条件他都会不顾一切地去做到！

莓铛很显然在抗拒，摘掉他放在她脸上的温柔手掌，下一秒却被另一股力量镬住她的细腰，在她脑子一片空白的时候跌入另一个怀抱。

“安少爷似乎很喜欢追寻别人的女朋友——”

道玄斯俊美的脸色凝起冷漠的寒，眸底是翻天覆地的汹涌怒火，他禁锢着她的腰，狠狠地收紧。

Part 4

“是吗？我倒不这么认为。”安默隐噙着温柔的目光望着在他怀里不敢乱动的莓铛，慢条斯理地说着，似乎在提醒莓铛，告诫道玄斯，“还没有来得及说分手，就跟别的男人在一起了。”

话中有话，道玄斯听得出来，可显然莓铛害怕面对安默隐，既然害怕，那凭什么他要干涉她的世界？

“什么意思？”道玄斯眉头蹙起一抹厌戾，绝美的冰冷侧脸，浑身散发着尊贵华丽的气息。

安默隐柔软地笑了笑，越过他们的时候，他刻意伸出手，挑弄起莓铛长长的卷发，声音充满趣味：“该是我的，我也会夺回来。”

“呵！”道玄斯冷冷地嘲讽了一番，望着安默隐渐渐离去的身影，他猛然推开莓铛，那双暗黄色的晶眸拓映出莓铛惊慌失措的可爱模样，毫无遮掩的小脸，无法背叛他的小脸，是他最喜欢的模样！

“他靠近的你？”道玄斯淡淡地审问，眼眸深凝。

莓铛呆呆地点头。

“下次，任何异性都不能靠近你！你不会说你有我了吗？”道玄斯盯着她好看的脸，下一秒，他反应过来接着说：“看来是需要我挂个‘名花有主’的牌子在你脖子上才行。”

莓铛沉默。

“从今天开始，我要让所有人都记得你的存在，我更要让你记得我道玄斯的存在，不允许别人触碰你！更不允许你爱上别人！你的心只能装下我这

么一个人！”

霸道冷鸷犹如宣誓警告的口吻降落，他紧紧地拦住等待被他操控的莓铛，心脏发沉。

不远处的图书馆三楼上，透明的全层玻璃墙，亚子美有气无力地站在那里目睹着一切，怀里的书似乎只要放下就会散落在地上。

她若有所思地看着安默隐搂着莓铛，再到道玄斯与安默隐对视，亲吻着莓铛的唇，一切的一切，莓铛都太过幸福。

握住书的手狠狠地发紧！

即使安少爷喜欢的是莓铛，但她的心就是对道玄斯放不下！

她一定要试一试！

她咬咬牙，笃定自己的答案转身离去。

“舞会你会来参加吗？”道玄斯搂着她的肩膀，教授选择对道玄斯这种举动无视。他有条不紊地推了推眼睛，转过身在黑板上继续写字。

道玄斯的胆子真大！

道玄斯噙起一抹无奈的笑，随后解释：“陈教授是我的熟人，他知道你是我的女朋友，我在课堂上很累，靠你肩膀你有意见？”

莓铛红着脸摇摇头。

放学后，道玄斯一刻也不耽误，揪起莓铛就是一顿辅导！道玄斯一科一科地将莓铛的成绩往上提，见到莓铛的成绩渐渐好转，道玄斯才松了一口气，摸了摸她乖巧的脑袋：“你很优秀。”

莓铛沉默，她的成绩直线下降，莓铛很清楚是谁做的手脚——夏家千金夏美欣小姐，她是学校除了亚子美以外最美丽的千金小姐。

她的手段可以说是深藏不露，明明莓铛的成绩可以拿个八十分以上，结果试卷一下来，全是零分，当时的莓铛完全崩溃，目睹着那群有钱小姐龇牙咧嘴地笑着，她开始绝望，开始放弃——

渐渐的，莓铛不想学习下去，从一个优秀的学生变成不良少女，苟且偷生似地存活在莱恩德学院，存活在自己的世界。

她根本就没有资本去责怪夏美欣，反抗只会让她们越来越暴力……

莓铛深呼吸，闭上眼睛不去回想过去，脑海中忽然闪出道玄斯的模样。

每次她被欺负，他总是第一个站出来，站在她的面前，帮助她解决所有的困难。就连考试也是如此。

以前，她被欺负，不能反抗，不敢反抗。可是现在不一样了，她有了他，他会站在她的前面保护她，像骑士，像王子，像天使，像天神。可对于别人来说，他一定是猖狂的恶魔，死死地保护自己的女朋友！

莓铛低下头嫣然浅笑，笑容清雅脱俗，柔美飘逸，如同绽放的蔷薇，如同诱人的玫瑰，如同清纯的百合。

“你在分心？”道玄斯盯着傻笑的她，唇中带着甜甜的幸福，十分好奇地询问着。

回过神的莓铛抬起头的瞬间，道玄斯的近距离靠近吓得她连忙向后缩了缩。

“在想什么，嗯？”

道玄斯勾起绝美的唇瓣，紧紧地凝视着她红得透亮的小脸，晶眸中激射出躁动猖狂的占有欲。

莓铛羞涩地摇摇头。

道玄斯从自己的书包里拿出一大堆试卷，摆在莓铛面前，又拿出自己厚厚的笔记本，解释道：“这是洛埗波斯大学教授的演讲笔记，这一系列是所有方程的计算笔记，四天内必须看完背熟！”

道玄斯根本不需要这些课本，他也根本没记过这些东西，却在前几天连夜煎熬着将这些笔记一一做了下来，目的就是给莓铛分析清楚。

他想要成为莓铛的依靠。

莓铛乖乖地接过，继续埋头苦学。道玄斯牵起微笑，笑容狂肆，她这算是同意了吗？吃着莓铛做的爱心便当，看着莓铛认认真真地抄着他的笔记，她的字小小的，没什么力度，而道玄斯的字潇洒霸气、不拘一格，她长长如蝴蝶的睫毛微微颤着，眨着，上下扇动着，芬芳馥郁，娇嫩含蓄。

那一瞬间，他感觉有个这样的女朋友真好。

亚子美从安默隐专属厨师的厨房中兴高采烈地提出自己的爱心便当，满意地给安默隐的顶尖厨师点了个赞！

“那个……亚子美是安少爷的女朋友吗？”见亚子美走远，几个佣人纷纷围在一起议论道。

“有可能，你看亚子美天天进厨房下厨，莫非真的是安少爷的女朋友？

啊！不要啊！我梦中安少爷的女朋友是莓小姐！”

“得了吧！要是安少爷跟亚子美是恋人，晚上一起睡觉，亚子美绝对把安少爷踢下床！”

所有的佣人都在误会，安默隐却对此不做解释，他优雅地坐在一组沙发上，头痛得厉害。

领教了亚子美的厨艺之后，只感觉内心一阵当初的洗衣粉味道。

“少爷，如果不喜欢亚小姐的手艺，其实可以拒绝的。”林文管家拿着风衣披盖在他肩上，心疼道。

安默隐摇摇头，浅浅地笑着：“不需要，助她一臂之力吧！”

林文显然有些听不懂。

“她做的这些无非就是想让道玄斯重新关注她，这样一来，不需要我去破坏他与莓铛的感情，自然会有人帮我，我就坐享其成，这点吃洗衣粉的苦……以后会甜的。”

林文明白了。

“少爷这是在帮助……”

“不是帮助……”安默隐抬起头，林文顺势帮他揉揉太阳穴，许久，他噙着一抹从未有过的阴戾笑，“是利用。”

听到这里，林文全部明白了，他朝着安少爷点点头：“少爷尽管放心，莓小姐很快就会回到你身边！”

“这个世界上，只有莓铛是我最深爱的人。”

可是这句话，她却从未听过，只要她喜欢听，他以后会对着她说情话，每天说，说到她腻，说到她酥麻。

Chapter 9

除了你，我装不下第二个人

Part 1

亚子美一蹦一跳地往莱恩德学院走去，却在半路被几名千金小姐死死地堵住。

“干什么？”亚子美心情大好，可这几位衣着无比华丽、打扮如此艳丽的千金小姐散着怒火，白皙的手臂交叉在胸前，瞪着亚子美。

“干什么？那天你惹到人了不知道吗？”A千金怒不可遏，好不容易逮到亚子美单独一人行走，怎么说也不会放开她！

“不好意思啊！嫉妒我美的人挺多的，你指的是哪位大西施？”亚子美自恋地苦笑着挠挠头，一副不在乎的样子。

可亚子美很了解她们的手段，当初能让全校的人憎恨莓铛，到底有多狠毒？大概就是能把你变成另一个人的地步！对此，亚子美虽然嘴上硬，内心不禁提防着。自己什么时候惹上她们了？是那个夏千金吗？那是自找的好吗？

“呵！真是自恋！道玄斯追不到手改变主意追安少爷了？你觉得这个世界真的有灰姑娘的故事吗？”B千金妆容精致，内心却暴跳如雷，要不是亚子美，当初她早就跟道玄斯表白了！

一群疯子。亚子美心里默默地嘀咕着，冷眼无视几番，却发现她们不让她走。是想干什么？

“真是不好意思，我男朋友估计没告诉你们我还有个约会呢！”亚子美得意洋洋地翘起鼻子，傲慢地说道。

“我男朋友道玄斯总是被一群蛤蟆仰望着真是让我伤脑筋，可是没办法，谁让我家男朋友有颜值还有才华呢？是不是呀？蛤蟆们！”

真以为亚子美会因为她们人多势力大，还有家世撑腰就会屈服？

不！可！能！亚子美不是莓铛！不会任由她们踹打辱骂！即便最后自己会不堪一击，她也相信道玄斯会站出来！就像以前那样！

“她居然喊我们蛤蟆！”

千金们个个怒发冲冠，她们是一群长期受到家里宠爱的心肝，自然会因这点事情而睚眦必报。

A 千金站了出来，指着亚子美：

“你男朋友？好！你去亲一下道玄斯，我们就信你！但如果你亲不到，下一个变成莓铛的，就是你亚子美！别忘了莓铛是怎么变成现在这种恶心的模样的！你心里清楚！”

是啊！她清楚。

她当初就是目击者，她亲眼看见莓铛遭受她们的欺负，她亲眼看见莓铛那求助的眼眸，她亲眼看见莓铛无助绝望地闭上眼睛，她亲眼感受到莓铛崩溃到极点的心，她甚至亲眼看见莓铛是如何在那种状态下坚强地活着。

她清楚，她比谁都清楚。因为自己袖手旁观在不远处，望着她被人伤害。

她看见她雪白的肌肤渗出来的血迹，滴滴坠落在地板上；她看见她哭泣绝望痛到心扉的泪水，她听不见莓铛抽泣的声音，她听不见她凄惨挣扎的声音，她却知道莓铛痛不欲生。

她清楚得罪了夏美欣的后果，莓铛就是最好的例子。

回想起自己的过去与莓铛有着说不上来的关联，亚子美的内心既愧疚又自责，可想到现在她却是道玄斯的女朋友，那颗心便从怜悯变成了憎恨！

“怎么？你不敢了吗？你不是撒谎一向很高明的吗？”B 千金翻起了白眼，双手叉腰地高傲审问。

亚子美的唇抽搐，一颗心犹如被重重的大石头压着，压得她无法呼吸，最终还是妥协，可言语却异常自信：“好哇，你们等着，一群恃才傲物的死蛤蟆！”

好幼稚的承诺，如同过家家，可她明白，如果亚子美没有道玄斯撑腰，现在早已经与莓铛没有什么不同，她们也会继续在莱恩德学院怙恶不悛，也会继续与夏美欣沆瀣一气，简直就是蛤蟆！

她迈着轻盈的步伐，看似潇洒却健步难行，她该怎么办？莱恩德学院上下都会有人盯着她，以往自己大摇大摆地挽起道玄斯的手臂与他打趣，现在自己……怎么就懦弱了？害怕吗？我亚子美怕什么？可为什么自己的心脏在发抖？为什么自己没有了以前那种勇气？

亚子美低下头，沉默地走着，踽踽地徘徊在走廊上。

下课后，道玄斯从莓铛的教室优雅走出。

他手里拿着莓铛做好的作业本，内心甜滋滋地噙着笑意。怎么感觉自己现在好像是莓铛的专属辅导教师？也不错，本身作为男朋友，就应该给她这种权利。

这次莓铛按照学校的规定参与模拟考，由于道玄斯中途强行加入批卷改分，自然没有人敢在莓铛试卷上做手脚。

他满意地望着莓铛的试卷分数总分表与班级排名，真是令人刮目相看。

莓铛也因此而兴奋不已，她羞涩笑着低下头，手里捏着班级的分数表与排名。

全班四十二名学生，她排在二十五名。

是道玄斯！一定是道玄斯！这次的试卷没有人调包，这次的试卷也没有人做手脚，试卷的字迹是自己亲笔做的，试卷的味道，有我的味道，还有——道玄斯的气息。

一定是道玄斯，一定是他在考试之后加入批卷改分，一定还专门看了我的试卷！他会不会对我的理科很失望？我一定要好好加油！

作为学霸的女朋友，成绩也不能差！

莓铛的额头顶着课桌，甜美地笑着，笑着笑着，却忽然哭了起来。

道玄斯的出现，令她感到无比的欣慰，如果道玄斯在那个时候出现就好了，但是我不怨他。

莓铛抽出道玄斯课桌里的东西，猛然发现他把重要的文件落下了。

糟了！校长的文件！啊！道玄斯这家伙也有笨笨的时候！

莓铛抱起他的文件，匆匆忙忙地跑出教室——

凝视着莓铛离去的身影，几名女生气得七窍生烟！

“大姐，你说道玄斯是不是在乱给莓铛改分？莓铛一直零分，怎么现在就这么高？”女生不满地拿起自己的试卷嘟嘴抱怨道。

“闭嘴，你没有男朋友给你改试卷的能力就给我闭嘴！”大姐十分烦躁地瞪着她，她的每一处呼吸都那么用力，似乎气得比其他女生还要大。

“而且这次好像没有人在莓铛的试卷做手脚了，我猜想，一定是道玄斯中途插入的原因，他们还没有来得及做手脚，就被道玄斯压制了，这样的男朋友太霸道了！我很期待夏美欣知道她最心爱的道玄斯阻止她的行为，而且还是因为莓铛的时候，那气鼓鼓的脸，啧啧啧，我都可以演给你们看夏美欣有多可怕的脸。”女生玩了玩手里的圆珠笔贼笑道。

“呵！夏千金就是打脸！”大姐双手交叉在胸前，望着莓铛已离去的身影，随后叮嘱着这些嘴大还废话特别多的烂闺蜜，“你们都闭嘴，不想得罪夏千金就给我安静！”

莓铛抱着他的文件缓缓地走下教学楼的楼梯，路过走廊，穿过不少教室，引来男生的瞩目：

“那不是莓铛吗？”

“什么时候莓铛有这种自信了？”

“好可爱的女生，好像洋娃娃！”

莓铛羞涩地低下头，一颗心扑通扑通地跳着。她扭过头望着他们，轻盈地绽放出不起眼的笑容，趴在窗户望着她的男生们瞬间傻眼了。

“她刚刚在对我们笑吗？”

“有一种蒙娜丽莎的感觉——”

“啊！我的少女心！”

Part 2

莓铛忘记了自己是什么时候敢独自站在众人面前的，以前的自己总是躲进角落，害怕被他们发现，害怕被他们欺负，害怕被她们辱骂。

可是现在，同学们好像并没有我想象中的那么恶劣，而且还说我好可爱。

莓铛幸福地走到楼梯上准备下楼，却瞬间傻眼了！

她呆呆地僵硬在楼梯上，那双清澈的美眸印出两人拥抱的画面。

是道玄斯与亚子美，他们在——接吻？是，她看见了。

亚子美钩住道玄斯的脖子，微微收紧，将他弯下腰，在道玄斯错愕的情况下，她强行吻了他。

他蹙起眉头，还来不及说一句话，便被亚子美死死地堵住，不让他有任何反抗！

她在做什么？为什么这么突然？

亚子美紧闭双眸，双手收得越来越紧，这样的亲吻是不是就可以表达出自己对道玄斯的真心了？

她不清楚，但是她现在却做到了！是什么勇气让她变得如此急迫？是那群蛤蟆想要占有她未来的男朋友，在她们强行逼迫下的吧？不管！就是喜欢道玄斯！就是好喜欢道玄斯！

“亚子美你在干什么？”道玄斯想要脱离推开，脖颈的领带却被亚子美扯下，她抬起头再次吻上他的唇。围观在不远处的千金们气得火冒三丈，对道玄斯是亚子美男朋友的事情开始深信不疑。

“拜托你，一下子就好！”求助的声音，可她自己却听不出来，似乎忘记了自己是在逢场作戏，却入戏太深，以假作真。

道玄斯，我喜欢你……和我交往好不好？我会努力变成你喜欢的那种类型的女生！我会尽量减少自己吃的食物！我会开始见到蟑螂就大叫，我以后也绝对不会踩蚂蚁！我会开始给你做爱心便当！我还可以给你洗衣服！帮你分担你的繁忙事情！我绝对不会再跟你顶嘴！这样你和我在一起好不好？我真的真的好喜欢你……

莓铛目瞪口呆地望着，一双小手忽然无力地放下，文件随之坠落在地上，打破了这暧昧至极的粉色气氛。

道玄斯猛然推开亚子美，惊恐地随着声音的方向望去，便见僵硬在那里许久的莓铛。

她苍白着娃娃脸，那双清澈的晶眸红肿，泪水如同断了线的珍珠，一滴一滴从脸颊滑过。她没有声音，就像是空气，没有人能注意到她。

她静静地注视着自己的男朋友和他最好的朋友在一起拥吻，画面暧昧，两人莫名的般配至极，想到那双唇是自己的专属，却同时吻了别人，她的身体不受控制地抽搐，屏气敛息，连空气都那么难让她容纳进去。

好难过！为什么要让我看见！

“不——莓铛——”

她那张娇嫩的小脸布满泪水，泪流满面的样子让人痛至心扉。道玄斯一时难言，想要走过去解释清楚，手臂却被亚子美挽起，她面无表情，没有看着莓铛，似乎决定与莓铛作对。

她知道，不需要看，莓铛一定很伤心，可是又能怎么样？做事得讲个先来后到。

我亚子美是第一个认识道玄斯的，除了我！谁都配不上道玄斯！

莓铛她清泪潸然，一双粉嫩的小嘴张了张，却发不出任何声音。她凝视着道玄斯暗黄色的晶眸，如同深渊中的珍贵宝石，让人沉迷，却泛着对莓铛的道歉与怜惜。

“阿斯，你自己跟她说吧！”亚子美搂紧道玄斯的手臂，她低下头，不敢看莓铛，声音坚定也带着重大的伤害，“你刚刚跟我说，你腻了莓铛，要跟她分手！”

道玄斯惊愕地瞪大眼睛望着身边的亚子美，此刻他的眸中，对亚子美充满冷漠。

亚子美……你还是我认识的亚子美吗？

莓铛黯然无神地听完，缓缓后退的时候，唇角带着一抹淡淡的轻嗤。她转过身，迅速地离开这根本不属于自己的画面！

“莓铛！”道玄斯抽出手追着莓铛跑了上去！

剩下亚子美孤零零地一个人站在原地。她板着伤心的脸，似乎明白了什么，无力地笑着，点点头转过身，往另一个方向走去，她似个木偶娃娃，一步又一步地走着。

她知道，道玄斯不会回来了，兴许他会追上莓铛，不……他绝对能追上莓铛，随后向她解释清楚。莓铛那么善良，一定会原谅道玄斯，对我提高警惕。好傻……我从来就没有做过什么对莓铛好的事情，她却一直善良地帮助我。好傻……活该被人欺负。

亚子美缓缓地停下脚步，忍不住回头再看一眼，她的身后依然没有道玄斯的身影，她每走几步就会回过头，道玄斯终究没有出现。

她勾起讽刺自己的唇，低下头大步地离去。

亚子美和道玄斯是认识了很久的，他们郎才女貌，天生一对，我只是自作多情！一切都是我自作多情！好讨厌现在的自己！

莓铛不顾一切地往前跑着，双手捂住了哭泣的脸颊，双腿许是很久没有这般疯狂地奔跑过了，还自作多情地以为道玄斯会追上来。

他会追上来吗？如果他会追上来，他会跟我解释清楚，那我就原谅他！

“砰——”

安默隐望着向自己奔来的莓铛吓了一跳，所有保镖都纷纷拿起武器想要保护自己的少爷，却看清来者是莓铛，不禁一愣。

她不小心扑进他的怀里。安默隐沉默，低下头望着努力不让别人看见她哭泣的莓铛，绝美的唇瓣微微扬起，他从裤袋抽出手，轻轻地将她拥进自己温暖的怀抱。

道玄斯追上的一刹那，便见莓铛靠在安默隐怀里哭泣，他轻声安慰着，目光充满宠溺，蓝眸微抬，撞上了黄眸。

安默隐浅笑着凝视道玄斯，只将怀里的少女拥紧，好似那一刻少女是属于他的一般，占有欲随之而上，他似王子，她似公主。

道玄斯沉默，可莓铛却没有发觉身后的道玄斯。

他冷漠地笑着，那双暗黄色晶眸深邃，犹如黑暗深渊里的帝王，王者的气势霸道无比，却在那一刻，他渴望莓铛能够转过身看看他。

他深深地呼吸着，明白了莓铛刚才看见自己与亚子美拥吻的时候那种抽痛，现在……是在报复我吗？

Part 3

道玄斯暗黄色的晶眸骤然燃起醋意的火焰，他望着安默隐拥抱着莓铛那专属于他的小身躯，心里的这份怒火愈来愈强烈。

道玄斯毫不客气地走过去，挺拔傲岸的健硕身躯站在两人面前，稍微一伸手，莓铛的肩膀便被他用力地掰回，莓铛被迫从他怀里离开！

安默隐不愿意退让，可感觉到道玄斯的力度是莓铛完全不能接受的，最终他心疼地松开手。

“莓铛是我的女朋友，如果安少爷再纠缠她，我就把你贵族的招牌给砸了！”他的眸如同夜空上最明亮的闪烁星辰，此时却如此寒冷，俊美逼人的脸上闪过一丝阴沉，神色异常轻蔑，似乎在瞧不起安默隐。

安默隐浅笑着不语，淡淡地将目光落在从手中抬起晶眸的莓铛，梨花带雨，娇丽如水晶般清澈透明，仿佛一触碰便会融化消失。

莓铛被迫躺在道玄斯怀里，才恍然大悟，刚才自己被安默隐搂在怀里哭泣？

记忆停留在道玄斯与亚子美亲吻画面的莓铛瞬间从中抽出来，她惊愕地望着道玄斯俊俏的侧脸，脸颊上不禁涂上一抹淡淡的红晕。

他……在吃醋吗？他是……追上来了吗？

莓铛缓缓地低下头，呆呆地琢磨着，泪珠残留在眼眶周围不再滴落，下一秒，她被道玄斯抱起，暗黄晶眸底的阴鸷如同噬血的恶魔般，冷冷地转过身离去。

安默隐凝视着道玄斯抱着莓铛离开，蓝眸能看得见莓铛脸上的殷红与惊慌失措的表情。

她连撞进我怀里都不知道，却能因为道玄斯的存在而有勇气地抬起头，似乎她离开我之后就一直循环着道玄斯的影子，道玄斯取代了我的位置。他专属了原本属于我的位置，怎么办……

过去的忧伤一直在伤害着我，承受了太多太多，好想告诉你我们的过去其实很快乐。可现在我却充满忧伤，那种忧伤被旁人称为温柔。心碎的温柔。忧郁的温柔。可我的温柔却只想给你一人。

“少爷……”林文从外走过来说了几句，不明白发生了什么，却见安默隐面有愠色。

安默隐摇摇头：“我没事，回去吧。”

“砰——”

好疼……莓铛被道玄斯扔在办公室的一组沙发上，她筋疲力尽地想要站起来，不料却被道玄斯压在身下！

莓铛的小身躯瞬间僵硬，紧张躁动的心跳声扑通扑通，在周围异常寂静的暧昧气氛下，道玄斯沉重的呼吸声传入她脸上的每一寸肌肤，那双幽寂的黄色晶眸蕴藏着丝丝怒火。

我都没生他跟亚子美的气，他板这样的脸孔干什么？

莓铛神情扭捏地想着，身子不禁往前缩了缩。

“我不允许你跟安默隐走得太近！”道玄斯伸出手掌捏着她的下巴，冷冷吐出霸道的命令。

莓铛面无表情。

“喂！你说话！该死！”道玄斯急了，想要对她做出下一步动作的时候，细小的声音传入他的耳朵。

“自己有那么多女朋友都来不及宠还担心失去我吗？”莓铛含娇细语，粉粉的唇瓣微微启动，淡淡地吐出一句醋意的话。

莓铛心里的醋坛子被打翻了一般，即便很在意，相信也没关系，因为……她已经习惯了。

被辱骂过，被欺负过，自己绝望过，自己伤心过，如果被道玄斯甩，也是分分钟的事情，根本不需要她去做特殊的伤心去留念。可为什么每次的心却那么痛？

这次换道玄斯沉默了。

他凝视着她，恨不得将她看透，从而知道她内心的真正想法。

沉默许久，桀骜的俊脸上牵起一抹邪魅的肆笑，“你在吃醋？”

莓铛瞥过眼睛不置可否，微抿的小唇出卖了她。道玄斯一眼就看出她内心十分介意，他坐直身子将莓铛拎到自己的大腿上，仰头凝视着莓铛的小脸。

“你的男朋友被别人强吻了，你不管好自己的男朋友，不把他从别人怀里抽出来打一顿还跟男朋友吃醋，是不是有些笨？”

他攥握着她冰冷嫩滑的小脸，放在自己的脸上，目光深邃迷离，似乎想要将眸里的莓铛看透。

莓铛坐在他腿上，脸颊上再次印出粉色蔷薇般的潮粉。可你不知道我当时看见的时候，心有多么的痛吗？笨蛋道玄斯！

望着她泪光晶莹的眼睛，似乎他说错了什么，他伸出手抹掉她脸上滑过的泪水，霸道而温柔。

“你好坏……居然……背着我……跟别人接吻……”被他这番动作触发了她心底最柔软的极限，她哽咽着用拳头轻轻捶打着他的胸脯。

那是他第一次听见她清泪潸然地开口，声音甜到融入人的心扉，即便世界上再恶毒的人，听见她的声音，似乎也会被征服。

那是莓铛的声音，如同天使，似梦，似幻。

他凝望着泣不成声的莓铛，暗黄晶眸深邃而隐匿着迷人的光泽。

他靠在沙发上，大手顺势扣住她的后脑，将她的头抬起，在她泪流满面的状态下堵住了她的嘴。

Part 4

“这件礼服是不是很好看？”

“啊！这件这件！我见过以前道玄斯说他的舞伴礼服非常好看！我就喜欢这件！帮我定制一下！”

“这件好像也不错呢！”

被选中的女生被其他同学围成一团，沸反盈天的声音喧宾夺主，手里来来回回夺过的模特杂志、服装设计都被不停地掀起。

这里炸了锅。

莓铛趴在课桌上慵懒地望着窗外的万里晴空，手里的洋娃娃早已被道玄斯夺走，放在他的口袋中。

亚子美的事情过去两天了，不见道玄斯提起，自己却再也没有见过她，是跟道玄斯吵架了吗？莓铛内心不禁猜想着。

其实即便自己被道玄斯甩，好像也是很正常的事情吧……亚子美那么好看，性格又惹人爱，哪个男生不喜欢亚子美？

他才刚离开没三个小时，她却突然好想他。自从他来这里听讲之后，她的坐席时间也不被记录了，甚至点名的时候也点了她的名字，即使她并没有发出声音，班主任也会潦草地一嘴而过。

深呼吸着回过头，眨巴着好久的晶眸望了望打闹戏耍的男同学们，便见一名男同学因太过调皮而使自己的卡包从裤袋中落下，教室锣鼓喧天，根本没有人听见卡包掉下来的声音，也不会有人低下头注意地上的东西。

莓铛思虑了一会儿，缓缓地低下腰，捡起男生的卡包。

“我不知道穿什么西装，呃……是穿燕尾服吗？哈哈哈！我觉得还是普通的就好了，咱几个又不是去比美，穿那么好看干什么？其实被选中我挺尴尬的，你们谁想去？我把这个宝座让给你们！”一艾笑咯咯地挠挠后脑勺，没有感觉到身后一只小手正在拉扯自己的衣角。

半晌，其他男同学看见了，目瞪口呆地提醒一艾，“一艾，莓……莓铛找你……”

“啊？”一艾好奇地扭过头，便看到了陌生的不起眼的少女。

莓铛低下头，尴尬地将卡包递给他。

一艾猛地反应过来，摸了摸自己的裤袋，随即不好意思地大笑道：“啊！不好意思啊，居然掉卡包了，真是丢死人了！”

一艾是那之后不久新来的转学生，那段时间在班里被不少女生追求，后来却因一艾太过热情和经常见面而失去了新鲜感。

长得挺好看的少年，只不过莓铛从来没有正眼看过自己身边的人，极少记得自己同班同学的模样，可是她记得这个名字——一艾。

“我叫一艾，之前转学来的时候，好像是坐了你的位置，哈哈哈，你呢？”一艾落落大方地向莓铛自我介绍，却被男生们一阵嘲笑。一艾满脸不解，扭过头蹙眉询问：“笑什么？”

害怕莓铛把一艾也抢走的九夏屁颠屁颠地走上前，掐着嗓子装作窈窕淑女地站在莓铛身边：“一艾你好，我叫莓铛！我是不会说话的癞蛤蟆，只有王子才配得上我哟！不仅如此，我还是拖班里后腿的细菌！”

一艾的脸色闪着一抹疑问，受不了她别扭的声音，愣了一会儿，淡淡地调侃道：“九夏你嗓音有问题？”

“没有没有！”九夏惊讶地睁大眼睛，脸上燃起红晕，没想到一艾居然会记得她的名字！她瞪了莓铛一眼，摆摆手便匆匆忙忙地离去。

莓铛尴尬地低下头，不敢注视任何人，畏畏缩缩地回到自己的课桌椅上。

她是道玄厮课堂上的同桌，一艾大概记得有这么一个人，班里的透明少女吗？

如同童话里华丽而倾城的洋娃娃般的少女，不需要她抬起头，只是低下头凝视她的五官，便让人惊艳不已。

一艾刚刚知道班里居然有这么一个美少女，简直就是天大的收获！

晌午十分，莓铛独自一人坐在路边的休息椅上，身旁的爱心便当一直等待着道玄斯，可十分钟过去了，向来只有早到不会迟到的道玄斯还是没有来。

“在等我吗？”雅致的声音融进莓铛的耳朵，她抬起头望着眼前金光闪闪的安默隐，此时如同美丽的精灵王子。

莓铛猛然低下头，不知道该怎么办才好。

明明……明明昨天就被道玄斯提醒了不能和安默隐做太多的靠近。为什么安少爷总是接触我？

莓铛内心几百个不安，害怕道玄斯看见她又和安默隐在一起，要是他又生气了怎么办？

“别担心，道玄斯现在正和亚子美吃午饭呢！”安默隐猜得出她内心的想法，温柔地苦笑着解释道。

难道她就这么害怕和我在一起吗？黯蓝的晶眸不悦地闪过一丝忧伤，可即便如此，他却从来不想责怪莓铛。

莓铛轻轻别过眼，乖巧地与安默隐保持一定的距离。

她此时的心里只有道玄斯。

安默隐浅浅地笑着：“前天哭什么呢？”

莓铛沉默，手里捧着的爱心便当扣了又扣。

哭……是因为见到亚子美亲了道玄斯……不哭……是因为道玄斯追了上来，把她拉了回来，告诉她这是个误会，她虽然很介意，很在意，可却毫无条件地选择相信。总感觉和道玄斯在一起时，有一种莫名的幸福感，可是……现在……怎么办？好像安少爷一时间不会离开……好担心被道玄斯看见……万一又生气怎么办……安少爷口中说的和亚子美一起吃午饭又是真的吗？如果是假的，为什么道玄斯没有给我任何音讯呢？

莓铛苦恼地低下头。

“莓铛，跟我走——”安默隐望着她，她总是习惯在他面前低头，这不是他认识的莓铛。他深深叹息，忽然拽着莓铛的手，将她拉了起来，连忙带着她钻进车内。

他不容莓铛有任何拒绝，坐在她身边，紧紧地扣住她的手，对着司机温柔命令：“出发。”

“是，少爷。”司机接到使命，立马将车开向目的地。

“舞会名单我看了，没有你的名字，不过我会给你一个身份进去，莓铛，你一定要来舞会。”安默隐发现莓铛十分紧张，她的小手微微颤抖着，使安默隐异常心疼。

即便自己没有提出当年的事情，可现在的莓铛看起来好像一点也不开心。

他好想将她拥进怀里，可即便如此，她也会拒绝。

身份？什么身份？

莓铛害怕地抽出手，可车子开得太快，她一个不小心却扑进他怀里。

到达目的地后，安默隐拎着莓铛下了车，可转过身的瞬间，却对上了道玄断的目光——

Part 5

他高大的身躯微微侧靠在大拱门边，手酷酷地插在裤袋中，似乎在思考着什么，当面前突然驶来一辆豪车时，他并不惊讶，惊讶的是车内的洋娃娃少女，神色顿时暗沉了下来。

莓铛又和安默隐在一起？为什么她就是不听话？就这么喜欢跟贵族少爷在一起吗？

那双暗黄色晶眸愈发浓重的怒火，企图将莓铛活活吞噬！

莓铛不禁后退了一步，安默隐却伸出手温柔地揽住她的腰肢，他目光浅浅，声音温雅：“道玄断？你怎么在这里？”

话音刚落，店内的亚子美扛着几袋包装好的衣服与化妆品气势汹汹地跑出来，毫不客气地对着道玄断吼：“你就那么不情愿跟我进去选舞会的礼服吗？还好今天就刷爆了你的卡！不然我很难泄气的！”

亚子美将卡从口袋拿出来准备递给道玄斯，可道玄斯一动不动地站在那里，亚子美好奇地跟着视线望去，突然发现不远处的安默隐与莓铛。

这……

亚子美顿时瞠目结舌，猛地堕入一团厚厚的云雾里，她懵懂地看着道玄斯那双充满冷淡的晶眸，又看了看在安默隐身边被安默隐搂紧的莓铛。

道玄斯如同手柄般锋利的目光直直地刺向莓铛，他抬起脚步停在莓铛面前，近距离地看着她，但此时的道玄斯却那么愤怒！

他生气了……

莓铛的内心不禁自责着，却怎么也甩不开安默隐的手。

“我在陪亚子美选舞会的礼服，你也是吗？安少爷。”

道玄斯盯着莓铛许久，几近将她活活啃在舌中，忍住那只揽着她细腰的大手。他汹涌的目光如同恶魔一般划过，凝视着安默隐，声音冰冷刺骨，已经将旁边的莓铛凝固在原地，微微颤抖着娇小的身躯。

安默隐柔柔地笑了笑，低下头望着紧张至极的莓铛，绝美的唇瓣露出一抹暖暖的笑容：“我邀请了莓铛参加舞会，特地带她来选礼服。”

不是的……道玄斯……

“哦？那还真是让人拭目以待呢！”道玄斯将目光投回莓铛身上，见她依然低下头不敢直视他，内心的怒火便一涌而上，他冷嘲热讽地对着他们说，却好像只对莓铛一人说，让人捉摸不透。

道玄斯扭过头，瞪了一眼愣在原地的亚子美，对着她冷吼着：“亚子美，选好了就走吧！”

“啊？哦——”一头雾水的亚子美跌跌撞撞地拎着大包小包走过来，道玄斯生气地替亚子美一并拿下，顺势逼迫她挽住他的手臂，亚子美更是一头雾水！

为什么……道玄斯突然帮我提袋子？为什么忽然逼迫我挽住他的手臂？

明明今天亚子美就做好了忘记道玄斯的准备，为什么他要这样子？让她对他念念不忘？

“呵呵，难得见到道玄斯还会陪女生出来选衣服。”安默隐扬起一抹优美的唇角，蓝眸半眯起，如同慵懒的梦幻王子。

什么呀？亚子美尴尬极了。

是亚子美自己死活拿命要挟道玄斯一定要跟着她来，一定要道玄斯选礼服，可道玄斯到了店门口丢了张银行卡就一直站在门口等，还催促着说莓铛在等他。

虽然说她刻意摸索了很久故意拖时间，可她也万万没想到……安默隐会带着莓铛出现呀！

道玄斯穿过莓铛身边的时候，停下脚步凝视着莓铛精致的娃娃侧脸，莓铛这般畏缩的样子顿时让他感到厌恶！

“莓铛，你真有心机。”

耳边掠过一股冰冷的寒流，声音冷漠沙哑低沉，充满魅惑却让莓铛的内心更加凌乱。

道玄斯迈开脚步，带着亚子美离开。

莓铛懵然地转过身注视着永不回头的道玄斯，心里不禁隐隐作痛，痛楚与惆怅都随之而来，他那如同在深渊的恶魔气势带着与生俱来的帝王神秘，此刻显得格外高冷，拒人之外。

他生气了。莓铛知道，可是莓铛自己不也是吗？

看见亚子美拿道玄斯的卡刷的时候……亚子美挽住道玄斯手臂的时候……亚子美亲吻道玄斯的时候……

自己什么时候怨道玄斯？她根本就没有资格责怪任何人……

莓铛不禁捂住胸口，没有道玄斯在身边，她突然好想抱自己的洋娃娃，可惜洋娃娃现在在道玄斯那里，好像瞬间彻底被世界抛弃了……

“你看清了吗？”安默隐扭过头，俯视着忧伤的莓铛，柔声询问。

莓铛抬起头，望着安默隐。

他才愕然地看清她此时最美的一幕。

“你还是和以前一样……像个洋娃娃……”安默隐轻轻搂紧她的腰，带着莓铛准备进去，却被莓铛阻止。

“怎么了？”

她不想进去……她根本不想参加什么舞会……她不想进去……她想去跟道玄斯解释……她现在就好想跟道玄斯解释！

“想去找道玄斯说清楚吗？”安默隐从她的脸上看得出她内心的想法，柔声询问道。

莓铛睁大眼睛。

为什么这个人……能猜得出我内心的想法？

“如果真的是这样，不用去了……你还不清楚吗？能够与你在一起的人，是我。莓铛，我们才是注定在一起的恋人，你本该属于我。”

他精心安排的舞会活动，暗地利用亚子美设下的圈套让道玄斯步步因莓铛而陷入陷阱，安默隐明白，道玄斯此时的弱点与自己一致——莓铛。

既然如此，为什么本该属于自己的不能从别人手里拿回来？哪怕……从别人的心里夺回来……他也在所不惜！

Chapter 10

过去，你属于我

Part 1

什么叫……你本该属于我……

莓铛瞪大晶眸凝视着此时变得格外认真的安默隐，心里忽然像是被一颗沉重的石头死死地压着。

那双让她陌生的蓝色晶眸深邃，泛着对她迷恋的光芒，却在恍惚间令她觉得既熟悉又陌生。

安默隐不顾她的犹豫，直搂着她进了衣装店。

这间衣装店在十九楼，是贵族小姐的专属，金碧辉煌的走廊上，每一间店铺都是一副精致的美景，如同画家笔下的美丽水彩画，扑鼻而来的百花芳香，无一不动人。

安默隐拉着没有心情欣赏这些琳琅满目美景的小莓铛，踏进金灿灿的大门。

“安少爷，想看哪件衣服呢？我们设计师最近新设计出一套华丽的礼服，安少爷要看看吗？”总经理得知安少爷亲自光临，点头哈腰地走上来，礼貌地询问道。

安默隐没有看她，听完后，目光直落在自己身旁的莓铛身上，见她头也不抬，实在让他有些小失望，他赔笑道：“有你喜欢的吗？还是我帮你选？”

话音刚落，莓铛低下头望着这金光闪闪的地板，直直地感觉这地板也是金子做的，吓得她恨不得飞在半空中，害怕踩碎这里的任何小灰迹。

她缓缓地后退了几步，想要伸出手摆脱他的魔掌，不料安默隐却说：“帮我选粉色的礼服，有蝴蝶结的，最好是束腰的公主式礼服。”

蝴蝶结……束腰公主式……粉色……这些……都是她梦中最喜欢、最期待、最梦想在自己婚礼上能够穿的，为什么……这个安少爷……会这么了解她？

抬起余光，莓铛小心翼翼地偷窥着他温柔的侧脸。

“好的，安少爷请稍等。”总经理准备抬起脚离开却被安默隐止住，他推了推莓铛，淡淡地说：“带她去试吧，她喜欢哪个就哪个。”

“好的，小姐请跟我往这边……”总经理毕恭毕敬地对着莓铛说道。

可莓铛始终不领情，一直不肯迈开脚步，下一秒，安默隐一把将她抱在怀里。

“很抱歉，我女朋友有些累，想让我抱她进去……”安默隐温柔地失笑道，无视怀里莓铛的挣扎，黯蓝钻眸充满深情与宠溺。

他在干什么？莓铛的脸红得如同熟透了的樱桃，目光直直地凝视着安默隐的脸。

不是道玄厮……不是她喜欢的道玄厮……不要……放我下来……

“安少爷，这件礼服刚好是粉色的，我觉得十分符合你女朋友呢！要不要试试？”

展示在她面前的是无比华丽的粉色蝴蝶结公主式长裙，黑色为主的模特无头人型，优雅的姿势，长裙一层又一层，一纱又一纱，精心设计的独有的粉色巧妙不凡，粉色真丝如同天上的小星星在点缀，衣料是世上每隔五年才会制成的天然纯手工裁缝，光滑的丝绸，梦幻得如同灰姑娘的粉色礼裙。

莓铛非常震惊地睁大眼睛，粉色礼裙如同粉色的魔法般萦绕在那里，等待公主降临。

“虽然知道不用你穿就猜得出很好看，可我还是很想亲眼看看小猫咪穿起来的真正模样。”

安默隐放下莓铛，一只手轻轻地扣住她的肩膀，不让她有逃离的机会。

莓铛被这如同童话灰姑娘般梦幻的礼裙震撼，她真的好想去尝试，可内心却觉得少了些什么。

不行不行！绝对不能试穿！就算再好看再美丽的礼裙，只要不是自己的，就一定不能尝试！起码不能陷入太深！

莓铛努力地摇摇头。

她真的不想离安默隐太近，可为什么安默隐却一直不肯让她走？

“刚刚一位活泼可爱的小姐说自己是道玄斯的女朋友，选走了一件非常适合她的礼服，不知道安少爷是否知道道玄斯？”

总经理为了让莓铛有试穿这件礼裙的心，说出了真相，却没想到因此而让莓铛的心猛然一震！

她的心本来就灰灰的，忽然劈来一道闪电，直冲撞入她的心，将心裂成两半！

“嗯，我知道，道玄斯是个不错的人——”安默隐半眯起蓝色晶眸，若有所思地回应着。

亚子美……跟道玄斯……其实一直都是在一起的吧？在我没有和道玄斯交往的时候……亚子美挽住道玄斯的手臂，兴高采烈、打情骂俏的幸福模样，向所有人宣誓着他们的爱情。

而我……也许是第三者……亚子美恨我……也许是没错的……也许……

该退出的是我……可为什么想到要与道玄斯提出分手，她的心竟会那么痛？那种痛就好像以前被侮辱时的撕心裂肺的痛，痛感钻进她压沉的心扉，她深呼吸着，沉默着。

见莓铛的心如同死灰，整个人麻木在原地，从进门到现在，总经理就一直没有见过莓铛笑的样子。

奇怪的少女。是害羞跟安少爷交往吗？现在的女生都是这样的吗？不是应该像刚才那个自称道玄斯女朋友还拼命刷爆他银行卡的吗？

“抱歉，她有些害羞，嗯……就这件吧，她很喜欢……”安默隐继续赔笑着，尴尬地说道。他不生气，只会责怪自己，他认为莓铛变成现在的样子都是他害的，如果不是他害的，道玄斯也不会跟她在一起。

他一定要扳回结局！

礼裙被包装，安默隐潇洒地在发票上签着字，周围女生艳羡莓铛的目光齐刷刷地投来。

啊……好多钱……好像……赔不起……还不起……怎……怎么办呢？

莓铛汗流浃背，一颗心紧张得要死。

万一……如果拒绝做他女朋友，他要我还这件礼裙的钱怎么办？为什么自己不会开口拒绝安少爷？也对……除了道玄断……她学不会跟其他人开口交谈……

莓铛懊恼地低下头。

安默隐与莓铛一并走出，他手里提着莓铛的礼盒，下楼后，保镖替他们打开后座车门，另一名保镖接过了安默隐手中的礼盒放在后尾箱内。

莓铛停了一会儿，没来得及反应却被安默隐推上车。

不远处的少年站立在阴暗的角落，那双暗黄色的晶眸流淌出恶魔噬血般的帝王森气，冷酷薄薄的唇线诱惑地勾起一抹轻蔑的弧度。

高大的身躯紧握着拳头，死死地容忍着安默隐所占有的一切！只要安默隐再靠近莓铛一步，他便会入地狱！

Part 2

自己真是愚蠢！自己真是愚蠢得彻底！

在与亚子美离开后的一个拐角，道玄断回想起莓铛那令人怜悯的眼神，那双闪着如同晨曦珍珠露水的眼眸有着千言万语想要对他倾诉，他才明白自己太过冲动！

他一言不发地将所有东西扔给了亚子美，随即转过身，默默地站在大厦楼下门口站着，渴望莓铛能够出来。

只要她出来，只要她看着他，就算她不解释，不亲口告诉他是误会，不管她是否真的与贵族少爷有什么瓜葛，爱她就是爱她！

可他在楼底下傻傻地等了将近一个小时，出来的却是一对看似恩爱的甜蜜恋人。

淅沥的细雨落下，空中刮起清凉的风，晴空万里的天穹瞬间垮了脸，潮湿了这座被太阳之神宠爱过的美丽城市。

晶莹剔透的雨珠滴滴弹在道玄断的发丝上、脸上、衣衫上，直至浸湿了全身，雨珠滴滴滑过他白皙得没有一丝血色的俊脸，到达他尖削的下巴而滴落垂地。

他如同受到了神处罚的恶魔骑士，那双阴鸷的晶眸犀利、冰冷得如同寒冬，显得狂妄不羁。

安默隐提着为她买的礼盒，轻轻搭着她的肩，刻意将莓铛搂在身边，生怕她跑掉一般。

自己等了那么久，就是来这里淋雨看自己心爱的莓铛如何被安默隐勾上的吗？这个就是自己来看的结果吗？

车子已经驶远，他却停留在原地，恍然回过神，他迈开艰难的步伐，一步一步地向前走着，内心麻木，脑子一片空白，他觉得自己就是一个被控制的木偶。

自己甚至也没想到，自己居然会是这副狼狈不堪的模样。

可道玄斯也绝对不会想到，莓铛在车上硬是不说自己家的住址，她感到十分害怕地流着泪，怀里没有洋娃娃，周围的暖气让她陌生，让她害怕和恐惧，她害怕这样的奢华。

安默隐最终停靠在离莓铛家有一千米的地方，他深沉地凝视着莓铛若隐若现的倩影，黯蓝色的眸子泛着淡淡的忧伤。

她……依然不肯与安黑隐交流，即便安默隐早就调查得出莓铛家的住址，可她却怎么也不肯告诉他，她害怕他。

什么时候安默隐变得让莓铛产生恐惧了？大概是因为莓铛经历了比他想象的还可怕的痛苦吧。

他在车内沉默，而司机与林文连呼吸都非常小心翼翼。

莓铛拿出手机，手机的主页壁纸是自己与道玄斯的合影，那俊美的脸庞让她沉醉，让她心动。

她躺在床上将手机捧在怀里，不试图去回想今天所发生的一切。可莓铛的脑海中总是控制不住地浮现出亚子美与道玄斯的画面，亚子美幸福甜美的笑容，手里拿着道玄斯的银行卡，道玄斯望见莓铛时的那种眼神……是厌恶的眼神。和其他人看她的眼神一模一样，怎么办？好想解释……好想给道玄斯打电话……告诉他……我好想他……

内心的各种思绪扰乱了莓铛，她翻来覆去地折磨着自己，可终究难以入睡。

忽然想到了什么，她高高兴兴地爬下床，迫不及待地穿上粉色蕾丝拖鞋，小步冲向厨房！

不管道玄斯是不是真的喜欢亚子美，不管道玄斯是不是真的和亚子美交往了，但是道玄斯没有提出分手！

那就是说……道玄斯一定还是喜欢我的……我赶在早上给道玄斯做份爱心点心，道玄斯一定会吃的！还有中午的便当也要一起做才行！

自从道玄斯说喜欢吃草莓之后，莓铛的冰箱里数量最多的就是草莓，她能做出很多不同的花样给道玄斯看，能做出不同的口味给道玄斯吃。

早上的时候……就告诉道玄斯……我的心里……真的是好喜欢好喜欢好喜欢你……

内心的勇气给她添加了不少自信，莓铛边搓面粉边微微笑着，小身体在厨房忙了一夜……

清晨，城市内飘浮着轻柔的雾霭，含苞待放的花蕾上，晶莹如同珍珠的露珠闪烁着，金色的阳光穿过薄雾，温柔地洒在地上，让这座城市绚丽多彩。

莓铛在贵宾厅等待着道玄斯，因为太过担心他会早到，所以自己很提前就过来了。她顶着疲惫的黑眼圈，默默地在一个不起眼的角落待着。

手里的一份爱心早点载满了她对道玄斯的爱，渴望那一刻道玄斯能够像以前那样，大口大口地吃完还嫌弃没吃饱。

可十分钟过去了，来回走的都只是一些卫生员和管理员，始终不见道玄斯的踪影。就在自己准备离开的时候，传来了少女的甜美嗓音：

“道玄斯你站住！”亚子美大清晨的狮子吼，震破了这层楼的所有人！

走在最前无视亚子美的道玄斯最终被迫停下脚步，头也不回，只是一脸无奈。

这个亚子美从自己家一路跟到这里，叽叽歪歪的说个没完口不渴吗？阴鸷的眸中闪出一丝疲倦。

“我告诉你！就算你食物中毒躺棺材也得给我吃掉！我辛辛苦苦做了一晚上！你不能不尊重我的劳动成果！”

亚子美走到道玄斯面前，气势汹汹地将自己做好的爱心早点递到道玄斯面前，双眼死死地瞪着他。

“你以为只有你会生气吗？我告诉你！为了做这份便当，我可是亲自拿安默隐做人体实验！是安默隐家顶尖厨师教出来的徒弟！你吃都没吃就说难吃！你今天不给我吃掉，我就把你绑起来喂你！”

满嘴的恐吓威胁压根吓不到道玄斯。他双手酷酷地插在裤兜，面前陌生的便当包装却如此陌生，味道也与自己在莓铛那里吃的截然不同。

味道比莓铛的香一百倍，可对道玄斯来说却一点也不好吃，根本不需要品尝，可余光似乎望见了角落里的莓铛，他忽然接过亚子美的点心，搂着亚子美的肩膀离开。

“咦？道玄斯算你有点良心！”亚子美被他莫名其妙地搂着，发现他终于肯接过自己的早点的时候，忽然泪奔起来，连连擦掉不该在道玄斯面前呈现的泪水。

亚子美伸出手牵住道玄斯紧扣住她肩膀的手，似乎发现了什么，好奇地疑问：“道玄斯你的手好烫，你是发烧了吗……好烫……”

“该死！闭上你的嘴……”道玄斯深沉地说着，不顾暗处的莓铛，直搂着亚子美进了自己的办公室。

莓铛的身体颤抖极了，她居然目睹了这一幕……他不要吃我做的点心吗？我也……我也做了一整个通宵……他真的不要吃我做的点心吗？道玄斯……你不喜欢我了吗？

Part 3

不喜欢了……是吗？腻了……是吗？道玄斯……

莓铛的心空空的，脑子一片空白。

“同学，你到底走不走？在这里要待多久哇？真是，现在的年轻人都喜欢发呆吗？”

环保员打扫了一圈，依然见莓铛纹丝不动地站在原地，她有了脾气，对着莓铛吼了句。

环保员洪亮的声音传入道玄斯的耳朵，如同魔法一般将他高大的身躯顿住，步伐紧跟着停了下来，那双暗黄色的晶眸闪着异样的光，长长的睫毛微微垂下，露出一副难以置信的样子。

原来自己没有看错，余光所见的制服与熟悉的身影，他再熟悉不过而期待出现的身影，此刻却畏畏缩缩地躲在角落。

看见了吧？看见我拥抱亚子美了吧？看见我拿了亚子美的点心了吧？

道玄斯转过身想再一次确定的时候，莓铛已经慌慌忙忙地从他的视线消失，垃圾桶里粉色蝴蝶结的便当与周围的垃圾格格不入。

看那颜色与装扮就知道是莓铛扔在垃圾桶里的，是专门给我做的吗？

剑眉微微一蹙，若有所思地深沉着，充满怒火的晶眸平复了不少，绝美的唇瓣牵起一抹邪魅的弧度，让人难以捉摸此时的他到底想要干什么。

“现在的年轻人都不喜欢吃早餐吗？给我儿子吃应该还不错！刚刚那同学长得也可爱，我很喜欢！”环保员一副双喜的样子，弯下腰捡起莓铛的便当，拍了拍上面的灰尘，乐呵呵道。

话音刚落，身后高大的恶魔身躯挡住了光。他伸出魔爪掠过她手中的便当，目光阴鸷地凝视着她，声音冷漠却霸道无比：

“不好意思，这份便当是我的——还有，刚才那个笨蛋也是我的！你敢打主意试试！”

“呃……”环保员见到来的是道玄斯后，战战兢兢地点头便飞速离开。

打开便当，里面是已经被翻滚得不堪入目的点心，可每一份都是莓铛满满的心意。

道玄斯沉默，拿着莓铛的点心穿过亚子美，大步流星地走进贵宾室，拿起叉子大口大口地吃了起来。

莓铛做的真的很好吃……虽然在别人眼里，味道很一般。可道玄斯却对她的手艺有着独特的沉迷。

“道玄斯，你的尊严呢？”亚子美靠在门外，一脸失望地望着他，淡淡地审问。

道玄斯顾不上说话，他突然间好饿，看着粉色的便当，如同莓铛的樱桃小嘴，恨不得将她整个吞噬！

堂堂世界顶尖学霸居然捡垃圾桶里的东西吃，还吃得这么津津有味。

看到这里，亚子美垂下眼睑，她手上还拿着道玄斯还回来的点心。

他宁愿吃莓铛扔掉的，也不愿意吃我辛辛苦苦跟着厨师学了那么久才做出来的东西。真是不懂得珍惜我。

亚子美懊恼地嘟起嘴，到底还是将便当放在他面前，漫不经心地说道：“你发烧了，我去医务室给你拿药。”

“你有病？”回应自己的是句冰冷的嗓音。

“我在关心你！”亚子美急了，连忙对着他吼道。

“我不需要你关心！”道玄斯微微抬起眸，傲然的冷漠再次凝视着她，俊美的脸上显得格外狂妄霸气。

亚子美一时语塞，气急败坏地摔门而去，即便她被道玄斯搞得很生气，可她还是情不自禁地往医务室的方向走去。

道玄斯来到莓铛的班里，便见她的课桌没有人，她不在。

她不在，他根本不想做旁听，她会在哪里？

道玄斯看了看自己口袋中安静的洋娃娃，如同莓铛精致的脸蛋，让他情不自禁地想去触碰。

“我刚刚看见莓铛被安少爷抱走了，啧啧啧，那幸福的样子，估计过几天人家就会做少奶奶了！”之前被道玄斯教训的女生们故意讲给道玄斯听。

“太恶心了吧？莓铛是不是被道玄斯拒绝了，才改变主意追安少爷？真是一只癞蛤蟆！一天到晚梦想自己是公主！”

“我看那安少爷好像很喜欢她呢，本来他们就是一对不可能的恋人，被活活拆散了还想继续勾引安少爷，你说这种人恶不恶心？”

“狗改不了吃屎。”

道玄斯冷酷地别过脸，那双能吞噬所有人的晶眸恶狠狠地瞪着她们，仿佛她们只要再说一句，便会碎尸万段！

看着道玄斯走开，愤怒的背影让几个女生幸灾乐祸地偷笑着。

“告诉你，其实我看见莓铛一直在躲安少爷，算莓铛有贵贱之分，不然夏小姐早扒了莓铛的皮！”

“真的呀？那你为什么要说给道玄斯听？”

“看不出来吗？道玄斯因莓铛而存在，我刚刚测试了一下，估计道玄斯……是真的爱上莓铛了！不能容忍！”

“我们把这件事告诉夏小姐吧？”

“好！一定不能让莓铛得逞！”

该死！莓铛！别让我逮到你！

道玄斯气势汹汹地走着，穿过无数她可能会在的角落，感觉自己好像是个疯子，被莓铛蛊惑的疯子，满脑子都是她的脸，满脑子都是自己对她的渴望！

想拥抱她！想听她说话！想看见她微笑！

这是道玄斯现在最想做的事情！

可他却在学院找不到莓铛，真会玩捉迷藏，这个时候的大门与后门是绝对不会允许同学出去的，难不成她长翅膀了？

他面有愠色，薄唇微抿，似乎在强忍心中的怒气。

自己真是失败！居然爱上这么一个爱慕虚荣的笨女生！

他低下头，伸出手抚摸着口袋中洋娃娃的小脸，内心不禁一颤，回想起昨天安默隐对莓铛的温柔，路人看起来，他们简直就是一对璧人！

他们到底是什么关系？为什么安默隐会平白无故地注意她？

亚子美大摇大摆地提着退烧药走进贵宾室，却见安默隐正优雅地品尝着自己做给道玄斯的点心。

“啊啊啊啊！”

亚子美一副活见鬼的尖叫，吓得安默隐措手不及地抬起头，俊美的脸色被吓得有几分苍白，附近的保镖感应到自己的少爷有危险，连忙冲进贵宾室！

屋内一片哑然。

安默隐认真地看着恼羞成怒的亚子美，对着保镖们挥挥手，他们才肯退下。

亚子美颤抖着身子走过来，睁大眼睛指着自己的点心，大声吼着：“安默隐你是不是有老年人多动症？！这是我给道玄斯做的点心！你吃掉干什么！给！我！吐！出！来！”

安默隐面不改色地优雅抿唇，温柔地赔笑道：“哈……不好意思，我看见这份点心放在我的位置上，以为是让我尝一尝的，嗯……这次做得不错，确实可以做给道玄斯吃了。”

听完安默隐这句话，亚子美突然在他面前抽泣起来：“……这句话是你的良心说的吗？”

安默隐见她泪流满面，黯蓝色晶眸忽然沉了下来，若有所思地打量着她，柔声回应："良心说的。"

"要是道玄斯有你这样的性格就好了，唉……我还得继续努力……他现在眼里全是莓铛……"

"我们心爱的人都背叛了我们。"安默隐淡淡地回应。

"什么意思？"

"我的女朋友没有跟我提分手，就脚踏两条船跟你的男朋友在一起了，你说，我们该怎么处罚他们呢？"亚子美瞪大眼睛！

Part 4

翠绿的天山湖内。

湖面软软的，温热温热的，好似嫩嫩的果冻，又像触碰即破的泡沫；它清澈碧绿，如同镜子般映照着天穹悬挂的太阳，映照着周围瑰丽多彩的景色，映照着洋娃娃般少女的身影。

莓铛坐在休息椅上，呆呆地凝望着给道玄斯准备好的中午便当，明亮的眼眸中渐渐模糊。她眼眶红肿，精致的小脸像失去了色彩的洋娃娃，一片憔悴。

手中的便当微微颤抖，似乎在考虑着什么。她站起身缓缓地挪开艰难的步伐来到附近的垃圾桶，犹豫再三。

也许是真的和亚子美在一起了，也许几年前自己说的话根本不会兑现。

她回想自己初次遇见道玄斯的时候，自己的初吻被夺走，那么真实，而他真的降临在她面前，令她感到那么的不可思议。

她其实好想告诉道玄斯，好久好久以前，她就喜欢他了。

也许他只会讽刺她和其他女生没两样，做一个道玄斯的小迷妹，就真的没有勇气告白吗？哪怕只是膜拜之间的告白……莓铛你真是笨！事情变成这样也不想解释，还说什么告白？不要想了不要想了！

莓铛努力摇晃着小脑袋，准备将便当扔进垃圾桶的瞬间，便当掉入少年修长的魔掌中。

"在等我，是吗？"一阵低魅的男性嗓音带着几分热讽与冷漠传入莓铛的耳朵。

声音如同电流钻入耳朵直达心扉，她酥麻着身子抬起头，映入自己瞳孔的是道玄斯俊魅的五官。

可面前的他，寒彻的暗黄色晶眸带着几分冷漠，凝视着莓铛。

他深邃的五官与莓铛靠得很近，莓铛微微张开小唇却没有任何声音，双眸清澈地拓映出道玄斯冰冷的脸。

莓铛绯红着脸垂下头，身体紧张得绷成一团，如同受到惊吓的小猫般。

“送给我的东西就是垃圾吗？”道玄斯端起她的便当，暗黄色的晶眸凝视着她，金色的阳光如同蛇一般从脚萦绕至他的全身。

莓铛后退几步，远离这暧昧的距离。道玄斯直起身子，手中的便当越握越紧。

便当还是热的，她特地去店铺里加热了？这笨蛋！喜欢安默隐为什么还要对我这么好？可看着莓铛这般羞涩的模样，他原本恼怒的心瞬间平静了下来。

他拉着莓铛坐回椅子上，不经意间薄唇微微牵起一抹优美的弧度，打开后发现里面是闪闪发亮的午餐，种类都是道玄斯爱吃的，色香味俱全，如同顶尖厨师才有的手艺。

他拿起筷子，津津有味地品尝起来。

吓得莓铛睁大双眸呆呆地凝视着道玄斯俊美的侧脸，高过自己的身躯，鼻间飘来他淡淡的独有香气，不知为什么他还会待在这里。

是——同情我辛苦做了一晚上吗？

莓铛好难过，可见他吃得这么认真，却又好高兴，这一颦一笑的小脸不禁添加了几分色彩。

道玄斯吃得一干二净，将空便当盒扔给了莓铛，习惯性地从她书包拿出纸巾擦了擦嘴，随后慵懒地靠在椅子上，眸子微微斜过，望着莓铛的后背，长长的卷发如同波浪般披散着，一股柔风缓缓地将她身上的蔷薇香味拂进他的鼻，香甜香甜的，却怎么闻都闻不腻。

“妈妈，她是不是芭比娃娃？”小朋友跑上来指着莓铛，奶声奶气地扭过头询问闻声跑来的妈妈。

“她是姐姐，怎么是洋娃娃呢？”妈妈连忙抱起小朋友，本以为小孩子开个玩笑没什么，可莓铛旁边的恶魔却散发出黑暗的气息，吓得妈妈连连道歉：“不……不好意思啊，小孩子喜欢洋娃娃，一直想和洋娃娃合影，见你长得可爱，误以为你是芭比娃娃了，实在不好意思，打扰你们了……”

莓铛微微抿唇，做出了微妙的反应，可下一秒，小朋友便大哭起来：“呜哇！我不管！我要和芭比娃娃合影！妈妈放我下来！我要和芭比娃娃合影！”

妈妈无奈地赔笑着，目光向莓铛求助，不敢看此时脸黑成一半的道玄斯。

莓铛扭过头望了道玄斯一眼，望见他口袋安静的洋娃娃后，她抽出洋娃娃搂在怀里，随后递给了小朋友。

“……不要哭了，我们一起合影……”好萌好甜的声音！

道玄斯猛然回过神，瞪大不可思议的晶眸凝视着眼前的莓铛。

妈妈回过神，看见自己的孩子已经爬在莓铛的怀里，随后尴尬地笑了笑。

莓铛抱起小朋友，小朋友怀里捏着莓铛的洋娃娃，高兴地望着手机摄像头，随后小朋友摆了几个姿势，莓铛浅浅地微笑着。

“姐姐我还你洋娃娃，一定要替我照顾好它哦！”小朋友恋恋不舍地将洋娃娃还给莓铛，对着莓铛挥挥手。

莓铛淡淡地笑着，对着她挥手点点头，怀里的洋娃娃似乎也在对小朋友微笑。

小朋友望了一眼酷酷地坐在椅子上的道玄斯。她调皮地对着莓铛抛了个媚眼，对着道玄斯暗送秋波：“哥哥再见！十年后我就来拆散你们！我要追求哥哥！向哥哥表白！大哥哥长得好帅！呜哇——”

“真是不听话！”

妈妈见道玄斯脸色不大好，连忙打了打小朋友的屁股，连连道歉后拎着她匆匆忙忙地走开。

莓铛望着她的妈妈拎着哭哭啼啼的小朋友离去，心里不禁乐滋滋的。

连小朋友都喜欢道玄斯。那作为道玄斯的女朋友，是不是压力特别大？

道玄斯凝视着她们离去，将目光挪到莓铛精致的侧脸，从第一次见到她开始，他就一直觉得莓铛是洋娃娃做成的。

莓铛定定地站着，不敢轻易挪动身躯，她不敢扭过头看道玄斯在干什么，也不敢亲口向道玄斯解释，依然没有勇气，依然无法开口，不敢动……

“你喜欢小孩子？”道玄斯颔首，冷漠地询问，可眼眸中却带着一丝柔软。

莓铛呆呆地点点头，搂紧了怀里的洋娃娃，不敢望着他。

道玄斯想要继续打趣，脑海中忽然回放着昨天安默隐与莓铛并肩走着，画面极其暧昧。

想到这里，内心的一股醋坛子被打翻！

额头一热，他突然好晕眩，他站起来想要快速离开的瞬间，却忽然倒在莓铛身上！

Part 5

莓铛一个没留意，只感觉自己转过身的刹那，一个温热的庞大身躯忽然倒了下来。她来不及反应，没有力气去支撑这突如其来的力量！她瞪大眼睛望着将头埋在她脖子间的道玄斯，想要伸出手扶好他的时候，腰却经不住道玄斯的重量。

下一秒，她跟着倒了下去，两人从路边双双滚落到密密麻麻的斜坡草丛内……

莓铛惊慌失措地紧闭双眸，睁开眼睛时发现自己的脖颈被烫得厉害，犹如一个火炉在自己的脖子间熊熊燃烧着！好……好烫！道玄斯……

莓铛忽然回想起今天早上亚子美牵着他的手询问过道玄斯是不是发烧了，道玄斯只让她闭嘴，可这么重要的事情，自己居然没有在意！

她被他压在身下，滚落下草丛，道玄斯裹住娇小的她，将外界来的所有伤害都给了自己，直至到达下面的时候，他才缓缓地松开，溺在她香津的脖颈间迟迟不肯离开。

他始终眷恋着莓铛身上的清香。

他紧闭的睫毛微微颤抖着，绝美的唇瓣亲密地贴在她的肌肤上，他滚烫的俊脸疲倦，低沉沙哑的磁性嗓音轻喃着：

“莓铛你好无情……我生病了你都不管我……还要我饿着肚子到处找你……真舍得折磨你的男朋友……”

温柔的热气与让人无法抵抗的声音一度融进耳朵，莓铛浑身的血液逆流着，她难以置信道玄斯会说出这种话，想要扭过头望着道玄斯的脸，却被他拥得不能动弹。

她伸出小手，摸了摸道玄斯的额头，下一秒，她被吓坏了！

天哪！这是发了多高的烧？

“我生病了你都不管……那我就烧死……让你变成寡妇……”道玄斯继续喃喃自语着，脑海里一片滚热，薄唇微微张开。

他好烫，烫得她想要脱离他，却那么恋恋不舍。

莓铛的脸红得通透，心扑通扑通地乱撞着，身躯不禁因心跳与呼吸而上下欲动。

她推开了此时发着高烧而有些暧昧的恶魔，艰难地扶着昏昏沉沉、根本不会自行走路的道玄斯。

“去哪里？”道玄斯发现自己被力如麻雀的莓铛扛着走。他昏沉地睁开眼睛，俯下身淡淡地询问。

莓铛沉默着，扛着他将他放在刚才坐的椅子上。好不容易松了一口气的莓铛想要走过去捡起自己掉下的洋娃娃，却被一只大手拉扯着，又坐在了他的大腿上。

“你不要走……”道玄斯紧紧地将她搂入怀中，有气无力的嗓音好似在祈求着。

“就算你迫不及待地想要把我送去医院然后回到安默隐身边，起码……现在不要离开……”

什么啊？笨蛋道玄斯！我有说过和安默隐在一起吗？为什么就非要把我往他身上推？而且……道玄斯自己也在和亚子美交往，干什么还想干涉我？笨蛋道玄斯！

可此刻发着高烧的道玄斯如同小猫咪一样溺在她怀里撒娇赌气的样子，她真的好喜欢好喜欢，想到道玄斯清醒过后那双阴鸷的冷漠双眸，她的心又忽然凉了几分。

“阿斯？”亚子美从不远处赶来，便望见莓铛坐在道玄斯的腿上，而他正睡得沉沉地躺在莓铛的怀里，让她的心不禁一颤。

莓铛听见亚子美的声音吓得连忙站了起来，可怀里的道玄斯却十分黏人，一下子将莓铛拽了回去。

“不要走……”道玄斯在她耳边轻声祈求。

“对不起，他发烧总是喜欢胡言乱语。”亚子美凝视着道玄斯那滚烫的脸颊，对着莓铛连连致歉。

胡言乱语？对别的陌生女孩也是这样……莓铛那拂在脸上的笑容瞬间垮了下来，渐渐变得面无表情。

亚子美直接掰开道玄斯紧扣住莓铛的手，直接将他扶起。她抿抿唇，故意将道玄斯逼近她，随即假装很厌恶地挪开他的脸。

“滚！搓衣板在家里等着你！”亚子美演着戏，一个劲地将道玄斯往自己身上蹭，后来感觉到身边还有人正伤心地垂下头，她惊讶着。

“对不起，莓铛，但是希望你不要再出现在道玄斯面前了，我们已经……同居了……”

望着亚子美脸颊染起一抹潮红，莓铛只是轻轻地点头回应，随后搂着洋娃娃背着书包离开了。

亚子美深深地叹了口气，自己也实在无法对莓铛心狠，可想到安默隐才是莓铛真正的男朋友，她就一定要将道玄斯夺回来！即便道玄斯现在的心里没有她！

亚子美准备将道玄斯扛进莱恩德学院的时候，却见到在莱恩德大门口的关翼。

“他怎么了？”关翼扶起道玄斯，冷音审问亚子美。

亚子美气喘吁吁地望着道玄斯昏沉的俊脸，解释道：“发了高烧，晕过去了……”

“怎么会发烧呢？”关翼冷冷地吐出两句，也不看亚子美，也不道谢，将道玄斯扶进车。

亚子美愣愣地望着车子远去，不禁暗骂：“什么臭男人嘛，辛辛苦苦把他从那么远的地方扛来，一句谢谢也不说，真是……”

Chapter 11

解铃还须系铃人

Part 1

无比华丽的至尊金色灯透过黑色的纱幔笼罩在他身上，白皙的肌肤上充满汗水，像在进行汗蒸。

他的脸颊通红，绝美的薄唇微微地张开喘着温热的气，黑色的棉质浴衣有些凌乱地敞开着，露出他修长的脖颈与精致分明的锁骨。

医生给道玄斯打了安定剂，总算让暴躁、死活不肯让医生检查的道玄斯安静了下来。痛苦的温热直达他的每一根神经，他的脑海中满是自己对安默隐与莓铛的幻觉。

他们牵手微笑了！他们拥抱了！莓铛那该死的洋娃娃居然向安默隐表白！他们居然在我面前接吻！该死！莓铛你给我等着！

医生看着道玄斯紧蹙着眉头，似乎做了可怕的噩梦，他无法将道玄斯的噩梦驱散，无奈地从他身上取出温度计看了看——39.5 度。

这么高……他是怎么坚持从这里到莱恩德学院的？

“莓铛……莓铛……”沉重的喘息与温热的气息弥漫在道玄斯身边，他轻轻摇晃着脑袋，双眸紧闭，性感的声音喃喃自语着。

医生望了道玄斯一眼，推了推鼻翼上的镜框，若有所思地想着。

“不允许你爱上别的男人……”

他喃着，一只正输液的手忽然紧握成拳，血液从针孔内反流至上，吓得医生赶紧平复他内心的恐慌！可就算医生再怎么用力将他的拳头平复下来，他依然紧紧地握着，没有人能够让他放下拳头。

“道先生，你现在发高烧，千万别冲动，要找莓铛小姐是吗？别冲动别冲动，莓铛小姐在门外等你呢！别冲动！”

医生汗流浃背地对道玄斯说着，话音刚落，拳头渐渐松了不少。道玄斯喃喃自语的声音也渐渐微落下来，似乎开始进入正常睡眠。

医生见状捏了一大把的汗水，以为自己被道玄斯折腾得够多了，可这位医生坐在床边还不到两秒便被关翼的破门而入吓了一跳！

“他怎么样？烧到多少度？”关翼进来之后，还有神经科医生、内科医生、外科医生等十几名医生在关翼身后等待发命。

望着关翼冰冷的面孔，医生有些战战兢兢地报了个数：“39.5 度，高烧。”

什么？ 39.5 度？怎么会烧那么高？万一烧到头脑了怎么办？道玄斯还是他的摇钱树呢！不能就这么垮了！

“你还愣着干什么？赶紧给他治疗啊！药吃了没有？”关翼对着医生咄嗟叱咤，一脸不悦！

“我已经给他打过安定剂了，现在总算安静下来了，道先生知道我要给他治疗的时候，还……还把我打了一顿……”

“这家伙，昨天淋了一晚上的雨，回来后又把自己喝个半死，感冒了之后才发的高烧！”关翼双手叉腰，无奈地盯着床上昏睡的恶魔。

在门外的几十名医生随着关翼的手掌一挥，低头提着医药箱走进来，拥簇在道玄斯床边。

给道玄斯打了安定剂的医生回避了一下，绕道来到关翼身边，低声询问：“关总，可否冒昧问一下……”

“说说说！”关翼不耐烦地对医生说着，眼睛一直盯着躺在床上的“摇钱树”。

“莓铛……关总您认识吗？”

莓铛？关翼熟悉这个人，洋娃娃般精致的脸与娇小的身材。

“干什么？”关翼蹙着眉头，脸色瞬间变了，不置可否地审问着。

“道先生从我进来的时候嘴里就一直嚷着莓铛这个名字，我猜测莓铛很有可能……呃……很有可能是道先生重要的人，如果莓铛在这里的话，估计就解决了……”医生战战兢兢地低下头弯下腰，回想起自己说莓铛就在门外的时候，他忽然放松了下来。

他猜测，莓铛是道玄斯的爱人，可怕得罪关翼，只好说是他最重要的人……希望关翼听得懂。

关翼确实听得懂，这名字他熟悉得不能再熟悉了，摇钱树有了自己心爱的女人，对关翼怕是凶多吉少！

十几名医生在床边对道玄斯进行检查，如同观察千年沉睡的王子。

“先不管这些，你们必须给我治好道玄斯！如果连发高烧都治不好，我拆了你们的医院！”关翼伸出手对着他们剑指怒目，随后愤怒地离去。

莓铛……看起来道玄斯真的迷上这种人了！绝对不能让莓铛再靠近道玄斯！得提前回 M 国才行！

关翼边走边掏出手机，对着秘书命令指挥：“将我和道玄斯的机票改签！提前一天起飞！”

道玄斯还是一粒米都没进，医生们绞尽脑汁，对着道玄斯的肌肤打了一针又一针营养剂，可这样下去，总不是办法……

道玄斯发烧昏迷，不知不觉已经两天了……

最终医生统一向关翼祈求，让关翼惊讶不已。

“关总，我们请求让道玄斯见一见莓铛小姐！”

关翼立即拒绝：“不行！你们赶紧治好他，治完我们马上飞回 M 国！”

“关总，道先生依然昏迷，即便靠现在的高科技能维持他的身体，但是这样持续下去不是办法呀！”

“关总，解铃还须系铃人！”

解铃还须系铃人……也就是说……那晚淋雨，是因为莓铛吗？

关翼开始深思了起来。

Part 2

那天道玄斯被亚子美带走之后，莓铛孤零零地站在公交车站边，手里紧拥着洋娃娃瑟瑟颤抖。

她想回家了。即便现在还有一堂课才放学，可道玄斯不会坐在她身边陪她上课了，他是个花心鬼！跟亚子美同居了还想跟我交往！

一辆又一辆小轿车从她面前驶过，刮起了微凉的风，吹拂着她长长的卷发，周围等待公交车的人情不自禁地在莓铛身上多瞄了几眼，若有所思地转过头。

公交车不远处依然有一辆车静静地停着，后座上的少爷内心平静，手里握着高脚杯却迟迟不入口，黯蓝色的晶眸玛瑙石般璀璨，深呼吸，继续默默地跟随着莓铛。

他该下车吗？像之前那样紧紧地扣住她吗？

“少爷，老爷那边催了……”林文坐在副驾驶小声叮嘱。

安默隐闭上晶眸：“知道了。”

他还不想这么快离开，他还想继续默默地跟随莓铛，还不够……远远不够。

公交车来了，莓铛轻轻抬头望了一眼公交车车前的号码，才缓缓地抬起脚走了上去。

“哎，前面那女孩好可爱！”车下的几名男生小声地议论着。

“看那制服，好像是莱恩德学院的学生。”

“不知道她有没有男朋友，啊……好喜欢这种类型的女孩！”

“怎么办？”

他们异口同声：“那还等什么？快上去呀！”

安默隐抬起蓝眸，莓铛上车后，后面四五个猥琐的男生贼贼地笑着，争先恐后地爬上公交车，使他内心莫名的不安。

“林文。”安默隐淡淡地说。

“少爷……”林文等待发话。

“让那辆公交车稍等一下，我要上去。”他伸出修长的手指，指着那辆橙黄色的公交车，温柔地命令道。

林文愣了愣，要上去？

不是说好了只在远处看莓小姐的吗？

“是，少爷。”无奈，林文打了通电话，那辆已经准备出发的公交车却乖乖地停了下来。

“你回去跟我父亲说，我稍微晚一点就到。”安默隐迈开腿走下车，毫不犹豫地往公交车走去。

林文目视他离开，内心不禁叹息。

老爷安排的安默隐与夏美欣小姐的晚餐估计又要泡汤了。

莓铛习惯性坐在靠窗的位置，许是自己逃学的原因吧，现在还不是高峰期。

公交车缓缓地启动，莓铛只感觉自己被周围异样的眼光盯着，她好奇地扭过头，便发现几个人色眯眯地托着下巴凝视着她。

他们对着莓铛小声吹了口哨，企图勾引。

莓铛无语。

下一秒，带有玫瑰香的王子坐在莓铛身旁，挡住了那群男生继续盯着莓铛的视线。

“真巧。”安默隐柔声微笑道。

莓铛懵了一会儿，才缓缓地点点头。

“这是我买的草莓蛋糕，给你。”安默隐将手里的蛋糕递给她，声音柔和，如同一阵软风。

给我？莓铛接过蛋糕，望了安默隐一眼，见他依然敞开笑容：

“如果你的饮食习惯没有变化的话，那么你最喜欢的就是草莓蛋糕还有番茄炒蛋。”

莓铛如同中了奖一般睁大眼睛注视着眼前的安少爷。对耶……确实最最喜欢吃的就是草莓蛋糕还有番茄炒蛋！为什么他会这么熟悉我的生活？

“还要我继续猜吗？嗯……小猫咪喜欢粉红色，家里的公仔一定堆成山吧？因为你很喜欢玩偶，最大的兴趣大概是服装设计，最大的梦想是嫁给自己心目中的王子……”

粉红色……家里堆成山的公仔……兴趣是给洋娃娃做不同款式的衣服……梦想是……嫁给道玄厮王子……

他的阐述犹如一颗颗子弹狠狠地砸进莓铛的心扉，她望着犹如先知般存在的安默隐，不禁提心吊胆起来。

安默隐坐着，伸出手在莓铛发呆的时候搂住她的肩膀，画面如同一对甜蜜的恋人，让那群打着莓铛主意的男生们面面相觑。

“她有男朋友了？”

“这个人……好像……好像是安默隐少爷……”

“安默隐出现在学院附近很正常，难道……真的是安默隐少爷？”

“完了完了……我们居然敢打安少爷女朋友的主意，他要是知道了，非宰了我们不可！”

“对对对！我还记得那个朱戒想非礼一个女孩，后来被教训得魂差一点都没有了，我听说啊，是安默隐少爷派人下的手！”

“真是想不到啊，安默隐少爷看起来很温柔，不像是能做这种事的人……”

“嘘……总之先别得罪……”

安默隐听着他们在另一边窃窃私语，安心地将莓铛搂得更紧，他俯下身，垂下眼眸：“困了吧？”

莓铛被迫躺在他怀里，他们之间隔着她的洋娃娃。

“为了那家伙通宵做便当，值得你这么费力吗？”安默隐低下头，靠在她柔软的头顶。

莓铛听完脸瞬间红了，眼睛忽然模糊湿润起来。

是啊！我费心费力地通宵给道玄斯做好吃的东西，还不领情……害得我扔了自己做的便当，虽然……虽然他吃了我做的中午便当，可他吃的时候好勉强……好像我在强迫他一样……混蛋道玄斯！

一滴眼泪流了下来，莓铛闭上眼睛，企图不去想这些。

Part 3

她哭了，如同哭泣的天使。

安默隐心疼地捧起她的小脸，温柔地擦去她掉落下来的珍珠，她楚楚动人的模样拓映进蓝眸。

“是因为道玄斯才掉眼泪吗？”他缓缓地离开她，声音低沉性感无比，鼻翼轻轻地触碰着她。

“莓铛，考虑一下我吧……”他轻声叹息，温热的气息朝她吐着，周围的空气暧昧至极，安默隐恨不得将她融入自己的骨子里去。

莓铛闪着无辜的清澈晶眸，一尘不染地凝视着无比尊贵的少爷。

“一定是有人故意拆散我们，你忘记了吗？两年前……我们形影不离，宣誓永远在一起不分开，莓铛……”

胡说！他在胡说！两年前是她的噩梦！是她不可能承受得了的梦魇！他认错人了！跟他在一起的根本不是我！

她承认安默隐很英俊，温文尔雅如同混血的童话王子，可是——可是她再怎么仔细看这张脸，也确实是陌生！

莓铛拼命地摇摇头，想要告诉他认错人了，却怎么也无法对安默隐开口。

“没关系，我知道你忘记了，如果你没有忘记，就不会待在莱恩德学院了，莓铛，不要害怕，我回来了……回到你的身边，我们可以重新开始，我不会再让你受到伤害。那些欺负过你的人，我都帮你报复她们了。我知道我很狠毒，我知道我很残忍，可我屡次做的事情却都是因为你……”

安默隐紧扣住她的双肩，逼迫她抬起头望着他，声音融进她的耳朵，他还是没有办法对她心狠！

尴尬的是在周围的单身狗，本来想在公交车上对莓铛进行几番调侃，不料却被安默隐占据了风头。

“她真的好可爱！”

“好心动！”

当他们聊回来的时候，发现莓铛与安默隐早已下了车。

一路上，安默隐紧跟在莓铛身边，手里提着送给她的草莓蛋糕，另一只手紧握住她的手。莓铛尴尬极了，怀里搂着洋娃娃，与他一步又一步地漫步在灯火通明的街道下。

不知道为什么，只要莓铛知道牵手的人不是道玄斯，她忽然感觉自己好对不起道玄斯，明明他被亚子美带走的时候还发着高烧，现在估计在打针吃药。而自己……却在跟安默隐牵手……

莓铛更是羞涩地低下头，想要松开他的手，他却不肯放开。

“以前我们经常这样牵着手。”安默隐淡淡地说着，回想起以前的快乐时光，俊美的脸上洋溢出一丝幸福的感觉。

莓铛抿抿唇，下意识地抚摸着忽然滚烫的樱唇，脸颊上淡淡地渲染出一抹潮红。

“是这个小区吗？”安默隐停在小区前，温柔地询问着。

莓铛成功地挣脱了他的手，对着安默隐鞠躬致谢，可瞬间，她又被他拥入怀中！

“我爱你，这句话说得太晚，却能表示我一直以来对你不变的心，莓铛……我给你时间考虑，我们都可以忘记过去，重新认识，重新相爱……”

他溺在她的耳边轻声说着，将她拥得更紧，黯蓝色晶眸充满对她的宠溺。

重新开始……重新认识……重新相爱……

这些重新让莓铛不敢相信，突如其来的表白好像很随意就能将自己的内心传达给对方。

可是……为什么我总觉得安默隐认错人了？

她的思绪混乱极了，过了一会儿，安默隐放开了她，声音温雅：“进去吧，再见。”

莓铛走进去的时候，转过身看了看站在门口的安默隐，见他温柔地绽放着浅浅的笑容，伸出手对自己挥了挥。

悬挂在他头顶上的暗黄色灯塔照耀着他软软的发丝，那双黯蓝色的眼眸如同深渊璀璨的蓝色妖姬，让人沉醉。

莓铛回过头，带着压抑的心情快速走了进去，消失在安默隐眼中。

安默隐收回手，双手放在裤袋上，在原地愣了好久，蓦然转过身，却见不远处，林文静静地站在那里，等待自己的主人归来。

他苦笑一会儿，迈开脚步走了过去。

“不是说了不用跟来了吗？”安默隐冷冷地说着，温柔的语气带着指责。

林文眯起鱼尾纹：“郊区太远，我怕少爷脚累。”

绝美的薄唇抿成一条线，他优雅地坐上了车。

林文到底还是很关心安默隐。

莓铛回到自己的家，打开灯，吃完饭洗好澡，随后站在阳台望了望已经离开了很久的安默隐的位置，若有所思地思考着。

她别过脸，凝视着被她挂在墙上看她烧香祈祷的道玄斯“遗像”。

回想起那个时候，被道玄斯发现还有这种事，她不禁浅笑了起来。

再继续回想着与道玄斯交往的那段时间，她真的好幸福，幸福到无法形容。

她关上灯，准备入房间就寝，门外却响起敲门声。

莓铛吓了一跳！为什么会有人敲我的门？

“先生，这是你的家吗？怎么敲门没人应？”门外传来中年男人战战兢兢的询问声。

什么？敲错门了！这是莓铛的家！先生？什么先生？

“她不开？那就踹开门！”门外传来另一股她熟悉至极的冷音。

莓铛瞬间睁大眼睛！身体瞬间僵硬在原地！

道……道玄斯？

Part 4

“先……先生……我只是个小出租车司机，踹门这种事不好吧……”

“一百万……”道玄斯冷冷地丢了个数字。

司机瞬间两眼放光，全身起了劲，他下定决心要踹门的刹那，门——开了。

莓铛只是探出小脑袋睁大圆溜溜的眼睛确定了是道玄斯……

冒着黑色气息的道玄斯，有点可怕……

一双小手不禁微微颤抖，此时的道玄斯犹如深渊走出的恶魔。

“不好意思啊小姑娘，这位先生说这里是他的家，可能先生喝多了，不好意思打扰到你了！”见到开门的是可爱至极的小莓铛，司机有些尴尬地说。

道玄斯蹙着眉头，板着俊美的脸庞，拿起钢笔在支票上飞速地写了一串数字扔给司机，冷漠地望着他：“莓铛的家就是我的家，支票拿走，关翼问起我在哪里，你说不知道！”

“是是是！”司机迫不及待地接过支票风风火火地离开了。

道玄斯扭过头，打量着此时已经完全站出来的莓铛。

莓铛的心猛地颤抖了一阵，发现他的左手打吊瓶的针好像被他强行扯开了，手背上还流着血。

他凌乱而不失性感的亚麻发软软地贴在他的额头，白皙的俊脸有些通红，似乎烧还没有完全退，身穿着黑色的宽松浴衣镀上了他雍容尊贵而神秘的气势，犹如行走在T台的混血男模。

莓铛眨巴着美眸咽了咽口水，望着他穿的衣服发呆许久。

“看够了吗？”见小莓铛对自己有着莫名的好奇心，道玄斯打趣。

因为逃跑得匆忙，除了浴衣和一支钢笔以及支票之外，他什么都没来得及带。

莓铛收回视线，乖乖地将门打开让道玄斯进来。

只见他直径走进她的房间，侵犯着她粉嫩可爱的小床。他摸了摸可爱的枕头，将碍到他的抱枕扔在地上。床上的所有公仔除了洋娃娃都被扔在地上，整个人便占完了床的空间，似乎不够他188厘米的身躯，他有些弯曲地侧躺着，好像他正在睡小矮人的床。

莓铛望着躺在她床上半睡半醒的道玄斯，无奈地拿出医药箱，抓着他的手止住了手背上流出的血，握着他的手的时候，她能感应到他温热的肌肤。

还在发烧吗？怎么办？医药箱没有退烧药……

莓铛望了一眼医药箱内女性专用的东西，以及受伤需要的药，不禁咬牙深思起来。

都已经凌晨了，小区的诊所都下班了……怎么办？

他深沉地凝视着莓铛细心的脸蛋，随后自顾自思索着，似乎她没有想通，双眉皱在一起，亦是可爱，魔掌微微一提起，将她一把拥在怀里——

“关翼请了十几位医生给我打针，我受不了就偷跑出来了，全身都是安定剂，想着你这里最让我舒心，现在……我霸占了你的床，你不高兴？”道玄斯坐在床上，紧紧地搂着莓铛。

他并没有说出真相，遮遮掩掩地说了这句话。

实际上他是想莓铛想到抓狂，他在别墅那边狂叫嘶吼，十几名医生使出浑身解数要压住他，那颗心似乎在那一刻破灭！

他要见莓铛。不管他现在是否重病，他就是要见莓铛！一刻也不能耽误！

他从二楼突然跳下，趁医生没来得及反应便逃了出来，打了一辆出租车便慌忙地说了莓铛的地址。

没有抱紧莓铛的时候，道玄斯总感觉她是可望不可触碰的洋娃娃，只有将她摁在怀里，嗅着她的香味，他才发觉莓铛就在自己的身边。

她乖巧地任由他搂着，那颗炽热的心怦然跃动——

安定剂……打了好多……为什么要这样对待道玄斯……他在发烧还给他打安定剂……

莓铛忽然联想到两年前自己嗜酒好赌欠债的父亲，也是在最脆弱的时候被高利贷者打了安定剂，安定剂失效之后，父亲恍惚醒来就被……

她不敢继续往下想，那是她永远无法忘记的画面。

要是道玄斯被那群医生打了安定剂，然后折磨着道玄斯，她会不会又会失去他？

不要！不要伤害道玄斯！

莓铛流下晶莹的泪水，伸出小手将道玄斯搂得越来越紧，泪珠滑过脸颊，她通红着脸在道玄斯的胸脯上蹭了又蹭，像个撒娇的小猫咪。

“你这笨蛋！我不允许你哭！”

道玄斯低下头，放开了她，粗糙地抹去她脸颊上源源不断掉下的泪水，暗黄色的晶眸布满宠溺。

“你才是笨蛋……都两天了为什么还在发烧……”莓铛红着脸靠在他的怀里，轻轻捶打着他结实的胸脯，另一只手擦了擦掉下来的眼泪。

柔软得如同棉花糖的甜蜜声音融入道玄斯的耳朵，他浑身瞬间酥麻，一颗心忽然被丘比特射中了一般，晶眸浑浊，有着异样的火光。

“因为除了你，任何人都不许碰我……莓铛……我们和好吧……我好想你……”

他一只手抚摸着她的脸，另一只手臂紧紧地扣住她的腰肢，沙哑地说道，听起来更像是乞求。

莓铛的脸滚烫滚烫的，她的心犹如小鹿乱撞，随即紧闭双眸，淡淡地说了句：“嗯……”

道玄斯终于露出了淡淡的笑容，可他的头忽然剧烈地疼，下一秒，他昏迷在她的脖颈间，长长的睫毛犹如蝴蝶般梦幻地紧闭着，薄薄的殷红唇间弥漫着他渴望已久的甜蜜，他十分满足地沉睡了下去。

旖旎的未央之夜——

Part 5

清晨，温煦的暖阳透过窗棂直照进房，那一丝丝色彩斑斓的光映在粉色的小床上，紧拥共眠的一男一女正熟睡着，窗外鸟语花香，景色宜人，窗内气氛甜蜜，澎湃如潮。

莓铛晃了晃小脑袋，睁开蒙眬的眼睛，摆在自己眼前的是结实的胸肌与起伏的心跳，她的脸瞬间红得通透！

不是做梦……昨天晚上道玄斯真的睡在这里……不是做梦……

莓铛眨巴着眼眸，凝视着道玄斯低下头靠在她头顶上的俊美睡颜，如同梦幻的沉睡王子。

“我长得很好看？”寂静的空气中，传来他优美的声音。

莓铛怔了怔，随后呆呆地垂着脑袋，不得不承认，道玄斯真的很好看！

“早上好。”道玄斯懒懒地说了句，随后自己躺在一边裹紧被子傲娇道：“我的病还没有好，快去给我煮早餐吃……”

莓铛呆了一下，缓缓地爬下床，后知后觉地发现昨晚他们睡在一起了。

道玄斯瞥了一眼视线，就见莓铛害羞地快速远离他跑出房间。

充满占有欲的晶眸缓缓地闭上，这个房间无处不充满着莓铛的香味，他再一次舒心地沉睡下去。

安默隐别墅里，“亚小姐——”

厨师惊慌失措地拿起平底锅挡住了亚子美袭来的鸡蛋壳，战战兢兢地想要止住亚子美心血来潮要给安默隐下厨的决定！

“别怕啊，我在做早点，不是在制造炸弹，跑那么远干什么？”亚子美系了浅蓝色围裙，拿着几个鸡蛋，望了望厨房门口瑟瑟发抖的几个厨师与女佣们。

“亚小姐，安少爷的早点还是我们来就好了，你这么早过来，安少爷一定会领了这份情的！”厨师有一种自己的位置不保的预感，于是哭求道。

亚子美没多管，拿起洗好的香葱放在砧板上准备入刀。

“安少爷！”厨房的人察觉到安默隐在身后，如同见到救星般异口同声地欢呼着。

可就在那时，亚子美被这突如其来的声音吓了一跳，菜刀一个歪斜，切进她的指腹内，瞬间流出鲜红的血液！

“啊！”亚子美吓得手里的刀立马掉到地下！

安默隐回过神，便见亚子美一个劲地想要甩掉手指上的血，可却越甩越猛，很快，金光闪闪的地板上到处都是亚子美的血迹。

安默隐沉着脸越过佣人们直直地走了过去，见到亚子美受伤，厨师与佣人们吓坏了，慌慌忙忙地跪在地上，头轻轻地垂着。

安默隐握住了她的手，摁住了她的伤口。他刚睡醒，蒙眬的蓝眸有着如同海洋般深邃的光泽。他凝视了亚子美一会儿，平静地询问：“怎么这么不小心？”

“你放手！痛！”亚子美痛得跺脚，血液顺着她的手臂直接流了下来，她最终因害怕自己流血过多挂掉而哭了起来。

“你别动，跟我来。”安默隐冷冷地望了一眼躲在一边的佣人们，声音瞬间冷淡而不失优雅：“你们知道该怎么做。”

完蛋了完蛋了！安少爷不高兴了！几名女佣瞬间感觉少女梦破碎地埋着头默默落泪。

亚子美被安默隐握着手，摁着她的伤口，带着她洗了手臂上的血迹，全程亚子美都在惊恐地尖叫着，但丝毫不影响安默隐细心温柔地抓住她继续进行清洗！

这笨女人，大清早跑我家里来干什么？

“安默隐安默隐！我好痛！你轻一点！手手手！会不会留疤啊？”亚子美流着眼泪注视着他温柔的侧脸，弱弱地询问道。

安默隐没有看她，声音似乎在哄孩子一般柔情：“你不叫它就不会留疤。”

“哦。”亚子美瞬间相信了安默隐的话，乖巧地闭上嘴。

好丢人……亚子美尴尬地合上眼睛。

她从未在别人面前受过伤或者这般惨痛地尖叫嘶吼过，可那害怕自己失血过多而死亡的恐惧心理随着安默隐细心的清洗化成了怦动！

安默隐耐心地使用洁白的温热湿巾擦了擦，随后带她来到大厅。林文拿出医药箱，他取出独有的酒精，松开手的时候，亚子美有些疼痛。

他的手与亚子美受伤的伤口黏在一起了，吓得亚子美差一点跳了起来。安默隐立即呷住她，目光凝视着她的食指，他拿出药往伤口抹了又抹。

“别动，再不乖就自己处理伤口。”

被药刺激到每一根神经的亚子美如同吃了多动药，浑身不安地躁动着。安默隐淡淡地说道，声音如同软软的棉花糖。

“好痛！”亚子美低喃着，窥了几眼自己的伤口被包扎得完美无瑕，如同创可贴，只是在她的食指上做了个配饰。

“好了。”深邃的蓝眸目视着她，若有所思地询问，“大清早的来我厨房捣乱，黄鼠狼给鸡拜年吗？”

“什么嘛，我只是想过来做一顿给你品尝一下，然后再给阿斯送过去而已，谁知道你光环那么大，把我吓到了！”亚子美将受伤的手摆在半空中看了又看，漫不经心地回应。

又是给他……又想拿我做试验品。

“道玄斯好多了吗？”安默隐略带优雅地看了看她。

亚子美摇摇头：“鬼知道，昨天我要进去的时候，关翼一个劲地不给进，说他需要静养，简直搞笑！你就不觉得这个关翼一直在利用阿斯吗？因为每次阿斯出席，他就会有一大把钞票进口袋！”

“哦。”安默隐收了收医药箱，显然自己只是浅尝辄止地变相询问，听不到自己想要的话，深邃的蓝眸缓缓地暗了下来。

“对不起啊，这么早就来打扰你，还害你帮我处理伤口……”亚子美神情扭捏地赔笑道。

佣人端来两壶茶，安默隐优雅地接过，抿了一口才开口，柔软的声音如同暖风掠过：“不需要道歉。”

只是自己也习惯了亚子美这么莽撞地突然出现了。

“安少爷人真好。”亚子美拍起了马屁，甜甜地笑着，“莓铛一定会记得你的，我要是莓铛，我也会跟你在一起！”

这话虽然安默隐从其他人嘴里听了无数遍，可亚子美说出后听起来却独辟蹊径，让他格外舒心。

“你就那么喜欢道玄斯吗？”安默隐扭过头，温柔地注视着她。

说到这里，亚子美的脸色忽然红润起来，幸福地笑着：“喜欢，即便我知道他喜欢的人是莓铛，我也还是喜欢阿斯，就跟你喜欢莓铛是一样的，所以，我也会努力让道玄斯注意到我才行！”

“那我拭目以待。”安默隐温柔地说。

“我也很期待你和莓铛的婚礼！说真的，我以前还有点讨厌莓铛，自从知道你才是她真正的男朋友之后，我就觉得她好可爱！”

安默隐眯起晶眸，默默地听完亚子美就算说了几个小时也不会觉得口渴的话。

如果……如果他可以再快一点，再快一点与莓铛见面，也许道玄斯就不会出现在她面前了。

Chapter 12

只想一直守护洋娃娃主人

Part 1

百货超市里，莓铛精心挑选着晚上的食物，正在食品区冥思苦想着。她绞尽脑汁也猜不出道玄斯到底喜欢吃什么菜，一只可爱的小手轻握成拳放在唇上，明亮的双眸望了又望。

道玄斯在不远处翻了翻靠墙的书柜上的报纸，他佩戴着酷酷的黑色墨镜，一身黑色的宽松休闲男装被超市内的灯光映辉着，镀出他那洋溢着尊贵神秘的气势。

周围路过的女性都会被他这独有的身高与模特身材吸引，情不自禁地窥上几眼，才恋恋不舍地离开。

“道玄斯新任女朋友上位！欧阳家千金被选中！顶尖学霸不再孤单！”

暗黄色晶眸深沉，渐渐染起怒火。

该死！这都几百年前的事情了，只是吃个饭聊些学习方面的事情而已，什么女朋友新闻都出来了！

道玄斯愤怒地将报纸合上放回原处，迈开优雅的步伐思考着：“现在的媒体真是会炒作，幸好莓铛不喜欢看这种新闻，不然我跳进黄河都洗不清！”

“选好了？”道玄斯蹙着好看的眉头望了篮子里的东西一眼，一只手搂着她的肩膀询问着。

莓铛抬头望着他点点头，有些吃醋地瞄了一眼在不远处盯着道玄斯的女生。

她刻意地靠近道玄斯，让那群对道玄斯有想法的女生死心。

可就在她别过脸的那一刻，是他们！他们怎么可能会在这里？难道……已经到期了吗？他们来抓我了吗？不要！不要！

道玄斯的身体忽然被莓铛不轻不重地碰撞着，他低下头，就见莓铛将头埋在自己的胸脯，娇小的身体不禁颤抖着，似乎在害怕着什么。

“道玄斯……救我……”

道玄斯愕然地俯下身，凝视着怕得有些站不稳的莓铛。他没有问为什么，只是淡淡地回应：“别怕，有我在。”

他将她搂得更紧，带着她快速来到收银台买单，前面有两个人，道玄斯只好在后面排队，怀里的莓铛微微探出小脑袋四处张望着，随后发现了他们，吓得她花容失色，快速地将头埋在他的怀里。

“大哥，你买的这种绳子可靠吗？”

道玄斯后面的声音传入他耳中，他板着俊魅的容颜，没有回头。

这熟悉的声音更是让莓铛紧张到难以呼吸，一双小手紧紧地抓住道玄斯的衣角，生怕道玄斯会突然消失一般。

“废话，这么可爱的小女孩我可不能太用力，你说是不是？”A 男贼眉鼠眼地看了 B 男一眼，挥起手中一大捆的红色麻绳狡黠地笑着。

B 男笑了笑：“现在合同上的日期快到了，也不知道大佬那边记不记得这件事！”

“行了行了，就你心急！大佬都没你这么心急！”A 男急忙催促着，目光眺望到前面躺在自己男朋友怀里瑟瑟发抖的少女。

这娇小的体型怎么看都像他们要找的小铃铛，难不成就这么巧合吗？

他们可爱的小铃铛就在眼前？

道玄斯搂紧怀里害怕到心快要炸出来的莓铛，隔着墨镜微微扭过头，便见他们手里拿着红色坚固的麻绳，一捆透明胶，这是想干什么？

为什么莓铛会这么害怕，是害怕他们吗？

“倒是很期待小铃铛的出现呢！已经两年不见她了！”B 男开始怀念道。

小铃铛……这亲密的昵称跟莓铛的名字拼起来能吻合，这两只敢打我女朋友主意的东西！

道玄斯试图让自己冷静下来，带着莓铛付好款，而后离开。

A 男凝视着道玄斯怀里的少女，眼里放着光：“那男人抱着的女孩怎么越看越像我们可爱的小铃铛？”

B 男跟着目光一同望去，却找不到道玄斯在哪里，只好贼笑地回应：“你想小铃铛想疯了吧？”

道玄斯将莓铛放在自己车内，在莓铛哗啦流泪的时候，他俯下身将她拥进怀里。

“我知道他们在说你，你等我一会儿，不要害怕……乖。”

语毕，他快速地再次闯进超市收银台，只见两男付完款徐徐走来，他终于控制不住地冲上去！

只见道玄斯一个敏捷的转身，一击飞腿如同火箭般踹了上去，A 男顿时捧腹跪倒在地。他狰狞着丑陋的面孔，就连苦水都吐了出来。

B 男看到情况不对，下定决心拔腿就跑。道玄斯用余光扫到准备逃跑的人，冷哼一声，三两步就追了上去，直接使出一招华丽的过肩摔！

他毫无反抗之力，重重地被摔在墙上，全身的骨架都仿佛要散架似的发出脆脆的响声！

“哎哟痛！你有病啊？”A 男揉了揉自己的小腹，睁着如同老鼠般大小的眼睛对着道玄斯龇牙咧嘴！

“嫌轻？”道玄斯拿起他们掉在地上的红色麻绳，迅速地在他们身上捆绑着，弄得他们如同即将复活的连体木乃伊！

他闪着好看的晶眸，眸中喷发出的怒火压制了在场的所有人，很快，他启动电梯，拖着他们来到四十五层大厦天顶处。

“你你你！你要干什么？”A 男见事不妙，骨瘦如柴的身子微微往后怂了怂，心惊胆战地询问。

“小铃铛是谁？你们想对她干什么？不说，有你们好受的！”

道玄斯在身后威胁着这两个压根不会打架而且一碰就碎的青年！

A 男望着脚下的景色，吓得双腿软在地上，却又被道玄斯打直站了起来。

“莓莓——莓铛！莓铛就是我们的小铃铛！”B 男害怕道玄斯下一个对付他，紧张得脱口而出。

道玄斯沉默，怒视着他们畏畏缩缩的样子。

“莓铛她爸赌博欠了五百多万！还不起就拿自己的命和他女儿抵债！小铃铛自己也签字了！二十岁就嫁给我们大佬！现在我们大佬不在乎那点钱，要我们找到小铃铛，然后快速结婚！你是她什么人？”B男继续说道。

欠了五百万……用莓铛作为抵押，丢了性命还将莓铛拖下水……

不需要亲眼目睹当时的场景，只是听见这般话，他便痛入心骨，他凶猛得如同深渊走出来的猎豹般，一把将他们捆绑在露台边栏上！

“喂！你怎么说话不算话？快放开我们！我们大佬的地位可不是吹的！”

道玄厮冷眼凝视着，犹如要将他们凝固，许久，他无情地扯出冷笑：“那捆你们在这里还轻了！”

“喂！你不能这样子！你知道我们大佬是谁吗？”

道玄厮转过身，扔下那句如同恶魔般的誓言：“欺负我的女朋友就是与我作对！别让我再遇见你们！”

望着他离去的背影，两个男人开始讨论起来：

“现在的年轻人都喜欢模仿电视上那个道玄厮吗？”

“我不知道，但是这个男人把我打得动心了，我好像爱上那男人了怎么办？”B男腼腆地说着。

“滚！别恶心我！敢跟我们大佬抢老婆，这小子就算是十个道玄厮，我们也要对付！”

“别怕，我回来了……”道玄厮回到车内，就见莓铛害怕得蜷成一团，浑身颤抖得厉害，能听得见她恐惧乱躁的心。道玄厮上了车关上车门，将莓铛胆怯到发冷的身体裹在怀里。

熟悉的拥抱，温暖的胸怀，莓铛慢慢地从中回过神来，发抖得厉害的身躯也渐渐平复下来。

她阴暗的世界犹如拂起了一缕缕金色的阳光，那璀璨闪耀的光芒就像道玄厮眼眸里的钻石般美丽，一点一点地坠入她的心。

他给她的永远都是最舒心的安全感！

道玄厮……

Part 2

莓铛的呼吸沉重，夹着轻轻的哽咽，所有的恐惧与两年前的绝望在他温暖的怀抱中逐渐消失，泪珠滚滚地落下，滴滴滑过她苍白的脸颊，她伸出手紧紧地钩住他的脖颈。

道玄斯……我好想告诉你，我一直选择回避的过去……好想依赖你，却又害怕让你牵入其中……怎么办……我不想嫁给高庄……我想嫁给你……怎么办……道玄斯……要是知道了两年前的我，你会不会也一样厌恶我呢……好想继续喜欢你……一直喜欢下去……

所有的记忆崭新地浮现在她的脑海中！她痛恨当时的所有人！她痛恨这个叫高庄的男人！她痛恨这个世界的不公！她痛恨自己被抛弃！她痛恨自己生不如死！好可怕……真的好可怕……

那晚的画面从头到尾一直循环播放在莓铛的脑海中，她疼痛地摁紧自己的太阳穴，可头愈来愈痛！痛得她直觉得要裂掉般！

"道玄斯……不要走……不要离开我……我好害怕……真的好害怕……求你……"

那具发抖到感觉周围都在跟随摇晃的身体，那双颤抖得如同手舞足蹈的双手紧紧地拥着道玄斯，大颗大颗的泪珠涌出了眼眶，倾泻了下来，滚烫湿润地滑过她冰冷到没有任何血丝的精致小脸。

此时，她只需要再多说一句话，脸就会干裂。

她用柔软得令人心碎的声音哽咽着，带着哭腔，说出话来的那一刻，她只感到自己的心跳得十分猛烈！如同在鬼门关做垂死挣扎！好难受……

"我不走，我就在这里……莓铛……不要害怕……"沉厚性感的男性嗓音犹如魔法般拂入她忐忑不安的心扉。他紧紧地拥着她。

道玄斯明白，却不知道怎么安慰她，只是将她裹在怀里，俯下身吻了她的发丝一遍又一遍。

让她不再害怕，不再抗拒，就这样被他宽大温暖的胸怀包围，渐渐地，她停止了呜咽沉睡了下去。

“不管你过去发生了什么，你只需要记住你现在是我道玄斯最深爱的女朋友，如果你觉得这件事情自己藏在心中很痛苦，那就说出来，我身为男朋友，没有理由让你哭泣，有什么事情我会替你扛，所以……我不允许你害怕……因为，我在身边……”

他缓缓地开口向她承诺，璀璨的金眸拓映出莓铛恬睡的模样，眼角残留的泪痕令人十分怜惜。

黑纱布满密密麻麻的星斗，它们争先恐后地闪着最璀璨夺目的一面，在天穹中罗列着，浩瀚无垠。

夜晚凉凉的空气拂着微风，地上寥寥无几的人不禁多添了件外套。

道玄斯一刻也不敢入睡，那双在皎洁月光照射下的金黄色眼眸印出旁边的莓铛。她轻声哽咽着，瑟瑟发抖着蜷缩成一团，粉嫩的樱唇被牙齿紧咬着，一双细细弯弯的小眉头紧皱，绷紧着精致的小脸，一只小手紧紧地抓住道玄斯的衣裳，似乎害怕他离去。

她在害怕……连已经入睡的莓铛都能表现得这么害怕……如果我不在身边……现在的她是不是和以前一样？抱着洋娃娃蹲在角落默默哭泣？

道玄斯挪了挪身体，将她弯曲的身子掰直后裹进怀里。天气有点凉，莓铛的肌肤异常冰冷颤抖，他宠溺地靠近她，她低喃着什么，声音细小而动人。

他搂着她，抚摸着她的脑袋似乎在安慰，一双暗黄色的晶眸如同夜空的繁星般散发出璀璨的光芒，不失尊贵与高雅，带着一丝丝忧伤。

“道玄斯……我好害怕……”

那是莓铛第一次开口时对他说的话，那无助的美眸，绝望的小脸，小手紧拽着他的衣角，声音沙哑甜美却显可爱无比。

不需要她说出更多的话语，不需要她做出再多的举动，仅仅是这么一句话，便让道玄斯铭记在心。

“莓铛……我绝不会再让你受到伤害……你二十岁不会嫁给任何人，这辈子，你仅是我一个人的妻子！”

深沉厚重的磁性嗓音掠进莓铛的耳朵，如同一阵风，如同莓铛梦里的宣誓，即便听起来是不存在的誓言，可莓铛瑟瑟发抖的身躯却逐渐平静下来，她睡眼蒙眬地伸出小手搂着他的腰。

第二天的莓铛依旧故作什么都没发生，依然是那张面无表情的洋娃娃脸，不提昨天的事情，不想过去的事情。

也许是害怕道玄斯受到与她同等的伤害，她依然选择隐藏在心里，不让道玄斯发现。

从那时候开始，道玄斯一直陪伴在莓铛身边，他做她的家庭教师，做她的心理辅导师，只要他能为她做的，他一定会拼尽全力！

他十分满意地拿起试卷看了看莓铛的成绩，道玄斯目光发亮，绝美的唇瓣扬起一抹邪魅的肆笑：

“厉害了，不愧是我道玄斯的女朋友，成绩一下子就提高了二十分！”道玄斯拿着试卷看来看去，这次的考试成绩比之前的还要猛涨。真是让人惊叹不已！

莓铛露出甜美的笑容，脸上的红润如同含苞待放的花蕾，随后低下头继续拿起笔做题。

道玄斯明天就要在学院内开始给大家出题了，虽然这种事情不能泄露，可还是很期待，道玄斯会出怎么样的题来考大家。

对了……道玄斯也一定会参加舞会吧？这种贵族的舞会她才不稀罕呢，反正也没邀请她……不对……安少爷给她买了粉色礼裙，说她是他的女朋友，如果再与安默隐相见，道玄斯肯定又会吃醋。怎么办呢？

莓铛不安地嘟起嘴。

如果道玄斯参加舞会，他的舞伴一定有很多女生吧？

“道玄斯……”莓铛轻声呼唤着正得意洋洋望着她成绩的恶魔。

“嗯？”道玄斯抬起眸，应了声。

错觉吗？怎么感觉莓铛说话了？

“舞会……你去吗？”

道玄斯放下手里的试卷，两人中间隔着小桌板，他修长的手臂伸出，顺利地抚摸着她白皙无瑕的小脸，目光拓映出她羞涩惊讶的模样，凝视了一会儿，他淡淡地反问：“你去吗？”

莓铛沉默，许久，她摇摇头。

道玄斯笑了笑：“是害怕我在舞会太过引人注目才不想去的吗？”

莓铛被说到内心，她的脸更是红润。

“傻瓜，我都有你了，还能看上谁？”他抓起她长长的卷发吻了吻，继续说道：“除了你，没有人能再将我的心带走，所以，我家小傻瓜就不要在这方面去考验我的专情了。”

“你在哪我就在哪……”他深情地说。

“我……我也是……”细小的声音再次响起。

“嗯？”道玄斯抬起头，有些懵然地目视着羞涩的她。

突然间不知道怎么去跟道玄斯表达自己内心的爱，她红着脸拿起一张空白纸，在上面写着几个不大不小的字迹，她拿起来给道玄斯看的时候，道玄斯震惊地定格了好久——

“道玄斯，我只喜欢你。”

Part 3

白纸上的告白取代了她的声音，她端着遮挡住自己的脸，露出一双晶眸展示在道玄斯面前，那双晶莹剔透的美眸流露出她真正的感情。

这几个字蕴含了莓铛对道玄斯太多太多的爱，可她希望他不要再误会安默隐与她在一起，她内心真正喜欢的依然是道玄斯。

他……会不会觉得我很可笑？

莓铛有些急杵捣心。

“放下来。”道玄斯凝视着她的眼睛，命令着说。

莓铛显然有些听不懂。

“把纸放下来。”他详细地阐述一遍。

莓铛不明白却很听话地放下纸，猛然在她毫无预警的状态下，他霸道地扣住了她的后脑勺，将她搂进怀里。

“这种表白方式真是愚蠢至极，不过我很满意……”他淡淡地说，内心却洋溢着兴奋。

道玄斯的手机响起，来电的人是亚子美。

道玄斯阴鸷的晶眸死死地瞪着放在小桌板上响得无比洪亮的手机！

莓铛看见他愤怒无比的俊脸，有点想笑地弯起嘴角，她拍了拍他的肩膀，示意他去接。

道玄断黑着沉重的脸不舍地离开了莓铛，走过去接起了亚子美这不挑时间的电话！

“阿斷，我的手受伤了，疼死了……”不知道道玄斷情况的亚子美甩了甩被安默隐贴好创可贴的伤口，带着哭腔诉道。

道玄斷的脸越来越黑，他扭过头望了一眼莓铛，只见莓铛已经走进厨房。

“你打电话过来就是告诉我你受伤了？”道玄斷阴戾地审问道。

亚子美顿了顿：“干嘛？”

“你在哪里呀？关翼一直在派人找你，连我家都被翻个彻底，好在我有你这个手机号码，不然我都联系不上你呢！”亚子美吃了口哈密瓜说道。

这家伙！就这么担心我会被别人挖走吗？之前的大集团总裁想要挖掘我，我不照样看在关翼的面子上拒绝了吗？

道玄斷蹙着眉头揉了揉眉心，暗黄晶眸微微沉了几分，沉默许久，他才淡然地回应：“让他别担心，这几天别再来打扰我，我需要冷静一下。”

“哦，阿斷……后天就是舞会了，大家都很期待你的出现，晚礼服都准备好了吗？”亚子美看了看自己那天眼瞎选错码还剪掉了牌子的超贵晚礼服，一脸难过地关心道。

“到时候再说。”道玄斷不置可否。

电话很快被挂断，似乎道玄斷有什么重要的事情需要做一样，亚子美一脸嫌弃地看了看电话。

“子美姐姐，真的要借给我穿吗？这么贵的礼服……”九夏生怕把礼服摸脏，刻意用兰花指攥着，红着小脸低下头看了看这超级华丽的礼服，眼里满是欣喜，可知道亚子美喊她过来就是为了把这件礼服给她穿，方便她出席舞会，她别扭极了，弱弱地询问道。

亚子美绽开甜美的笑容走了过去，将礼服在她身上比划了一下，大小都合适，而亚子美当时太爱显摆都没试就买了下来，之后只能重新买了件。九夏看着挺小，亚子美穿不下的夜服适合九夏穿。

她勉强地咧开笑容说：“当然啦！我看看……很好看，一艾肯定很喜欢，瞬间就会被你吸引走的！到时候告白成功别忘了感谢我！”

“谢谢子美姐姐……”九夏听到一艾，小脸更是红得不知道怎么去感谢了，连忙鞠躬。

九夏是亚子美的高中同学，大学时两人还在一个学校，但不在一个班，九夏奇迹的与莓铛一个班级，本来九夏就对莓铛无感，却因为前段时间莓铛捡了一艾的卡包而对其产生了厌恶感，亚子美却不允许九夏对莓铛产生厌恶，因为莓铛是安默隐的女朋友。也算是帮安默隐盯紧他的女朋友吧，以后莓铛被欺负好向自己汇报！

正好九夏还没有挑选礼服，亚子美买的这么贵的礼服……真的可以借给她穿吗？

“不客气！反正我刷的是阿斯的卡，嘿嘿嘿！对了，你跟我重新选一下哪件礼服比较适合我……”亚子美笑哈哈地拿起平板电脑，在网页上面刷了又刷，挥手示意九夏过来……

翌日，莱恩德学院，道玄斯搂住莓铛的肩膀与她并肩而行，金色钻石般的晶眸情不自禁地打量着他看不腻的小脸，见她的脸被盯得越来越红，他绝美的薄唇邪魅地扬起一抹笑容：

“我觉得你应该在脖子上挂个牌子，牌子上就写‘道玄斯的女朋友’这么几个显眼的大字，这样……我不在身边的时候你就不会被欺负了。”

莓铛瞥了一眼在旁边乐滋滋的道玄斯，面无表情地垂着头，搂了搂怀里与莓铛的衣服颜色差不多的洋娃娃。

什么嘛……不过这几天她好高兴，因为道玄斯一直跟她住在一起，一起吃饭，一起补习功课，一起在阳台上看夕阳望星辰……

虽然每次都无法狠下心让他睡沙发，更何况道玄斯身体才刚刚恢复好，即便一起睡，他也不会对她做出什么过分的事情……

“好了，就送你到这里，我去一下办公室，今天开会可能会很晚才来找你，不允许你到处乱跑！”道玄斯放下手，魔掌扣住她的双肩，如同精雕细琢的深邃五官正严肃地面对着她，直直地命令道。

莓铛红着脸幸福地点点头。

“洋娃娃给我。”道玄斯盯着她怀里的洋娃娃许久，没经过她的同意便霸道地抢走捏在手心里，趁她想要夺回来靠近他的时候，他苦笑地弹了下她的额头。

“乖。”道玄斯满足地揉了揉她的脑袋，不舍地离开。

看着道玄斯离开的背影，她歪着脑袋冥思苦想着，一颗心正扑通扑通地狂跳。她忽然有点期待放学与道玄斯相遇了……

啊……我什么时候就这么想念道玄斯了？

就在她决定转过身的刹那，被另一股女音定住：

“莓铛？”九夏忽然跳出来，吓得莓铛脸色苍白！

她……她是谁？

莓铛不禁提心吊胆着。

“呃……你好，我是跟你同班的九夏！”望着莓铛十分害怕地后退了几步，九夏有些无奈地自我介绍，她显得十分尴尬，莓铛与她做了两年的同班同学，居然还不认识她。

同班同学？

莓铛恍惚地想着。

“你怎么现在才来学校？”

九夏回想起自己看到的粉色画面，心里羡慕嫉妒恨，明明莓铛忘记了安少爷，却还能跟道玄斯交往，真有魅力……可大多数觉得这种魅力是脚踏两条船的贬义。

Part 4

现在……应该不算很晚……

毕竟她一直以来就是这么晚才来的，加上今天道玄斯怎么都要让她再睡一会儿。

嗯……这个不算是借口吧？

莓铛呆呆地低下头冥思苦想着，似乎忘记了站在她面前观察了她许久的九夏。

中途去上厕所的九夏发现了道玄斯亲吻莓铛额头的一幕，眼珠瞪大得差一点掉在地上！

道玄斯的胆子真是太大了，居然敢在学院做出这种浪漫的事情！

九夏微微蹙着眉头打量着莓铛，长长的卷发用一个大蝴蝶结盘在腰后，微微地蓬松而显得时尚，稀稀疏疏的空气卷刘海下那双不敢抬头凝视任何人的清澈美眸，莱恩德学院的制服被她精心加工过，显得别具一格又不失原有的独特。

那精致得如同洋娃娃般的脸颊，吹弹可破的肌肤胜过白洁的雪，貌美如花，粉嫩的润唇微微抿着，长长的蝴蝶睫毛向下垂着，似乎她无论做出什么神情、怎么打扮都是带着仙子般甚至是天使般的温雅气质。

她的洋娃娃不在了，被道玄斯拿走了，所以失去了洋娃娃的小手遇见同学就会格外紧张。

九夏近距离地打量，才恍然大悟地明白了为什么莓铛会有那么多追求者，甚至疯狂到逼迫她、欺负她，女生们艳羡她、折磨她、羞辱她的原因。

都是这张美若天仙的脸害的，都是那含苞待放的羞涩性格害的。

自己班里居然还有这种女生。

九夏有些无语。虽然很理解她以前的遭遇，可是不必把所有人都想得那么坏吧？

现在她除了接近道玄斯，其他人都依然保持着安全的距离，害怕、胆怯、紧张全部涌进了莓铛的脑海中。

不管怎么说，亚子美说莓铛没有任何攻击力，也就是说，如果有人侵犯她的安全距离，她除了害怕也不会反抗。

“快点过来，班里好多同学都在玩好玩的游戏呢，等会儿我还想请你帮个忙！”她微笑着，抓起莓铛的手腕对着她抛了个媚眼，随后迅速地拖着她跑进教室。

“莓铛，你知道一艾吗？那个——就是一艾，之前你捡到了他卡包的那个男生！”九夏带着莓铛站在教室门口，指了指不远处正玩得不亦乐乎的一艾，脸颊上忽地染上一抹红潮。

莓铛微微抬起头，顺着她的手指望去，便见到那个时候的一艾同学。一艾气宇轩昂，如果学院没有安默隐，没有道玄斯，那么一艾绝对是莱恩德学院的校草！

教室内沸沸扬扬的一片，莓铛不大喜欢这种热闹的场合，因为自己与众人格格不入，也无法插入话题。

莓铛点点头。她认识一艾。

"我喜欢一艾，喜欢很久了！"九夏对着莓铛小声地袒露心扉。

九夏喜欢一艾？

莓铛的眼睛瞬间放着光，扭着头望着满脸绯红的九夏。

"嗯——嘻嘻——"随即九夏带着莓铛钻进人群，开朗地插入话题："来来来，玩抓小偷是不是？我带莓铛一起！"

"莓铛？"男生们见到莓铛被迫坐下，异口同声都喊出了她的名字。

班里的人认识她，似乎好多人都知道她……可是这个学院除了道玄斯亚子美安默隐，其他人的名字她根本就不知道，甚至分不清哪些是自己班里的同学……"没见过女生玩游戏？"见男生们一副好奇的模样，目光齐刷刷地盯着已经红透了脸的莓铛，九夏一脸瞧不起地挥了挥那群男生，没好气地审问。

一艾跟随众人的目光望去，就见在九夏身边畏畏缩缩的可爱少女。

是她。一艾记得这个不起眼的洋娃娃少女。

他望着她沉默。

男生们回过神，其中一名男生手里捏着牌。

游戏开始了——

"呃……那个……莓铛同学你知道这个游戏怎么玩吗？"A同学怪不好意思地问。

莓铛像被点了名一般可怕，她坐在别人的椅子上有些害怕被同学训，胆怯地点点头。

可谁知……她居然拿到了目击者的牌！

目击者牌上写着："一艾偷走了九夏的心。"

莓铛的脸更红了，她恍然大悟地抬起头扫了一眼，在这男生团里，最闪耀的一艾正一脸好奇地望着她。

这个……这个要怎么说啊？

"好，小偷偷完东西了，有谁发现自己的东西不见了吗？"A同学开始询问大家。

所有人都检查了一遍自己的物品，有几个男同学开玩笑地说了几句，最后九夏举起手——

"大人，我丢东西了！昨晚小偷偷了我的东西！"

一艾的脸色变了变。

莓铛望着有些紧张的九夏。一定要加油啊！

“九夏同学，你丢了什么？”A同学故作一副裁判员的模样演着，居高临下地望着九夏。

“我的爱心抱枕钥匙扣！”九夏拿起已经被小偷松开的钥匙扣摆在大家面前。

“那么请问谁是目击者？”A同学扫了一下大家，审问道。

莓铛默默地举起手，不敢看周围大家目瞪口呆的样子。

那只小手举起，只是这么一个动作，却仪态万千。

“好，那请问莓铛同学，你知道哪位市民是小偷吗？”A同学的心猛然跳动了一番，差一点陷入莓铛的爱河内。

所有人都屏住呼吸，等待莓铛开口。

莓铛伸出手，指了指英俊的一艾——

Part 5

“啊哈哈哈！一艾啊一艾！你居然敢偷女孩子的东西？真是不像话！自罚贴纸条到背上去！”所有人都哈哈大笑地起哄，随后都友好地拍打着一艾的背后。

一艾苦笑着认罚。

就在窗户对面，站着一道比童话中的样子还要尊贵华丽的高大身影，那深邃如同海洋般蓝色的晶眸默默地注视着莓铛的所有举止，他眯起眼眸，性感绝美的唇瓣微微扬起一抹似有若无的笑容，英俊的脸上满是柔情。

他的莓铛似乎开始愿意接受大家了呢。回想起那段时间将她搂在怀里的那种温暖，回想起那段时间她兴高采烈地提着爱心便当给他吃的那种温暖，回想起那段时间他总是趁她趴在课桌上偷偷亲吻她脸颊的那种温暖。

他还记得那一刻他无一不是在想着如何将她占为己有，如何娶她入门。

似乎那段时光只是一场美丽的梦。

没关系，这场梦能够实现。

莓铛，请相信我。很快我们就会在一起了。

安默隐注视着她脸上淡淡的笑容。几个男同学为了不让莓铛尴尬，只好选择无视她那倾国倾城的浅笑。

如果能够一辈子这样看着你，该多好——

他牵着温柔的笑容，迈开优雅的步伐离去。

“一艾，99分。”老师在讲台上发着试卷，严肃地说着。

“哇塞！一艾居然差一分就满分了！”教室内瞬间被炸开了锅，都在欢笑祝贺一艾。

一艾站起身，走到讲台拿走了自己的试卷，看着自己错误的地方，忽然一只小手抓了抓他的衣角。

他低下头，目光望向九夏。

“一艾很棒！”九夏对着一艾傻傻地笑着。

“谢谢！”一艾很欣慰地回应，随后回了自己的座位。

“九夏——”老师念了九夏的名字，吓得九夏脸色凝结住，惊慌失措地看着老师。

老师看了看分数，随后恢复一脸严肃：“39分。”

虽然分数蛮差的，但九夏还是兴高采烈地跳上去拿了试卷，一大堆的红色字她也不在乎。

随后的这个名字让老师冥思苦想了好久，最终还是选择念了出来，也不知道这个洋娃娃般的同学会不会走上讲台拿走自己的试卷……

“莓铛——”

声音响起如同施展的魔法，原本沸沸扬扬的教室瞬间鸦雀无声，同学们难以置信地望着老师。

莓铛被莫名点名，手脚不禁颤抖了一下，猛地抬起头，似乎刚回过神。

“97分！”

莓铛的心忽然“扑通扑通”地跳动着，脸颊瞬间红得厉害，风情万种的清澈美眸直直地盯着讲台上老师严肃的表情，情不自禁地站起来，缓缓地走上讲台。

“成绩不错，继续加油。”老师莫名地欣赏起莓铛来。

莓铛淡淡地接过试卷，对着老师鞠躬道谢后转身回到自己的座位。

是道玄厮……莓铛的内心十分激动。

是道玄斯……是他！是他这段时间一直努力地教她学习，是他这段时间坚持不懈的努力收获的劳动成果！

97分！是道玄斯和她的爱的见证！

教室内，莓铛逆光徐来，阳光从窗棂外照耀进来，穿透所有人，在莓铛身上点缀着，她好看的蕾丝边挥动着，微微折射，如同天使的羽翼般纯洁透明。

“切，作弊！”A女双手交叉在胸前，瞪着缓缓回课桌的莓铛。

“就是！一个经常旷课逃学的人还能考97分，估计是抄来的吧？”B女不悦地跟着说道。

莓铛选择无视她们的恼怒，坐回了座位，继续看试卷。

其他科目的成绩也跟着下来了，每一科的分数都在80分以上，她的内心激动得快要跳起来了！

好高的分数……道玄斯所说的那些方式真的好奏效！太好了，我再也不会拖班里后腿了！

不知道今天做便当时需不需要给道玄斯加餐呢?

嗯！给他加餐！

放学后，莓铛按照与道玄斯约好的地点来到天山湖休息椅上，天气微凉，衣着单薄的莓铛不禁打了个冷颤。

可即便如此，她还是热血沸腾地期待着道玄斯能够尽快出现。

不一会儿，油绿的环境中一具高大神秘的身躯，他深情地注视着可爱的莓铛，薄唇微微抿着，如同古希腊神话中的宙斯般迷人。

莓铛见到他的出现，放下便当小步跑了上去，双手钩住他的脖颈，娇小的身体紧紧地贴在他身上。

难得见莓铛这么主动地投怀送抱，大手揽住她的腰，让她更加靠近一点。

“这么主动……中奖了？”

道玄斯噙着一抹笑容，犹如玫瑰盛开般妖娆。他俯下身，绝美的唇习惯性地贴近她的耳垂，暗黄色的眼眸中无比宠溺。

莓铛兴高采烈地点点头，尖削的下巴搭在他的肩膀上。

“好。”道玄斯简单阐述着，忽然将她整个人扛了起来，带着她坐到休息椅上。

“说来听听，中了什么奖？”

莓铛从一旁拿出几张试卷摆在他面前，笑滋滋地望着他俊美的容颜。

“我就知道我家小莓铛不会让她的男朋友失望！”道玄斯望了一眼分数，随后继续盯着他百般不腻的娃娃脸。

莓铛笑得有些合不拢嘴，连忙拿起旁边的便当与她去食堂排队好久才买到的大鸡腿递给道玄斯。

“大鸡腿是今天给我的加餐吗？”道玄斯盯了一眼那美味至极的鸡腿，随后盯着她水润的樱唇，思索着什么。

莓铛点点头，将鸡腿递了过去，可道玄斯丝毫没有要接过来的样子。他注视着她，邪恶地牵着笑容说：

“你替我吃掉。”

鸡腿愣在半空中，莓铛懵了一会儿。

“笨蛋。”道玄斯苦笑，接过她的鸡腿后毫不犹豫地塞进她的嘴里，随后他懒懒地阐述着：“我不爱吃鸡腿，你替我吃掉。”

Chapter 13

见义勇为的亚子美

Part 1

莓铛的脸听到这里就更加地红了起来，她睁开可爱至极的双眸，眸中有着万种光彩，凝视着此时正偷笑的道玄斯。

笑……笑什么……

莓铛一脸无奈。

本来他这般霸道地在公众场合这样抱她，她还坐在他大腿上就已经够显眼的了。

还——还要这样跋扈地将鸡腿塞进她嘴里，真是让莓铛羞涩不已，直想找个窟窿钻进去。

可这种霸道而又带着温柔的暧昧举止却让她感到幸福澎湃。很微妙，很甜蜜，很不可思议。

自从与道玄斯交往之后，她好像确实也大胆了不少，今天被九夏带去玩的抓小偷游戏，如果她是很平常的女生，一定会噼哩啪啦地对着道玄斯分享个不停。

可是现在的自己，根本不会去表达当时那种热血沸腾的心情。

她晃了晃欢快的小脚，微微躺在他的怀中。

可想起前几天道玄斯还搂着亚子美，拿着她的便当，莓铛的心里难免有丝丝醋意。

“明天就是舞会了，所有人的注意力都集中在舞会上，要不我们偷偷溜出去逛街？”

如同钻石般璀璨迷人的晶眸盯着软玉温香的少女，道玄斯牵起一抹邪魅的笑容，伸出修长的手刮了刮她小巧的鼻梁，另一只手搂住她的腰，目光宠溺而柔和，声音磁性而诱人。

莓铛小小地琢磨了一会儿，那天被安默隐强行带去买了件华丽的礼裙，但是只要去跟他解释一下，估计——估计他不会生气的吧？

估计那件礼裙也是可以退款的吧？

嗯——为了道玄斯——为了自己最爱的道玄斯！

想到这里，又害怕安默隐伤心，莓铛只好唯唯诺诺地应了声：“嗯……”

“好！小莓铛最乖了！”道玄斯捏着她嫩嫩的脸蛋笑了笑。

逛街……算是和道玄斯的约会吗？那我……是不是跟其他女孩子一样，打扮得好看一点……

自己总是这么特殊的装扮真的没关系吗？

莓铛冥思苦想着，而道玄斯却吃起便当来，举止尊贵优雅。

安默隐温柔的俊脸上满是尴尬。

夏美欣板着精致魅惑的脸，那甜美的眼妆死死地瞪着亚子美，气得她耳朵连连冒烟：

“亚子美！别以为你有几分姿色就想攀上安少爷！我跟安少爷才是门当户对！你算哪根葱？”

“你胡说！安少爷明明是在跟我交往！哪还轮到你这千金小姐来作孽！你这么高贵的身价还跟我这根葱抢男人来了？真好笑！”

半路遇见夏美欣死挽着安默隐的手臂露出幸福的样子，实在让亚子美活生生地作呕。

见到安默隐一脸求救的模样，亚子美忽然有了一颗女侠的心，反正她的礼服钱还没有找到能帮她买单的对象呢！

她一鼓作气冲上前，推开了夏美欣，将安默隐放在自己身后。

安默隐默然地望着此时因为争夺自己而开启了嘴巴战争的夏美欣与亚子美。

深沉如同海洋之心般璀璨的晶眸落在亚子美的身上，他心平气和地站在她身后。

劝架还是不劝架？倒是很好奇亚子美这张能说会道的嘴能有多厉害。

“好哇！就算你是安少爷的女朋友还是什么的，我是他未娶过门的妻子，你就算是他的女朋友也顶多被他充足一下休闲的时间！”

夏美欣穿着粉色微微卷起来的泡泡裙，修身的束腰粉色绶带仿如妖娆的蛇般在她优美的曲线缠绕着，藕白修长的光滑大腿是一双华丽的水晶鞋，她白皙的脖颈上佩戴着不大不小的心形项链，闪着熠熠生辉的光泽。看起来好像是在为明天的舞会试妆穿衣。

可惜打扮得太像明星模特，根本看不出来她其实是个学生。

亚子美愣了愣。

夏美欣这么难对付的情敌，莓铛到时候要怎么应付？

不行，我得在莓铛回到安默隐身边之前把她赶走！

亚子美下定决心！

随即她理直气壮地抬头挺胸：“啊呸！我告诉你啊，我天天跟安少爷黏在一起，形影不离，安少爷还天天在我耳边说他爱的是我！”

旁边的安默隐尴尬地望着亚子美信誓旦旦的样子。

“你敢跟本小姐顶嘴？就算你真心爱安少爷，可喜欢他的女生多了去了！我这个未过门的妻子，唉，真是悲哀！”

夏美欣叹气了声，企图让亚子美死心，可谁知她不仅不退让，反而火上添油。她回到安默隐身边故意腻在他的手臂上，如同撒娇的小猫咪：

“亲爱的，怎么老是有人喜欢你呀？我不要你为我着想了，把我们的恋情公开出去吧？”

安默隐一阵苦笑，笑而不语。

“亚子美！你！”

夏美欣气急败坏地瞪着亚子美，眼珠都快要瞪出来了！

“我什么我？看见没有？啊？看见没有？”亚子美鼓起平坦的小腹，随后一脸得意洋洋地显摆在她面前：

“需要我拿B超给你看看吗？夏美欣小姐！”

这句话如同滔天巨浪、震聋发聩的雷电与汹涌的海水，一同滚进夏美欣的脑子！

她精致的小脸上看不出任何血色，牙齿紧紧地咬着，双手紧握成拳在颤颤发抖。似乎害怕这一切都是真的！她已经失去了道玄斯！不能再失去安默隐！亚子美！想变成像莓铛那样的下场是吗？真有豹子胆！

Part 2

亚子美盛气凌人地抬起下颌，雪亮的双眸睥睨着夏美欣，此时她的脸就像变色龙一样，瞬间五颜六色，有些难以置信地死死盯着亚子美的肚子。

可怜的亚子美还得故意撑起平坦的肚子，以前拼命为了道玄斯练成了蛇腰，现在蛇腰差不多达到了，她却在拼命假装一个怀孕不久的美少女孕妇！

“安安安——安少爷——”夏美欣显然被这句话给迷糊住了，结结巴巴都喊不出安默隐的名字了，目光水汪汪地投向安默隐。

如果亚子美说的是假的，那为什么她身后的安少爷依然是一副温柔的样子？

为什么安少爷总是那么让人动心？

我好不容易从道玄斯的爱河中跳出来，不小心坠入安默隐的深渊，现在……却要这样对待我！

不能输！绝对不能输！

“嗯？”安默隐微微抬起眸凝视了夏美欣一会儿。

“她……她说的……是真的吗？”夏美欣刚才面对亚子美还凶巴巴的，现在瞬间小鸟依人起来，畏畏缩缩地低下头，似乎在羞涩。

这可怕的画面简直让亚子美作呕！

亚子美微笑地扭过头，背对着夏美欣使劲地向安默隐眨眼睛！眨眼睛！再眨眼睛！

“亲爱的，我们很快就有小宝宝啦！我看过医生了，四胞胎哦！”亚子美边眨眼睛边兴奋地宣布道。

原本就有些尴尬的安默隐，脸色更难看了！

林文管家在不远处恰好听到了亚子美的话，又听这四胞胎，林文努力让自己憋着笑，尽量不笑出声。

安默隐不禁绽开了笑容，如同夜里璀璨的繁星。

“亚子美，你搞笑呢？”夏美欣蹙着眉头扭过来疑问着，一脸不相信，甚至厌恶地看着亚子美。

亚子美皮笑肉不笑地理直气壮，心虚又信誓旦旦：“怎么？你是怀疑我们安少爷吗？”

安默隐淡淡地注视着亚子美潇洒的背影，骨子里的自信给了她一张永远怼不动的嘴，真是拿她没办法。

这种事都能说出来。不知道撒谎可是需要做各种事情来圆的吗？真是让人头疼的亚子美……

“也不是怀疑，安少爷，这是真的吗？”夏美欣楚楚可怜地再次注视着安默隐。

安默隐温柔地笑着，顺其自然地配合着亚子美，将她搂在怀里，声音温柔却字字如同魔鬼般吞噬着夏美欣：

“嗯，是真的，我回国的第一天，便爱上亚子美了，这也是我为什么那个时候没有参与家庭联婚晚餐的原因。”

听到这里，亚子美嘚瑟得鼻子翘上了天！

“安少爷——”夏美欣犹如受到了打击，两眼泪汪汪地注视着眼前这对鸳鸯。

“呵！恭喜。”

这声音……亚子美嘚瑟的表情瞬间跨了下来，渐渐变成了僵硬，渐渐变成了无助，她的嘴渐渐张大，不敢相信自己的耳朵。

这磁性的声音，让她心跳的声音——不是道玄斯的吗？

糟了！道玄斯刚好听见了安默隐的那句话，不可思议地走上前祝贺道。

“你们两个在一起了？”

没想到……安默隐居然和亚子美交往了，自己还对此不知情。

“道玄斯王子！呜呜呜！亚子美抢婚！她还怀了安少爷的四胞胎！”

见到身后如同帝王般存在的道玄斯，夏美欣控制不住地扑过去，靠在他宽大的怀中。

道玄斯低下头，冷默地凝视着投怀送抱的夏美欣，他忽然感应到夏美欣居然在向自己撒娇。他立即反感地蹙起眉头推开了她，举止鲁莽但不失优雅。

“四胞胎？”道玄斯一阵苦笑地迈步走过来，如同舞台上的男模，深沉的黄眸盯着亚子美平坦的肚子，随即扭过头对着安默隐拍了拍肩膀，赞叹道：

“可以啊安默隐，这下我们的男人婆总算有归宿了！”

亚子美的头缓缓地垂了下来，开始沉默，开始寻找什么方式让道玄斯相信她是爱他道玄斯的，从始至终，没有改变过……

安默隐望着忽然垂头丧气的亚子美，深邃的蓝眸中划过一丝涟漪，他温柔地对道玄斯继续弥补了这个谎言：“谢谢。”

“呵呵。”道玄斯笑了笑，从口袋抽出莓铛的洋娃娃。

安默隐温柔地蹙眉。

又拿莓铛的洋娃娃，不是说莓铛没有洋娃娃就会很害怕吗？

“它今天打扮得怎么样？”道玄斯拿起头发凌乱、衣衫不整的洋娃娃笑眯眯地询问道。

“呃……很好看……”安默隐凝视了洋娃娃一会儿，柔声回应。

“那就好，我还怕莓铛会不高兴呢！刚才有个小朋友趁我忙的时候抢走了洋娃娃，把洋娃娃的衣服头发扯得乱糟糟的，要是让莓铛知道，肯定不会让我带娃娃了。”

道玄斯摸了摸洋娃娃的头，将它搂在怀里，路过亚子美的时候，挡住了亚子美的光线，殷红的唇微微扬起，他用带有威胁的语气叮嘱说：

“现在亚子美可是孕妇，安少爷得多派人照顾，哪天找个机会跟你父亲商量这件事。”

Part 3

“会的……”安默隐温柔地搂了搂亚子美的肩，似乎在安慰她受伤的心，温暖的声音拂起，如同一股暖心的治愈术，一点一点地钻进亚子美的心脏。

亚子美这才鼓起勇气凝望着道玄斯渐行渐远的身影，小嘴抿着，目光在他消失的时候空洞了下来。

谁能告诉她，她该怎么办？

“放心吧，到时候我会帮忙解释的。”安默隐低下头，温柔地安慰道，下一秒，深邃如妖娆的蓝色妖姬的晶眸泛起涟漪，面色柔和让人舒心：

“现在……你只需要‘养胎’……就可以了。”

亚子美咬牙切齿，到底还是平复了下来。

道玄斯离开了莱恩德学院，开车来到市中心，那里有一间洋娃娃店铺，那天他与关翼路过的时候偶然发现的，里面是无处不在的洋娃娃和小衣服。

莓铛一定不知道这里，因为里面的洋娃娃与她的洋娃娃不是同一款，加上莓铛走路都是低着头，更不会与人交际。突然好奇她那些哥特式洛丽塔衣装是哪里买的。

他若有所思地停好车，目光凝视着正在营业的娃娃店，随后戴上墨镜，手里攥着洋娃娃便优雅地下了车。

“先生您好，需要看什么款式的洋娃娃呢？”服务员毕恭毕敬地走上前询问道。

道玄斯环视着周围满满的少女系哥特式洋装娃娃风小屋，唇角不禁勾起，只是轻轻地微笑，却轻而易举地将服务员的心成功蛊惑！

这里的商品琳琅满目、丰富多彩、美不胜收，甚至有些洋娃娃比莓铛的洋娃娃还要可爱，还要华丽，可是对道玄斯来说，缺少了某种东西。

大概是觉得陌生吧，洋娃娃跟随莓铛已久，怎么看都觉得跟莓铛很像。

服务员望向他怀里的洋娃娃，可这男人的气场却压住了她，害怕得罪，服务员战战兢兢地询问道：“先生……是给洋娃娃挑选衣服的吗？还是……”

“将这里所有适合这个洋娃娃的小衣服、小鞋子、小发饰都给我包装好，颜色不要黑色、灰色这些暗色系。”道玄斯凝视了一眼头发乱糟糟的洋娃娃，冷漠地命令道，似乎想到了什么，他将洋娃娃递给了服务员：“顺便把它的头发梳理好，换件衣服。”

“好的，先生请稍等！”

服务员接过，看了一眼晶莹剔透的洋娃娃，随后兴高采烈地在店里四处奔波，包装好适合洋娃娃的所有衣服。

“先生，已经都给您包装好了，洋娃娃也已经给您打扮好了！”

服务员掐着嗓子温柔地说道，将大包小包递到道玄斯面前，将已经打扮好的洋娃娃拿了出来，瞬间让道玄斯眼前一亮！

短短的黄色卷发侧束着大大的蝴蝶结，可爱的脸颊上涂抹着淡淡的红腮，犹如晚霞上通红的云朵，那细细弯弯的小眉毛可爱地刻画着，一双大大的眼睛炯炯有神地注视着他，小巧的鼻梁如同粉嫩蔷薇花般的湿润小嘴。

它身穿披肩洋装风格的连衣裙，从锁骨一层又一层的蕾丝材质流苏而下，直至小腿，以粉色为主的布料，衣料上是纯手工的蔷薇花印，脖子的红色小绳，小小的可爱小手，似乎想要伸出手，想要道玄斯抱抱它。

好……好可爱……好像莓铛……迷你版的莓铛……

道玄斯盯着洋娃娃入神，眼前好似莓铛浮现，微笑地望着他。

他缓缓地伸出手，轻轻地将洋娃娃接了过来，举止非常温柔，小心翼翼，似乎害怕把它弄碎。

“先生对这个打扮满意吗？”服务员笑嘻嘻地询问道。

道玄斯很满意地勾唇：“你很不错。”

“谢谢先生的谬赞！”服务员激动得快要飞起来了，不敢相信美男会这样对她说话，要是现在能录音就好了！她日夜都会拿出来听！

道玄斯付完款后走了出来，只是一抬头，便见关翼双手双腿交叠地靠在他的车门前，手指有节奏地敲打着，面有愠色地怒视着他。

道玄斯沉默，越过他直接打开车门，关翼也跟随着愤怒地坐在副驾驶的座位上。

“道玄斯，现在不是你要孩子气的时候！”关翼坐在副驾驶没三秒便直入话题。

道玄斯显然不想听，他启动车子，冷冷地回应：“我已经不是小孩了，比赛我会参加，给我点时间。”

他还什么都没准备好，没有勇气告诉莓铛，多少次他想带着她远走高飞，却因身份而碾压着。

“你不听是不是？”关翼瞥了一眼他口袋的洋娃娃，似乎想到了什么：“就这么舍不得这洋娃娃的主人吗？”

道玄斯目中无人。

“道玄斯，你只适合跟知识打交道，异性这种生物你最好不要接触！”关翼无奈，英雄难过美人关，道玄斯居然掉入这个坎了，他该怎么去将道玄斯从中救出来？

“她叫莓铛是吗？”关翼有兴致地看着他，随后继续说了下去：

“两年前，莓铛可是安默隐少爷的独家专宠少女，两人甜蜜相爱，周围人羡慕又嫉妒……”

这句话彻底让道玄斯控制不住地猛然一抖，车子直冲拐角开去，吓得其他司机毛骨悚然地大骂。

这句话果然奏效。关翼满意地勾唇，继续说下去：“安默隐从法国回来想跟莓铛和好如初，没想到现在莓铛却攀上你这么一个大人物，确实很有一手！可是没办法，安默隐还是很疼爱小莓铛，我倒是很想见见，你们两人争着宠爱的莓铛是什么样子。也许我也会陷入美人谷内无法自拔呢！”

两年前……莓铛与安默隐……恋情……他不信……

回想起今天亚子美信誓旦旦地说她怀了安默隐的孩子，安默隐也承认与亚子美的关系。赤裸裸的事实摆在那里！到底为什么还想要诬陷莓铛！难道是因为我道玄斯太过引人注目了吗？

Part 4

“关大总裁，要我再跟你说一遍吗？”

红灯的时候，道玄斯停了下来，暗黄色晶眸睥睨着急迫想要答案的关翼，此时他散发出无比冰冷的气势，薄唇微启，冷漠如寒。

关翼皱着眉头望着他。

“就算你说莓铛与很多人交往过，我也绝对不会放弃，任何人也别想将我们分开，但凡谁敢拆散，就别怪我不客气，你也不例外！”

从他见到她傻傻地祭拜他照片的那一刻，他就动心了，他就在乎了，他就有了想要保护的恋人。

心动，是从她不交流的时候一点一滴地累积起来的，存储在道玄斯心脏内的粉色爱情是莓铛每一处的温暖。

翌日，如同道玄斯所说的，亚子美身边莫名跟随了一位女佣和两名体格健硕的保镖，与她形影不离。亚子美因此愤怒不已，内心各种咒骂安默隐。

“亚小姐，不能吃辣条，对肚子里的四个胎儿不好！”

女佣可是受过培训的最年轻的月嫂，她看着亚子美一只手抓着一大把的辣条，一副迫不及待想要吞入肚子的模样，吓得女佣忙惊慌失措地细心提醒道。

亚子美还没有来得及入嘴的辣条挂在半空中，白了女佣一眼，到底还是忍住怒火将美味的辣条放了下来。

“亚小姐，香水不能喷太浓哦，对四个胎儿不好！”女佣望着亚子美房间内各种各样的花式香水，香气挣扎地攀比着，细心叮嘱道。

“亚小姐，不能吃冰冷的东西啊！冰激凌和雪糕这些都不能吃哦，对四个胎儿不好！”

女佣将亚子美冰箱内所有冰冷的食品都扔了出来，柔声细心地继续叮嘱道。

“咦？亚小姐现在不能穿修身的衣服了哦，这个束腰的裙子对四个胎儿不好，咱先收起来，生完孩子之后再束腰，不管亚小姐怎么样，安少爷都会深深地宠爱亚小姐的哟！”

女佣看着亚子美当年减肥练蛇腰专用的几种重口味快速闪腰瘦腰道具，有些尴尬，努力地柔声说道。

亚子美愤怒地从轮椅上站了起来，双手叉腰，一脸不满地指责：

“我不生了！这也不行那也不行！这也不能吃，高跟鞋还不能穿！要命的是妆还不能化！我怀的是金吒哪吒木吒水吒吗？”

显然被亚子美这火爆脾气吓得不轻，女佣顿时脸色苍白，见到未来的少奶奶生气，紧张得女佣连忙道歉：“亚小姐别生气，这些都是安氏家族的传统规矩，也是每一个准妈妈应该知道的常识。”

本来好心帮安默隐赶走夏美欣，心直口快地说了这么一个怀孕的套路，没想到自己挖坑还要自己埋！

现在好了，所有人都把她当作孕妇，这件事能隐瞒多久？难不成还要塞个篮球进肚子吗？

她气鼓鼓地叉腰，大口大口地喘着气，虽然话是自己讲出来的，可是安默隐不用演得这么好吧！

虽然也在生他的气，却拿安默隐一点办法也没有，别人也在配合她演戏呢！更何况人家还是豪门贵族大少爷，论起谎言，他最终要承受的比她还多！

现在就连背个书包都是保镖拿着，她步行走路不到五分钟就被两个保镖手把手抬起，人肉花轿一样扛着走。

亚子美总感觉自己好像得了什么瘟疫一样，学生们的异样眼光齐刷刷地窥着她。

现在吃的每一份食品都是闪瞎眼的美味佳肴，简直就是少奶奶应该享有的富裕生活！

亚子美冥思苦想着，自己什么时候变得这么宝贝了？这样侵占莓铛应享有的生活，真的好吗？

今天晚上七点钟就是舞会了，也不知道阿斯会不会去，他肯定会带着莓铛，只不过，阿斯……真的不在乎莓铛的过去吗？

“亚小姐，差不多可以了，泡得再久对胎儿不好哦！”门外传来女佣的叮嘱声。

亚子美不耐烦地丢了一个白眼：“知——道——了！”

亚子美愤怒地站起身，裹好浴巾。

此时的安默隐却因为亚子美的谎言而遭受父亲的惩罚。

“啪——”一记耳光利落地印在安默隐的脸上，发出碰撞的响声！

被校长命令在不远处待着的林文见到老爷这般狠毒，心疼地想要迈步走到安少爷身边扶着他，却停了下来，慈祥地望着可怜的安默隐。

“混账！”校长七窍生烟地瞪着安默隐怒吼着。他伸出手指凶狠地指着安默隐俊美的脸庞，眼珠气得快要崩出来，整个五官都在狰狞着，如同凶猛愤怒的野兽：

“你不喜欢夏美欣就跟亚子美搅和在一起了？还四胞胎！好你个安默隐！不知道你是安氏家族的大少爷吗？”

深邃的蓝眸微微凝视着金光闪闪的地板，绝美的唇瓣抿成一条性感的线条，头垂着，不言不语，不解释也不直视。

他确实对夏美欣有着骨子里的厌恶与憎恨，他也清楚当年侮辱莓铛的人是夏美欣，他也压根儿就不想和夏美欣在一起。

亚子美的介入算是拯救了安默隐与莓铛。起码，莓铛现在是安全的。想到这里，唇角不禁勾起。

“你知道夏氏集团对我们安氏家族来说有多重要吗？就算你对夏美欣没

有感情也好，看在职场上你就不能成全父亲吗？混账！”

“啪——”又一记耳光重重地落在安默隐脸上，这一次他俊美的侧脸有着深深的巴掌痕印。

“少爷——”林文终究心疼地快步走上来看了看安默隐的脸颊，瞬间对着校长请求：“老爷，少爷知道错了，会处理好这件事的！”

本来因安默隐的事情就在气头上的校长听到了林文的声音，扫了林文一眼：“这里有你的事吗？我让你好好照顾少爷你居然给我照顾成这副模样！让我以后怎么信任你？林文，你真该回老家退休了！”

“跟林文没关系。”如同天使般的温柔嗓音拂起，没有带着一丝疼痛的吟声。他望了一眼林文，与他对视，示意让林文回到刚才的位置。

林文想了想，紧张地退了几步，忐忑不安地望着校长从墙上拿出骑马用的鞭子，气势汹汹地对着安默隐走来。

从门外拿着文件要提交给校长的道玄斯准备打开校长室大门的刹那，却被门内洪亮的声音制止了——

Part 5

他忽然停了下来，整个人僵硬在那里，暗黄的晶眸幽深神秘，显得空灵梦幻无比。

“两年前莓铛承受的伤害还不够吗？学校传遍了莓铛和高庄的事情，整个莱恩德学院的校风都被莓铛破坏了！好！你跪下祈求我放过她，我已经给足你面子不开除她，还压制了那些丢人的事情，对一个不良的学生你怎么就不死心？现在好了，莓铛迷惑了道玄斯，你居然跟亚子美在一起了！当初与夏美欣联婚之前，你为什么不事先告诉我？现在你让老子的脸往哪搁？上衣给我脱掉跪下！”

听到后面那句，林文吓得腿马上软了下来，着急地祈求道：“老爷，少爷知道错了！少爷知道错了！打不得啊！”

安默隐无视林文，只是安静地转过身，洁白的衬衫扣一个一个地解开，露出他健硕的身材，随即双膝跪在地上，手背上清晰可见的青筋暴起，优雅地放在大腿上，却不失他王子般的气质。

“嗖——”鞭子在空中发出火箭般炽热的锋利声音，随后重重地打在安默隐背上！

他忽然闭上好看的眼眸，脸色微微变了变，可很快恢复平静。

随后又是一记鞭子如同电闪雷鸣汹涌地向他身上刺去！

“啊！老爷！打不得打不得！我求求你！少爷快跟老爷说啊！”林文看着安默隐着急地喊道。

好看的晶眸依然紧闭着。背上的鞭痕烙出血迹，滴滴流淌。

很疼……可回想起两年前莓铛受到的创伤，真的比此刻更疼，他的心便有了无限的温柔与愧疚感。

“我让你回国就是跟莓铛和好的吗？别做梦了！她已经把你忘得干干净净！你还对她痴情！真是想气死我对吗——”校长一字一句地咬着牙齿瞪着眼睛咆哮道，声音铿锵有力，震耳欲聋！

安默隐蹙着眉头，脸色变得苍白，可他在强忍着，林文知道他很痛，每一次被老爷打，他从来不解释。

林文吓哭了，自己在一旁哭诉着求饶，然而对校长并不起作用。

莓铛……都是我的错，如果当初我能够相信莓铛，那么事情就不会变成这样。

是我的错，是我不好……怪我……

如同深海的蓝眸充满无限忧伤。

“父亲……请你成全！”安默隐痛得直不起腰，可他如同海洋之心的蓝眸却异常认真，声音温柔而有力量。

校长愤怒地望着安默隐：“你还不知错吗？还要继续犯两年前的错吗？”

他口中的成全是成全他与亚子美在一起结婚生子，可安默隐口中的成全是他与莓铛重逢。

“哼！”校长到底还是心软了下来，将鞭子狠狠地砸在地上，往另一道门拂袖而去。

“少爷！少爷！少爷你没事吧？”林文小心翼翼地扶起安默隐，就见他背上可怕得令人不忍直视，林文最终心疼得落下眼泪，苍老的声音颤抖着，生怕安默隐出事。

“莓铛……”柔软的嗓音轻轻呼唤着他心爱的名字，他昏昏沉沉。

“少爷，我们现在不提莓小姐了，得赶紧给你治疗才行！莓小姐会回到少爷身边的！少爷放心！”林文扶起已经长大了变得沉重的安默隐，一步一步地站了起来。

道玄断感应到林文走来，便迅速地扭头离开。

听到这些对话的道玄断惊讶不已，没想到还有这种对话，两年前的事情？

是她与安默隐交往的时候发生的吗？莓铛……为什么不肯告诉我？所有人都知道这件事吗？如果莓铛想起安默隐，会不会抛弃我？莓铛……两年前……你到底发生了什么……告诉我……

半弧形的旋转阶梯延伸至三层的大房门，房间内微弱的光线如同海洋般绝美的流苏水晶灯一条条地悬挂在天花板上。

安默隐在柔软的大床上静静地躺着，如受伤的王子，颀长的身躯半裸着，露出背部！密密麻麻的鞭痕深深地烙印着，找不出一块完好无损的皮肤。

安默隐的身躯轻轻颤抖着，一滴又一滴汗水从俊美的脸上滑过，鞭痕的疼痛感正酥麻着他的每一根神经。

“少爷，你忍着点……”林文从药房拿药箱走了进来，打开药箱开始为安默隐涂抹擦药，小心翼翼，手法成熟。

当药水浸湿在他的伤口上，修长的手猛地紧握成拳，药水如同一根根锐利的针线，深深地刺入他受伤的部位。

安默隐紧蹙着眉，忍着痛苦，最终还是忍住不发出声音。

林文管家细心地继续给他涂抹着，动作非常轻，少爷好像不动了，分不清是痛到晕过去还是麻木到犯困熟睡过去。

今晚的舞会，少爷是去不成了。

他扭过头，便望见书柜上美丽的粉色礼裙包装盒。

那是安默隐与莓铛一起挑选的，那个时候的画面，他们就像以前一样，要是莓小姐能够记得少爷该多好啊，起码少爷受的委屈都值得……

林文忽然感觉自己的腰很痛，他伸出手揉了揉，原来是自己今天也挨了一鞭，这一鞭够他疼一辈子了，那么少爷承受的……岂不是生不如死？

望着痛苦忧伤的少爷，林文异常心疼，继续为他上着药。而毫不知情的亚子美偏偏在一楼大客厅喧嚷咆哮！

“我不管！让安默隐下来！我可是未来的少奶奶！你们要是识趣就帮我把安默隐那混蛋叫下来！”亚子美河东狮吼，嗓音震天，她略带几分娇气地推开想要阻止她前行的佣人，气势汹汹地爬上了旋转楼梯。

“亚小姐，少爷现在受了重伤，正在修养呢！亚小姐别激动！”

见林文扛着受伤的安默隐进门时，所有人都吓得脸色苍白，急急忙忙将安默隐治疗好，但是安默隐只允许林文给他涂抹擦药，拒绝医生。

“受伤？怎么不把他挂掉？看来我亚子美得帮他一把！”亚子美恼怒地挽起袖子，一副要打架的模样，扭过头咒骂着。

天哪！居然敢这样说安少爷！

几个女佣瞬间凝固，面面相觑。

“他要是不出来，我就从这里跳下去！”亚子美趁几个女佣发愣，冲上楼梯顶层，不顾一切地推开安默隐的房门——

只见林文正在给安默隐上药，见到门突然被打开，吓了他一大跳！

亚子美忽然沉默，呆呆地凝视着昏迷在床上的安默隐。

她抬起脚步，轻轻地走了过去。壮观的伤痕被药覆盖了一半，却让人惊悚，那不是一般的人能够承受的。

为什么他会被打？该不会是因为我才会被打的吧？这也太狠了吧！

“他……他怎么样了？”亚子美走到林文身边，双手紧紧地相拥着，顿了顿，心疼地询问。

林文深深地叹息着，脸上充满忧伤。他取出纱布，亚子美主动帮他的忙，扶起安默隐，他的头躺在她怀里。

鼻翼间是陌生的清香，不是蔷薇的气息。

Chapter 14

罗亚帝国的舞会

Part 1

嗯……是茉莉……清雅的茉莉……不是莓铛的蔷薇……是谁……

修长的睫毛微微一颤，想要睁开眼睛，却好像被人控制一般，只是感觉少女的怀抱异常的温暖。他艰难地伸出手，环住了她的蛇腰，手臂微微收紧。他安心地再次昏迷过去。

背面很痛，只要他微微做出动作，伤口就好像裂开一样。

亚子美感觉到安默隐躺在她的怀里入睡，恬美宁静的模样如同小孩子般贪婪，却让亚子美此刻的心猛然跃动着。

林文绑好了纱布，给他穿上宽松的睡衣，望了一眼抱着安默隐的亚子美。

“林文……是我害安默隐变成这样的吗？”亚子美紧张到快要哭了，泪珠在眼眶内打滚，她微微颤抖的手将安默隐的头更往她怀里靠。

林文沉默一会儿，不置可否：

“少爷从学院受伤过来的，老爷也只是没有太过明白，而少爷也不想解释事情的因果，导致老爷大发雷霆。”

“什么？”亚子美恍然大悟地瞪大眼睛，泪珠猛然滴落，滑过她的下巴，划过安默隐温热的俊脸。

“是……校长知道了我怀那个的事情吗？”

林文心疼地点点头。

“笨蛋！”得到了自己最不想要的答案的亚子美忽然吼了起来，她甜美的声音沙哑，伸出手拔了拔安默隐的发丝，哭道：

“笨蛋安默隐！活该你变成这样！为什么不解释？”

震耳欲聋的声音成功吵到昏迷的安默隐。他温柔地轻吟着什么，眉头紧蹙，手臂越发收紧，在亚子美身上找了个舒服的地方，如同受伤的小猫一样蹭了蹭，随后安心地沉睡着。

“你放心！我亚子美会替你报仇的！无论如何，我也绝对不会让校长白白这样对你！笨蛋安默隐！你就是一头懒得说话的猪知道吗？”亚子美大声嚷着，可怀里的王子却置之不理。

她明白，此时的安默隐，最需要的不是她……而是莓铛……如果莓铛在……安默隐一定会很开心的……

亚子美放开安默隐，跑回了莱恩德学院。

放学后的莓铛在约定的地点等待道玄斯，她突然觉得脸色有些红，伸出手摸了摸——

为什么每次跟道玄斯在一起就会脸红？心跳就会加速？

她扭过头的瞬间，眼眸映出亚子美哭过的憔悴脸庞。

亚……亚子美？她来干什么……

道玄斯不在身边，洋娃娃也不在身边，莓铛不禁失去了安全感，害怕了起来。

“莓铛，我请你滚回安默隐的身边！”铿锵有力的甜美嗓音带着愤怒汹涌地向莓铛袭来！

莓铛的身躯不禁被这声音颤抖着，战战兢兢地扭过头，便见她匆匆地跑了过来，犹如见到了活宝般，四目相对，两双清澈明净的眼眸相互印出对方的模样，一个懵然，一个气喘吁吁。

“安默隐是你两年前喜欢的人！”亚子美调整了一下呼吸，以她能听得懂和最快的语气说着，企图让她在此时此刻就笃信。

莓铛睁大晶眸，惊耳骇目、难以置信地后退了几步，一双白皙嫩滑的小手微微打颤。

“你可以否定，可你不能否定的是你给安默隐带来的伤害！我知道两年前的你很痛苦，我知道两年前我袖手旁观很残忍！可我知道，安默隐对你的心——从两年前到现在，一直不变！”

亚子美快要崩溃了，第一次对这个洋娃娃般的少女说这些听起来很肉麻的话，可是她真的能听得懂吗？怎么感觉自己在对牛弹琴？

莓铛惊讶地凝视着焦急的亚子美，她瞳孔里的认真，绷紧的甜美容颜，一切的一切都在告诉莓铛，她说的是真的。

晶亮的眸子如同繁星般，微微变得空洞，脸颊上不禁渲染起一抹淡淡的夕阳潮红，她沉默，一时间不知道怎么回应，可是——可是自己真的没有跟安少爷交往过……记忆中，两年前并没有安少爷这么一个人出现在她的过去。

而她也能将过去的记忆连接起来，并没有遗失掉什么时间段的事情……

所以……怎么可能会忘记？为什么她要这样说？

“现在，现在他需要你！他现在非常需要你！拜托你！给他一点时间，给你的过去一点时间，所有人都知道你的过去是悲惨的！只是夏美欣把你和安默隐的记忆给抹去了而已，莓铛，两年前的你也是幸福的，请你相信我——”

“跟我走！”在莓铛还是懵懂与不信任的时候，亚子美快速地拉着她的手腕，猛地拽着她飞往安默隐的专用轿车上！

黑色轿车停靠在别墅大拱门前，随着夕阳的金色光芒辉映在车身上，反射出尊贵的金色与黑色的光泽。

亚子美拉着莓铛下了车，可却在她准备进去的刹那——

“莓铛？”温柔得如同清风般的男性嗓音融入两人的耳朵。

亚子美瞪大眼睛，怔了怔。

就在她们扭过头的瞬间，只见安默隐优雅地站在不远处，夕阳的照耀下，他的发丝晕染成淡淡的金色，深邃的海洋晶眸微微眯着，绝美的薄唇轻轻勾起一抹摄魂的优美弧度。

这么一个如同凯旋的王子不像亚子美刚才所看见的，那个躺在床上眩晕的受伤少爷。

“你……你不是——”亚子美有些惊愕地抬头，望着缓缓向她们走来的安默隐。他的样子看起来没有任何痛苦，似乎那个受伤的人并不是他。

安默隐半眯着深邃的蓝色眼眸，声音柔软飘然：“我什么？我没事，谢谢亚子美关心。”

亚子美顿了顿，便见在安默隐身后一脸无奈的林文，瞬间明白了什么。

莓铠沉默地凝视着金光闪闪的安默隐。她发誓，两年前真的不认识安默隐。

Part 2

“莓铠的礼裙确实在我这里，当时你走得太匆忙了，现在跟我来吧，顺便亚子美也一起，都给你们准备好了。”

安默隐忽然走过来搂住了莓铠的肩，在莓铠还是一脸惊讶的时候带着她走进别墅。

望着身子有些僵硬的莓铠被安默隐硬生生地推了进去，亚子美有一种说不出来的感觉，内心十分希望他们两个能够和两年前一样，和好如初。

“少爷非要起床……”林文走到亚子美身边，凝视着安默隐与莓铠的背影，叹息道。

“少爷说想看莓小姐穿上礼裙的样子，不知道少爷能够撑多久……我……我担心伤口会裂开……会大出……唉……”林文越说越恐怖，他的声音随着他的想象而慌了起来，呼吸开始急促。

亚子美下定决心，向林文承诺：“林文你放心！我会保护少爷的！如果他有什么意外，我立马通知你！”

林文露出和蔼的笑容：“谢谢亚小姐。”

亚子美甜甜地笑了笑，跟随着走了进去。

可进去后，莓铠死活不肯换上礼裙，也拒绝化妆师给她梳妆打扮。

她被迫挤在角落里，害怕得蹲在地上，不敢去直视其他人。

“莓小姐，今晚的舞会很重要，希望莓小姐不要再拒绝了，好吗？这也是安少爷的一份心意，如果莓小姐还是不肯穿，我们很难向安少爷交差啊！”

服装师戴着白色的手套，捧着闪闪发光的粉色礼裙，是那一天莓铠与安默隐买下来的礼裙。

莓铠努力地摇摇头，突然站起来想要离开，却被守在门口的两名保镖拦住。

莓铛的心慌慌的，害怕道玄厮再次误会，可无论莓铛怎么挣扎，保镖依然冷漠地拒绝了。

亚子美换上淡黄色的礼裙从更衣室走了出来，见到莓铛还在做垂死挣扎，她无奈地叹息。

“你还是乖乖地换上吧，不要让他们为难。”

亚子美没好气地坐在化妆台前，随即拿起手机看了看短信，对莓铛继续说：“道玄厮也去，他给我发的短信，要看吗？”

亚子美拿着手机摆在莓铛面前，阐述道。

是安默隐主动打电话找的道玄厮，他说，莓铛在这里，她也会去舞会。

所以，这精彩的舞会她亚子美怎么可能错过？

也许，今晚就能知道莓铛会和谁在一起了。

亚子美得意洋洋地弯起嘴角。

这招果然奏效，莓铛只是挣扎了一会儿，最后还是去洗了澡，换上了礼裙……

罗亚帝国之城坐落在森林园的中央，城堡周围到处都是深达10米的泉水，想要到罗亚帝国之城，必须要坐船才会抵达，泉水晶莹剔透，宛如神仙洒下的仙水般，在皎洁的月光照耀下，闪着粼粼波光，似绸，似棉花，更似柔软即破的果冻。

在森林公路的泉水边缘，有着5米宽的金白色铁链延伸至帝国的地下柱子，如同彩虹般悬空在泉水上方，铁链上缠绕着一簇簇五颜六色的蔷薇花，还有妖娆无比的玫瑰花。

“一艾！”九夏下了车，便见几名漂亮女生正与一艾搭讪，一艾尴尬了一会儿，似乎不喜欢这样被女生围着，直到有另一种声音呼唤了他。

一艾扭过头，便见九夏气势汹汹地走了过来，一把拽住他的胳膊就往里面走，不顾周围女生的眼光。

“喂，你在干什么？”一艾蹙着眉头俯视了一眼自己身边突然变得十分美丽的九夏，少了日常的清纯，此时的她甜美动人。

九夏醋意犹然上升，抬起精致妆容的小脸扭捏地囔着：“还不是觉得一艾你太过耀眼了，才会有那么多女生喜欢你——”

一艾弯起唇角，伸出大手揉了揉她的发丝，嗓音带着些许调侃与暧昧，目光深沉地凝视着羞涩的九夏：“不主动向我告白，那就等我被其他女生抢走吧！”

听到这里，九夏束手无策地腼腆了起来。

被发现了……一艾什么时候发现我喜欢他的？

九夏呆呆地琢磨着。

好在今天有亚子美送给她的这一身礼服，即便平凡的九夏，今晚看起来也和其他千金一样璀璨夺目。

“来杯葡萄酒吗？罗亚帝国的大股东可是你道玄断的，看来这里的人对你的态度还算亲切。”

关翼身穿白色的西装，伸手从服务员的端盘上取下酒，扭过头津津有味地询问道。可他却没有经过道玄断的同意便主动倒在他手上的空杯里。

暗黄色的晶眸深沉，微微凝视着此时杯里如同灌着淡紫色魔法的晶莹葡萄酒，折射出梦幻般的光泽，拓映在他璀璨的眸中。

他梳了一头偏成熟的造型，挺拔的身躯慵懒地靠在沙发上，左手的食指与中指端着高脚杯，一双如同流星划过的金黄色眼眸闪着冷冽的光，目中无人；灯光微弱地辉映着他宛如雕刻的轮廓，若隐若现的绝美容颜如同黑暗中、深渊中隐藏的帝王般，又如同即将绽放的花蕾，美不胜收。

他脱掉了外套，暗纹的蔷薇花真丝黑色衬衣微微敞开着，血红的领带松松地挂着，凌乱又不失性感，修长白皙的脖颈下一双精致迷人的锁骨显露，发丝柔软地贴在他的后颈，修长而有力的双腿交叠着，显得狂妄不羁，冷酷无比。

“哟！道玄断和关总！”罗亚帝国的主人是个年纪比较大的男人，头发苍白，可非常矍铄。

关翼抬起头，激动地站了起来，连连扶着他：“罗主！好久不见啊！近来你身子可好些？”

罗主一脸客气地向他摆摆手，目光炯炯：“可好了，要不要我给你来段广场舞？”

“不不不，那不用，我相信罗主！”关翼将罗主请坐到道玄断旁边，委婉地拒绝道。

“罗亚帝国一直想见道玄斯呢！话说回来，道玄斯也算是罗亚的第二个主人，因为这里可都是道玄斯的股份，上次入股就一直没见你。”

罗主感觉自己身旁冷飕飕的，不禁打了个寒战，随后扭过身子，目光亲切地望着冰冷的道玄斯。

道玄斯冷冷地用余光凝视一眼罗主，让罗主有些不解。

“呃……是这样，道玄斯今天心情不太好，不过啊，我相信道玄斯等一会儿就会好起来的！”关翼见势不妙，瞪了道玄斯一眼，对罗主阐释道。

罗主若有所思地点点头：“你们什么时候回 M 国？”

“大后天。”

冰冷的黄眸微微黯着，如冰冷的剑般，怒气逼人。

离开 B 市，莓铛就会和安默隐在一起了吧？

休想再回到安默隐的身边！就算你离开了我道玄斯，我也绝对不会让你得逞！

冰冷的黄眸在偌大的宫殿环视着，似乎在寻找他想要看见的人。内心虽愤怒，却有着一种莫名的期待。

穿礼服的莓铛……一定比这里的任何人还要美吧！

不一会儿，眼前便出现鹅黄色礼服的美少女。

淡淡半透明的鹅黄色长裙蓬蓬地铺盖着她银色的水晶高跟鞋，礼裙上的星星图案巧夺天工地衬托着蕾丝斑驳的幻影，裙子一层又一层，共八层柔软的丝绸显得熠熠生辉，肩膀边缘的真丝星星蝴蝶结长长地垂落，飘然在空中飞舞。

她的头发飘落，发尾调皮地卷起，夹着金光闪闪的蝴蝶结发夹，宛如童话中可爱甜美的公主般迷人。

道玄斯睁大眼睛，震撼地望着眼前的亚子美。

差一点认不出来了……平时的男人婆居然还有这么淑女的时刻！

Part 3

见道玄斯目不转睛地凝望着她，亚子美甜甜地笑了笑，在他面前转了一圈，犹如公主的单人华尔兹旋舞般优美，摆裙随着她的旋转而上下摇晃着，如同刻在裙上的密密麻麻的金色钻石滑落，变成精灵般萦绕在亚子美的周围！

“怎么样？阿斯！”亚子美转了一圈后完美地收尾，精致甜美的妆容极其撩人。

道玄斯顿了顿，随后阴沉地冷哼一声，一脸不屑地别过俊脸，不大自在地回应：“还好。”

她坐在道玄斯的另一边，上下扫了一眼依然霸气侧漏的道玄斯，忽然看得有些移不开眼。

“别给我看你的花痴脸！”道玄斯扭过头，冷漠地丢了句。

亚子美稍微矜持了下，随后笑道：“阿斯真好看！罗亚帝国最好看最耀眼的男人一定是道玄斯！”

道玄斯不屑地抬起头，忽然见到金色悬挂在半空的旋转楼梯上，身穿梦幻而华丽礼裙的少女，猛烈的小手颤抖着扶着金光闪闪的边栏，害怕得不敢走下台阶，不敢靠近任何人。

“楼梯上的女孩真好看，哪家的千金？”

“人家好像很紧张，一直不敢下来呢！”

“不知道有没有男朋友……”

“管她有没有，先认识再说。”

一双阴鸷的黄眸带着强烈的杀气向那群打着莓铛主意的贵族少爷们望去……

她在高高的旋转楼梯上俯视着宫殿大厅，来来回回找了好久，还是找不到道玄斯，她快要找晕了……

瑰丽多姿的墙壁上是世界顶尖画师涂抹下来的名画，色彩斑斓的格调又不失法国的浪漫，隔几米就有高一米的花瓶摆放着各式各样鲜艳芳香的花朵，悬挂在高空的超大水晶灯如同魔法般点缀着，闪出璀璨的金色光芒，温暖的空气拂来音乐家演奏的浪漫曲子，悦耳动听，不少男男女女双双起舞，陶醉在优美的旋律中。

她也意识到不少人的目光正好奇地打量着她，使她更是紧张地颤抖，只想找个地方躲起来，只想快点离开这里！

这里……真的好漂亮……

可是她没有勇气走下台阶，更没有勇气抬起头，感受到与自己擦肩而过打量着自己窃窃私语的人，她的血液就会逆流，一颗炽热的心慢慢僵硬了下来。

“你好，美丽的小姐，可以邀你共舞一曲吗？”

莓铛低下头，不敢直视眼前主动上来搭讪的男人，她身体颤抖得厉害，却不敢动弹半分，犹如一个瑟瑟发抖的人偶般。

男人抬起俊美的容颜，敞开一抹迷人的笑容：“从你出来的瞬间，我就被你吸引了，你真美，简直就像公主……”

她身穿那天与安默隐买下的华丽礼裙，粉嫩的主系色一层层地包裹着她修长的双腿，那双璀璨夺目的粉白色闪闪发光的水晶鞋若隐若现。

细小的红色蝴蝶结捆绑在胸口处，反设计的粉色透明蕾丝微微上撑着，手腕处的粉色蕾丝复杂设计的腕套可爱地随着晃动。

她的发丝被盘在后脑勺做了个丸子头的造型，蓬松的丸子包被大大的金黄色皇冠固定着，空气刘海微微卷起，脸颊与耳边自然垂落着几根掉落的卷发，性感又可爱。

少女明澈的晶眸有些恍惚，却异常迷人，皓如凝脂般吹弹可破的小脸上轻轻点缀着红色的香腮，小嘴涂抹着粉色可爱不失甜美的唇膏，雪藕般的肌肤柔软芳香，时不时能嗅到她身上淡淡的蔷薇花香，此时的她风情万种，国色天香却不失清雅窈窕。

无论她站在那里，都是一道让人移不开眼的美丽公主。

见到男人开始向自己靠近，莓铛吓得缓缓后退，不料踩到裙子，摔进另一个人的怀里。

“没人想跟你共舞！滚！”道玄斯阴戾地瞪着那个男人，眸中泛着一股恶魔般的杀气，俊美的容颜上一片阴沉，心里的醋坛子猛然被掀翻！

他单手将莓铛搂在怀里，另一只手冷酷地抄在裤袋上。道玄斯恨不得拿床被子把莓铛裹得严严实实的，不让任何人欣赏她的美！

莓铛的心扑通乱撞着，脸颊更是通红，可触碰到他怀里感受到他的气息之后，她凌乱害怕的心渐渐平复了下来。

“穿得这么暴露，是想给哪位少爷看吗？”道玄斯放开莓铛，冷冷地审问。

暴露？自己这样算暴露吗？

莓铛低下头，目光顺势望了一眼在不远处穿着大高叉紧身旗袍的夏美欣，不禁地琢磨着。

“不是约好了今晚不来参加舞会的吗？为什么爽约了却不告诉我？”道玄斯俯下身，将头贴近她的额头，一双璀璨的晶眸深沉地凝视着她。

如果莓铛说她从来没有打电话和发短信的习惯，道玄斯会相信吗？

如果道玄斯知道我在安默隐那里，他一定会更加生气吧？

莓铛晃了晃脑袋，伸出小手忽然牵住他的食指，企图让他不要生气，使他的心猛然一震！

即便他在吃醋，可是莓铛却好开心，在没有任何人注意的情况下，她攥握着他修长的食指，对方怔了怔，很快紧握着她的手。

“你是爱我的，是吗？”道玄斯拿起她纤细的小手，放在唇边亲吻着，可声音却异常冷淡。

莓铛怔了怔，道玄斯此时的目光……不大对劲……

她的沉默便是默认，道玄斯明白。

暗黄的晶眸抬起，充满狂妄与轻蔑，他霸道地将她抱进了一间无人的房间，不顾轻重地将她扔在沙发上。望着她那身华丽的礼服，他十分鄙夷地阐述：“那就把这件恶心的衣服给脱掉！”

莓铛抬起头，一双明亮的晶眸打量着他，满是不解。

Part 4

“不是爱我吗？怎么穿着别人给你买的礼服？嗯？”道玄斯居高临下地检查着她，那一身好看闪耀的粉色礼裙实在让他感到厌恶！见她没有动作，只是一片茫然地仰望着他，他阴沉着俊美的容颜，步步向她逼近！

“需要我帮你吗？还是说这个给你买礼服的人比我更重要？”他凝视着她，冷厉的双眸直勾勾地盯着莓铛，霸道的口吻不容置喙！

莓铛内心使劲地拒绝，心跳加速。

“觉得我道玄斯买不起吗？”他阴戾地将目光一扫而下，“罗亚帝国之城是我设计的，资金是我出的，股东也是我，只是最后的合同签字让给了那老头子。”

莓铛沉默，眼前的道玄斯却开始暴躁起来，不顾她的挣扎掰开她的手，逼迫她环住自己的后颈，随即将她抽出来靠在他怀里，他站起身，带着她朝房间的方向走去。

莓铛猛地扭过头，瞬间吓得脸色苍白，连泪水都被吓得忘记了流淌！

“道……道玄斯……”

莓铛害怕得发抖，心开始慌了起来。

“没有你反抗的余地！除非是你想回到安默隐的身边！”道玄斯将她搂得更紧，脚步加快。

“我——”莓铛的小手靠在他的胸脯上，扭头看着房间的门离自己越来越近，她的心脏几乎快要从胸口蹦了出来。

“道玄斯——我——”莓铛感觉不对劲，又鼓起勇气凝视着此时认真的道玄斯。

“你什么？”道玄斯停在房间门前，饶有兴致地凝视着脸红得找不到任何苍白的莓铛。

莓铛的脸又红了起来，羞涩地将头埋在他怀里，不敢再次与他对视。

门打开了。

莓铛听到房间门打开的瞬间，犹如听到了危险的讯号，在他怀里猛地挣扎着想要离开，却又害怕地紧紧攥住他的脖子，双眼闭上，不敢望着房间内的暧昧气息。

“喂。”道玄斯饶有兴致地盯着发抖得厉害的莓铛，故作冷淡地叫了声，绝美的唇瓣微微噙起一抹邪魅的笑。

道玄斯蹙起眉，似乎猜测到她内心在想着什么，暗黄的晶眸绽印出火热的涟漪。

“道玄斯……我……”

莓铛靠在他肩上用额头蹭了又蹭，小鹿乱撞的心与无法受控的呼吸都在胡乱地打搅着她的每一根神经。

将莓铛放下来，他俯下身吻了吻莓铛的额头，低沉的嗓音响起：

“你在想什么呢？笨蛋。”

道玄斯随即搂着她的肩膀，带着她转了一圈，房间内只有一组沙发，还

有落地窗，窗前面最显眼的是梦幻无比的彩虹礼裙——

看到这里，莓铛的小脸更红了。

“安默隐给你选的礼服真是难看死了，这是我让设计师临时设计的独一无二的礼服，只有道玄斯的女朋友才配穿！”道玄斯在身后，俯下身溺在她的耳边。

莓铛非常震惊地凝视着如同被道玄斯从天空活生生扯下来的彩虹裁剪的礼服，深邃的晶眸正盯着她的樱唇。

“快去穿上！”道玄斯说着，眼眸充满认真。

莓铛回过头，发现道玄斯正含情脉脉地凝视着她。她连连后退几步，从人型模特身上取下漂亮的彩虹礼裙，发现一双好看的彩虹高跟鞋发出闪耀的光，愣了愣，俯下身拿起鞋子，走进化妆室内重新打扮。

道玄斯优雅地坐在沙发上等待着，目光直直地凝视着化妆室门口，期待着莓铛换上他选的礼服。

门——打开了。

道玄斯跟随着门的声音望去。

化妆室内缓步走出一名宛如仙子般的少女，她穿上了道玄斯为她挑选的彩虹裙，从胸口一层又一层地坠落直至垂在脚跟，遮住了她那让人窒息的身材，每一处都是那么的完美，设计师的精心剪裁巧夺天工，薄纱的料闪闪发光，五彩缤纷，宛如天空中的彩虹被摘取了魔法，点缀在这身漂亮的裙子上，肩膀的两条鞭子式肩带凸出着边边的淡粉色蕾丝，手腕上是浅蓝色的蕾丝捆绑蝴蝶结，犹如与彩虹成对。

她走出来的时候，身边好像萦绕着许许多多闪闪发光的蝴蝶与萤火虫，大波浪卷的头发披散在后，盘成了往日的公主发，发上被一个大大的银色水晶爱心发夹固定住，脑门边也夹着小小的粉色蔷薇发夹。

她化上了淡淡的妆容，刷长了的睫毛与眼尾处淡粉色的眼影闪闪发亮，精致的肌肤如同洁白的雪，那双依旧清澈明亮的大眼眸忽闪忽闪，娇小的鼻梁与柔软的樱唇更显得饱满，脸颊边两个圆溜溜的红腮让他分不清是害羞还是化妆过浓。

道玄斯目不转睛地凝视着闪耀的莓铛，灯光照耀在她的身上，她身后好像展开了洁白透明的天使羽翼，让人无比惊讶！

莓铛被他这样盯着尴尬极了……

道玄斯直直地向她走来，吓得莓铛向后缩了缩，直到他攥住她的肩膀带她来到大镜子前，让她看清楚现在最美丽的自己！

莓铛瞪大眼睛，难以相信眼前如同天使般的少女居然会是自己！

“还是这一身适合你。”道玄斯俯下身，撩起她耳边的卷发，细声蜜语地宠溺道。

他从口袋里取出刻着蔷薇图纹的正方形礼盒，将装在里面的项链拿了出来。项链被道玄斯戴在莓铛的脖子上，不大不小，刚好合适莓铛。

“扑通——扑通——”

从看见他手里的项链的时候，她浑身开始麻痹，冰冷的项链系在她的脖子上，不大不小的项链刻有蔷薇花图案，花瓣七朵，是彩虹色，闪着色彩缤纷的魔法般的光芒。

好美的项链……莓铛惊讶地伸出手抚摸着耀眼的蔷薇项链，双眸泛着熠熠生辉的光，幸福、温馨。

“这一套的名字叫‘唯一’。”道玄斯望着美丽的莓铛，“我查过你与安默隐的过去，知道了大概，不管你过去爱过谁，与谁交往过，被谁欺负过；从现在这一刻起，请把你的每一个明天、你的未来，甚至后半辈子，都交托于我，好吗？”

就在几个小时之前，他就彻底查清楚了安默隐与莓铛的过去，即便知道了他们曾经相依为命，曾经被拆散，那都是命中注定，现在站在他面前，完好无损的莓铛是属于他的！

昨天的愤怒，今天的安慰，都是他迟来的爱。他迟到了。如果两年前他能够出现在她面前，保护她，守护她，那该多好。那样她就不会只抱着洋娃娃哭泣，只抱着洋娃娃蹲在角落害怕别人发现，那样她就不会遭受心理上的巨大伤害。

高庄，他必须要与他算清这一笔账！

他从她身后搂住她的腰，将她的小手包裹在手心，那双充满占有欲的眼眸微微眯起，将头深埋在她香津的脖颈处。

Part 5

他站在她身后，削尖的下巴轻轻地贴着少女柔软的卷发，那双迷人的金黄色眸子微微抬起，凝视着镜子前美丽婀娜的莓铛。她泛着一抹殷红，好看的双眸水灵灵的，泪水冲刷了她的视线，一滴一滴地滑过她精致的小脸，冰冷的小手被大手紧紧地包裹在手心，他给予她最温暖的爱。是她从来没有体会过的。

“好——”

莓铛细声回应，宛如害羞的黄莺般悦耳动人，可爱甜美的嗓音中略带着哽咽声，却多了几分妖娆，她幸福地露出了一抹笑容，美得让他移不开视线。

她答应了，虽然很小声。

“嗯。”道玄斯淡淡地回应，随即将她转了回来，紧紧地拥抱着她。

“从今天开始，别人说的话我都不会相信，我只相信你——”

他的心仿佛被天使的温暖笼罩着，璀璨的晶眸里，温柔与幸福的笑意越来越浓，他的心脏紧贴着她，两颗心仿若在同时颤抖。

这句“我只相信你”比“我爱你”更重要，对她说三个字的男人太多了，可是说五个字的却只有道玄斯。

“笨蛋。”道玄斯宠溺地刮了刮她的小鼻梁，两人整理好后并肩走出包厢。

莓铛一只手挽住道玄斯的手臂，有些不敢向前继续走去，在道玄斯的带动下，莓铛还是选择迈出一步、两步、三步——跟随着道玄斯在宫殿内四处游走着。

“哟！道玄斯！”富豪大叔见到缓缓而来的道玄斯，兴致勃勃地惊讶着。

“好久不见。”道玄斯今天高兴，在他面前停了下来。

“好久不见啊，上次亲眼见到你的时候，还是一年前，我们的学霸居然会出现在这里，真的是百年难得一见哪！”大叔非常欣赏道玄斯的才华，拍了拍他的肩膀。

道玄斯扬起唇瓣轻笑，宛如红玫瑰：“客气了。”

“哪天要是道玄斯有兴趣，可以来我集团工作，我把总裁的位置让你当当！”大叔试图拉拢他，可发现这个有些嚣张的道玄斯似乎不领情，对上了那双冰冷的眸子之后，大叔尴尬了一会儿，扭头看了一眼在他一旁紧紧地攥着道玄斯手臂的莓铛。

“这位是？”大叔微笑地询问。

听到这里，暗黄色的晶眸忽然转移到害羞到垂着脑袋的莓铛。他噙着笑容，充满宠溺地回应：“我未来的妻子。”

“呃——”大叔顿了顿，显然对道玄斯这番回应惊愕到了，不过很快便恢复了刚才的和蔼模样，恭贺地举起手里的高脚杯说：“英雄与美人，真是绝配啊！结婚的时候不管有没有邀请我，我都不请自来！”

道玄斯抿笑着点头。

莓铛抬起头，凝视着认真的道玄斯。

道玄斯似乎感觉到莓铛正在盯着他，他扭过头望了一眼美丽的莓铛，宠溺地伸出手，将她搂进怀里，继续带着她游走。

“我带你去看看亚子美，那男人婆今天的打扮特别不一样。”道玄斯犹如找到了某种突破口，低下头对着莓铛高兴地说了句，随后走向二楼另一间大厅内，里面全是游戏的娱乐场所，人来人往。

安默隐非常头疼，强颜欢笑着，优雅地坐在亚子美的不远处。

“大！大！大！哎呀！我又赢了！不好意思啊各位！今天不知道怎么回事，手气居然会这么好！”

亚子美原形暴露，丝毫不淑女地跷起二郎腿，望着桌子上的三张扑克牌缓缓地打开，随即激动地将手里的扑克牌摔在桌子上，瞬间其他玩家愤怒地拍着桌子，亚子美将他们的钱全部往自己怀里扫，痴痴地笑着说道。

“亚小姐的手气真好！”

亚子美笑得合不拢嘴。

“啊哈哈哈！客气了客气了！”亚子美鼻子翘上天，骄傲地说道。

她只是一个扭头，就见夏美欣在二楼楼梯上一脸怫然不悦，似乎想要把她吞掉一样。亚子美奸笑了一会儿，故作优雅地站起身，随后坐到安默隐的腿上故意显摆给夏美欣看。

“老公！人家今天赢了好多好多呢，多亏老公在身旁鼓励我！爱死你啦！”

亚子美环住安默隐的脖子，两条腿欢快地摇晃着，露出娇滴滴的模样。

安默隐微微一震，背上的伤痕一直在酥麻着他。他有些神志不清，连亚子美什么时候坐上来都不清楚。

听见亚子美连老公都喊起来了，夏美欣的脸色比刚才更是难看几分！

Chapter 15

舞会的战争

Part 1

“原来亚小姐的男朋友是安少爷啊！”人们后知后觉地明白了为什么安默隐会出现在这种与他气质不符合的场所。

安默隐温柔地眯起眼睛，优美的红唇微微勾起，不置可否。

“可不是嘛！亚小姐真是幸福，你看亚小姐这小肚子，我都替亚小姐着急呢，我听夏小姐说啊，亚小姐可是怀了安少爷的四胞胎呢！”

亚子美尴尬了一会儿，可她却不是好欺负的，她的脸依然是自信满满的模样，痛痛快快地反击：

“是啊，我老公就是厉害！不像某些贴金的人，还整天想打我老公的主意，癞蛤蟆还想吃我老公的豆腐！”

亚子美随即在安默隐的脸颊上吻了吻，直接把那群人给恶心到了。她得意洋洋地笑了笑，把戏做足了继续说：“老公一直宠我爱我，怎么会让其他恶心的女人想入非非呢！”

安默隐沉默地注视着她，选择不回应。

随即映入他蓝眸的是那对般配的璧人，她一身梦幻的彩虹裙，宛如七彩丝绸萦绕在她身上，美轮美奂；而旁边的道玄斯一身黑色西装，胸前别着与莓铛的项链形状一样的蔷薇别针，一看就知道那是一套令人惊叹的情侣装。

“阿斯！这里！”亚子美见到道玄斯，立马从安默隐腿上站了起来，兴致勃勃地对着道玄斯猛挥手。

道玄斯很快就知道了亚子美的位置，带着莓铛走了过去。

“哇！莓铛真漂亮！”亚子美注视着旁边的彩虹仙子，赞美道。

可她清楚，莓铛出来的时候是粉色的礼裙，怎么跟道玄斯出来后就变成这么华丽的彩虹裙了？

这里面的故事让容易想歪的亚子美若有所思地琢磨着。

道玄斯伸出修长的手指敲了敲她的脑袋，蹙起好看的眉头凝视着已经将裙子撩起、捆成大蝴蝶结的亚子美，不忘叮嘱道：“穿得这么淑女，能不能矜持一点？”

亚子美嘻嘻笑着，这才矜持地将裙子解开，裙摆马上遮住了她的大长腿，随即拉着莓铛去看她玩游戏。

“莓铛我告诉你，我今天运气超级好！你看你看！我大方一点，分你这么多！”亚子美非常大方地将一部分钱挪到莓铛身边，随后非常小气地取出一百块塞进道玄斯手里。

道玄斯愣了愣：“干什么？”

“我想看你表演！”亚子美笑了笑，“好久不见你玩了！”

提到“玩”字，莓铛非常敏感地浑身抖了起来。

道玄斯似乎发现莓铛有些不对劲，扭过头拍了拍她的肩膀，小声对她说：“我不会输，不要为我担心。”

莓铛紧张地愣了愣，道玄斯在莓铛身后取出一百块钱，作为抵押，很快，一百块赢了一千块……

道玄斯干脆坐在莓铛身旁，他每次翻开的牌都是一手好牌，即便他一手烂牌，也不会输掉！

“厉害厉害！不愧是阿斯！”亚子美在道玄斯的一旁站着，赞扬道。

莓铛退了退，亚子美顺其自然地占领了莓铛的位置，随后指了指安默隐旁边的位置：“你去我老公旁边坐吧！我跟阿斯他们斗地主！”

道玄斯本想拉扯莓铛不让她离开，可亚子美动作非常快，莓铛已经坐在了安默隐身边。

无奈，道玄斯没有心思地打着牌，一边瞄了下莓铛与安默隐一眼，就见莓铛正害羞地望着他。

他笑了笑，扭过头打了一会儿牌，又扫了莓铛一眼，见她依然红着脸盯着他，随即扫了几十眼，她都是一副意外的模样乖乖地坐在那里，纹丝不动地望着他，脸上时不时因为他的扭头而通红，道玄斯内心格外舒畅！

“莓铛？”安默隐迷迷糊糊地回过神，扭过头想要喝一杯酒清醒一下，却发现离自己很近的莓铛乖巧地坐在身旁。

莓铛被温柔的声音顿住，她扭过头，就见那双深邃迷人的海蓝色晶眸正深情地注视着她。

那双眼睛，在那一刻给她的某种错觉——似乎曾经相识，好像她很久以前就见过，可她不愿意努力去寻找这记忆。

“抱歉，小睡了一会儿，不知道你在身旁。”

他并不是小睡，而是因伤痕痛得他昏迷了一阵，随后又被痛醒，扭过头的瞬间却看见了莓铛，宛如上帝给他的惊喜。

莓铛轻轻抿住樱唇，尴尬地摇摇头，随后目光继续投向在不远处跟亚子美打牌的道玄斯。

“您好，帮这位小姐来一杯纯牛奶，加0.5克的白砂糖，加草莓五个，牛奶不要冰不要热，常温就可以了。”安默隐叫住一位服务员，对着服务员说道。

莓铛听完后身体猛然一震！

Part 2

草莓牛奶，常温的草莓牛奶。是莓铛一直怀念的味道！自从她经历两年前的事后，就有两年没喝过了！为什么……安默隐会这么了解我？难道……

曾经……他真的是我的男朋友吗？

“好的安少爷。”服务员听完毕恭毕敬地退下。

安默隐凝视了莓铛惊讶的模样，显然很好奇他是怎么知道的，他端起手里的高脚杯，缓缓地阐述道：

“很惊讶吗？没什么好惊讶的，你的所有生活习惯我很早就清楚了，包括你厌恶的、憎恨的、喜欢的、最喜欢的、最独特的，我都能一一给你列举出来。”

安默隐一直深爱着莓铛，爱一个好像不爱自己的人真的很痛苦，可有时候却很快乐，例如发现莓铛身上的小缺点的时候，他就会觉得莓铛特别可爱。

爱一个人真的很痛苦，他向她表白，沾沾自喜地认为莓铛会接受他，还没有得到莓铛的回应，安默隐就已经憧憬着未来他们两个人的浪漫生活。

他一直没有忘记她，而她却把他忘得干干净净，是那样的干净利索，似乎安默隐在莓铛面前讲述他们过去的甜蜜回忆，只是在阐述另一个女孩的故事，与眼前的莓铛无关一样。

见莓铛依然发愣地盯着他，眼睛都没有眨一下，水灵灵的大眼眸迷离，眼前安默隐的轮廓渐渐模糊了起来。

我的所有生活习惯？为什么安默隐会知道？

莓铛百思不得其解，可是即便如此，她也不想去选择填补有关安默隐的记忆。

道玄斯告诉莓铛，亚子美怀了安默隐的孩子，就算过去莓铛与安默隐相爱，现在却都各自拥有了自己的幸福，不应该祝福吗？

“你不愿意面对我，没关系，我可以纠正自己的所有错误，包括你厌恶的、憎恨的，我统统都可以改掉！可是你不能丢下我一个人，我们可以一起承担，我相信你，求你不要丢下我一个人。”

莓铛的脑海中忽然回想起那个时候的自己被安默隐紧紧地搂在怀里，那时的莓铛听着安默隐的轻声哀求，安默隐宛如为爱情所伤的王子。

现在与刚才的错觉连接起来，好像能够对号入座。

服务员端着草莓牛奶走了过来，递给了莓铛。

浓浓的草莓牛奶钻进她的鼻，莓铛乖巧地接过，喝了一口便感觉这味道是她以前喝过的，是她非常喜欢的味道。

“喜欢吗？”深邃的眼眸如同黎明初升的太阳照射的湛蓝色天穹，安默隐的声音温柔又性感，见到她的脸色泛着光，他淡淡地笑了笑：“看来你还是和以前一样呢，只是变得不想和我说话了。”

莓铛扭过头，凝视着他略显苍白的俊脸，只是变得不想和他说话了，以前的自己——真的和他在一起过吗？

安默隐收回视线，拿起高脚杯，呷了一口红酒，耳边多年未听见的女音再次拂起：

“我们——以前——见过吗？”

莓铛呆呆地凝视着安默隐的侧脸，那种熟悉感瞬间在脑海中涌了上来，只是她想再继续记忆的时候，却非常的头疼，疼得她浑身难受。

安默隐顿了顿。

她说话了，她开始注意到我了。

他的鞭伤好像瞬间愈合了般。

他居然忘记了疼痛，忘记了头晕目眩，整个人都精神焕发。

“何止见过，还很熟。”

很熟？那为什么我一点印象都没有？

莓铛冥思苦想着，呆呆地抿了一口草莓牛奶，抬起头就见道玄斯正目不转睛地凝视着她，那双仿如星空一样深邃的混血韵味的黄眸透着一丝冰寒，莓铛下意识地明白过来。

他看见她跟安默隐说话了……是在生气吗？

道玄斯凝视着她，似乎害怕自己一眨眼她就会消失一样，修长的大手向她伸出，示意她过来，回到他的身边。

莓铛没有跟安默隐打招呼，端起草莓牛奶走了过去，小手被他牵在手心。道玄斯自然而然地搂住了她的腰，头溺在莓铛的怀里。

“他在说什么？”晶眸抬起探着莓铛害羞的小脸，道玄斯冷冷地查岗询问。

莓铛摇头。

“嗯，我相信你。”道玄斯抓着她的手吻了吻。

莓铛满脸绯红地收了收手指，道玄斯这才肯放过她。

这一幕粉红的画面闪瞎了一旁的亚子美，她连忙挥了挥手，驱散了这暧昧的气氛，随即丢了句：“秀恩爱死得快！秀恩爱死得快！”

道玄斯眼里只有莓铛，压根就没有听见亚子美在一旁的唠叨，随后让莓铛坐在他自己的位置上。

“哟！道先生，请问这位是……你女朋友吗？”

道玄斯没有回应，这么明显的情侣该有的举止她没看见？

“道先生换女朋友的速度真是快呢！不过我想啊，现在的女生都是冲着你的颜值、才华还有家世，才想方设法靠近你的吧？”

道玄斯抬起眸，眼眸冷得没有任何感情。

“不好意思啊，我也只是说了个大实话！”

也不知道莓铛有没有听进去，她垂着头，看不见脸上的任何表情。

莓铛显然不适合在这里，道玄斯准备牵起莓铛的手离开时，一旁的亚子美没好气地说：“你的意思是说你很清高咯？见到阿斯名草有主，嫉妒人家对不对？”

剑眉轻蹙，双目凝神地盯着亚子美。

听了亚子美这番话的莓铛犹如被触了电一般，猛地颤抖了一下。

那人毫不畏惧地反驳：“别忘了亚小姐曾经也深爱着道玄斯呢！只是现在攀上了安氏少奶奶位置罢了。”

“是啊，所以现在又有人嫉妒我跟我老公相亲相爱呢！”亚子美讥笑道。

她转过身，与那人擦肩而过的时候，故意用肩膀将其推倒在地。

“啊——”那人一个不留神，狼狈地摔在凳子上，性感的礼裙马上就被扯了下来。

“不好意思啊！我没长眼睛！”亚子美故作一脸无辜，可见那人这般狼狈不堪，她内心还是十分满意的。

“可恶！你敢推本小姐！你这个软弱无能的杂草！”那人被服务员搀起，她感到无比的紧张，许是周围的人都在嘲笑她，那张好看的脸一紫一红，瞪着一边得意洋洋的亚子美。

Part 3

“啪——”这一句彻底将亚子美惹怒，她暴跳如雷，大拍桌子，手掌心撞击桌子的声音影响了不少人，目光齐刷刷地投过来。

“你再说一遍！信不信我撕烂你的嘴！想跟我吵是不是！”

亚子美大骂着，另一只手不忘捂住肚子，不等那人反应，她猛地弯起腰，脸色难受：“哎呀……我的肚子好痛！”

完蛋了，刚刚太过激动，这个肚子痛……好像是月事提前来了……

“糟了！是不是动到胎儿了？亚小姐别激动别激动！”一旁的服务员匆匆忙忙赶过来安顿好亚子美。安默隐闻声赶来，示意服务员退下，双手扶住了亚子美。

亚子美抬起头便见安默隐那温柔俊美的脸庞正担忧地望着她，她顿时一脸委屈，整个人趴在安默隐怀里哽咽，指着那人抱怨道：

“老公！那女的欺负我，说我贪图你的家世，现在人家就稍微发了一下下小火而已，肚子就一直痛得厉害……哎呀……好疼……抱抱！”

安默隐以为亚子美又在演戏，一只手搂着亚子美的腰，另一只手抚摸着她的小肚子，深邃的蓝眸凝视着亚子美有些苍白的脸，柔声地询问：“好多了吗？”

“好多了！谢谢老公！”随即在安默隐的脸上亲了一口。

那人气得眼珠快要掉下来，可面对无比的安默隐，最终还是退缩了。

“不好意思啊，亚小姐，我向你道歉。”

亚子美扭过头望了一眼她难看的脸色，得逞地笑了笑。

安默隐还算会配合，可亚子美却忘记了安默隐还有伤在身。

道玄斯轻轻摇了摇莓铛，溺在她耳边：“要是我可爱的莓铛也有亚子美这么彪悍就好了，不过没关系，我想保护你。”

彪悍？她连只蟑螂都怕，哪像亚子美，看见蟑螂立马脱掉拖鞋追着蟑螂打，不是亚子美怕蟑螂，而是蟑螂怕亚子美！

也许，莓铛这辈子都跟女汉子这个词无缘……

“笨蛋！”道玄斯将她的小手全包裹在手心，使自己离她更近了些，他扬起一抹不经意的幸福笑容，牵着她来到罗亚帝国门外。

罗亚帝国门外百花争艳，夜色撩人，地上的灯照耀着美丽的花儿，依然忙个不停的蝴蝶翩翩起舞，还有些蝴蝶飞在莓铛的头上、肩上，皎洁的月光照在她身上，她的彩虹裙光彩夺目，裙上的五颜六色宛如从中脱离而出，萦绕在她身上，似彩虹仙子。

莓铛松开他的手，在花群中欢快地跑来跑去，她这里看了看，那里望了望，似乎是第一次这么近距离地看着这些比自己还要美丽的花朵，起初不大敢摘，最后还是忍不住摘了几朵，很快就捆绑成美丽的花束。

道玄斯安静地站在原地，眼眸满是宠溺地望着莓铛的婀娜倩影。她就像是在花中央采蜜的花仙子，下裙跟着她的旋转而生动地波动着，美得让人移不开眼。

那一刻，他下定决心走了过去，伸出手臂从后环抱着莓铛。

莓铛睁大眼睛，难以置信他居然会这么做，虽然这里的人少，可随时会有人从屋内走出来，能一眼看见他们，想到这里，莓铛羞涩不已。

“莓铛，别乱动……”道玄斯微微俯下身，“你知道吗？刚才的你很美，我庆幸我是你的男朋友……莓铛……”道玄斯抱着她，轻唤着她的名字。

不远处二楼的高大男人静静地目视着相拥的两人，邪魅的唇角勾起，饶有兴致地凝视着莓铛红彤彤的脸颊，染起一抹邪肆的笑：

“我的小铃铛，我们的约定就快到了呢！”

罗亚帝国之城，景如其名，每走一步都是罕见的美景，宛如世界油画，雕琢的精致雕像巍峨地耸立在复古的大弧圆拱门旁，那是罗亚帝国的象征，精心设计的独一无二的复杂图案栩栩如生，活灵活现，那如同随手可摘的牡丹妖娆地绽放着。

偌大的大厅有两层，每一层都铺满华丽的红色地毯，地毯上有着闪闪发光的小颗粒钻石，好似夜幕中的星阵，好似没有尽头的走廊，好看的流苏水晶灯高高地悬挂在天花板上、墙上，空气中弥漫着各种花的清香，让人感到无比舒心。

莓铛穿过人群，被道玄斯带着在罗亚帝国悠哉游走着，她鼓起勇气环视着罗亚帝国的富丽，宛如欧洲童话的宫殿，一切梦幻得不真实。

这么好看到无法形容的罗亚帝国，居然还是自己的男朋友设计投资建筑的……

莓铛突然有些欣慰，却有些内疚。

自己并不是什么豪门千金，就算道玄斯接受，他的父母会接受……这样的我吗？

一路过来，人们都用奇怪的眼神上下打量着她，随后对着身旁的人嘀咕了几句，眼神时不时瞥了莓铛一眼，像是在说她的坏话。

莓铛一脸无奈，乖乖地站在道玄斯身旁。他果然是大忙人，一进大厅，每走几步就会有人递酒过来打招呼，道玄斯也只是委婉地拒绝，有时候他也会爽快地喝下，一旁的莓铛十分担心他会喝醉。

道玄斯扭过头，望着为他担忧的莓铛，他轻笑着，伸出一只手落在她的脖颈处。

“放心，我喝不醉。”道玄斯放下手，继续说：“刚认识亚子美的时候，她死活都想把我灌醉，结果不到十杯，她自己就醉得不省人事了，我敢说，在这个罗亚帝国里，喝酒喝不倒的，大概就只有我了。”

“不过，我也有缺陷。”道玄斯补充，“边喝酒边喝水，我才会醉。”

“你呢？”虽然道玄斯知道莓铛一定是不沾酒的女孩，不过还是想知道。

莓铛摇摇头。

果然不沾酒，道玄斯满意地点点头，璀璨的目光迷人，声线压低：“那就好。”

小手从他的手臂滑落，牵住了他温热的手掌心，才找到了安全感。

道玄斯扭过头俯视着她，薄唇微微抿着，手里的红酒在杯中轻轻摇曳，泛出如同红宝石般璀璨的涟漪。

他放开她的手，拥住她的肩膀，紧紧地贴在自己身边，眼眸深沉，声音性感：“这样可以吗？”

莓铛红着脸抬起头，对着他莞尔一笑。

Part 4

道玄斯一直在喝酒，而莓铛手里捧着一杯草莓牛奶，那是第五杯了。

喝得莓铛想去洗手间，她抓了抓道玄斯的衣角。

“怎么了？”道玄斯一脸疑惑。

莓铛一脸羞赧，小心翼翼地来到他耳边，尴尬了好久，才开口：“我去一下洗手间……”

道玄斯好笑一番，揉了揉她的发丝：“那我在门口等你。”

莓铛红着脸点点头。

道玄斯靠在女厕不远处，紧紧盯着女厕门口，生怕自己一眨眼莓铛就会消失般。

只是一个扭头，便看见了高庄和关翼在一起喝酒聊天。

高庄怎么也在这里？

关翼怎么跟他聊起来了？

关翼找不到道玄斯，便一个人独自喝酒，独自与其他集团总裁搭话，不一会儿，高庄的出现让关翼惊讶不已！

“你是高庄高总对吧？”关翼目瞪口呆地询问眼前的男人。

高庄扭过头，英俊的脸庞上有着岁月的成熟，他望了一眼便认出对方是关翼，关翼，对于那份仇，高庄还铭记在心。当年他与关翼争夺道玄斯的股权时，道玄斯毫无疑问地将股权投给了他，让关翼在S市有了重要的地位。

“好久不见。”高庄轻声笑着说，举止优雅。

“没想到会在罗亚帝国见到你，真是难得的奇迹，看来集团有人帮忙打理了，你才会有时间偷溜出来玩！”关翼开着玩笑，心情大好地与他碰杯，各自喝了酒。

“集团确实很忙，我也很难脱身，今天的事情全部交给其他人处理，我请了一天假，来寻找很在乎、很重要的人。”高庄轻描淡写地回应。

“哦？在乎和重要的人？”关翼显然很惊讶，这种大人物怎么还会有一个让他牵挂着的人？

“一个女孩，她答应过我，二十岁就嫁给我。”高庄扭过头，看着贵族们翩翩共舞，却没有他要找的洋娃娃少女，目光开始迷茫，露出一副幸福却又复杂的容颜。

“哟！恭喜高总抱得美人归啊！结婚的时候不要忘记给我们寄邀请函。”关翼笑着拍了拍他的肩膀祝贺道。

“我还在揪心呢！”高庄无精打采，“我最在乎的人却跟别人在一起了，也许是我还不够好，这些年我也在努力，兴许她会接受为她而改变的我吧？”

“哪位千金会这般幸运地让高总动心呀？”关翼一脸好奇，能让高庄这种男人牵挂着，一定很有魅力！他倒是想认识。

听到询问，高庄颔首，志在必得：“莓铠，道玄斯现任的女朋友。”

莓铠？呵，这么巧？关翼眼前一亮，忽然觉得高庄是他的救星！

老早就想拆了他们，莓铠实在容易影响道玄斯的工作，现在高庄又跟莓铠有婚约，那不如来一盘顺水推舟？有高庄的协助，一定能把我自己撇得干

净！这样道玄斯也怪不得我，就不会撤销道家的股份了！关翼心想着。

“你认识吗？”高庄试探地询问，可以说是明知故问，随后他故作自卑：“有些伤脑筋呢，毕竟道玄斯这种人才，我可不敢得罪……”

三年前，高庄看上了道玄斯的一身才华，上门拜访过几次道玄斯，当然不仅高庄一人，还有其他集团想与道玄斯合作，而道玄斯却在茫茫人海中选择了关翼，这让所有人百思不得其解，在关翼身上也找不到一点吸引人的地方。也正是因为关翼抢走了自己的最佳合作伙伴，高庄总想趁机将关翼干掉，却迟迟未动手。

“那么还请高总多费点心思了……”关翼意味深长地说：“正好，我本不赞成道玄斯谈恋爱。”

“哦？”高庄故作一脸惊讶，唇角微微扬起，显得有些兴奋。

“我不得不说莓铛小姐确实有一番好姿色，但论家庭背景，就算他们相亲相爱，就算过了我这一关，道氏家族也不会同意这门婚事，反正道玄斯现在对男女感情之事还不了解，他需要的是在比赛与工作方面继续优越下去。”关翼阐述着，也是他需要道玄斯的原因。

高庄明白，他想说莓铛是红颜祸水，更想说是英雄难过美人关。

“原来是这样。”高庄摇曳着高脚杯，一副觉悟的模样冥思苦想着。

关翼露出与高庄相似的笑，两人沆瀣一气，举起手里的酒杯一饮而尽。

似乎他们心里各自明白该怎么做，关翼保护好道玄斯，高庄带走莓铛。

这是他们第一次合作，居然还是拆情侣，说起来倒是有些好笑。

啊……痛……痛死了……该死的痛经！

亚子美畏畏缩缩地蹲在女厕门内，紧紧地揉着自己的小肚子，另一只手无力地撑着墙壁。她脸色苍白，面无血色，女厕开着冷气，有着迷人的玫瑰清香，可这些扑鼻的芳香却让此时的亚子美作呕！

亚子美身穿露肩礼服，冷得她直打寒战，鸡皮疙瘩掉一地，她搓了搓冰冷的手臂，肚子瞬间几十架割肉机在大量绞着，痛得亚子美轻声叫，表情难看几分。

忽然响起了水声，似乎有人在洗手，周围异常安静，那女生一定是一个人……

“你好……外面的……”亚子美变了变嗓音，变得无比成熟，她痛呼，“那个……你……你带卫生巾了吗？我……我来例假了……肚子好痛……啊……”

水忽然停了，她听见了亚子美的声音，似乎在说痛经，女生顿了几秒，外面的人还是没有回应，吓得亚子美一抖擞！

Part 5

一分钟……两分钟……五分钟……

“有人吗？不要吓我……”亚子美到底还是害怕了起来，女厕异常安静，安静到让她浑身都不安，她战战兢兢地想要打开门——

可就在那时候，门底的小缝伸出一只手，白皙的小手捏着粉色卫生巾，手腕上戴着彩虹心形手链。

亚子美愣了愣，到底还是接了过去，随后那只手又递过来一包暖宫贴还有一包纸巾，亚子美客客气气地接过，念念不忘地道谢：“谢谢啊谢谢，还有暖宫贴，小姐你真是太贴心了！”

可对方并没有回应，亚子美能看得见她彩虹色的高跟鞋离开，全程没有声音。

亚子美没顾那么多便用上了，出门后那个女生却已经不见人影了，本来还想感谢一番，但是好人做事不露面真是让亚子美期待。

可她怎么感觉这彩虹手链这么眼熟。

亚子美回想着那彩虹手链的样子，还是想不出来在哪里见过，直到她走出厕所门口，就见夏美欣和一群人将莓铛包围，下一秒，夏美欣非常用力地拽着莓铛的长发扯进一间包厢！

莓铛身上穿着彩虹裙，手腕上的彩虹手链璀璨夺目，难道刚才那个给自己卫生巾、暖宫贴和纸巾的是莓铛吗？

一定是莓铛！只有莓铛才会像鬼一样不说话还走路没有声音！

夏美欣居然把莓铛拽走了，在罗亚帝国还敢欺负莓铛吗？

我……不能再袖手旁观！

随即，她忍着痛经跟了过去！

“啪——”响亮的巴掌猛地砸在莓铛的脸上，几个人狠狠地将她摁在沙发上，凶神恶煞地瞪着她那受到惊吓的小脸。

“脱掉她的裙子！看她是不是真的来例假了！敢把本小姐的东西买走？本小姐的东西也是你能买的吗？”夏美欣居高临下地俯瞰着莓铛那比自己还要华丽的彩虹裙，双手环绕在胸前，睥睨了一眼，命令道。

莓铛缩了缩身子，手臂上嫩白的肌肤被掐红了，她疼得不敢发出声音。

随即裙子被掀开到肚子上，并没有黏着卫生巾，这让夏美欣更是火冒三丈！

“没有例假，那你就是存心跟本小姐作对！你现在有道玄斯给你撑腰就爬到本小姐的头上了是不是？”

“夏小姐，你看这两年居然保养得比我们还嫩！”看着她楚楚可怜的模样，只觉得厌恶，好声好气地讨好着夏美欣说道。

“对呀对呀，如果我们欺负她，高庄会不会生气？毕竟是高庄未来的老婆呢！”

夏美欣信誓旦旦，目光如炬，嗓音尖锐而洪亮：“不会，高庄要什么女人没有，他还会在乎吗？”

当然不会，估计莓铛是谁，高庄早就忘得一干二净了！

夏美欣高傲地想着。

即便莓铛不知道自己做错了什么，在她的眼里，她只是个任人宰割的玩偶！

“你说莓铛是不是变傻了？一直都没听见她说话过！”

夏美欣动动唇，凝视着呼吸渐渐沉重的莓铛，声音利索：“哑巴不好吗？”

“夏小姐我明白了！哈哈哈！”

说时迟那时快！亚子美悄悄走到夏美欣身后，快速地将夏美欣推了过去，另一人的力度重重地落在夏美欣的脸上，瞬间变成了大花猫！

“啊——”夏美欣嘶吼着，脸上瞬间红肿了起来。所有人都目瞪口呆地望向亚子美，连连扶起夏美欣。夏美欣重重地抬起眼皮，难以置信地瞪着亚子美。

亚子美双手拍了拍，十分嫌弃地看着夏美欣，宛如凝视着垃圾。

“你喊什么？”亚子美一脸无语，好似她只是个路过的观众，“你们欺负莓铛的时候，她不说话就不痛吗？哦——我欺负你试试——”随即亚子美将夏美欣拎起，猛地扇了她一巴掌。

“啊——”夏美欣的凄惨叫声更是让所有人不安。

“啧啧啧，听你这凄惨的叫声，似乎很疼，可是我才一个人，你们这么多人欺负莓铛一个，做什么？”亚子美揉了揉疼痛的肚子，在其他千金眼里，那是安默隐的四个宝宝。

“亚子美，你也知道两年前她的那种事情！”

“那又怎么样？跟你们有什么关系吗？莓铛和安默隐在一起还是和道玄断在一起，那是人家的本事，你们有本事就来抢啊！用这种卑鄙的手段算什么？亏你们还是千金，我都替你们丢脸！”

亚子美将莓铛小心翼翼地扶起，小声询问：“你还好吗？我的天！你额头流血了！”

莓铛恍恍惚惚地扭过头，便见到模糊的轮廓，幻听般的女音融入她的耳朵，好看的眼睛半眯着，似乎她只要再眨一下，就会晕眩过去。

“你们居然把她弄成这样！太过分了！”亚子美拿出莓铛递给她的纸巾，擦了擦她脸上的伤痕，可见她昏昏沉沉的，吓得亚子美连连吼了句！

下一秒，门“砰——”地一声被踹开！就见道玄断破门而入，那双冷冽的晶眸如同黑夜里的吸血鬼，他迈开步伐直接将夏美欣抽起，他收紧力度，一只手将夏美欣从地上抽起，大步走出阳台，声音寒冷刺骨：“夏美欣！我道玄断不会放过你！”

夏美欣猛地咳着，企图想要挣扎，可她被悬挂在半空中。他阴鸷的双眸凝视着她，随即放开了手，夏美欣连连后退几步，不慎摔到一楼的深水池内！

其他人吓得脸色瞬间苍白如纸，腿都软了起来，想要逃跑却被反应非常迅速的道玄断逮住，猛地将她们堵在门口！

“道先生！完全是误会啊！莓铛她两年前——”

“再说一句！”道玄断瞪着那惊慌失措的千金，一字一句地对着她说，霸道得不容置喙！

亚子美看着昏昏沉沉的莓铛，怎么都喊不醒，只好让道玄断停下来。

“阿斯，怎么办，莓铛晕过去了！”亚子美十分焦急地询问道玄斯，整个声音都在颤抖，害怕莓铛就此结束。

“莓铛……”听到这里，道玄斯跑过去看了看她浑身都是伤，额头的血迹缓缓地流淌着，吓得他伸出手摁住了她的额头。

Chapter 16

善良的谎言

Part 1

“莓铛你千万不要有事啊！”亚子美吓得心脏都要跳出来了，喉咙哽咽得差一点说不出话，她连忙让了位置，看着道玄厮怀里的莓铛双眼闭合，无论她怎么说，都没有得到回应。

“对不起……对不起……对不起莓铛……对不起……”

道玄厮一只手止住莓铛的血，另一只手紧紧地抱着她，将她融进自己的怀里，他俯下身，头深埋在她的颈处，充满愧疚的嗓音缓缓回旋在她耳边。

他抬起头，自责地在她冰冷的樱唇上吻了又吻，可怀里的人依然没有任何反应。

“对不起……是我不好，坚持住……我带你去医务室……莓铛你不可以睡！打我骂我都可以……不可以睡……知道吗？嗯？”

混沌的男性嗓音透着一丝霸道与无奈，所有的冷酷与尊严在那一瞬间搁置。

道玄厮吓坏了，他轻轻摇晃着莓铛，企图让她睁开双眼，哪怕只是皱皱眉头也好！可她却软在了地上，没有任何声音，他最终心疼地将她抱在怀里，向医务室扑去！

亚子美从未见过这样的道玄厮，而道玄厮却在一点一点地为她而改变……

回想起道玄斯与她相见的时候就开始不一样了，喜欢玩她的洋娃娃，喜欢四处寻找她，以前女生为他做的爱心便当都是亚子美吃的，表白情书也是亚子美代收代读，而现在，他吃了莓铛做的爱心便当，当着亚子美的面前将莓铛搂进怀里。

原来的道玄斯对我好，只是友谊上的关系，他对我从始至终就没有一丝爱情的存在，他能够很潇洒地拍着我的头笑着说我是男人婆，可现在，他却有了深爱的人。

一滴滴亮晶晶的泪珠滑过亚子美的脸颊，心如同被一把锋利的刀绞着，脑海里的道玄斯与她在一起的幸福画面不断地浮现，让她痛苦得想要哀声悲恸。

夏美欣掉落游泳池的时候吓到了所有人，人们把她拉上来，为她做了许久的人工呼吸，这才将她救了下来，可她却精神恍惚，神志不清地环视着周围，好奇地凝视着那些围观她问个不停的人。

"夏小姐，你怎么回事啊？怎么从上面掉下来了？"这句话是她耳边问得最多的。

夏美欣浑身湿透，妆容被水浸湿，变成了大花脸，她想要张嘴说话，却疼得无法发出声音。

楼上，深邃得如同海洋的晶眸静静地观赏着所发生的一切，修长的手轻轻摇曳着高脚杯内的红酒，俊逸的脸庞缓缓抬起，蓝色的钻眸泛着一丝寒意。

随即，他抬起手，一名保镖走了过来。

"除去夏美欣在莱恩德学院的学籍，父亲问起来，就说是我必须要做的。"安默隐沉重地派下任务，背上的伤痕隐隐作痛，却不及他的心痛。

"是……"保镖毕恭毕敬地回应。

道玄斯坐在床边，握着莓铛的一只手，她的另一只手正打着点滴。

她进厕所的时候，道玄斯恰好见到了高庄与关翼在一起聊得不亦乐乎，便离开了不到一分钟，随后等了好久，都不见莓铛从女厕内走出。他霸道地闯入女厕寻找了一番，才收到亚子美的求救电话。

是他不好，如果他没有离开，那么莓铛就不会躺在这里。

道玄斯追悔莫及，看着安静地躺在病床上的莓铛，他的心痛苦不已，现在除了陪她，还是陪她，哪里也不去。

高庄在这里，她只会更加危险，一定要好好地保护她！

“嘀嘀——”道玄斯的手机响了又响，屏幕上闪烁的名字是：关翼。

可道玄斯似乎没有听见没有看见一般，璀璨的黄眸目不转睛地盯着床上的人，她的肌肤被那群人掐红了，皱着眉头，浑身疼痛，嘴里微微地嘀咕着什么，牙齿紧咬着，失去了安全感，她感到非常害怕。

“别怕，莓铛……我在这里。”道玄斯见她浑身颤抖，他宠溺地弯下腰，淡淡地说道。

“道玄斯……”炽热的拥抱是她眷恋的味道，颤抖的身躯微微平复了下来，她伸出插着针管的手，紧紧地搂住他的脖颈，不让他离开，只要他离开，她就好害怕，犹如跌入了地狱。

“我在……”道玄斯顺着她俯下身，握着她的手，放在唇边，轻声回应。

Part 2

罗亚的医务室显得格外圣洁与寂静，空气中弥漫玫瑰的淡淡清香，混合着清凉的消毒水气味，落地窗外的皎洁月光直透过窗棂折射进来，白得如同天使羽翼的软床上躺着恬睡的少女，卸掉了妆的脸色更是楚楚动人，滑腻如同果冻般，好像一碰即融化。

她的小手被大手握住，他想要给她更多的温暖，暗黄的晶眸在微弱月光的辉映下，灿若繁星，绝美的薄唇轻轻地亲吻着她的手背，一次又一次。

深邃的晶眸凝视着她玉白的肌肤上那密密麻麻的掐痕，是那群人尖利的指甲所伤，即便在微弱的灯光下，他依然能看得见，那些掐痕凹进去显得红肿，一道又一道掐痕直刺进他的心脏。

她的额头被绕了几圈纱布，弯弯细眉颤抖地皱起，蝴蝶般好看的睫毛紧闭，如同美丽的睡美人般安静熟睡。

道玄斯拿起手机，拨打了一个电话，声音冷淡，面色阴沉：“半小时，剥夺夏美欣与其他人的所有地位，若是办事不力，这件事你来承担！”

对方毕恭毕敬地回应：“是——少爷。”

过了一会儿，医生身穿白大卦提着药箱敲门后走了过来，看了一眼躺在床上脸色稍微好转了些的莓铛，才拿起药物准备在她的手臂上涂抹。他戴上口罩，没有看着道玄斯，而是严肃地询问："她怕疼吗？"

道玄斯顿了顿，轻声回应，内心却自责不已："嗯。"

她怕，她是个很笨的女孩，被泰迪狗追着跑，弄得狼狈不堪，还能够在大暴雨下摸着黑寻找我，伞弄丢了只好蹲在地上害怕得哆嗦着。

她何止怕？她怕到无法告诉任何人她怕痛，她怕黑，她怕她所害怕的一切。

"那你抓住她，不要让她动，得处理一下伤口，不然会淤血，过程中会刺痛她。"医生严肃地说完，扭过头来准备。

道玄斯将熟睡的莓铛扶起，医生见状，直接将沾着药水的药棉轻轻地涂抹在她红肿的肌肤上。

只是轻微的触碰，就令莓铛猛然地睁大眼睛，身体突然绷紧！仿如被深深地扎进了一根针！很快，那根针控制了她的全身，使她麻痹不已！她痛得想要挣扎，双腿开始猛地踢着前方！

道玄斯只是稍微用力，便将莓铛的力气碾压了下去。他凝视着她那瞬间变得苍白的脸，痛苦的表情让他心碎，他俯下身柔声地哄着她："没事了没事了，医生在给你上药，不要害怕，我在这里，莓铛，不要害怕……"

耳边拂来的声音，是她最渴望听到的，仿如天使降临，一字一句地融进她的心，他胸怀的温暖一点一点地钻进她的每一寸肌肤，让她不再惧怕，不再畏缩，僵硬的身体缓缓地平复下来，微弱地颤抖着。

此时她最爱的道玄斯就在这里紧紧地抱着她。

"忍一下就不痛了，乖。"此时道玄斯的声音轻柔，如同恶魔瞬间变成了天使般，他的侧脸贴着她的小脸颊，苍白的小脸瞬间变得红润，一颗寒冷的心渐渐炽热地狂跳着，再一次因他而怦然心动。

莓铛蜷缩进他怀里，手臂被他伸展着，医生涂好药之后吩咐了道玄斯一些吃药流程和打点滴的时间，便离开了。

道玄斯打量着那一大堆莓铛需要吃的药与需要打的点滴，五官深邃，闪过一丝愧意。

他来到床边，望着莓铛那受宠若惊的小脸："对不起，我不知道你会发生这样的事情，夏美欣和那几个女人，我不会放过她们！”

莓铛垂着头，不敢去望他，也不知道该做什么回应比较好，毕竟道玄斯的条件压得住夏美欣，如果道玄斯能够让夏美欣不要再来骚扰，大概也是个好事。

突然瞄到床边静静放着的洋娃娃，洋娃娃也穿着彩虹的迷你小裙，看起来似极了Q版的莓铛，她伸出手拿起了洋娃娃，它这一身是道玄斯精心打扮过的，脑海里自动脑补出一个大男人给洋娃娃穿衣服的样子，一定很可爱吧！

莓铛脸上不禁浮起一抹笑容，搂着洋娃娃躺进他怀里。

他当着所有人的面将莓铛抱出了罗亚帝国的大拱门，正在赏月观花的人只感觉道玄斯的气势十分强悍，便被他吸引了过去，随即议论纷纷：

“哎，是世界学霸道玄斯吗？”

“嗯，就是他。”

“哇，居然能够在这里看见道玄斯！”

“他抱着的女孩是谁？他女朋友吗？”

“呸！什么他女朋友！绝对是他家的亲戚表妹什么的，我才是道玄斯未来的女朋友！”

“滚，别做梦了，看见没有，那女孩很漂亮，不过受伤了——”

“彩虹裙哎，这个世界知名设计师才能用彩虹制成的彩虹裙，居然穿在她身上。”

“那就是道玄斯的女朋友，错不了了！”

莓铛的脸颊淡淡地泛起一抹酡红，随即将头脸埋在他怀里，尽量不让大家看见她的样子。

“你在这里稍微等我一下，我很快就回来。”道玄斯将莓铛放在自己的车后座，淡淡地说着，随后对司机命令道：“除了我，谁也不许开门！”

“是，先生。”司机一头雾水地点点头，余光微微地打量着美如天使的彩虹少女。

莓铛眨巴着眼睛凝视着他越走越远的身影，直至他在视线里完全消失。

Part 3

秋风拂过，阵阵清凉笼罩着这座城市，秋叶一片一片地飘落，地上集满了金黄色的三角叶，天穹悬挂着数不胜数的星斗，如同魔法师手里粒粒璀璨夺目的魔法宝石，莓铛抬起头隔着车窗凝视着夜空，天空异常的明静瑰丽，似乎只要认真地去观赏，便会出现流星雨。

“今晚的夜色很不错，莓铛小姐喜欢秋天？”看见莓铛望着车窗外发呆，司机开口询问缓解了车内的尴尬气氛。

莓铛沉默。

这就更尴尬了。

得不到莓铛回应的司机无奈地撇撇嘴，拿出手机消磨时间。

莓铛收回视线，靠在柔软的天鹅绒毯上闭目休息。

四名保镖突然走了过来，严肃地敲了敲司机的车窗玻璃，示意他打开窗户。

司机见几名高拔大汉冷酷地站在车门外，好奇地拉开车窗，望了望几名保镖，丝毫不害怕地询问：“你好，你们找谁？”

A 保镖目光瞄到后座的莓铛，见到司机脾气似乎还不错，稍微收了收冷漠的酷脸，淡淡地回应：“你好，我们高总请莓铛小姐回家。”

“啊？”司机一头雾水，不明白他在说什么。

可坐在后座的莓铛却大惊失色，她忐忑不安地凝望着保镖的衣着，一身冷酷的黑色西装，胸口上别着“高”氏独家徽章，看见那“高”字，莓铛吓得魂飞魄散，迟迟没有反应过来。她战战兢兢地蜷成一团，企图让保镖看不见她。

“莓铛小姐，请下车。”

A 保镖狡黠地透过司机的车窗注视着后座瑟瑟发抖、脸色苍白的莓铛，面无表情地说道，仿如嗜血的魔鬼！

司机仍然是一头雾水，不大清楚发生了什么，他扭过头看了一眼莓铛的意思，就见莓铛拼命地对着他摇头。

司机似乎明白了什么，随即对着保镖尴尬地笑道：“不好意思啊，要不你等我们先生回来再说吧！”

这句话刚落下，一把尖刀抵进车窗，将刚才的话再阐述一遍：“我们高总请莓铛小姐回家。”

忽然看见那把刀的瞬间，莓铛脑海中一片空白，连忙钻了过去，却被司机一只手摁住她的脑袋，不让她出来。

“呃——”司机愣了愣。眼前的保镖面无表情，他却没有丝毫的慌张，显然就是江湖上的老手。他淡定地望着四位来意不善的保镖，一脸和蔼可亲：

“实在不好意思啊，我们先生不允许莓铛小姐下车，你也不能为难我吧？我知道你也不好回去交差对不对，要不你稍微等一下？先生很快就回来了。”

“少废话！让她下车！”保镖不耐烦了。

莓铛见事不对，连忙阻止：“别……别伤害他……我下车……”

如同天使般的声音融进保镖们的耳朵。A 保镖才缓缓地放下手，莓铛低下头捡起身边的包包，正准备下车——

这些人明显是冲着莓铛小姐来的，如果就这么让莓铛小姐下车，岂不是太对不起道玄斯先生了？难怪先生离开的时候说不能给任何人打开车门，莓铛小姐应该是道玄斯最重要的人吧！

“咦？”他故作好奇地看着保镖们的身后，随即对着他们身后的空气说道：“先生你回来了！”

四名保镖很快就上了当，他们扭过头望着自己的身后，却发现根本没有人站在那里，等到保镖们反应过来的时候，司机已身手敏捷地将 A 保镖手里的刀给夺了下来，踩好油门骤然向前驶去！

“嗖——”车如同火箭般消失在保镖们眼中，月光的辉映下，黑色的车身闪着璀璨的光泽。

“追！”四名保镖坐上车迅速地追了上去！

莓铛完全没有反应过来发生了什么，呆呆地看着正拼命往前开的司机。

“莓铛小姐，坐稳了！”司机通过后视镜发现几辆黑色车正紧跟在身后，穷追不舍，随即他噙着一抹好玩的趣味面容对着莓铛说道。

莓铛害怕地点点头，搂紧怀里的洋娃娃，车速迅速高到120km/h，很快就消失在夜色中——

司机将车越开越快，惊心动魄地望着前方黑压压的路，迅速地转动着方向盘，最终被他们逼上了高速公路天桥上。

刺耳的刹车声攻破了这寂静的夜，让人听着都觉得毛骨悚然，司机惊慌失措地坐在驾驶座上瞪大眼睛，便发现自己已经将车开到了天桥边缘。他紧握着方向盘的手不停地颤抖着，大口大口地喘着气。他吓坏了，望着眼前这危险的地方，只需要稍微地踩个油门，车子与莓铛就会从天桥上掉进这深不见底的河水中！

他们差一点就来地狱的鬼门关边缘！

莓铛根本还没有反应过来，就被司机折腾得头晕目眩，等她回过神的时候，保镖们的车已经将他们紧紧地包围住，保镖们下了车，冷漠地注视着司机。

逃不了……根本逃不了……

莓铛的心脏仿如被震出来般，望着司机没有任何求生欲望的模样，她的心里很难受，紧紧搂着怀里的洋娃娃，畏畏缩缩地坐在后座，却什么也做不了……

她此刻能够为司机做些什么？祈祷吗？不是……她应该站出来才是！

一双小手紧握成拳，她抱着洋娃娃重重地呼吸着，浑身颤抖的身躯正努力地缓解下来，倏地，她下定决心拉开车门，走下车。

保镖们目不转睛地盯着莓铛，瞬间明白了为什么高总老是纠缠着莓铛不放了。

莓铛没有顾忌太多他们脸上的异样表情，粉色的樱唇轻轻动了动，柔软细腻的声音宛如天使般融进他们的耳朵："请给高庄打电话，我想跟他说几句……"

几名保镖蹙眉，愣了几秒最终还是妥协，毕竟高总交代过，她要什么能满足就满足，莓铛不能受半点伤，否则他们的小命不保！

莓铛接过保镖的手机，对方的声音熟悉，让她害怕到忘记了呼吸："如果这个世界有第八大奇迹，那大概就是小铃铛主动给她未来的老公示爱吧！"

调侃的声音夹着一丝玩世不恭的味道，暧昧与冷酷跟两年前完全一致，让她感到厌恶！

莓铛沉默。

“怎么了？小铃铛这么急着给我打电话，该不会是想我了吧？”高庄坏笑道。

莓铛沉默。

“小铃铛怎么不说话了？你已经两年不说话了呢！我可爱的莓铛又不是哑巴，也没有忧郁症，干吗还要继续演呢？”高庄躺在床头上笑道。

“我会回去，可不可以放过司机……”莓铛实在听不下去，直接打断了他，随后淡淡地说道。

“哦？什么放过司机？小铃铛，我怎么会舍得做那种事？你要什么我都会答应你，除了毁合同……”

“给我两天时间，我整理一下……可以吗？”莓铛淡淡地开口，不含任何情绪。

明天，是期末考试……

后天，是她的生日。

大后天，是道玄斯要回M国的时间。

她其实不确定道玄斯是不是真的大后天就走，可他没有告诉她，大概是将时间拖延了，或者……大后天只是别人谎报的一个消息而已。

她相信，道玄斯是真的爱她。

“嗯！小铃铛别着急，两天就两天，我给你就是了，两天后我来接你，好吗？”见莓铛第一次跟他谈条件，高庄优美地勾唇，爽快地同意了。

“好……”莓铛顺着他点头回应。

“真乖，等你回来的时候，我会好好保护你……”

不知道这句话莓铛有没有听见，传来的嘟嘟挂断声让高庄哭笑不得。

Part 4

车不见了！去哪里了？莓铛还在车上！那司机是自己最信任的人，会去哪里？谁有让那个让司机开走车的本事？

道玄斯在原地寻找了很久，可依然不见车的足迹，仿如神秘消失一般，无影无踪！

回想起他抱着莓铛出来的所有画面，每一个人的异样表情，没有丝毫的不对劲，难道……有人劫车了？

那个人……一定是莓铛最害怕的人！否则，车一定会在这里，司机也不会失踪！

下一秒，他的车缓缓地开进森林，出现在他眼中。他还没有反应过来，司机就打开了车门，满头大汗地凝视着道玄斯，见他板着俊俏的容颜，司机气喘吁吁地说道：

“道先生，刚才莓铛小姐说她饿了，想出去买点东西吃，我想着这森林没有超市就开车带她去外面买了点吃的，然后就回来了。”

司机犹豫了一番，望了一眼车里拼命擦掉眼泪不想被道玄斯发现的莓铛。

为什么……莓铛小姐要瞒着道玄斯先生？莓铛小姐在车上……用电话交谈的那个人是谁？为什么莓铛小姐会那么害怕？却又担心伤害道玄斯先生？如果真的是为道玄斯先生好，那……那莓铛请求帮她撒的这个谎言，司机也愿意！

道玄斯听完直接钻进后座，便看见莓铛脚下的那一堆零食，相信了他们真的有去超市买东西，下一秒，他没有看清莓铛便有一具娇小冰冷的身躯扑进怀里。

暗黄色晶眸垂下，静静地凝视着莓铛羞涩的小脸。声音低沉：“笨蛋，饿了不会等我回来再一起去吗？刚才真是叫人担心！”

莓铛红着眼眶，勉强地扯出一抹淡淡的天使微笑，干旱的脸蛋上微微晕染一片好看的潮红。她轻轻将手搭在他的背上，鼻翼间扑来他身上的清香，让她眷恋不已。

许久，道玄斯才肯放开她，对着司机吩咐：“回家。”

“好的，先生。”尴尬已久的司机听见发话忙将车子开启。

“今天的事情做得非常好，回去后赏你奖金。”道玄斯单手搂着莓铛的肩膀，目光眺望着司机，淡淡地说道。

“谢谢！谢谢先生！”听到奖金，司机笑得合不拢嘴，可又想到刚才高庄的保镖居然敢持枪威胁，还敢追车，真是让他有些咽不下这口气！

道玄斯扭过头凝视着她可爱的模样，那双微微低垂的蝴蝶睫毛覆盖着她清澈的美眸。

莓铛搂紧怀里的洋娃娃，靠在他的胸脯上，闭上眼睛深深松了一口气。有他在，她突然不害怕了，仿如他是天使，能够治愈她不安的心。

道玄斯低下头，就见她安然入睡了，他小心翼翼地挪了个姿势，让她睡得更加舒心……

Part 5

翼城，校长无奈地坐在沙发上，目视着眼前跪在地上的安默隐与亚子美，深深地叹息，百感交集。

“叔叔……”亚子美低喃着，带着楚楚可怜的模样悄悄抬起头窥望着面容十分严肃的校长，此时的校长如同凶猛的野兽般，静静地坐在沙发上，气势瞬间压住了全场，让亚子美不禁有些慌张起来。

第一次给人下跪，还是给安默隐的爸爸下跪，从进门到现在，安默隐陪她跪下已经有半个小时了，林文和亚子美都非常担心安默隐的伤势迟迟不能好转。

亚子美摇摇头，余光瞥了一眼深邃绝伦的完美侧脸，她皱起不解的眉头，内心暗骂着。

“隐。”校长将目光挪向一旁仍然保持冷静的安默隐，声音不高不低，可开口却差一点让亚子美软了下去。

安默隐毕恭毕敬地垂着头，声音温柔如棉：“父亲……”

“我是真的没有想过，你竟会与亚子美交往……在回国之前我一直担心你还对莓铛纠缠不清，夏美欣现在得罪了道玄斯，家族的身份被削了……所以你与夏美欣的联姻是联不成了……”

校长淡淡地说，凝视着两人中间的空气，目光空洞，道玄斯能够有剥夺家族身份的能力，他必然要做好提防。

不能让自己的儿子因为深爱莓铛而得罪道玄斯！否则……安默隐可能会与道玄斯反目成仇！道玄斯对于任何人来说只能有利不能有害！所以……如果道玄斯真的爱莓铛，那就让他去爱吧。自己的儿子也绝对不能再干涉！

所以，校长考虑已久，终于接受了亚子美存在的这个事实。

安默隐抿唇，玛瑙石般的海洋晶眸闪烁，璀璨如星光。

可校长却不知道，安默隐的心始终停留在莓铛身上，一直到现在，他都是如此，只是现在被亚子美牵连，无可奈何。

“亚子美……”校长喊住了她。

“叔叔……”亚子美连忙反应过来，紧张地回应。

“几个月了……”

“啊？”亚子美惊讶地抬起头。

“孩子……几个月了？”

“一……一个多月……”亚子美被问到死穴，她汗流浃背、结结巴巴地回应。

校长明白地点点头，从沙发上站了起来，居高临下地望着跪在他面前的两人，某种视觉上，亚子美似乎和他的儿子蛮般配。

“如果与亚子美在一起能够让你忘记莓铛，大概也是件好事，虽然亚子美的家世很一般，可总比莓铛好……回头林文拿彩礼去给亚子美父母，事成之后举行婚礼！”校长说着，抬起头望了一眼不远处站着的林文。

“啊？”亚子美目瞪口呆。

林文笑了笑，露出慈祥的笑容：“是，老爷。”

安默隐沉默，背后的鞭痕麻痹着全身，他忘记了疼痛。

“你们既然已经到了这种地步，我也无所谓了……今天开始你们就住在一起吧。隐，得照顾好亚子美。”校长命令道。

安默隐不置可否。

于是，亚子美被迫留在翼城……

她走到安默隐的书房，无意间翻开了安默隐的日记，两年前的画面历历在目，如同电视剧一般浮现在她的脑海中。

他对莓铛的爱，对莓铛的执着，对莓铛的痴情，全部以文字的形式表达了出来，看完这些日记，亚子美的眼泪滴滴滑过，他们凄惨的爱情如同牛郎织女，如同罗密欧与朱丽叶，如同阿波罗与达芙妮，让人深感遗憾。

“两年前的我很快乐，因为我拥有了你。可两年后的我却很忧伤，因为我失去了你。”

日记上最后一页的这两句话，是写给莓铛的。

阴差阳错，莓铛最终还是与道玄斯在一起了，道玄斯是亚子美最深爱的男人，莓铛是安默隐最深爱的公主。

她犹豫几番，拿起笔在这两句话的下面补充了几行字：

“每一个明天的开始，你会很幸福。如果你没有遇见那个可以给你幸福的人，那我亚子美暂且把幸福托付给你。”

Part 6

翌日，莓铛醒来时总感觉身后有一股力量正温柔地压着她，她扭过头，便发现道玄斯居然睡在她身边。

“早上好。”

道玄斯带着浓浓的睡意，那双半眯着的璀璨晶眸朦胧地凝望着身旁的莓铛。

也许道玄斯永远也不会告诉莓铛的一个最深的秘密就是初次见面，他吻了她，讽刺她是不会说话的洋娃娃，还奇装异服出现在莱恩德学院。

其实——那也是道玄斯的初吻，他不记得那次唇瓣触碰的微妙感觉是什么，但他只想继续在她身上掠夺更多，更多，还要更多……

唇角微微勾起，他再一次搂着她，在莓铛的脖颈处找了个舒服的地方继续沉睡。

莓铛害羞地忘记回应，轻轻地摇了摇他，声音湿润如同天使：“道玄斯……醒醒……今天期末考试……我要去学校……”

“不去。”道玄斯干脆利落地否定了她，换了个姿势继续拥着她入睡。

他不去就不去，可她必须去啊！不然又会挂科……她还有时间继续读书吗？高庄会给她继续读书的机会吗？应该不会吧……她很快，就会嫁给高在了……

好舍不得道玄斯，不想告诉道玄斯，只想让道玄斯记住此刻的我，最深爱道玄斯的我。

也许，爱就是一种放手。

她虽然不舍，却被逼无奈，命运如此捉弄，她只能屈服，不想让道玄斯卷进这可怕的困境，她只会连累道玄斯，只会依赖道玄斯。

这一次，她再也不想依靠任何人了。

她要学会坚强！

莓铛闭上眼睛，伸出手回抱住他，内心的各种思绪一涌而上，淹没了她的整片脑海。

没一会儿，好看的晶眸猛然睁开，道玄斯想到今天确实是期末考试的日子，剑眉微微蹙起，不耐烦地抱着莓铛走进浴室刷牙漱口。

莓铛边刷牙边小心翼翼地打量着周围的环境，这里所有的一切都是按照道玄斯喜欢的风格装修的。

道玄斯扭过头看着发呆的莓铛，打趣地弹了弹她的脑袋，扬起绝美的唇瓣，随后两人一并去了学院。

Chapter 17

要么带她走，要么留下来

Part 1

亚子美的衣服失去了往日的休闲，多了几分华丽，教室门外立着两名保镖，女同学们纷纷羡慕不已，围过来对着亚子美有说有笑：

“真是奇迹啊，亚子美你居然跟安少爷在一起了。”

亚子美苦笑着不置可否。

鬼知道她经历了什么，一夜之间，她居然跟安默隐被公开是什么恋人了，估计安默隐差一点就被气死吧！自然也气死了不少梦想嫁给安默隐的女孩子们。

“亚子美你这么仗义，居然还怀了安少爷的四胞胎，真是奇迹呢！”女同学话中有话，让人分不清善与恶。

亚子美点点头。

可她非常清楚自己并没有怀孕，她只是撒了谎，天知道她到底要伪装到什么时候。

道玄厮送莓铛进了教室之后，所有人都直勾勾地望着莓铛殷红的唇，即便她伪装得很好，也无法逃得过那群眼睛十分犀利的女同学们，她们面面相觑，随即开始议论纷纷。

考试的时候，莓铛认真地做着题，试卷全都看了一遍，才开始拿起笔填写正确的答案。

而另一边教室的亚子美却截然不同，她可没有莓铛这般认真仔细，拿着手里的骰子往天上一抛，落下那一刻显示的是 A，亚子美才不紧不慢地在选择题填了 A，然后继续抛继续碰运气地填写着。

看着这些眼花缭乱的数学试卷，亚子美在解答题写了个“答”字，然后题也不看地继续涂涂画画，消磨这煎熬的时间。

她不选择作弊，也不选择找其他同学索取答案，反正她清楚自己能拿多少分，也就一脸无所谓的模样继续抖腿哼歌。

她做了一道题，是道玄斯出的。

那一题特别难，也是分数最高的题，亚子美咯咯笑了几声，在试卷的空白地方画了个扭扭捏捏的“猪”画像，随后还非常满意地收了笔。

道玄斯开始串门走访，每个教室都走了一遍，他蹙着眉头拿起亚子美故意遮挡住他出题的试卷，看见她画着一头猪，眉毛微微扬起，这画画水平连个幼儿园老师都不如，但道玄斯清楚她画的圆脑袋大耳朵大鼻子是什么生物。

他故作镇定地放下试卷，板着一张冰冷的俊脸，一副“亚子美你没救了”的模样盯着她，双手酷酷地插在口袋，随后优雅地走出了教室。

亚子美淘气地向他吐了吐舌头。

哼！就是故意画头猪气死他！

他来到莓铛的教室，待在莓铛不远处许久，就见她一直对着试卷认认真真地检查着，小手紧握的圆珠笔顿了顿，在草稿纸上算了一次又一次，确认准确无误之后才开始看下一题。

她做着他出的那道题的时候，停留得特别久，一开始并不知道哪一个才是道玄斯出的题，可同学们说分数最高最难的就是学霸道玄斯出的题。

道玄斯怎么说也认真地教过我，一定要考个好的分数！就算最后被调包了，也一定要考好！

道玄斯小心翼翼地走了过去，不动声色地站在莓铛身后盯着她的试卷，发现她的每一道题都回答得很准确，字迹很少女，工工整整规规矩矩，不像亚子美那样鬼画符般连她自己都看不懂。

内心宛如被温煦的阳光照射进来，又犹如被推翻的蜂蜜，甜甜的，暖暖的，让他更加深爱着她——

她感觉自己身后有一股强大的磁场在吸着她的心脏，伴随着空气弥漫着淡淡的熟悉清香，莓铛回过头，下一秒，道玄斯俯下身，揉了揉她的脑袋。

莓铛瞪大眼睛，一颗心不停地狂跳着，可很快，道玄斯便放开了她，灿若繁星般的晶眸凝视着渐渐染上一抹红腮的莓铛，小声地对莓铛说：“好听话的莓铛……”

莓铛顿了顿，低下头不敢注视他。

道玄斯噙着一抹邪魅的笑，得逞地站直身子，晶眸环视了一眼教室学生的考试态度，才满意地走出教室。

关翼这次也来到莱恩德学院贵宾室，他坐在一组深灰色的沙发上，双手相互玩弄着，微微抬起眼睛，看着道玄斯正津津有味地吃着他女朋友莓铛做的爱心早点，剑眉微蹙，迫不及待地询问：“斯，行李都准备好了吗？”

“没有。”

道玄斯拿起莓铛做的夹心面包，打量着面包的外表，发现莓铛做得非常用心，捧在手心的面包还是热乎乎的，裹了几层之后还特地拿去超市帮忙加热吗？

璀璨的晶眸眯起，干脆利落地回应。

“跟你女朋……跟莓铛说了吗？”关翼站起身坐到他以往的办公桌上，双手搭着，撑着下巴继续询问。

“说什么？”

道玄斯不快不慢地吃完夹心面包，不忘将唇边沾着的面包舔进嘴里，拿起奶酪草莓继续吃进嘴里，依然看他，而是漫不经心地回应，好似他根本不在乎关翼有没有生气。

关翼的脸瞬间黑成一块炭。

虽然道玄斯一直不愿回应他，可关翼看得出来也感觉得出来，道玄斯并不想离开这里。

他有心上人了。搞不好道玄斯不会再和他合作了，摇钱树如果丢了，可是很糟糕的。也不知道高庄那家伙到底有没有把莓铛带走。

“舞会之前我就告诉过你了，总决赛我会参加，既然我都答应你了，这么迫不及待地想要带走我，恐怕是你心怀不轨吧？”

道玄斯喝了杯莓铛精心榨好的苹果汁，似乎想到了什么，笑着将一块小小的面包扔给了关翼。

关总一把接住，皱着眉头不解地看着道玄斯，就见他露出幸福的笑容："整天跟钱打交道，你不累吗？尝尝我女朋友的手艺，保证你会想要一个女朋友！"

关翼无语，到底还是品尝了起来。

"味道确实不错。"关翼谬赞，回到了正题，"那你后天不跟我回去打算什么时候回去？"

道玄斯想了想，随便报出个时间："总决赛的前一天，我会准时到达M国。"

如果莓铛不拒绝，他会带着莓铛一起去，如果莓铛不愿意，那他会去两天就马上回来。

他不允许任何人再欺负莓铛！

"哦。"关翼淡淡地回应。

道玄斯一点都不浪费地吃完了，拿起便当往贵宾室门外走去："要是没有其他什么事情你就回去吧，我该去洗碗了，回见。"

莓铛居然还对他提出一个条件，吃完饭必须要把便当盒清洗得干干净净，不然下一餐没有饭吃。

道玄斯被莓铛征服了，只好乖乖地端着空空的饭盒拿去洗。

关翼笑了笑，站起身意味深长地留下一句："你会跟我回去的，东西不收拾也没事，M国那边也有，今天玩得开心点！"

道玄斯沉默，却根本不放在心上，关翼无非就是担心他谈恋爱过头了，他那小心思他还看不出来吗？

Part 2

考试结束后，莓铛默默地等待同学们离开后才走出教室，走廊上空荡荡的，不远处的操场正在举行篮球比赛，沸沸扬扬的打气女音与欢呼声轰炸了整片天空。

莓铛拿起手机看了看时间，已经过了五分钟，道玄斯还不来吗？

说曹操曹操到，莓铛抬起头的瞬间就看见道玄斯站在自己面前，他身穿着篮球背心，露出他白皙的肌肤，凸显性感的迷人锁骨，手臂上那健壮的肌肉，不大不小，看着刚刚好，那中短的篮球裤更显出道玄斯那修长有力的腿。

他五官深邃，好看的目光迷离，额头与发丝差不多被汗水湿透，手里捧着他的制服，见到莓铛，他扑上去抱住了她，随即将自己的衣服塞进莓铛的怀里，在她还不明白发生什么的时候就被道玄斯拉着手跑到篮球场内。

道玄斯将莓铛放在离自己最近的位置，随后从莓铛包包里掏出莓铛没喝完的水，咕噜噜地喝了个精光，他擦了擦唇，目光凝视着莓铛那呆呆的表情。

“对面的队伍有女朋友在打气，还有亚子美一直在捣乱，搞得我队一直在输，现在我把你带来了，给你的男朋友加加油！让你男朋友的这群猪队友给给力，好吗？我可爱的莓铛。”道玄斯沙哑地说着，如同星光的暗黄色晶眸深沉地注视着她，缓缓地站起身，在她红润的脸颊上吻了一下。

对面的亚子美见了简直快要气炸！连忙对着自己的篮球队员们打气威胁道：

“不能让阿斯赢！现在他女朋友在场，阿斯一定会跟你们拼命的！加油把学霸打倒！我相信你们！别给我们莱恩德学院丢人！”

校花亚子美的鼓励让男生们个个心动不已，下定决心与道玄斯血拼到底！

比赛再次开始——

道玄斯听到集合的声音，顿了下，不舍地离开了莓铛，缓缓后退的时候，食指与中指触碰着他炽热的唇瓣，随后向莓铛抛去。

裁判员站在两队中间，嘴里含着哨子，微微弯下腰，眼睛注视着手里的倒计时钟，道玄斯站在最前面，他的个子自然也是最高的，其他队友们对道玄斯有着敬仰与谦虚，向学霸鞠躬敬礼之后，开始忐忑不安起来。

这一局也一定要加油！不能输给学霸才行！

道玄斯半眯起眼睛，露出让人不解的笑意。

一艾与道玄斯一队，共六人，为蓝队。

亚子美打气的那一队为红队。

裁判员吹响了口哨，手里的篮球高高地抛在两队中间，道玄斯反应敏捷地劫走了准备落入红队的篮球，华丽地转过身，将自己的球传给了三分线外的一艾。

一艾一下子就接住了。他弓着腰，目光打量着周围的阵形，发现自己已经被红队左右夹攻！篮球碰撞地面发出“砰——砰——砰——”的声音，看准时机后，一艾快速地突破围攻！

如同脱缰的野马般快速地逃脱，双手拍打着篮球，闯过了几层的防守与进攻界线，一个帅气的跳跃，他大吼一声，将篮球抛给了道玄斯：“道玄斯——接着！”

道玄斯身手敏捷地接了回来，红队队员如同野狼般纷纷攻击道玄斯，道玄斯加快了步伐，弯着腰，篮球在他胯下来来回回拍动着，左手右手灵活地运用，蓝队见状死死地保护着篮球不被红队劫走，见到队友的助攻，绝美的薄唇微微勾起，迅速地避开了红队的阻挡！

一个完美的跳跃，画面宛如瞬间凝固，他的身后好似浮现了一对黑色的天使羽翼，美不胜收！

只见他将手一压，篮球如同魔法般在空中划过一道好看的弧度，不偏不倚地砸进了篮球筐内。

“好！”队友们见到拿了一分，兴高采烈地异口同声喝彩道！

随后队伍井井有条地跟着道玄斯的步伐进行配合，篮球上的精彩比赛犹如一场惊心动魄的决斗，每一名队员都在奔跑，好似飞快的野马，可篮球再次从一艾手上传来后，道玄斯压根儿就没有给红队得逞的机会。他快得像一道闪电，在红队与蓝队中穿梭着，沉稳高超的技术让他们瞬间眼花缭乱，等反应过来的时候，道玄斯已经带着球投入了篮中！

那一刻，男女交杂的声音激烈地响起，声如洪钟、震耳欲聋！轰烈的掌声带节奏地响起，各个都在欢呼着道玄斯进球的时刻！

莓铛完全没有反应过来发生了什么，在篮球场上那群队员中根本找不到道玄斯的影子，观众席上人声鼎沸，不计其数，耳边传来的喝彩呐喊声，以及异口同声的女音都在为道玄斯加油打气：“道玄斯加油！道玄斯加油！道玄斯加油！”

而那掩盖住所有人低喃声音的口号中，传来了九夏的甜美声音：“一艾加油！一艾加油！一艾加油！啊啊啊！一艾小心啊！一艾好棒！加油加油加油！”

莓铛扭过头好奇地打量着，就见坐在旁边的九夏手里抱着一艾的制服，她一只手高高举起，一上一下，嗓子都快喊哑了，可却无法阻挡九夏对一艾的热情。

20：0。红队一球都没进的战绩让红队的人心塞。

“姐妹们！看这分数很尴尬啊！我们得帮助我们队的队员才行！”

亚子美看着道玄斯的分数越来越高，下定决心站起来，随后跳起了拉拉舞，几十名拉拉队员也开始喊起了刚才莓铛不在时的那些口号！

“道玄斯！零分！道玄斯！零分！道玄斯！零分！”

拉拉队员们与亚子美异口同声地喊着，听得见她们这口号的道玄斯蹙着眉头扭过头，就见亚子美淘气地朝他吐吐舌头。

然而即便她们这样喊着，也并没有刚才那么奏效了，她们越是这样喊，道玄斯越起劲！

他又扭头看了看莓铛。

该死！她居然一脸不知道我在哪里的样子！是我跑得太快了她看不见吗？怎么反应这么迟钝？

见道玄斯的目光投入观众席，红队趁机冲了上去！突然，一名与他擦肩而过伺机截球的红队员不小心跨倒了他！篮球才顺利从他手中劫走！

“砰——”道玄斯整个人摔在了地上！

“啊——怎么回事怎么回事？”观众席瞬间乱作一团！

比赛停止了，所有人都过去看了看道玄斯的伤势，莓铛见状不顾一切地跑了上去，扒开人群，蹲在地上攥了攥道玄斯的手臂。

道玄斯扭过头，璀璨的晶眸拓映出少女惊慌失措的小脸。

她在担心我！她跑上来了！她居然跑上来了！

莓铛没有注意他正目不转睛地盯着她，她左看右望地打量着道玄斯的身体，检查他有没有磨坏皮肤。

“我没事。”看着为他焦急的莓铛，道玄斯的心宛如被灌满了甜甜的蜂蜜，一股特殊的电流酥麻着他的每一根神经！

莓铛顿了顿，这才放松地停止了检查的手，水灵灵的大眼睛望着他，四目相对，她红着脸尴尬了一会儿，露出了甜美的笑容。

“加油。”声音很小，小到站在身边的队员们根本不知道莓铛说了什么，但是能够确定她微微启动的唇在说话。

可道玄斯却听得清清楚楚，邪魅地勾唇：“亲我一下！”

莓铛的脸瞬间红到了耳垂，她不可思议地望着道玄斯，就见他将脸凑了过来，随时准备着她甜蜜的吻落在他的脸上，莓铛紧张地将唇凑了过去，观众席一阵惊愕的声音！亚子美瞪大眼睛！

可谁知道玄斯忽然扭过头，她吻上了他的唇，一个反手，他将她抱进怀里加深了这个吻。

Part 3

亚子美瞬间僵硬了下来，手里的彩球掉在了地上，就在她准备要冲上去的刹那，一具娇小的身躯宛如长了一对天使的羽翼般猛地飞扑了上去，亚子美不可思议地望着跪在道玄斯身边的莓铛，那即将要渗出泪水的晶眸不停地检查着道玄斯，随后她被他嵌在怀里！

亚子美的心好痛，仿佛在那一瞬间停止了，宛如没有心脏的人偶般，呆呆地凝视着地上那一对鸳鸯，浑身麻痹不能动弹，身边的女生们纷纷震惊不已，甚至还有人拿出手机拍了又拍，沸反盈天的噪音涌进亚子美的耳朵。

亚子美茫然，她回想起那个时候莓铛伸出手，递给她卫生巾，还非常贴心地给了她暖宫贴和纸巾，后来却因为这些而被夏美欣她们欺辱，如此善良的莓铛是她最深爱的道玄斯的女朋友。

她不得不承认，莓铛很善良，善良到亚子美舍不得对她心狠。善良到亚子美多么想变成她那样。能够被道玄斯宠爱，能够让安默隐对她痴情这么多年。

虽然输了，可她还是很高兴，因为她不喜欢跟这种软弱的女孩子争！莓铛这种性格的怪人不配！

亚子美最终还是选择无视地闭上眼眸，冷冷地笑着，分不清是自嘲还是接受了这样的事实。

她捡起掉在地上的彩球，瞪了一眼道玄斯，随即身体开始扭动。她高高地呐喊着，随即其他拉拉队开始跟上步骤。不一会儿，整个观众席传来热烈的声音：

“在一起！在一起！在一起！”

莓铛瞪大眼睛，脑子瞬间一片空白，道玄斯这样对大家公开恋情，就像一部甜蜜的偶像剧般仿佛在对人们宣誓，她属于他。

道玄斯得逞地放开了莓铛，蹭了蹭她可爱的鼻尖，噙着一抹调侃的微笑：“发什么呆？不知道我刚才在补充能量吗？”

莓铛有些疑惑地凝视着俊美的道玄斯，可很快，道玄斯便站了起来，对着还没有从中反应过来的队员们说道：“我没事，继续开始比赛吧！”

观众们停止了欢呼声，继续回到了刚才惊心动魄的篮球比赛。

“呃——”队员们反应过来后，才开始重新摆好了队形。

莓铛缓缓地站起，看着道玄斯的侧脸，道玄斯扭过头，伸出手给了她一个无形的摸头杀，周围观众的少女心与嫉妒心一涌而上。

亚子美摁了摁小腹。这痛经怎么还没有完全好？

在不远处的女佣们见状马上冲上来扶好亚子美。

“亚小姐，我都说了不能乱跳了，为了四个胎儿着想啊！”女佣十分担忧地说道。

观众席一层接着一层向上，大门口站立着尊贵的身影，深邃的海蓝色晶眸凝视着篮球场亲蜜的两人，黯了黯，薄唇轻抿，面无表情地转过身离去。

似乎感觉到了什么，亚子美扭过头望向门口，就见安默隐迈步离开的背影。她忽然停了下来，想到他身上还带着伤，没想多久便追了上去……

“乖，在一边坐好，我要是赢了，你得奖励你的男朋友。”道玄斯意味深长地笑了笑，随后将她轻轻地往观众席推了推。

莓铛一头雾水地坐在观众席上，一颗心“扑通扑通”地跳动着，不少单身女生嫉妒的目光宛如一把把锋利的刀捅向莓铛，巴不得她迅速消失！

“亚子美跟道玄斯交往，我是绝对不会反对的，我也认了，可是莓铛……这种人怎么攀上道玄斯的？”不远处传来女同学们一肚子的牢骚声。

身后的声音扎进莓铛的耳朵，她的心瞬间绷紧，双手放在膝盖上微微抓了抓百褶裙，脑袋渐渐地垂了下去。

九夏扭过头看了看埋头的莓铛，分不清她是害羞过头了还是怎么的，顿了一会儿，她别过脸继续加油喝彩。

莓铛沉默许久，发现观众们的声音渐渐变得洪亮的时候，她才缓缓地抬起头，才发现道玄斯居然拿下了最高记录的分数！

53：5。

莓铛惊呆了！

“哔——”裁判员看准时间，猛地吹响比赛结束的口哨。

“万岁万岁！一艾赢了一艾赢了！”

九夏在一旁见到道玄斯拿了那么高的分数后，连忙跳起来向一艾身上扑了过去。

一艾气喘吁吁地推了推九夏，“别！我全身是汗！”

九夏更是紧紧地将他拥住，幸福地笑了笑：“我不介意！一艾好厉害！大家都很厉害！”

一艾看了看不远处的道玄斯：“都是道玄斯拿的分，我可没做什么。”

“哼！谦虚谦虚！就知道谦虚！”九夏嘟起嘴，随后递给他一瓶矿泉水，拿出毛巾给他的脸上擦了擦。

道玄斯将篮球扔向一边，将坐在观众席上的莓铛一把抱起，原地转了几圈。

“赢了！”

莓铛本来就精神恍惚，被他这么一转，差一点晕了过去。

“道玄斯好棒……”莓铛淡定自若地谬赞，洋娃娃般的脸颊上浮现出迷人的笑容，若隐若现。

“除了这句话呢？”道玄斯挑眉，饶有兴致地等待她下一秒的回应。

莓铛想了想：“今晚我请你吃东西！”

道玄斯将她放下，蹭了蹭她的鼻翼：“好……外加一个条件。”

莓铛疑惑地望着他。

他俯下身，目光充满宠溺：“亲手给我做……”

Part 4

夕阳西下，莱恩德学院沐浴在金色的余晖中，学院的后院是一面不大不小的广场，只有导师级别以上的人才有资格进入。

大圆盘的喷泉逆流着，晶莹剔透的水珠泛着金黄色的光，一滴又一滴地向天空中挥洒，它的周围绽开了一簇簇美丽的蔷薇花，深邃的湛蓝色晶眸微微注视着蔷薇，粉嫩粉嫩的，宛如他最深爱的那张娃娃脸。

她多久没有跟我说过话了？

昨天的舞会她开口的第一句“我们见过吗？”如同一根根细小的针刺入他的骨髓中，让他痛得无法呼吸！

他沉重地深呼吸，摄取着这些冰凉的空气，双眸微闭，脸上布满了忧伤。

高贵的身形忽然停了下来，屹立在喷泉不远处的走廊上，走廊的天花板被蔷薇花缠绕着、笼罩着，一串一串地悬挂在半空中，黄昏的金黄色透过美丽的蔷薇射入，宛如金色的魔法般，周围的空气带着丝丝白雾，氤氤氲氲，好像可与仙境媲美。

安默隐笑了笑，并没有扭过头望着她，声音温柔得如同天使：“走这么远，累吗？”

亚子美停下来，错愕地顿了顿：这破少爷终于发现我的存在了？很快，她脸上恢复了平静：“我还好，倒是你，伤势还没有好就逞强装成很正常的样子，不痛吗？”

“有什么关系……”海蓝色宝石眼眸微微垂着，凝视着美艳的粉色蔷薇花，绝美的薄唇轻启，淡淡地回应，似乎他今天的心情并不好，语气虽然温柔，却多了几分冷漠。

亚子美噘嘴走到他面前，抬起头便看见他英俊的脸苍白无血，肌肤内渗出了汗。她吓得瞠目结舌，两眼呆呆地凝视着他，伸出手摸了摸他的额头，随后被烫得立马收回手！

“啊！好烫！你额头跟开水一样烫！你发……”

“你准备放弃了吗？”安默隐温柔地打断她那无谓的话，询问道。

亚子美还没有完全反应过来地看着他那双坚定的眼眸，懵懂着。

“你准备放弃道玄斯了，对吗？”安默隐细细地打量着她渐渐变红的脸，轻声询问道。

“我……”

“原来你也有这般懦弱的时候。”安默隐收回视线，双手抄在裤袋上，迈开脚步向前走去。

“不是懦弱。”亚子美喃着，安默隐却听得清清楚楚，“而是觉得……如果你喜欢的那个人不喜欢你，那就不要再去尝试了，我如果再用这种喜欢去纠缠道玄斯，他一定会很困惑，我也不想再让他因为我的喜欢而困惑……我想看见他幸福。”

甜美的声音一字不漏地传进他的耳朵，他被迫放慢了脚步，最终停下，好看的晶眸闪烁着异样的光，沉默许久，他淡定自若地回应：“哦。”

仿佛他只是个旁听者，接着他继续说：“随便你。”

“那你呢？”亚子美走上前追问。

“莓铛只是忘记了我，只要她愿意回到我的身边，那么这些事情我都可以既往不咎。”

他的脑海中，全是两年前与莓铛在一起的幸福时光，然而却被自己的父亲与夏美欣阻碍，导致莓铛变成这般模样。

“那我们的事情呢？”亚子美尴尬许久，到底还是开口问了起来。

“我会处理。”安默隐淡淡地回应。

亚子美“嗯”了一声，没有再凝视他，随后，她嘶嘶低喃，双眸垂下：“这个学期结束之后，我就要转学了。”

突如其来的话让安默隐猛地睁大眼眸，他低下头，凝视着娇小的亚子美，她明明那么脆弱，却非要摆着一副大小姐的架势来压制人，如果抛开这些，亚子美也会和莓铛相同。

“为什么要转学？”安默隐审问，声音夹着几分冷漠，却听得出来，他十分在乎这个问题。

亚子美只是觉得因为安默隐和自己是再熟悉不过的朋友，被他这么一问突然耳根赤红，脸上也渐渐染上一抹香腮。

“因为……家里人要搬家了……加上……这个地方……没有什么让我留

恋的了……”亚子美缓缓地低下头嘀咕着。

“哦，也不错，但是得等我处理好我们的事情之后，你再离开我。”听完她的话后，安默隐无条件地选择相信。

看着脸上多多少少有些难过的亚子美，他伸出手，抬起了她的下巴，凝视着那双即将掉落眼泪的美眸，他淡淡开口：

“那为什么哭？是因为道玄斯吗？”

“你眼瞎，我没哭！”亚子美甩开他的手，抹了抹泪水。安默隐细细地打量着她，她吸了吸鼻子，故作冷漠地丢了句：“我要去你的玫瑰酒庄！你陪我吗？”

安默隐没有回应，目光深沉。

“在此之前，你得养好你的身体！跟个病恹恹的王子似的！”亚子美一脸嫌弃地挽住他的手臂，不顾他的反驳就拉着他进了医务室！

安默隐不情不愿地还是被亚子美压在了医务室，他坐在沙发上，手背上插着针头，输液瓶正在滴着，时间一点一滴地划过，亚子美肚子饿得咕咕叫，打了声招呼后匆匆忙忙去食堂吃东西。

耳朵总算清静了……安默隐深深呼吸着，闭上眼休息。

护士来拔针后，亚子美还是没有来，几番思考，还是选择等她回来。

Part 5

黄昏的金黄色梦幻至极，那从天穹中迸射下的淡淡暮霭若隐若现，柔软的光线透过茂盛树叶缝中洒下金光耀眼的涟漪。

未盛开的樱花树下辉映着金黄色的斑驳影子，道玄斯赤裸着上身擦拭着身上的汗水，水龙头“哗啦哗啦”地开着，他俯下身清清爽爽地洗了头。

旁边的莓铛静静地看着，手里拿着他的制服和浴巾。

道玄斯拿走了她手上的浴巾，边给她擦头发边凝视着发呆的少女，眼眸一亮，他将浴巾丢在桌上，趁她没有太多的注意，将她抱起来，声音滚烫嘶哑：

“盯着我这么久……在想什么？嗯？”道玄斯将脸凑近。

莓铛好像被活生生地钉挂在墙上般，他的手缠着她的细腰，她的脸颊红到耳根，水灵灵的大眼睛不敢直视他。

“你在食堂等我一下，我回贵宾室拿个东西，千万……千万不要走开……”道玄斯牵着她的手，往食堂方向走去，意味深长地叮嘱道。

莓铛沉默，算是默认。

另一堆不起眼的草丛内，亚子美蹲在那里将一片一片叶子掰了下来，喃喃自语地说：“过去，不过去，过去，不过去，过去……过去？”

最后一片叶子掰完了，命运让她现在就过去，亚子美瞬间羞涩极了。

可她下定决心过去的时候，道玄斯牵着莓铛已经走远，吓得她松了一口气！手心都出了汗，浑身鸡皮疙瘩掉了一地。

食堂空无一人，莓铛坐在食堂的椅子上纹丝不动，清澈见底的美眸小心翼翼地环视着偌大的食堂，第一次看得这么清楚，好漂亮的食堂！

莓铛赏心悦目，静静地欣赏着，直到寂静的空气中传来女生的脚步声。

她抬起头，就见亚子美站在自己面前。亚子美伸出手攥握住她的手，小手不禁抖动了一下，显然害怕除了道玄斯以外的人。

“道玄斯在打篮球的时候摔倒了，去贵宾室的时候出了好多血，现在在医务室处理伤口，你快点过去看看吧！这家伙，就知道逞强！”

亚子美说得跟真的一样，脸上的表情看起来一点也不假。莓铛天真地相信了，她的脸瞬间苍白，战战兢兢地站起来，对亚子美深深地鞠躬后，飞快地向医务室奔去。

亚子美心虚地站在原地，刚刚她触碰莓铛的手，是涂了一些药水，这药水能让人头发晕一整天，然后会胡说八道一些情话，那是以前她发神经买下来想对道玄斯用的，现在居然对这么柔弱的女孩子做这种事。

亚子美将药水放进书包，突然感觉到什么，她猛地睁大眼睛！

糟糕！她的手也沾了药水！

亚子美撒腿就往洗碗的水龙头跑去，可水龙头莫名地开不出水，这时她才后知后觉地明白，莱恩德学院到了时间会自动关水闸。

敲门声响起，莓铛小心翼翼地打开门，探出可爱的小脑袋环视了一圈里面的环境，就见安默稳坐在沙发上。

他听见声音的时候，以为亚子美回来了，可是不大对，亚子美这种性格是绝对不会敲门和轻轻开门的，他扭过头震惊地凝视着她——

她有些胆怯地望着他，脸上的红润渐渐明显，没一会儿，她还是害羞地把门关上。

“别！”安默隐飞快地冲过去，止住了想要离开的莓铛，炽热温暖的掌心紧紧地握着她冰凉的小手，宛如抓住了自己最珍惜的东西，声音温润如玉，好听到能够治愈人心：

“求你别走……”

莓铛眨巴着眼睛，不禁地顿了顿。

亚子美骗我……

当他向她冲过来的时候，她惊慌失措，想要离开却死死地被凝固在原地。

莓铛神情扭捏地盯着他紧握住她的手，想要甩开的瞬间，他猛地将她搂进怀里，死死的。

鼻翼间传来的是他身上温暖的清香，她的脸莫名通红，从手心发痒到全身，如同千万只蚂蚁正在啃咬着她的每一寸肌肤，酥麻着她的每一根神经！

他的拥抱就像解药，他的气息就像催眠的玫瑰，他的触碰就像一股温暖的电流，让她迷茫，让她头晕目眩，想要推开这陌生的怀抱，却又渴望自己融进他的身体里。

一只小手不受控制地伸了出来，搭在他的后背上，她的身躯开始不反抗了，而是渐渐地配合着他，加深了这个温暖而迟来的拥抱。

安默隐俯下身，将她深埋在自己的怀中，只感觉怀里的人如同火炉般滚热。

Chapter 18

最心痛的决定

Part 1

“莓铛——”两年前的那个黄昏，他主动对那让他心动到无法自拔的少女缓缓靠近。

莓铛停止抽泣，回过头，就见安默隐屹立在她的不远处。他向她张开双臂。

“我可以抱你吗？”那是他第一次鼓起勇气将“我喜欢你”转变成这句话，他害怕她会拒绝，他甚至害怕她会逃避，眼前的莓铛睁着清澈的晶眸注视着他，默不作声的模样更是让他紧张不已。

她似乎被他吓到了。

也许她不知道从一开始，安默隐的心就被她吸引了，很深很深，深到没有人能够想象的地步。

那一刻，她奋不顾身地冲进他怀里放肆大哭，哭到嗓子沙哑，哭到眼睛红肿，哭到浑身抽搐。她不能理解为什么那些人要这样误会她，不理解为什么她解释了却没有人相信。

安默隐心疼地收回手臂，紧紧地将她搂在怀里。他不断地安慰着莓铛，不断地想要给莓铛更多的安全感。

“隐，你不会离开我，是吗？”她坐在海边上，靠在他怀里，凝视着波澜壮阔的海洋。那海洋的颜色就像拥抱她的安默隐，深邃与梦幻，她面无表情，淡淡地询问道。

安默隐亲昵地吻着她焕发着蔷薇花香的发丝，声音柔软如同暖暖的溪水：“永远都不会……如果因为我的身份而感到卑微，那这身份我宁可放弃……”

那个时候，莓铛的手里还没有依赖那个洋娃娃，什么时候有的那个习惯？

大概是安默隐回法国后，她完全失去了可以依靠、可以信任的人，才会用洋娃娃取而代之吧？

她最依靠的、最信任的安默隐对她有了生疏，她被人羞辱、被人嘲笑、被人陷害，再后来，安默隐回了法国，回去的时候，他没有告诉她，她根本对他一无所知。

她哭干了泪水，痛恨这个世界的不公平。

可莓铛却不知道，安默隐全然被他的父亲控制。安默隐是昏迷着被扛回法国的。

在法国，他几次疯狂嘶吼，狰狞着要见莓铛，好几次被捆在大床上，好几次从二楼窗户跳下来。

已经过去两年了，见到令他怜悯的小脸，他就懊悔，他就自责，他就痛恨自己，觉得自己当初不该怀疑她。

想到这里，他将怀里炽热的莓铛搂得更近，湛蓝色的晶眸微闭，深深地吸吮着她身上一直以来最熟悉的蔷薇花香。

“莓铛……”似乎感觉到怀里的人滚烫至极，额头的大汗渗了出来，她浑身颤抖，一双小手不受控制地紧紧搂着他。

莓铛红着脸埋在他怀里，努力地摇摇头，不知道为什么，她内心的渴望似乎越过了这种单纯的拥抱——

这是什么感觉？

莓铛的肌肤一直让她感到发痒至极，直到安默隐将她埋入怀里，就神奇地赶走了她内心微弱的不安，她不痒了，可会血液逆流，有着异样的感觉——

她不受控制地抬起头，就见他的唇瓣近在咫尺，绝美的唇形好像是属于道玄斯的，下一秒，她顿住了……

我这是中毒了吗？还是说……有人陷害我？不行……一定是有人陷害我，让我来医务室，如果被道玄斯看见，我就完蛋了！我最爱的道玄斯不能再离开我！

安默隐有些意外地注视着举动奇怪的莓铛，见到自己被她呆呆地凝视着，她清澈的晶眸望着他并不陌生。

“莓铛——你——”看着她大口大口地呼吸着，安默隐紧蹙着眉头不解地望着她。

“放开……”莓铛躲避了他勾人的晶眸，低喃地说着。

“嗯，对不起……”安默隐顿了顿，才缓缓地松开手。

“没……没关系……”莓铛气喘吁吁地低下头，不敢凝视着他俊美的脸庞。

她小心翼翼地再次环视了一下周围，确定了道玄斯不在这里，才艰难地挪开脚步。

“你生病了吗？”见她要离开，安默隐不舍地叫住了她，刚才触碰她的时候，她的身体好热，可是那种炽热好像不属于发烧。

莓铛顿了顿，缓缓地摇摇头。

“那就好。”安默隐温柔地笑了笑，“我送你吧？”

莓铛依然摇摇头，随后迈着艰难的步伐回到了食堂，坐了一会儿，道玄斯才从另一边走了回来，手里捏着一卷文件，目光深沉地打量着脸色异常红润的莓铛。

见到他，莓铛迫不及待地飞扑上去，埋在他怀里。

“今天这么主动？”

莓铛颤抖着身体，不做声。

道玄斯没有留意太多，将她抱起，离开了莱恩德学院。

而学院的后门广场上，安默隐再次路过的时候，几次确定，才确定了喷泉内的亚子美正在——

好看的眉头一蹙，她在发什么神经？

安默隐正准备过去，却被亚子美拦住了：“别过来！”

“你在干什么呢？泡喷泉？”安默隐好笑地询问。

“是啊！我在泡喷泉！你别过来！”亚子美浑身炽热，找不到突破口，于是用水散热，她感觉自己好多了。

“泡喷泉？我不信……”安默隐疑惑地迈开脚步，走了过去——

Part 2

残阳如血，高高悬挂在天穹中，那金黄色的余晖宛如天使的魔法般洒在大地上，染红了整个世界，火红的云朵缓缓地流动着，地上的五颜六色与金黄色浑然相融在一起，熠熠生辉。

喷泉一跃而上，随后坠下来的水珠在残阳的照耀下宛如断了线的珍珠般，又宛如成群飞舞的流萤，美得让人无法移开视线。周围的蔷薇花香扑鼻而来，上面还有小蝴蝶飞来飞去，美得迷人，美得如同梦幻的幻境。

亚子美却狼狈不堪地坐在喷泉池内，好看的眼眸迷离，任由喷泉的水拍打身上，一双白皙的手环抱着自己，全身早已湿透，泉水冰冷刺骨，慢慢地钻进她的每一寸肌肤，使她瑟瑟发抖。

如果不这样，她的心就会发痒，坐在喷泉内，她眼眶红肿，眼泪与泉水滴滴滑过她的脸颊。

亚子美将头埋在膝盖上。

安默隐压低脚步声，缓缓地走了过去。

“亚子美。”安默隐注视着她，目光深沉，声音柔软拂进她的耳朵。

“啊！”亚子美惊讶地抬起头叫出来了声音，随后不顾一切地嘶吼着，她害怕安默隐看见她哭泣落魄的模样：“你怎么这么烦！不是让你别过来了吗？走开走开！走开呀！”

亚子美边吼边慌慌忙忙地转过身背对着他。她浑身颤抖得更加厉害了，无可奈何地紧紧抱着自己，不让自己看见安默隐。

深邃的蓝眸闪着兴味，显然没有要离开的意思，他再次开口：“你今天吃错药了？”

“要你管啊？走开！”亚子美不耐烦地摆摆手，顶了一句嘴。

可就在她将头从膝盖中抬起的瞬间，安默隐屹立在她面前，居高临下地凝视着她，那双让她沉迷的蓝色眼眸拓映出她惊慌失措的模样。

她想要继续背对着他，却被他一只大手从喷泉内捞了出来，远离了那飞溅的水花。

安默隐打量着脸颊通红的亚子美，发觉她还有些可爱。

“你一个人蹲在喷泉里难免会感冒，你看你衣服都湿了，长这么大了，还是不会照顾自己吗？嗯？”安默隐温柔地伸出手，轻轻地弹了弹她热乎乎的额头，声音悦耳。

亚子美难过地别过头，她又被老爱说甜言蜜语的少爷感动了，眼泪止不住地流淌着，一滴一滴滑过脸颊坠入喷泉内。

他坐在没有水的喷泉池边缘，脖子扭过头俯视着狼狈不堪的亚子美，亚子美跪直身子，将他的脖子环抱住，逼迫他弯下腰，一双冰冷的唇紧紧地贴上他的唇。

Part 3

夜晚的月光还是皎洁，羊肠小道上的暗黄色路灯全亮着，宛如一盏盏火亮的灯笼般，周围被树叶包裹着，时不时会被凉风吹落几片秋叶，莓铛轻盈的脚步踩在秋叶上难免会有清脆的声音。

已经离城市很远了，这里宁静得只有道玄斯与莓铛的脚步声，灯光的照耀下，两人一高一矮的影子渐渐被拉长，身前的少女搂着怀里的洋娃娃，而身后的恶魔帮少女斜背着书包，目光深沉地凝视着少女若隐若现的倩影。

看着莓铛缓步前行，道玄斯也很随和地应着她去了，可一路上，莓铛一直选择走在他前面，与他保持距离，不让他靠近，似乎在躲避什么。

道玄斯百思不得其解。

过了一会儿，道玄斯送她到了楼下，她才停了下来。

“我到了……”莓铛转过身，就发现道玄斯一直跟随在身后，一刻也没有远离，好看的暗黄色晶眸正直勾勾地注视着她。

“嗯，我看着你上去。”道玄斯将书包还给她，暖暖地说。

莓铛点点头，随即转身火速上了楼。

今天的莓铛有些奇怪。

道玄斯心想着，内心各种不安，可他越来越觉得不对劲，走到小区门外，还是选择停下脚步，继续思索着。

莓铛非常难受地回到了自己的家，灯开了，她顾不上那么多，扔下洋娃娃和书包直接闯入浴室将自己泡入浴缸内，赤裸的身体触碰冰冷的水，她身躯火热发痒的才渐渐消退。

她气喘吁吁着低下头，要不是她一直走在道玄斯前面，压制自己不去扭头看着他，她扭过头看了看时间。

过了十二点，她就二十岁了……

二十岁，她必须去履行承诺，与高庄结婚。

她双眸紧闭，不断地泼水洒在自己的脸上，企图让她整个人都清醒过来，洗好之后，她换上睡衣来到阳台，道玄斯早已不见人影，再看看时间，已经十一点多了，他早就离开了，现在早到家了。

转过身便一眼望见她祭拜的道玄斯照片，雨水与时间蜕化了照片上的色彩，却拿不走那一刻他无懈可击的完美脸庞，香炉许久未碰，自从那次他来她家里之后，她就再也没有祭拜过了……

她沉默，随后从抽屉里取出空白符文，写上她此刻最想对道玄斯说的话："我爱你，道玄斯，是永远的爱你哦……"

她拿起三根艾草香点燃，鞠躬三拜后将符文贴在已经褪色的照片上，随后将艾草香插在香炉上，香烟宛如白雾般氤氤氲氲飘荡在冰冷的空中，拂进她的鼻尖，有着莫名的安神作用。

她默然许久，缓缓地低下头，整理下凌乱的空白符文，忽然从符文纸中掉出一符陌生字迹的符文，字迹硬朗大气，不失男人的优雅气概，字字句句都冲刺着莓铛的每一根神经。

"从这一刻开始，我就是你的专属学霸、你的专属天使、别人的恶魔！——道玄斯"

道玄斯……原来从那一刻开始……就已经喜欢我了吗？是真的吗？

眼泪宛如溪水般缓缓流淌而下，滑过她干涩的脸颊，掉入她的手背上，她将道玄斯写的那条符文紧紧地贴近自己的心脏处，体内的血液不禁逆流着，樱唇微微浮起一抹甜蜜的幸福微笑。

她将那条符文折成非常迷你的心形状，放入洋娃娃裙子内的口袋中，最珍惜的东西放在最重要的洋娃娃身边，一定会是最保守的。莓铛笑了笑，仿如蔷薇花般诱人。

她的心猛地一震，体内的药物依然没有完全散去，太过幸福的莓铛全然忘记了身上的药物还没有缓解，她难受到想要抓自己的皮肤，却怎么也不起作用，发痒的感觉从肌肤的内表层蔓延到全身。

她快步从客厅奔到浴室，浴室的浴缸早已排走了洗澡水，她慌慌忙忙地打开花洒，自己站在浴缸中，花洒的凉水渐渐淋湿了她的整个身体。

唇瓣微微张开着，目光迷离，看着花洒渐渐变得模糊起来，甚至分不清眼前的所有东西，随即“砰——”地一声倒在浴缸内，她迷迷糊糊地跌倒在浴室内，半眯着疲倦得无法睁开的眼眸，眼前的一切景物都开始变得模糊起来，渐渐地昏睡了过去。

Part 4

废弃的小屋长满了恶臭的霉菌，潮湿的墙壁破烂不堪，雨水从罅隙中渗滴而下，流到凹凸不平的地面上，由于太久没有人来清理，这里生长了各种各样的杂草，居住了各种各样的生物，见过的都是让女生害怕的，没见过的更是让人心头发寒。

灰色的苔藓上，一块巨大的深绿色大理石披盖了血迹，少女趴倒在那里，弱小的身躯微微颤抖，精致的小脸红肿，唇角渗出血液。

白皙嫩滑的小手布满伤痕，莓铛整个人瘫倒在大理石上，血肉模糊，呼吸浅浅，似乎正在为了保住生命而做最后一丝挣扎。

她尝试了好久，好不容易抬起眼眸，入眼的却是恶劣的环境，还有意识的她心里再清楚不过，她被捆到了荒山野岭的废旧楼房，被夏美欣肆意殴打虐待。

她沉默，似乎认命了，可不远处的手机安静地躺在地上，被夏美欣踩碎了，她艰难地匍匐前行，颤抖的手在自己百般努力下终于拿到了手机，犹豫几番，按下了她唯一背在心里的手机号码——

"嘟——嘟——"

莓铛放在耳边，一双渴望他接起电话的晶眸不停地环视着周围，又见到墙上大大的可怕动物爬来爬去，门外高耸的草丛中几条细长的东西滑来滑去，天空下着雨，她的意识渐渐模糊，只想对方快点接听。

可打了好几次，都是无人接听，她最终绝望地默默擦掉不值得为他掉下来的眼泪，所有人都在嘲笑她生命的卑微。

直到两年后，校长才将那部手机还给他，他迫不及待甚至紧张到手指颤抖，考虑许久再次将那个手机卡插入，开机没一会儿便收到了来自两年前的短信：

"隐，你在哪里……"

那是两年前的莓铛，筋疲力尽地趴在地上。她的双腿已经站不起来了，那双脏兮兮的小手不停地抖动着，她静静地凝视着被苔藓覆盖的楼房，听着门外的电闪雷鸣狂风暴雨，绝望地闭上眼睛，静静等待死神来临。

八通未接来电，一条短信。

时间是两年前。

那是从莓铛唇内发出的最温柔的声音。

可两年后，他再也听不见了。

每每看见这条短信，钻进他心脏的字句，便成了他的梦魇，他一入睡，就会梦见莓铛被欺负的模样，没有人站出来帮助她，看着她泣不成声，看着她无力反抗，看着她浑身颤抖蹲在墙角，看着她痛苦地捂住脑袋，任由他人讽刺。

而那时的他却站在不远处默默地屹立，面无表情地凝视着莓铛两年前所发生的一切。

她失去了父亲。

亲戚们都选择与莓铛隔离，将莓铛归纳为与她父母一类，那段时间的莓铛受尽折磨，还要默默地将家里的事情安顿好。

这是多么令人痛心的画面！

多少尊严都在两年前放下了，现在维持她生活的是二婚妈妈，巴不得她快点嫁给高庄的妈妈。

莓铛——

安默隐猛地从噩梦中惊醒，英俊的脸上布满汗液，心脏慌乱地跳动着，他吓坏了。

那是梦境带他回到两年前，自己不在莓铛身边，她受尽所有委屈的场景。

“莓铛，对不起……”

太多太多的对不起想要告诉她，可她却忘记了这样不能饶恕的他，她睁着清澈的眼眸站在他面前，那是因为有了道玄斯而微笑的莓铛。

翌日，莓铛蒙眬地睁开眼睛的时候，发现自己躺在床上。她缓缓地坐了起来，看着自己身上已经被换好的干净睡衣，她记得自己昨晚倒在浴室里面之后，就昏过去了。

那——是谁把我抬到床上的？

直到道玄斯出现在门口，莓铛才恍然大悟地睁大眼睛，满脸绯红！

他倚靠在门栏边，双手交叉在胸前，饶有兴致地打量着她，殷红的薄唇扯出一抹邪魅的笑容。

“早上好。”道玄斯淡淡地笑着走了过来，坐在她身边，低声询问：“你昨天怎么了？”

莓铛红着脸低下脑袋摇摇头，不敢告诉他昨天到底发生了什么，似乎想到什么，她连忙裹好睡衣，捂住了胸口。

“遮什么？昨晚都看过了！”道玄斯调侃着拿开她的手，随后在她耳边用最温柔的嗓音说道：“生日快乐，小莓铛！”

莓铛难以置信地扭过头，他猛地抓住她的左手，迅速在她的无名指上戴了一件最美的礼物。

当她回过神来的时候，发现自己的无名指上多了个闪耀的东西，传说那是爱情到了一定程度的见证——戒指。

无名指上的钻戒是不大不小的蔷薇形状，花瓣是七朵淡淡的彩虹色，泛着璀璨的光泽，深入少女的心扉；蔷薇的花心中镶嵌着粉色的心形，晶莹剔透，在晨光的辉映下，它闪着美丽的光，装满了道玄斯对莓铛的爱情，灌满了道玄斯对莓铛的真心。

戴在她的手上，不大不小，刚刚好，符合钻戒珍贵而不失典雅的风格。

莓铛凝视着手指上美到让她窒息、来得太快让她无法想象的钻戒，一颗跳动的心脏好像在那一刻被时间制止了，双眸黯然，内心悸动。

他从她的身后温柔地拥着她，绝美的唇溺在她的耳边，一股滚烫炽热的声音拂进她的耳内，让她的身体猛地打了个颤，浑身的血液开始逆流：

“我不仅要疼爱你，还要和你结婚生子——生日快乐，莓铛。”

道玄斯俯下身，忘情地在她耳边轻声说道。

Part 5

莓铛长长的睫毛颤了颤，她有些恍惚，迟迟没有反应过来。

这温暖的情话一字不漏地传进她的耳朵，她忽然觉得自己出现了幻听，忽然觉得幸福来得太快、太早，这种幸福是真实存在的吗？

莓铛沉默，垂着头目不转睛地望着无名指上的钻戒，如珍珠般的泪水滴滴滑过她的脸颊。

那是莓铛二十年来收到的第一份礼物。

她——感动得说不出话来。

“喜欢吗？”见她哭得梨花带雨，道玄斯心疼地伸出手，静静地替她抹掉泪水，柔声询问。

莓铛感动得点点头，再多的言语都无法表达她此刻激动的心情。她转过身紧紧地抱着他，脑袋靠在他的肩膀上，小脸蹭了蹭他的衣服，泪水这才彻底地擦干。

“这是……”莓铛缓了许久，声音如同山田间的溪水般，清澈而又甘甜，细小得让人想要去珍惜。

“嗯？”道玄斯将她搂进怀里，暗黄色的晶眸灼烈地燃烧着，似乎很有耐心地等待着莓铛说完。

“这是我第一次收到礼物，谢谢你——”莓铛红着脸，腼腆地说道，随后整个人都埋在他怀里，宛如钻进了一个小洞藏起来的小猫咪般可爱。

安默隐优雅地坐在轿车内，修长的腿交叠着，今天的他莫名地紧张起来，凝视着亚子美的家门口犹豫几分。

“少爷，如果不想进去，那就回去吧，老爷那边也不会怪你的。”林文看着拿不定主意的安默隐，心疼地劝道。

少爷沉默，随后缓缓地推开车门，优雅地下了车，深深地呼吸了几番，走到亚子美家门口，摁了门铃。

门很快就开了，露出脑袋的是亚子美。她甜甜地笑着打开门，二话不说就将安默隐的手臂挽起，小声提醒道："我觉得我爸爸不会这么轻易放过你哦。"

安默隐浅浅地苦笑："没关系。"

亚子美爸爸果然没有对安默隐手软，拿出自己埋藏在土里几十年的几大瓶白酒摆在饭桌上，对着安默隐振振有词地宣布：

"想要娶我们的宝贝女儿亚子美，可以，但是你得过了我这一关，来！安少爷，咱今晚就喝！如果我比你先喝醉了，那算你赢！"

亚子美爸爸脸色红润，显然在安默隐来之前就已经喝了很多，他拿出玻璃杯倒满浓烈的白酒，严肃地说道。

"好的，爸爸。"安默隐淡淡地回应，声音温柔。

可亚子美爸爸却像审问犯人的模样，立马打住了他："哎，你都还没赢呢！这么急着喊我爸爸了？"

安默隐沉默了一会儿，可被他说得更是有些不自然起来，脸上莫名多了些红润，随即马上改口："我知道了，叔叔。"

随后两个人开始拼酒，喝酒的过程中，亚子美爸爸要求加大难度，他拿出自己经常玩的象棋，摆在安默隐面前。

"玩过象棋没有？"

安默隐摇头，加上现在已经有几杯白酒入肚，他的头有点晕。

"长得这么帅不会玩象棋？"亚子美爸爸不敢相信地询问。

亚子美在门口很是担心安默隐会坚持不住。

安默隐温柔地摇摇头。

"唉，我以为你会玩象棋呢，以前道玄斯就经常陪我玩，我老赢！"亚子美爸爸感慨地垂着头，随即一杯白酒下肚，安默隐见状，也非常尊敬地举起白酒跟着喝了下去。

他坐在位置上一动不动，深感愧疚地说道："对不起叔叔，我确实不会玩，不过我可以学，还请叔叔不要介意。"

"得得得！不介意不介意。"亚子美爸爸挥挥手，随后开始教安默隐下棋，过程中安默隐喝了无数杯，亚子美妈妈得知安默隐身上有伤实在看不下去，连忙走过来止住了亚子美爸爸。

“你够了，人家少爷喜欢我们亚子美，这个诚意就够了，你还要把他喝到哪里去？死鬼，滚回去睡觉！”被亚子美妈妈这么一吼，爸爸很快就折服了。他醉醺醺地瘫倒在地上，随即被亚子美妈妈边骂边拖回房间。

安默隐温柔地笑了笑：“你输了，爸爸。”

亚子美十分担心安默隐，连忙走过来询问：“你还好吗？”

玛瑙石般的海洋晶眸抬起，视线中的亚子美渐渐变成了莓铛的模样，他十分宠溺地伸出手臂，将“莓铛”搂在怀里。

亚子美被他这样抱着莫名觉得有些害羞，即便他现在一身酒气，可他身上独有的气质依然不变，他好像喝醉了，又好像没有。

“喂，我爸爸已经被你搞定了，现在没有人，你不用演了。”亚子美红着脸提醒道，想要推开安默隐，却被他搂得更紧。

紧搂着她身体的手臂轻微颤抖着，传入耳朵的声音是莓铛的，鼻尖拂进来的体香不是茉莉花香，而是蔷薇的。

他觉得自己现在紧搂着的是莓铛。

“安默隐！你喝多了！”亚子美神情扭捏地阐述道。可他并没有打算放开她，亚子美妈妈安顿好后走出房间，来到客厅的时候却突然发现亚子美与安默隐拥抱着。她有些惊愕地瞪大眼睛，许久，她若有所思地笑了笑，转过身离开，不打算打扰他们两个此时的甜美世界……

Chapter 19

他似魔鬼般降临

Part 1

道玄斯趴在桌子上盯着莓铛，看着她将那个时候两人夹娃娃获得的43个公仔拿出来摆放着，好看的晶眸闪烁：“我以为你早就扔了。”

莓铛顿了顿，随即露出甜美的笑容，她将公仔一一摆好归纳好，伸出小手向他索要手机：“那个时候我请求你将我班同学的情况整理成资料表呢？”

“请求？”道玄斯不悦地蹙眉。

莓铛一时语塞。

“不要再说‘请求’两个字了，你的事情就是我的事情。”道玄斯意味深长地注视着她。

莓铛更是无语，随即重新说：“可以给我看我班里的同学资料表吗？”

“让我猜猜，你是想拿这些公仔送给你的同班同学？”道玄斯询问。

一下子就被看穿的莓铛更是心虚地点点头，随后拿着他的手机一个一个地对照着，看看自己同班同学都长什么模样，叫什么名字，喜欢吃什么，喜欢什么颜色，然后一一筛选最适合的公仔对上名字。

她有些感慨，自己都要离开了，也许永远都不能与这些学生再见了，也许自己再也不会出现在这个世界上了。可陪伴自己两年的同班同学，她居然不知道自己同班同学的样子，都不知道他们叫什么。

她拿起可爱的圆珠笔，在粉色的纸条上写了几句话，然后塞进公仔能够看得见的地方。

道玄斯坐在她身旁，看着她一笔一画地写下文字，句句都是非常暖心的留言，不禁埋怨几句：“他们那样对待你，你还想着给他们送公仔？莓铛你脑子进水了吧？”

莓铛静静地写着，他的话显然没有影响到她，她也不做理会，因为——

也许他们再也不会欺负我了，因为我今天就要离开了，就要去高庄那里了，而且明天，道玄斯也要回 M 国了。

那么——是不是该让道玄斯对我死心呢？

想到这里，她抬起眼眸，碰巧撞上了道玄斯的黄眸，她黯然，心有余悸地低下头，无名指的钻戒璀璨夺目，无时无刻地提醒着她道玄斯对她的爱。

怎么办……好想告诉道玄斯……

可这就是命，她不能违背的命。

命中注定他们会相遇，他们会相爱，最后他们会相离。

道玄斯凝神，揉了揉莓铛柔软的发丝，随后淡淡地说：“没关系，只要是你做的事情，我都会无条件地支持你。”

莓铛努力地压制住即将翻滚的泪水，匆匆忙忙地低下头，想哭却不能哭。

莓铛写完纸条放在公仔处，道玄斯耐心地帮她用礼物盒包装好，两人忙碌了没多久后，道玄斯用不大不小的车将礼物盒拉进莱恩德学院。

“现在学校一个人都没有，我们一起去将这些公仔摆在他们的课桌上，估计他们会感动得稀里哗啦的！”

莓铛点点头，戴着钻戒的手紧紧地将洋娃娃搂在怀里。

洋娃娃今天打扮得异常可爱动人，宛如 Q 版的莓铛，可洋娃娃今天好像无精打采，像是要被人遗弃。

车子驶进莱恩德学院的时候，莓铛透过车窗看得见不远处屹立着的男人，他身穿神秘的黑色西服，那双略带混血的晶眸时不时窥着莱恩德学院，随即与车内的莓铛对上视线。

他是那样的孤傲，那样的让人捉摸不透，身上的气质与他阴戾的眼眸一致。

忽然，他笑了。

他的笑容如同魔鬼般让她感到危险，让她战栗至极，那颗不安的心瞬间被压了块大大的石头。

是高庄……高庄在学院门口等她。

而且……看见她了……

莓铛像见到鬼般浑身忽然颤抖了起来，几秒的对视，他肆意的笑容让她害怕，直至车子开到教学楼下。

道玄斯丝毫没有发现莓铛的变化，许是莓铛都是这般洋娃娃的模样，他自然也没有留意太多，拉开车门，牵着她的手便下了车。

“道玄斯……”莓铛赶忙挣开他的手，声音比以往大了许多。

“嗯？”道玄斯怔了怔，转过身看了一眼身后担忧的莓铛，随即他笑着揉了揉她的脑袋，“怎么了？”

“我……我陪你一起上去……”莓铛回过神，努力克制住自己的眼泪，随即抱着许多公仔爬上了楼。

道玄斯一把就将公仔抱完了，走到莓铛教室的讲台上，看着莓铛将公仔逐个课桌放着，今天的莓铛话好像有点多……动作也大了不少。

道玄斯笑了笑，伸出手臂拥住她的肩膀，轻声调侃：“我的小莓铛正在慢慢进步呢！不，我是不是该改口了？”

那一刻，她的泪水滴了下来，滑过她滚烫的脸颊，一只手紧紧地攥握着公仔，她努力地继续克制自己，没有让道玄斯看见她伤心哭泣的样子，缓缓地将公仔摆放在课桌上。

那柔软的小手紧紧地牵着他，一刻也不想放开，无名指上的蔷薇钻戒闪着美丽的光芒，宣誓着他对她的爱。她闭上眼睛，手里的洋娃娃紧贴着她怦动的心脏，忐忑不安着。

两人都整理好后，莓铛要求道玄斯在教室走廊等着，她独自拿起两年内从未拿起过的粉笔，开始在黑板上写写画画……

花藤缠绕的走道上，莓铛牵着他的手，被他握住掌心，大摇大摆地向前步行。

她悄悄地扭过头，看着道玄斯，将这样英俊的道玄斯深深地记在脑海中。

“我在这里等你，你去帮我看看同学的反应吧！”莓铛勉强扯出笑容，对着道玄斯说道。

道玄斯蹙眉：“我们一起去。”

莓铛听到这里更是慌张地摇摇头，连连拒绝：“不了，同学们讨厌我……我还是站在这里……”

道玄斯奇怪地想了想，没一会儿便同意下来：“好。”

在道玄斯缓缓离开的时候，她流着泪不舍地将洋娃娃放下。

她快要崩溃了，她想要大声嘶吼咆哮，她想要挽留住渐行渐远的道玄斯。

她将怀里的洋娃娃搂了又搂，随后塞上了一张独特的纸条，将洋娃娃放在休息椅上，默默地离开……

Part 2

第一次看见道玄斯，是在电视上，那个时候他正在参加全球奥数比赛，以惊人的速度与准确无误的答案夺冠，再后来，他一直都是连胜，没有人能够超越。

他英俊潇洒，完美的身高比例与好听的嗓音捕获了所有少女的心，那个时候，她抱着洋娃娃对它说：“以后，我也想嫁给这样的男人……”

后来他真的降临到她身边了……

两年前，她被人欺负得奄奄一息，外面下着雨，她给一个人发了一条短信，可那个人却不回信息不接电话，就在她快要绝望的时候，忽然收到了来自道玄斯的声音。

“请继续生活下去，这个世界上，总会有人深爱着你，不要放弃生命，深爱着你的那个人正在努力寻找你……”

只因为那句话，她拿起手机打了 120。

是道玄斯拯救了她。

是道玄斯给了她生存下去的勇气。

莓铛相信，最爱她的男朋友正在努力寻找她。

同学们有说有笑地从外走进教室，忽然看见他们的课桌上摆放着各种各样的公仔，他们尖叫着喝彩着惊讶不已。随后兴奋地冲到自己的位置上，打算看个究竟，黑板上写了几个显眼的大字，触进所有人的心扉。

“谢谢你们，以后我再也不会出现在大家面前了，保重。莓铛。”

他们拿着莓铛的公仔，发现公仔旁边还摆放着小纸条，那是莓铛留给大家的话，一艾拿起来看了看自己的纸条，上面写着：

“一定要对九夏好哦，以后毕业了，也请让九夏继续陪伴在你身边，莓铛。”

九夏拿起纸条：“一艾这个人专属于你，所以我给你们的公仔是一对的，希望你们幸福，莓铛。”

曾经欺负过莓铛的女同学们看了之后都纷纷沉默下来，虽然一直很讨厌莓铛的存在，可是为什么莓铛要离开了，所有同学的心会莫名地不舍起来？

班长看着这可爱的公仔和黑板上的大字，忽然泪奔。

看见大家的表情，道玄斯恨不得把莓铛拉上来一看究竟，可看见黑板上的几个大字，道玄斯不明白。什么叫以后不会再出现了？回想着莓铛今天所有的奇怪举动，他恍然大悟地快速返回走道上！

他就像个愤怒的狮子般汹涌地扑了过去，可是走道上的人已经走远。

“莓铛……”道玄斯慌了，想要继续寻找莓铛，却发现她的洋娃娃静静地靠在休息椅上。

他静静地屹立在洋娃娃不远处，暗黄色的晶眸凝固于它手腕上闪耀的钻戒，深邃的五官略显忧伤，双手忽地紧握成拳，微微颤抖着，他沉默，沉默得让人感到畏惧，可此时他的心正在慢慢破碎。

黄昏时分，一朵朵洁白的云朵被撕成两片，被柔软的微风吹拂着，尊贵的金黄色光芒从天穹中洒落，铺盖了整个城市，火红的日光璀璨夺目，散发着强烈的光，辉映在洋娃娃身上，它身穿淡粉色的洋装，圆圆的小脸，大大的眼睛，静静地注视着道玄斯，那双可爱的小手静静地放着，手腕上的钻戒如同魔法般宣誓着它的存在。

道玄斯整个人麻木了，他回想着今天早晨送给她戒指时的情景，虽然没有单膝下跪求婚，可是莓铛却十分感动。

到这里为止一直都很正常，到了莱恩德学院之后，她的举止开始有了变化……

金黄色的瞳孔渐渐放大，他快速走到洋娃娃面前将它拿起，就见洋娃娃另一只手捏着一张纸条，纸条是粉色的，散发着淡淡的蔷薇花香，是莓铛身上的味道。

他打开纸条，那里的每一字每一句都刺入他的心脏！

我要去实现自己的诺言了，求你不要来找我，谢谢你过去给我的幸福和快乐。

洋娃娃名字叫梦，是我曾经爱你爱到渴望与你拥有一个孩子的见证，可是我后来遇见了比你更好的男人。

道玄斯……

我们就此结束吧，我会过得很好，当你看见这张纸条的时候，我们已分手，莓铛。

道玄斯拧紧这张纸条，猛地向监控室跑去——

黄昏下，高庄看见莓铛走过来，金黄色的光芒穿过火红的枫叶笼罩在她身上。

男人猖狂地张开手臂，迈开脚步向她走去，随后将害怕到后退的莓铛挽进怀里。

“小铃铛果然是个信守承诺的人呢！没有让我在外面久等。”高庄露出一抹邪魅的笑容，将她带进车内。

车内好大的药水味……好难受……

她整个人快要被这奇特的药水味熏晕了。高庄单手搂着她的肩膀，对着司机严肃道：“去A市。”

清澈的眼眸瞬间放大！

A市？四个小时车程的A市，他想干什么？

高庄扭过头，看着哭干泪水的莓铛，他的大西装外套敞开将莓铛搂进怀里，想给她更多的温暖，但却让她害怕，害怕到忘记了思考，脑子一片空白，可她不能反抗。

她了解高庄这种人的脾气。

高庄凝视着蜷缩成一团的小铃铛，缓缓地解释道：

“你的前男友道玄斯可是一个大麻烦呢，如果不去外地，两三下他就找到你了，加上还有一个安少爷。”

“所以啊，我家小铃铛真是让我又爱又恨……”他话中有话，意味深长

地嗅着她发丝上的蔷薇花香，不顾怀里的人害怕到差一点失去理智，他自顾自地说着。

莓铛的双手失去了洋娃娃，离开了道玄斯，精致的小脸苍白得如同被高庄活活抽干了血似的，那双充满恐惧的晶眸睁得大大的，他的声音带着男人成熟的魅力，可她却吓得头皮发麻，内心对他恐惧到了极点。

她双手搂着自己，试图想要寻找安全感，可她怎么寻找也无法找到，空洞地目视着一切。

“小铃铛，你说说话，好久没有听见你的声音了。”

“没关系，你会跟我说话的。”高庄淡淡地说着，目光忽然瞥到了她左手无名指上的闪耀小东西。

Part 3

已经晚上八点，关翼在道玄斯身边来回兜转，看着他在调取监控室的每一个死角寻找莓铛的身影，尖削的下巴微微搭在手背上，目不转睛地盯着监控视频，一帧又一帧，没有快进，他不想放过任何细节。

道玄斯闭上双眸，回想着莓铛今天所做的一切，显然是知道自己是要离开的，所以，这个操控她的人一定是莓铛认识的人。

可莓铛认识谁会让她这般遵守诺言？守口如瓶？什么都没有对他坦白？真是笨蛋。

他很早就说过了：“你的事情就是我的事情，再大的困难，我们一起解决。”

是害怕拖累他吗？该死！我居然对莓铛的事情一无所知！是我疏忽了。

而在一旁的关翼却非常急迫地徘徊着，每一步都很急切，他扭过头看了看道玄斯，似乎他这样的晃悠并不影响道玄斯。

“道玄斯，我求你了，你必须跟我回 M 国！”关翼走上前，夺走了他的鼠标，无可奈何地恳求道。

道玄斯冷冷地抬起眸，将鼠标掠了回来，不耐烦地丢了句：“滚！”

自己最在乎的人走了，还有心思参加什么比赛吗？

比赛今年不参加也没事，反正每隔两年就会举行一次，可是莓铛——

可是莓铛要是有什么万一，他不会原谅自己，这个世界就这么一个莓铛，多少个比赛都无法换回的莓铛！

千万不能有事！可无论道玄斯怎么寻找，依然找不到莓铛从莱恩德学院走出来时的监控视频，他看了看莓铛离开走廊时的画面，监控回放虽然有些模糊，但是他看得一清二楚！

她哭了，用手腕上的衣袖抹擦着眼泪，最后缓缓地挪开步伐离开了莱恩德学院。

道玄斯内心各种不解，追踪着莓铛的身影换了一个又一个监控摄像，最后她走出莱恩德学院的时候，有一个摄像头突然黑屏了——

恰好是莓铛最后出现的地方，居然黑屏了？过了一会儿，那黑屏的摄像头才恢复正常，可莓铛却早已不见人影。

一定是有人故意这样遮掩的！道玄斯恶狠狠地咬咬牙！

谁敢动我的女朋友！他垂下眼眸。

莓铛的交际很少，日常生活除了自己接触她之外，好像也没有其他人了。

安默隐？时间不对，此时的安默隐正在亚子美家里与她爸妈见面，安默隐根本没有时间来回跑，而且现在安默隐已经准备与亚子美订婚了，就算他会带走莓铛，也不会这么刻意地遮遮掩掩的。

那还有谁？威胁我的人吗？希望是威胁我的恶人，这样才不会对莓铛下此毒手。

可就在道玄斯即将想通的瞬间，他的脑海中忽然浮现一个人，让莓铛恐惧的人——高庄！

他回想起那个时候自己调查高庄的事情，通过调查，他进一步了解了被所有人污蔑了两年的莓铛，一直被所有人歧视的莓铛，从现在再过来看，以道玄斯对莓铛的了解，他完全可以以命担保，两年前的事情与莓铛无关！

相信不是只有道玄斯一个人看得出来，可偏偏没有人站出来替莓铛做主。

可以想象两年前莓铛所遭遇的事情，他的心久久不能平静，现在她的消失就好像两年前的故事继续在她身上重演！

说不准莓铛会再次被利用！

他必须阻止！任何人都不许伤害他心爱的人！

道玄厮放下手中的鼠标，凝视着监控的视频，视频的画面一直停留在莓铛消失突然黑屏的刹那，他的脑子除了莓铛与怀里的洋娃娃，其余的空白一片。

如果真的是高庄，现在会在哪里？

扭过头看着急切想要带走他的关翼，道玄厮的心隐隐约约想到了什么。

那次舞会，关翼似乎和高庄特别亲近，虽然说关翼是自己最熟悉的男人，可是论起感情与财富，这男人会毫不犹豫地选择后者。难不成莓铛离开的因素有关翼在里面？所以，关翼才会这么急迫地想要让我离开？

要么带莓铛一起去M国，要么我就留下来陪莓铛在一起！

“道玄厮，你真的愿意为了这么一个女朋友耽误？”关翼从一旁搬来椅子，打算与道玄厮心平气和地谈谈，可他的语气中难免带着些许急迫。

道玄厮没有看他，翻动着手里的调查记录。

“这样吧，你跟我回M国，我帮你找十个跟莓铛一样的女孩子，不对，一百个！你看怎么样？”

道玄厮点点头，不冷不热的声音回应：“主意不错。”

听到这里，关翼会心一笑，以为道玄厮想通了，没想到他的下一句深深地打击了他！

“你去找十个道玄厮、一百个道玄厮，让他们去给你参加比赛，我没时间……”随后，道玄厮漫不经心地说。

关翼一时语塞。

傍晚，A市的空气仿如毒液，钻进莓铛的鼻中，使她异常难受。她浑身颤抖，一刻也没有停下，而高庄也学着莓铛那样蜷缩在车门边，优雅地翻着文件。

“这些合同真是头大呢！”高庄喃喃自语，似乎在说给莓铛听，“要是道玄厮跟我合作的话，关翼也不至于爬到我头上来。”

听见道玄厮三个字，这是最令她暖心的名字，她的身体渐渐平复了起来，余光窥了窥正为合同而伤脑筋的高庄。

高庄知道她在偷偷地看他，淡定地翻动合同，继续说道：“这些合同项目可是几个亿的资产，如果有什么万一，就会损失惨重，但是如果有道玄厮在，这些资产会有百分百的胜率到手中，所以，他确实是个不错的摇钱树，只要名字摆在那里，财富滚滚来。”

莓铛沉默，不想看他一眼，更不想听见他这种富有调侃的声音。她低下头，看了看无名指的钻戒，那是她最后一丝温暖。

一转眼的时间就到了高庄别墅。

莓铛甚至直觉到那别墅中令人恐惧的气息！

“小铃铛，我们到家了，下来吧！”高庄将莓铛搂在怀里，莓铛受到惊吓，泪珠在眼眶打转，但这种可爱的模样让高庄怜惜不已。

她顿时吓得脸色苍白，哑口无言。

趁莓铛发愣，他霸道地将她拽下车。

Part 4

刚一下车，女佣便匆匆忙忙地跑过来，见到他怀里多了个人，她顿了顿，随后向高庄汇报：

“高先生，夏小姐一直在客厅闹着要见你。”

莓铛的心仿如要裂开般，忐忑不安地想着。

高庄半眯着眼眸，意味深长地笑了笑：“知道了，你下去吧。”

“是。”女佣毕恭毕敬地退下。

高庄打趣地瞄了一眼听见夏小姐的时候瞬间僵硬的莓铛，缓缓阐述：“夏小姐，你认识的，前不久被你前男友道玄斯狠狠地教训，现在还赖我当时没有阻止道玄斯，真是爱无理取闹！”

一股可怕的阴森寒气从脚底猛地蹿到头顶，她心惊胆战，感觉自己快要窒息了，浑身颤抖得更是厉害，仿佛在做生命的最后一丝挣扎！

似乎想到了什么，高庄紧搂着她继续补充：“啊，对了，还记得把你带去废旧楼房的朱戒吗？他是我兄弟的儿子。听说你要成为我的新娘了，他特地从外地赶来，不过呢，朱戒也因为你，手脚已经不灵活了，而且，安少爷下手还非常狠毒呢！”

莓铛十分胆怯地站立着，一双小手在半空中抖动，进了这栋别墅，宛如走进了鬼门关。

“走吧，我的小铃铛！“高庄噙着一抹令人不解的笑，见她原地纹丝不动，他一把将她抱了起来，大步流星地走进别墅。

夏美欣坐在轮椅上，身后有几位女佣照顾着，她的腿被纱布包裹，与往日美艳动人的夏小姐简直就是两个人！

朱戒的伤势已经好了许多，可他走起路来却一拐一拐的，高庄抱的人，眼前一亮。

“真是稀客，你来干什么？”高庄将莓铛放在沙发上，自己坐在莓铛身旁，双腿优雅地交叠，张开手臂将她拥在怀里，目光凝视着夏美欣和朱戒，淡淡地询问。

夏美欣冷冷地哼了一声，闭上眼睛不去看莓铛精致的容颜，带着醋意说道：“看来高总以后不需要我了呢！”

高庄颔首，打量了一下夏美欣此时不能入目的脸，“不需要了，女朋友我多得是，不过，老婆嘛，却只有一个。”

“你——”夏美欣咬牙切齿，恶狠狠地瞪着高庄那副冷漠的容颜。

“小铃铛，给你介绍一下，朱戒，现在他已经不能说话了，就算说话，也非常含糊，多亏了安少爷不手软。”高庄想都没想，直接脱口而出。

这话说得朱戒浑身瑟瑟发抖，他战战兢兢地垂着头，不敢抬头望他最喜欢的莓铛，内心略带一丝愧疚。

当初确实是自己太过喜欢她了，才会对莓铛做出那种事情，经过道玄厮和安默隐这般折磨，自己也有了些许分寸，可现在的自己却苟且偷生，什么都做不了，自己这般模样都源自于莓铛。

可见到莓铛那洋娃娃般的脸庞，他的恨又变成了喜欢……

“难不成你们还想要继续待在这里妨碍我与小铃铛的婚事不成？夏小姐，朱先生。”高庄笑了笑，声音冰冷，唇间蓄着一抹阴戾，目光如火般盯着两人。

夏美欣的眼眸直勾勾地瞪着不敢直视她的莓铛，她就好像被遗弃的小猫咪般，乖巧甜美，让人怜惜，她就好像是被高庄从外面捡来忽然融入这个大家庭的人。

可此时的夏美欣，如同嫉妒人心的恶毒皇后，如同丑陋的女人，她的脸庞如同枯萎的玫瑰，只能这般眼巴巴地看着自己喜欢的人一次次被夺走。

夏美欣怫然不悦地闭上眼眸，深深地呼着气，企图让自己的心平静下来，随即女仆推着坐在轮椅上的夏美欣离开。

朱戒沉默，全程没有说话，只是时不时地凝望着莓铛。

高庄颔首，见到朱戒也离开后，他扭过头对她发誓，声音嘶哑：

“小铃铛放心，他们不会咬你，倒是——我可爱的小铃铛可以有仇报仇，有怨报怨哦，要是弄坏了，账算我的！”

莓铛的脸上出现了怯弱的神情，她无助又惊慌失措地摇摇头，当她看见朱戒和夏美欣在这里的瞬间，她浑身战栗了起来，宛如筛糠般哆嗦着，好在高庄并没有打算将她拱手让给他们，不然她真的会像以前一样！

可是现在的高庄跟那两个人有什么区别?

下一秒，她能感觉到耳畔高庄呢喃的低沉音，他意味深长地扯出一抹笑，随即将她整个人抱了起来，大步向二楼走去。

莓铛惶恐不安地被他抱着，他一层又一层地走上阶梯，脚步优雅却带着些许急促，那颗本来就害怕的心猛地坠入冰川海底，脑子瞬间忘记了所有的思考。

“放开——”莓铛忽然回过神，稍微用力推了推高庄，小声地拒绝道。

“嗯？你说话了？”高庄饶有兴趣地低下头。

莓铛继续推着他，可他显然不会就此罢休。

“天使般的嗓音，很迷人。”高庄淡淡地阐述着，“时候不早了，明天我们就去办结婚手续！”

听到这里，莓铛的眼泪直直地滴落。她咬紧牙齿，双眸渐渐瞪大，鼓起勇气继续擦了擦眼泪。她不知道哪里来的力气，高庄猛地被推开，她顺利地从他怀里挣脱开来，随后说了句她自己都难以相信的话：

“滚！我讨厌你！”

“小铃铛居然学会骂人了？”高庄显然有些惊讶，等他反应过来，莓铛迅速地冲了出去。

她不顾一切，不惜代价，也要离开高庄！

她后悔了！她后悔了！她不要和高庄在一起！

“莓铛你给我站住！”身后的高庄迅速向她扑来，他一步敌得过莓铛的三步，直至把莓铛逼到天台上，她忽然停下脚步，眼前已走投无路。

“小铃铛，你该不会想从这里跳下去吧？”高庄停在她不远处，凝视着莓铛的脚步越来越往后退，再这样下去，她会踩到边缘！

莓铛的心跳得厉害，颤抖的小手紧紧地握成拳，她不敢确定自己是否真的要从这里跳下去，可是她根本就没有这种勇气。

如果她真的有，两年前，她早就死了。

可自己身上的味道都是高庄的气息，不是道玄斯的，她莫名地讨厌自己。

“乖，别想不通……我爱你……”高庄见她这般坚定的目光，担心她会跳下去，男人轻声哄着，怕她想不开，目不转睛地盯着她，随后向她伸出手，缓缓地迈开脚步向她走来。

莓铛的呼吸渐渐沉重，左手的蔷薇钻戒在闪烁着，心脏宛如被一块大石头碾压般，好看的眼眸迷离，凝视着眼前的高庄，然后视线开始模糊，刹那间天旋地转。她忽然倒下，晕倒在地。

见到她倒下的瞬间，高庄飞速扑过去将她搂在怀中，随后大吼：“来人！去找医生！”

Part 5

道玄斯停下脚步，缓缓地抬起头，凝视着莓铛房子的阳台，他记得有一次，他也是这样抬着头，随后映入自己眼眸的是洋娃娃般的莓铛，那个时候的她对着他淡淡地微笑着。

不知不觉，已经过去那么久了，道玄斯深深地呼吸着，找不到莓铛的他宛如扑火的飞蛾，又如同美丽的泡沫，展现短暂的壮烈和美丽之后便破裂了。

道玄斯迈开沉重的脚步，一步接着一步走到了莓铛的房门，房子没有亮灯，里面根本就没有人。莓铛怕黑，道玄斯了如指掌，他拿起口袋的钥匙，轻轻地打开了门。

屋内空荡荡的漆黑一片，打开灯的时候，琳琅满目的粉色少女风格钻入他的眼眸，还有那数不胜数的可爱公仔，井井有条，丝毫不乱。

道玄斯关上门，放下钥匙，走进了房间。

还记得他第一次看见这么粉系房子的时候，眼前一亮，他还调侃着莓铛的房子。

莓铛的身上到底发生了什么？

学院四处找过了，找不到莓铛的任何踪影，高庄那边的消息一直被关翼隐秘地隐藏着，道玄厮明白高庄肯定有问题，可是他还没有过多的证据，需要花一点点时间来打压高庄，否则空口无凭，只会一场空。

道玄厮绕着房子环视了一圈，四处摸索着，似乎开始寻找一些有关于莓铛消失的证据。他来到莓铛的房间，打量了一眼书桌上的特殊粉色小本子，随后拉开抽屉，发现里面有一本可爱的心形日记，日记没有锁，道玄厮犹豫了几番，坐在椅子上一字不漏地将日记看完。

日记记载得很少，两年前，一年前，半年前，之后再也没有写了，似乎莓铛根本没有写日记的习惯，只是将一些很重要的事情记录下来而已。

爸爸去世了，是高庄的手下人害的，我被高庄控制了，眼睁睁地看着爸爸离开了这个世界。

我没有办法告高庄，因为爸爸真的欠了他的钱，还把我做了抵押。我很伤心，躲了好几天，最终还是屈服了。我很绝望，绝望到不知道怎么去处理这种事情，我承认我很笨，可是我没有办法。

爸爸是个游手好闲的流浪汉，后来跟我妈妈在一起了，生下了我，大家都说我是见不得人的孩子，因为我妈妈是个嗜钱如命的女人，生我下来就是等我长大后送给有钱人。

我很伤心，所有人都不相信我，觉得我和爸爸妈妈的思想是一致的。

妈妈后来还是选择离开我，二婚嫁给了一个在A市的暴发户，妈妈说她喜欢钱，谁有钱就嫁给谁，可是我却被抛弃了，我无依无靠，自己苟且偷生，继续在莱恩德学院埋头读下去，我想要大学毕业，以后出来工作可以还高庄的钱。

找高庄要了点钱安葬爸爸之后，我其实好恨高庄，可是我却非常无奈，只好折回B市，在偏远的小区住着，在莱恩德学院继续读书。

我记得有一次有人问我喜欢的偶像是谁，我毫不犹豫地告诉他说“我的偶像是道玄厮”。

我好羡慕道玄厮那样的生活，爸爸妈妈都很喜欢他，他在世界的影响度也非常深，我会不会也一样和他那么厉害呢？

哈哈，大概是下辈子的事情吧，也许八辈子都无法变成像道玄斯那样的人。

椅子上的恶魔静静地攥握着小小的日记本，目光深沉，俊美的脸上因她的记事而露出情绪起伏的印迹。

他深深地呼吸着，胸口闷得好像快要爆裂般，看着小巧可爱的字迹，心脏不禁绞痛着，宛如一把把锋利的匕首在他的肉上狠狠地宰割着，直至他感觉自己的脏腑血液在滴滴地流淌。

他倚靠在靠背上，修长有力的双腿交叠着，精雕细琢的英俊脸庞深邃，那双幽深的暗黄色晶眸渐渐变得黯然，唇瓣微抿着，说不出来的冷漠与深沉。

果不其然，这个高庄与莓铛居然还有这样的故事，想到这里，凌厉的目光微微收缩着，好似想要把高庄活活吞噬般，每一根血管都在抽搐着，宛如怒吼的猛兽。

如果把两年前的莓铛换成道玄斯，他道玄斯肯定也会坚持不下去，更不要说这般孱弱无能的莓铛了道玄斯心中的烈火猛烈地燃烧着，他努力地压制着自己内心这般汹涌的情绪，他小心翼翼地将日记本放回原处。

可就在他准备放回原处的瞬间，他看见了压在地下的契约合同——

那是莓铛与高庄的签字合同附件，他拿起来大致阅读了下，随后无情地将合同撕得粉碎，扔在垃圾桶中。

没一会儿，手机开始响起来，他无声地拿起手机看了一眼来电者，随后接听了电话，声音不冷不热："妈。"

"你这孩子！又欺负关总了是不是？怎么不想回M国？"对面传来成熟的女人声音。

道玄斯闷闷地躺在莓铛的小床上，呼吸着被子上遗留的蔷薇芳香，随后缓缓地回应："那家伙又跟你打报告了……"

"什么打报告，你老实告诉妈妈，你为什么不回M国？关总的话你不听，妈妈的话你好歹听进去！"

"妈……我现在真的不能回去……"道玄斯有些绝望，定定地凝视着天花板，像个抱怨无奈的孩子般。

“为什么？”

“我爱上了一个女孩……很爱很爱……”

Part 6

他的声音浑浊，带着些许成熟，呼吸渐渐变得沉重，宛如在与妈妈叙述着自己最大的秘密。

“不是，儿子，你恋爱了？”妈妈怔了几秒，确定自己不是在做梦之后再次审问道。

道玄斯沉默，修长的手指划过口袋内洋娃娃精致可爱的小脸，指腹轻轻摩擦，俊美的脸庞露出些许茫然，金黄色的目光黯淡：“嗯，而且，还想和她结婚……”

妈妈瞬间僵住了，不知道说什么好。

他们的孩子是他们一手栽培的，从小就发现了道玄斯聪明过人的头脑，一直让他专注于学习与比赛，没有让他参与其他过多的人际交往。他爱上的那个女孩，到底是怎么样的人？

“她是谁？”妈妈好奇地追问。

“你不认识。”道玄斯快速地回应。

“那是哪位千金小姐？”妈妈蹙起眉头。

“她不是千金小姐……”道玄斯淡淡地说。

如果是亚子美的话，妈妈还能勉强接受，亚子美性格好，妈妈也知道亚子美是真心喜欢道玄斯，而道玄斯也没有明确拒绝这段感情。原以为让道玄斯去莱恩德学院能够冲刷两人的爱情记录，好像这个想法有些偏移了……既然不是亚子美，也不是千金小姐，就当自己的儿子玩玩这段感情而已吧……

“阿斯啊，咱现在不急谈结婚，也不着急谈恋爱，我的孩子是聪明的才子，谈恋爱这种事情伤神伤脑，你先跟关总回来，等比赛结束了，妈妈再给你找个比现在这个更好的女孩，好不好？”妈妈企图劝解他放弃。

“妈，我是认真的，失去她，我现在都不知道能干什么，就算回M国了，也不会参加好比赛……”

道玄斯深深地呼吸着，将口袋的洋娃娃抽起。他翻了个身，侧着身躯躺在粉色的小床上，闭上好看的晶眸。

“我累了……晚安……”说完，不等妈妈反应过来，他便擅自挂掉了电话。

妈妈准备继续说下去，却被电话的占线给打断了，她有些惊讶地看着电话，若有所思地琢磨着什么。

“不是……这熊孩子谈恋爱不是应该很高兴吗？怎么这语气听起来好像失恋了？垂头丧气干什么？”妈妈一脸无趣地将手机放下，随后脑海中各种幻想，道玄斯喜欢的那个女孩子的模样。

道玄斯闭目休息了一个小时后，猛地站起身，带上洋娃娃离开了小房子。他打开车门，踩下油门，飞速向A市开去！

如果真的是跟两年前有关系，那么高庄也不会善待她！

道玄斯咬牙切齿地狠狠拍了一下方向盘，车子不断地闯红灯，越过了一辆又一辆小轿车，直接将车开进辅助车道，猛地转弯，差一点撞到了一辆载满重器的大卡车！随后他飞速地驶上高速公路。

人生地不熟，道玄斯在A市没有什么很大关联的人脉，就算现在孤身一人去A市，也只能是无头绪地盲目搜索。道玄斯无奈地塞上蓝牙耳机，给安默隐打了电话。

“安少爷，我很不想打扰你，但我确实需要你的帮助！”道玄斯严肃而又认真地说道。

“怎么了？”耳边传来安默隐温柔而慵懒的嗓音。

夜已深，现在已经快十二点了，道玄斯这个时候应该在睡觉才对，安默隐有些恍惚，白酒进肚醒了一半，他缓缓摇了摇沉重的脑袋。

“帮我调查高庄在A市的公司地点，还有他经常去的地方。”

“高庄？”安默隐不紧不慢地坐在沙发上，听到这句话的时候，显然他的酒清醒了几分。他顿了顿，湛蓝色的晶眸缓缓紧缩：“你要调查高庄做什么？”

道玄斯边说边握紧方向盘，好看的晶眸闪着一抹肃杀的冷：“莓铛被高庄带走了，这件事跟她两年前的事情有关系，所以我拜托你尽快调查出来，我现在在去A市的路上！”

安默隐原本睡在一组沙发上，喝了过多的酒让他休息了几个小时，听到这个消息，他的心宛如结了冰，他忘记了呼吸，感到时间也静止了，手一滑，手机掉到了地上。

“安默隐？”听到对方有些不对劲，道玄斯有些着急地喊了句。可安默隐却迟迟没有回应。

缓了许久，他才回过神，对着空荡的客厅大吼：“林文！林文！”

林文被他的嘶吼声吓到了，赶忙从另一处跑了上来：“少爷……”

“调查高庄在A市的踪迹，随后……随后发给道玄斯……”安默隐紧张地说着，身子站起的下一秒又摔倒在沙发上，吓得林文赶忙走过去扶住他，而后一句，像是默认了自己与莓铛无缘。

几秒沉默后，他的语气缓缓降了下来，淡淡地阐述着。

他心里很清楚，如果自己再对莓铛的事情进行追究，父亲是绝对不会放过莓铛的，两年前，他连累了莓铛，这一次，他只能选择默默地守护他至今还在深爱的莓铛，希望道玄斯能够快一点找到。

不到十分钟，道玄斯收到了安默隐手下人发来的高庄各地方的地址，看着显示器那些密密麻麻的字，随后选择一个地点，飞速地开去！

Part 7

凌晨十二点，淅沥的大雨骤然而下，肆意地拍打着在高速公路飞速闪过的跑车，宛如银色魔法忽然从天而降，黑压压的一片天穹划过一条条长长短短的闪电，狠狠地将天边撕裂成两半，天与地瞬间被震醒！

道玄斯急骤地踩紧油门，紧握着方向盘的手微微颤抖着，脑海中满是莓铛受凌欺的画面，想到这里，他的心脏就燃烧着猛烈的火焰，目光凌厉地看着眼前的公路，两边并列的法国梧桐树被狂风狠狠地吹得弯下了腰肢，地面上的一些杂物被狂风卷起，乱舞在半空中。

他的脑海里全是她精致的小脸，楚楚可怜的温柔模样更是让人感到怜惜，他内心的声音全都在呼唤着她的名字，一次又一次，狂风暴雨，电闪雷鸣也无法阻挡他前行的步伐，他不顾一切地将车开到最大挡，如同火箭般在暴风雨中快速穿梭驶过！

黑云的罅隙中忽然闪出一条又一条银色的光，枢纽不齐，莫测短长，那一瞬间宛如白昼，震耳欲聋的雷鸣与大粒大粒猛烈的骤雨惊天动地，让人毛骨悚然，一颗弱小的心脏紧紧地收缩着，寒人肝胆。

莓铛是被这可怕的雷声惊醒的，她错愕地睁大眼眸，骤然发现自己的身体被一具强大有力的身躯束缚着，她撇下眼眸，就见高庄将她搂在怀里。

巨大的闪电在落地窗棂迸发出苍白的光芒，如同浓浓火药的爆炸声般，如同整个世界都在开始崩塌！

那一道道银色的光芒照耀在男人的脸上，他噙着一抹邪魅的笑容，肆无忌惮地将唇凑近，昏迷惊醒之中，只感觉自己被吻了，她猛地一颤，想要去反抗，可全身却被他死死地压制住。

“抱歉呢小铃铛，是我冲动了——”

莓铛惊慌失措地瞪着他，可她的心跳加速，难道——

莓铛不敢继续往下想，她害怕到忘记了呼吸。

“啊——该死！”

他骤然放开了她，双眸愤怒地瞪着她坚定的眼神。

“你敢咬我！”

她怕极了，害怕他忽然打她，害怕他忽然闯入她的最后一丝防线！

所有会发生的可能都在她做出这种举动的时候瞬间消失，变得一片空白，她浑身颤抖得像个崩溃的人偶，两眼睁得大大的宛如洋娃娃。

“小铃铛你以为你是谁？嫁给我你有的是好处！”高庄阴沉着俊脸，居高临下地阐述道。

莓铛沉默，两眼变得空洞，空洞地凝视着眼前冰冷的空气，窗外的闪电咆哮着。

门被跑车撞开的声音与天空被雷电劈开的声音猛地砸入两人的耳朵。

高庄不耐烦地扭过头，就见道玄断的车已经完完全全地开了进来，车灯调到最大，让他们看不清车内的人到底是谁。道玄断停下车，大步向两人走去。

他来到两人面前停下脚步，居高临下地凝视着衣衫凌乱的高庄，以及莓铛。

紧张的心“扑通扑通”地跳动着，冰冷的空气中弥漫着属于另一个人的气息，莓铛知道，他是道玄斯，道玄斯来了，可知道是道玄斯来了的莓铛却非常不希望是他，身子瞬间寒了下去，苍白的脸瞬间变得僵硬了起来。

他就站在她与高庄的面前，严肃的俊脸让她感到害怕，可他的逼近让她感到莫名的安心，可是自己这般不堪的模样，真的没脸抬起头看他。

道玄斯垂着头，看着少女唇上的火热不属于他，而属于高庄。

她颤抖着小小的身板微微蜷缩着，将头埋在自己的膝盖中，大颗大颗的泪水直直地滴流着，不想让道玄斯看见这般狼狈的模样。

她好恨自己，好恨自己会变成这样，其实这样的不堪她早已经习惯了，可为什么面前是道玄斯，她会那么在意？

莓铛更是绝望地将头埋得更深。

“莓铛。”许久，道玄斯淡淡地发出声音，不冷不热，带着丝丝的温柔轻唤着，暗黄的晶眸深沉，却复杂无比。

莓铛顿了顿，他呼唤她名字的声音仿佛带着电流，钻入她的耳朵抵入她的全身，使她的身子不禁抽搐了一下，呼吸紊乱，心跳在声音发出的瞬间宛如结冰一般。

她缓缓地抬起头，小心翼翼地仰望着冷漠的道玄斯。

钻石般的黄色晶眸拓映出她哭得憔悴的小脸，俊美的脸庞渐渐暗了下来，道玄斯伸出一只手，向她展开：“过来……”

莓铛怔了怔，看着他静静地向她伸出手，她鼓起勇气想要站起来，想要抓住他，可是她浑身早已经没有力气，小手伸到一半便软了回去。

道玄斯见状，直直地向她走来，脱掉自己的外套披在她身上，随后将她捞在怀中。

莓铛既害羞又伤心地靠在道玄斯怀里，他的大手有力地箍住她的肩膀，让她倚靠在他的温柔内。

道玄斯沉默，看着莓铛被高庄弄成这样，另一只手紧紧地握成拳，目光如鹰隼般狂放不羁，如恶魔生存在无底的深渊中。

“道先生！难道你要小铃铛自己说吗？”高庄丝毫不畏惧地站起，噙着一抹邪意的笑，意味深长地凝视着战战兢兢的莓铛。

道玄斯扭过头，面无表情地望着高庄。

“小铃铛已经属于我，你现在插手，会不会对你的身份有着很大的损失？”

道玄斯黯然，低下头凝视着眼泪不停流淌的莓铛，似乎默认了这件事。

以往只要别人说错了什么，莓铛第一时间就是对他摇头否定，可是现在的她却只能默默流泪。

莓铛感觉自己受到了巨大的打击，心脏仿如要被挖出来般。她猛地从道玄斯怀里离开，眼泪直落，对着高庄低吼：“不要再说了！”

高庄愣了愣，才知道这听起来异常伤感愤怒的声音源自莓铛，他会心一笑：“我是不是说错了什么？”

“不要再说了……”莓铛继续低吼，清澈的小眼神带着丝丝怒火，企图让他闭嘴，可她的声音却毫无攻击力，软得像天使。

“两年前，你和安默隐交往。两年后，你又和道玄斯交往，现在他不就站在你身边吗？做着这些愚昧的蠢事，还看不清你是怎么样的人。”高庄拍了拍身上的衣衫，若无其事地阐述道：“难道你忘记了？”

那一瞬间，莓铛噶然，这一字一句的声音如同一颗颗尖锐的子弹飞速地刺入她的心脏，心脏好像在滴血，浑身的血液缓缓地逆流，缓缓地停止。

道玄斯的沉默更是让莓铛感到绝望，可下一秒，她只感觉身边的人忽然冲了过去，修长的腿完美的一个回旋，将毫无预警的高庄踢飞到餐桌上！

大理石制作的餐桌猛地被砸成两半，重重地压了下去！

“高庄，这些年你利用企业在商场上做了不少手脚吧？欧氏集团、艾氏集团，这些大集团都是你不择手段让它们垮的吧？现在……还做了这种卑鄙的手段！呵！”

“卑鄙吗？这不卑鄙，这就是职场战争，你不打压别人，别人就会打压你，既然你已经开始，那就继续到底！你懂什么？”高庄显然被摔得不堪一击。他趔趄地站起，脸色继续维持着笑容。

Part 8

巨大的闪电在屋外不停地挥舞着，白色的光芒急骤地划过，猛地从乌云的罅隙中迸发出来，瞬间，宇宙宛如正在崩塌，震得莓铛开始忐忑不安起来。

雷声如同埋葬的火药瞬间爆发的那种振聋发聩的轰鸣，让屋外坐以待毙的混混们有些做贼心虚，可看见道玄斯依然站在面前，那副丝毫不惧怕雷电的模样如同天之子。

一股强烈的声音从屋外飞速地传来，警觉性非常高的道玄斯猛地转过身，就见冰冷的空气中，几个身材高大的男人扑朔而来！

“莓铛小心——”道玄斯猛然嘶吼！

他们持着锋利的武器，在闯进来的时候，目标并不是对道玄斯，而是他怀里的少女。当道玄斯反应过来的时候，他快速地将莓铛挪了个位置，他们的武器擦过他的手臂，划过莓铛的肩膀。道玄斯拥着她猛地转过身，尽量不让他们伤害到莓铛！

可却在他保护自己心爱的人瞬间——尖锐的武器准确无误地刺入他的胸脯上方，随后武器从中快速地被抽了出来！

“道玄斯！”莓铛吓得脸色瞬间苍白了起来！充满恐惧的双眸渐渐睁大！

“滴——滴——”

血液一滴一滴地从他的伤口喷发而出，不大不小的伤口鲜血淋漓，道玄斯微微蹙紧眉头，手臂紧紧一缩，将莓铛搂得更紧！

门外的黑色身影站着，宛如在黑暗中猎捕的魔鬼般，周围的暗夜带着氤氤氲氲的烟气，她的眼眸阴戾，唇瓣勾起，凝视着道玄斯。

莓铛感觉自己的肩膀被利器划过的那种火热的刺痛感，瞬间让她清醒了过来，可等她反应过来的时候，道玄斯的胸脯上血流如注。他缓缓地松开了她，一只手紧紧地捂住伤口，微微抬起眼眸，唇瓣牵起一抹淡淡的笑，沙哑地回应：“我没事……”

道玄斯轻咳了几声，半弯着上身，俊美的脸上没有一丝血色，如同冰寒刺骨的冰雕般，璀璨的黄眸在那一刻渐渐黯然下去，脚步缓缓地向后退了几步，只见血液从他的指缝间穿过，浸湿了他的衣衫。

他心跳忽然加速，似乎在做生命的最后一次跳动，呼吸却渐渐地浅了下去。

“不——道玄斯——”

莓铛的脸庞瞬间僵硬了，难以置信地凝视着血流不止的道玄斯。她连忙伸出手，慌慌忙忙地堵住他的伤口，可即便如此，伤口似乎伤到了动脉，根本没有办法止住血。

再这么下去，道玄斯会失血过多而死——

她不敢再继续幻想下去，眼眶内打滚的泪珠忘记了流淌，她的嗓音颤抖沙哑着，想要上去帮道玄斯，却束手无策，好像只会帮倒忙，现在的道玄斯血流得越来越多了！

“啊！哈！哈！哈！”

看见这一幕，夏美欣被朱戒推着轮椅走来激动得忘记了怎么去疯狂大笑，她的笑声尖锐刺耳，如同害怕的狐狸般，那一瞬间，几十名混混簇拥而来。

高庄瞬间顿住了，凝望着那群职业打手出身的保镖们与莓铛擦肩而过，随后刺进他的胸脯上方，与心脏仅仅相差毫米！

爱情就真的这么伟大吗？

那一刻，他的心仿佛要停止般，难以置信地望着受了伤的道玄斯。

道玄斯淡淡地牵起一抹笑容，优雅地转过身消失在这瑰丽的别墅。

“我没事，莓铛，你听我说——”道玄斯的声音渐渐变得软弱，他的额头、脸庞渗出了冷汗，绝美的唇瓣失去了颜色，如同即将死亡的恶魔。

他挪开手，沾满血迹的手掌想要将她拥进怀里，想要抚摸她的脸蛋，可是他感觉自己太脏了，最后放弃了，只是紧握住她的手，十指相扣，不离不弃。

“道玄斯，我好没用——我真的好没用——”莓铛的泪水如同溪水般不停地流了下来，她呆呆地凝视着道玄斯的伤口，视线尽管模糊，可她还是能够看得见，道玄斯的伤口一片血红，红得让她恐惧！红得让她窒息！

道玄斯淡淡地笑着，好看的晶眸半眯，如同夜幕中的繁星般美丽，他伸出手将她搂在怀里，鼓起生命的最后勇气，声音不高不低，不冷不热，却充满宠溺：“听着，等会儿我带你跑一会儿，随后我放手的时候，你就从这里的后门逃走，不要回头，也不许你哭。”

听到这里，莓铛哭得更是伤心，她低下头看着道玄斯的伤势，现在的他恐怕连走都会晕倒在地，为什么还要这么逞强？为什么还要这么为她着想？

“道玄斯——其实你不用管我的，高庄说得都对，合同上也是这样写的——”莓铛擦了擦眼泪，哽咽地说，声音如往日般轻盈梦幻。

“我知道，我很早就知道了，可我也知道莓铛不是这样的人。”道玄斯欣慰一笑，“所以——才想要守护在她身边。”

这种暖到莓铛心扉的情话如同棉花糖般甜进她身子的每一处，那冰冷的身体、颤抖的身体在那一瞬间渐渐地平复了下来，清澈的双眸抬起，四目相对，尽管气氛恶劣，可两人的情愫却一点也没有受到影响。

“照我说的做。好吗？”优美的唇瓣微微挑起，道玄斯对她轻笑着询问。

莓铛想了一会儿，随后哭着点点头，小手紧紧地拽着他的衣角，害怕失去他。

看见那小脑袋缓缓地点头，分不清是自愧地低下头还是害羞，道玄斯满意地勾起唇瓣，随后紧紧地握住她的手，另一只手摁住血流不止的伤口，暗黄色的晶眸环视了一会儿周围。

虽然被包围了，但也不是没办法，他冷笑着，伤口也不顾了，猛地向那群高大威猛的混混们冲去！混混们看着眼前瞬间一片漆黑，才反应过来原来道玄斯把灯给关了！

莓铛看着夏美欣捡起洋娃娃，一副恶毒的模样打量着，让莓铛很是害怕，她想要上去拯救它，可在那一瞬间，她看见了夏美欣将洋娃娃拆了肢体！

可是此时的她顾不上那么多，灯在下一秒就被熄灭，莓铛抬头凝望着一片漆黑的空气。

“快！莓铛！”

道玄斯飞速地跑着，可莓铛却跑得相当吃力，她边跑边看着路，眼睛都来不及眨，他能感觉到莓铛在尝试跟上他的步伐，憔悴的小脸显得有些通红，更是让他显得有些心疼。

Part 9

道玄斯渐渐地跑得有些疲惫，血迹一滴又一滴，好在外面下着雨，雨水抹掉了道玄斯滴在地面上的血斑。

神也似乎在帮助这对可怜的恋人，那群混混们追着跑出来的时候，那一刻电闪雷鸣，天空闪过一条条细长无规律的火蛇，大雨淅淅沥沥，雨声砸入

地面的撞击声淹没了道玄斯与莓铛的脚步声，空气中朦朦胧胧，有着氤氤氲氲的白雾，昏昏暗暗的画面更是让混混们找不到道玄斯与莓铛逃走的方向。

“分头追！”一名带头的混混命令着，随后几十人自觉分成几个小组，开始四面八方追捕！

可就在他们准备迈开脚步的瞬间，一辆又一辆警车将他们堵住，警车的警灯红蓝交替闪烁着，由于安少爷的吩咐，警察们关掉了警笛声，免得打草惊蛇，随后车内的警察严肃地下了车，将几名落荒而逃的混混逮住！

夏美欣和朱戒没来得及反应，警察就已站在他们面前静静地看着。

“道玄斯！道玄斯你在哪里！”

亚子美四处环视着，警察已经走进来进行勘察，她看着警察拿着洋娃娃的四肢走了出去。

“道玄斯……不要死……”地面上的血迹显然来自道玄斯，亚子美的直觉再准不过。她擦了擦眼泪，跟着走了出去。

警车后，一辆车后座的安默隐凝望着这栋房子，薄唇微抿。

没一会儿，警察拿着洋娃娃递给了他：“安少爷，这是在现场发现的洋娃娃，是莓小姐的吗？”

他伸出手接过，声音不高不低：“是她的。”

“安少爷，亚小姐在屋内似乎情绪很激动，要不要把她带过来？”警察回忆起亚子美在屋内哭得跟鬼似的，嘴里还念着道玄斯的名字，犹豫几番，到底还是询问了起来。

他微微抬眸，冷漠的语气从薄唇齿间发出迷人的嗓音：“随她吧。”

现场没有找到高庄，想必早已经离开了，没有找到莓铛，这让安默隐的心很痛！

他紧紧地将洋娃娃搂在怀里，手里捏着洋娃娃的四肢……

莓铛与道玄斯不知道跑了多远，直到离那栋别墅越来越远后，道玄斯才支撑不住地倒在亭子内，莓铛一刻也没有停下手中的动作，连忙将自己身上能撕的衣料都撕了下来，急急忙忙地堵住他的伤口。

动作笨手笨脚还不敏捷，可道玄斯却知道她真的很想帮他，他觉得很幸福，大手轻轻握着忙来忙去的小手，轻轻摩擦着。

看着道玄斯越来越难受，虽然他没有说，但是莓铛能够感觉得出来，血依然流着！

“道玄斯……你还好吗？”莓铛凝望着道玄斯昏昏欲睡的俊脸，轻声唤醒。

道玄斯淡淡地笑了笑，想要睁开双眸注视着他深爱的人，可发现自己却无法睁开，疼痛吞噬着他的每一根神经。

看着道玄斯以微笑回应，莓铛根本没有时间去抹掉脸颊上的眼泪，她早已哭肿了双眼，身体颤抖着，害怕从此失去道玄斯。

莓铛的内心一万个咒骂着自己的无能，可眼泪却不停地掉落。

“别怕，他们还找不到这里……”尽管自己奄奄一息，道玄斯依然开口说着，不高不低地回应着她，像哄孩子般。

他用力地睁开双眸，就见莓铛十分担心的模样，努力地想要止住血，他浅浅地笑了笑，随后，他的头渐渐沉了下去，紧握住她小手的大手忽然松开，整个世界安静了……

雨，渐渐地化成了小雨，天空一片灰蒙蒙，乌云的罅隙中时不时闪着无声的光，亭子外川流不息的溪水流着，安静得听得见溪水流淌的声音，安静得听不见道玄斯的声音。

“道玄斯……道玄斯……你醒醒……道玄斯……”

莓铛小心翼翼地摇晃着道玄斯的身体，却发现他一动不动。她吓坏了，连忙喊了一声又一声。

直到道玄斯再也没有回应，俊美的脸上恢复了平静，那悬放在半空中的手没有再颤抖，莓铛连忙抓起他的手抚摸她的脸，可任由她怎么触碰，他的手掌心也没有再一次张开握住她。

“啊啊啊——不可以——道玄斯！道玄斯！不要！醒过来！道玄斯！不要——”

她嘶吼着，咆哮着，崩溃着，大哭着，绝望着，她痛！她痛到无法呼吸，她痛到差一点窒息，她痛到想要自杀，她痛到发出最后一声呐喊。

可无论怎么喊，刺耳的嗓音依然没有唤醒道玄斯……他静静地躺着，血液停止了流淌，莓铛甚至分不清是流干了，还是她真的堵住了血。

这一刻什么都结束了，任凭莓铛如何害怕，如何嘶吼，如何喊着道玄斯的名字，他都没有任何反应，紧摁住伤口的大手缓缓地滑落……

“不要！不要！道玄斯你等我！你等我！我去找人！求你等我！求你！”

莓铛跪在地上站起身的时候有些恍惚，跌跌撞撞了一会儿，她不顾一切地往前冲去！

她跑到一家小超市，店里的收银员看见莓铛的样子十分害怕，如同从黑暗中走出来的邪恶洋娃娃般，她匆匆忙忙地跑到小超市大门外的小电话亭，急急忙忙地拨了一串数字。

她不知道为什么，脑海中会对这数字那么熟悉，好像很久以前，她就刻意地背这个手机号码，可不管是谁，她此时此刻真的很需要帮助！

莓铛的心跟着急了起来，害怕对方占线。

“喂？”对方是温柔的声音，“哪位？”

莓铛没有回应，伸出手擦了擦眼泪，忽然觉得道玄斯有救了，丝丝哽咽的声音传入电话。

“是……莓铛吗？”虽然不大确定，可传入电话小声抽泣的声音，如同天使，让他开始严肃起来。

“是……”莓铛哭疼了嗓子，她艰难地吐出一个字，浑身发抖，陷入黑暗的心脏宛如被照耀了阳光。

“莓铛……莓铛你现在在哪里？夏美欣已经被我们抓起来了，你在哪里？”安默隐焦急地追问。

那一刻的莓铛瘫在地上，无助又绝望地哭着，哽咽着向安默隐诉说：“隐……道玄斯好像不在了……好像……好像不在了……我好害怕……好害怕失去他……”

Part 10

隐……那是两年前她唤他的昵称，那声音甜得像颗糖一样融进他的心，可现在安默隐的心却非常抽痛，他连忙安慰：“莓铛别哭，你现在在哪里？我马上过来！”

莓铛重重地呼吸着，抬头看了一眼小超市的名字，报出了地址。

“好，你站在那里别动，两分钟我就到！”安默隐说道，随后命令司机以最快的速度赶过去，好在莓铛所在的位置并不远，小轿车过去也就几分钟的时间。

赶过去的时候，莓铛正坐在椅子上垂着脑袋，她的衣衫凌乱不堪，衣角被她撕了一块又一块，还残留着道玄斯的斑斑血迹，她伤心地擦了一次又一次眼泪，静静等待安默隐的莅临！

车都没有停稳，安默隐就慌忙地打开车门，直接从车上走了下来，快步地走过去，将娇小的人紧拥在怀里，炽热的拥抱给她更多的温暖，莓铛才从中缓过神来。

“隐……道玄斯……一定要救道玄斯……求你救救他……我给你跪下……我不能……我不能失去……”莓铛放下了所有的尊严，双膝想要下跪，却被安默隐紧扣在怀里。

安默隐带来的司机是一名高级医生，林文也是一名老中医，两人提着药箱下车的时候，看见这暧昧的一幕，有些不自然地站在不远处。

也许是太过担心莓铛会出事，见到莓铛的瞬间，他竟然会对她做出这样的举动！

没一会儿，他不舍地放开她：“带我们去找他……”

他淡淡地说着，随后莓铛没有顾得上那么多，她一刻也不停息地抓着安默隐的手飞速来到不远处的亭子内，她抓他的力度是那么紧，害怕安默隐会突然消失，害怕安默隐会不救道玄斯。

在林文和医生赶过来的时候，两人吓得脸都白了，面面相觑，医生半蹲下来，打开医药箱，戴好手套后，取出手术剪刀，而林文则配合医生的工作。

莓铛在一边紧紧地盯着，生怕这个医生靠不住，就在医生拿出缝合针穿线的时候，莓铛见状，连忙蹲下去推开医生，随后紧紧地抱住道玄斯，不让所有人伤害他！

“莓小姐，如果不及时处理，这位先生很危险！”医生回过神，仓促地解释道，“再耽误的话，我们也只能死马当活马医了。”

安默隐拉着莓铛的肩膀，靠在她身后轻声安慰：“你放心，他们是我最信任的医生，会治好道玄斯的，乖，好吗？”

温柔的声音如风般轻轻拂进她的耳畔，莓铛才缓缓地松开手。

下一秒，安默隐牵着她的手，带着她站起身，她的衣服湿漉漉的，让安默隐更是心疼，他深沉地凝视着她："去车里换一套衣服，我帮你看着。"

莓铛摇摇头，目不转睛地盯着医生，生怕医生一不小心便要了他的命。

"道玄斯如果醒过来，看见你这么狼狈，估计会把我打得很惨。"安默隐故作一副无奈的模样，淡淡地说道。

这一招果然奏效，莓铛听完乖乖地向他的车子走去，安默隐搂着她的肩膀，扭过头对着医生和林文命令道："治不好你们知道后果。"

"是，少爷！"两人听见的时候完全吓了一大跳，鞠躬恭送之后赶紧使出自己几十年的医学本事拼命拯救道玄斯。

莓铛换好一身干净温暖的衣装，没有多留，她换完便飞奔到道玄斯身边，继续监督着。

安默隐淡淡地凝视着莓铛那副认真的模样，那哭得红肿的眼眶，一双粉嫩的樱唇微微地抿着，眉头紧皱，一双小手紧紧地抓着衣角。

安默隐走过来，将忐忑不安的莓铛搂进怀里，俯下身，在她耳边轻声细语，如同热恋的爱人般："放心吧，我会救他的。"

莓铛点点头，依然全神贯注地看着。

"我一定会救他，因为——他取代了我的位置——莓铛。"

莓铛有些茫然地抬起头，才发现他那温柔得让人心碎的俊脸离她很近很近……

"我不甘心，莓铛，我好不甘心。"

安默隐抱着她低声埋怨，随后一把将她扛到不远处的车旁，将她靠在车门边上，他埋首，双眸紧闭。

"你知道吗？你喊我'隐'的时候，我有多震撼吗？我以为你什么都想起来了，可你却一次又一次地让我失望。"

他紧紧地拥着她，温柔而跋扈，她身上淡淡的蔷薇芳香，熟悉却有些陌生，让他眷恋，让他忧伤。

莓铛惊讶地愣在原地，他的怀抱暖暖的，身上的清香不属于她习惯的道玄斯，却好像是以前的故人，她的心不禁跳动着。

"莓铛，我爱你，爱了整整两年——"

这是他第一次遇见洋娃娃般的少女，有着莫名的悸动，有着莫名的心动，他遇见她的那一刻，只为她而转，拒绝了所有的豪门千金订婚，眼里除了莓铛，除了莓铛，还是莓铛，再也容不下其他人。

他贪得无厌，一颗跳动的心只想和莓铛在一起，一生一世，永远永远，手牵手到老的时候依靠在一起看日出日落。

他没有吻过她，没有牵过她的手，根本就不了解她是怎样的女生，却在那一刻，他只想和她在一起，只想和她订婚，只想和她结婚。

可她的记忆丧失，道玄斯的出现，改变了他们的一生。

他收紧手臂的力度，修长的指尖穿过她柔软细滑的发丝，将她的脑袋紧紧地贴近他的心脏处，微微弯下腰，尖削的下巴靠在她的小肩膀上，如同海洋般深邃的晶眸充溢着深情。

安默隐突如其来的告白，让毫无防备的莓铛震惊无比，感受着他带来的温暖，那一瞬间她直感觉自己的记忆好像丧失了什么，所有画面的碎片一点一点地被拼凑。

两年前，她发了一条短信。

那个收件者是安默隐吗？

两年前，他们真的是恋人吗？

他爱了我两年，为什么我却一无所知？难道真的有人在中间拆散了他们吗？

莓铛沉默，她轻轻地推开了安默隐，抬起头凝望着他复杂的俊脸。

“谢谢你。”

除了这一句，莓铛再也想不出来还有什么能够报答他，她浅浅地弯起嘴角，一个充满谢意的微笑让安默隐痛不欲生。

这是——拒绝吗？

可即便如此，安默隐也依然在坚强地露出温柔的微笑，将她的手握在手心：“没关系，我可以等你。多久我都想等你，等你恢复记忆，等你想起我，等你回到我身边。”

莓铛似乎有些为难，不做回应，随后将手缓缓地抽回来，低喃着：“亚子美——人很好——”

“嗯。”安默隐淡淡地回应。

“考虑一下，亚子美？”莓铛小心翼翼地扭过头，打量了一下安默隐渐

渐变得沉默的脸，似乎觉得自己说错了什么。

“如果能考虑，那么这两年，我早就有未婚妻了。”

“嗯。”这次换莓铛淡淡地回应，小手又一次被他牵在手心。

“莓铛。”安默隐轻轻地唤着。

“可以说‘我们分手了’吗？让我彻底地失去你，不再对你抱任何还会在一起的希望，好吗？”

那一句话痛到他的心脏，所有的忧伤都在被他努力地压制着，温柔的声音轻如飘在空中的蒲公英，是那样的忧伤。

“说分手，好吗？这样，你不会欠我。”安默隐淡淡地注视着惊讶的莓铛，她看他的眼神，永远失去了两年前的那种熟悉，现在是那么的陌生，陌生到让他的心彻底破碎。

莓铛呆涩了一会儿，唇瓣微微张了张，却怎么也说不出口。她完全忘记了，自己两年前是否真的和安默隐在一起，她至今一点印象都没有。

Chapter 20

再见，莓铛

Part 1

那种让人心碎的温柔，总会在安默隐身上刻画着。

见她依然没有开口说，安默隐淡淡地笑了笑，伸出手将她抱在怀里，这一晚，他抱了她无数次。

“不要再给我破坏你们感情的机会了，好吗？”

莓铛沉默，他掰过她的脸，吻上她的唇。

“这是，分手之吻。”

医院，关翼不要命地开车飞进停车库，随后一路跑上来，就见安默隐、莓铛、亚子美、林文坐在椅子上静候着，安默隐搂着莓铛，可这一次给人的感觉，好像他只是在安慰她，不添加任何感情。

而林文则不停地抽出纸巾递给亚子美，亚子美的情绪非常激动，她哭着闹着，时不时跑到手术室砸门敲门，最终默默地回到林文身边继续接过纸巾擦眼泪。

关翼愤怒地从安默隐怀里拎起莓铛，猛地将她砸在墙上！身体与墙壁发出的巨大碰撞声吓坏了在场所有人！

“如果道玄斯有什么闪失，老子把你的皮扒了！听见没有！”关翼逼近莓铛，凝视着莓铛那憔悴的脸，红肿的眼睛，在被他砸在墙上的时候，她居然没有任何声音，他的双眸凌厉，恶狠狠地恐吓咆哮道。

“关翼！你在干什么？”安默隐见状，冲上去将关翼揍了一顿，可关翼却不依不饶，手里紧紧地拽着莓铛的衣领不放。

关翼瞪着她，眼里涌现的血丝明显至极，那一字一句的声音如同诅咒般：“你要是没有出现该多好？道玄斯认识你之前，什么事都没有，现在他连学业都不顾了，遍体鳞伤！跟着你，他怎么就这么倒霉？你就算跟他在一起了，你能为他做什么？就知道哭？然后再带来麻烦吗？”

“关翼！闭嘴！”安默隐推开关翼，随后将莓铛护在身后。

“安少爷！我有说错话吗？两年前你如果不是因为这个人，你至于痛苦那么久吗？到现在你还袒护她！被夏美欣和高庄欺负，那是她活该！”

关翼阴戾地瞪着，用力地伸出食指，指责着在安默隐身后沉默的莓铛，字字句句如同子弹般侵入她的心！

莓铛沉默，许是自己看透了，许是自己哭干了，从凌晨到现在，哪一次不是惊心动魄？

他说得一点都没有错，我就是红颜祸水，伤害了身边最重要的人。

离开或许是一种解脱——

“滚！你给我滚！听见没有！”他怒发冲冠，一双眼眸瞪得大大的，如同炽热的大火球般骇人，整个五官挤在一起，面目狰狞的模样让人瑟瑟发抖。

他嘶吼着，声音如同天空滚动的雷声般震耳欲聋，让莓铛的心更是沉重，呼吸变浅。

一双抓着衣角的小手握成一团，她无言地垂下头，看不见她痛苦的表情，却看得见那用刘海遮掩住的眼睛，正一滴一滴地掉落珍珠般的泪水。

“你冷静一点！”安默隐将关翼狠狠地推开，严肃地冷吼道。

“让她滚！道玄斯醒来不允许看见她在这里！晦气！真是晦气！当初就让道玄斯远离了！又没家庭背景又没资本！凭什么跟道玄斯在一起？”

关翼被林文费了好大的力气才压住，似乎只要林文控制不住，关翼就会像野兽一般扑上去！

他的脸气涨成了紫红色，脖子上的青筋暴露，双眸怒视着安默隐身后默默哭泣的莓铛。

“林文，先带下去。”安默隐看见关翼的情绪非常激动，他望了一眼林文，冷冷地命令道。

“是，少爷。”林文毕恭毕敬地鞠躬回应，随后扶好关翼，“关先生，这边请。”

关翼瞪了莓铛一眼，气愤地离去。

安默隐转过身，将哭得一塌糊涂的莓铛紧抱在怀里，坐在椅子上的亚子美有些不自然地挪了挪姿势，随后目光注视着手术室。

“别哭。”安默隐轻轻拍了拍她的后背，温柔地安慰道。

莓铛难过地点点头，可眼泪还是止不住地流淌着，双唇紧紧抿住，不让自己哭出声音。

“别管他，关翼一直以来都把道玄斯视为摇钱树，除了钱，没有其他多余的爱好。”安默隐阐述道，修长的手掌心插入她的发丝间，将她扣进自己怀里。他微微弯下腰，优美的薄唇凑在她耳边轻声说：“莓铛，你还有我。”

她轻轻地闭上双眸，脑海中一片空白。

道玄斯经过四个小时的抢救，生命已经没有了危险，可他还是处于昏迷状态，幸好莓铛那个时候及时打电话，幸好安默隐带了医生及时止住了血。

莓铛细心地照顾着道玄斯，一天到晚都没有停过，看着道玄斯没有血丝的脸，莓铛的心都快要碎掉了，她轻轻握着他的手，即便现在他的手掌冰冷，却依然有着莓铛眷恋的触摸感。

亚子美捧着一大束花走了进来，放在床柜上。关翼也来看过道玄斯，情绪稍微收敛了些，担心吵到道玄斯修养身子，可关翼的目光却跟昨天没有什么区别，瞪着消瘦的莓铛，恨不得将她吞噬！

安默隐一刻也没有离开莓铛身边，拼命逼她吃饭，可她却没有胃口，也不想吃，道玄斯一直昏迷，没有停过打点滴的药瓶，让她哭了一次又一次。

“莓铛，你出来，老子跟你谈谈！”晚上九点，安默隐被父亲叫了回去，可安默隐一直不放心，特地派几名保镖暗中保护莓铛。亚子美也回家休息，只剩关翼、道玄斯和莓铛在病房内。

关翼冷冷地命令道。

莓铛虽然害怕他，可还是选择跟他走了出去。

那一瞬间，一大堆沉重的钞票砸在她身上，发出巨大的“砰——”声，她削弱的身躯根本承受不住这样突如其来的撞击，跟随倒在地上！

“这是一百万！拿着这些恶心的钱！滚！离开道玄斯！”关翼气势汹汹

地拿出小毛巾擦了擦自己的手，随后扔在莓铛面前，视她如垃圾，甚至是粪土。

莓铛沉默，她的额头有轻微的红肿。

“明天早上我会将道玄斯带回M国，在M国，他的父母会照顾他，也会有更加优良的医疗设备，在你出现的这种场合，真是见你一次倒霉一次！”关翼居高临下地俯视着疲惫不堪的人，冷漠地说道。

“喜欢道玄斯的人多了去了，相信在M国，他父母也会尽快处理他的婚事，比赛也会持续参加，所以，拿着这些钱，滚出我们的世界！你和道玄斯的爱情就此结束！”

“谢谢你……”莓铛很认真地听进心里，她流着眼泪抬起头，莞尔一笑，声音沙哑，却有着独特的好听。

关翼怔了怔：“什么？”

“我想……我会祝福道玄斯……我觉得你说得都对，他是我害的，如果没有道玄斯，两年前，我早就不在这个世界上了……”莓铛扭过头，看了看道玄斯的病房，淡淡地阐释。

“这个世界上和我一样喜欢道玄斯的有很多，我……我会知道怎么做的，这些钱我不要……谢谢你。”她轻轻地绽开笑容，声音细如丝。

那一晚的夜色很美，美得让人窒息，莓铛依然守护在道玄斯身边，默默地哭泣，默默地牵着他的手。

她的心凌乱如麻，各种崩溃的思绪正不断地绞缢着她，关翼的话一直拂在她的耳畔，如同一条条毒蛇般滑入她的耳朵，啃咬着她的脏腑。

她的心好痛，好痛，好痛……

痛到无法呼吸，痛到用手拼命垂击着心脏去发泄，她无声地落泪，无声地哭泣，视线模糊地望着昏迷不醒的道玄斯，宛如沉睡中的王子。

Part 2

“道玄斯……求你一定要好好恢复哦……在M国要听爸爸妈妈的话……好好比赛，好好生活……不……不要想起我……我是个烂人……”

莓铛哽咽地轻声说道，她的泪水像一串串断了线的珍珠不停地滑落下来，绝望地闭上眼眸，她哭得一塌糊涂。

被她握住的大手轻轻地动了下，俊美苍白的脸庞颇有反应，他好像感觉到了，感觉到了自己最深爱的人在哭泣……

道玄斯想要睁开眼睛，却又感觉这一切都只不过是一场梦，让他分辨不清真实与梦境。

她哭干了泪水，缓缓地站起身，想要离开却被一只大手扣住，将她拽了回来。“为什么突然要说这种话？”

他的声音沙哑低沉，却不失男人的魅惑。他凝望着神情复杂的莓铛，看着她哭肿的眼睛，他的心绞痛着。

“你醒了……”莓铛破涕为笑，开始转移话题，淡淡地笑道。

“谁欺负你了……告诉我……”道玄斯一眼就看见莓铛额头上的红肿，瞬间愤怒地想要站起身，可身体却被麻药弄得酥麻，他想要尝试，身体刚刚挪了一点却又瘫倒在床上！

“你不要激动……没有人欺负我……”莓铛连忙将他扶着躺好，重新盖好被子，随后解释道。

“真的？”道玄斯蹙眉。

“嗯……”莓铛不置可否地点点头。

“我现在身体动不了，你能自己凑上来吗？”道玄斯相信了她的话，凝视着她渐渐泛红的小脸，淡淡地询问道。

莓铛好奇地望向他。

“过来，抱我。”道玄斯索性就躺在床上不动了，等着莓铛主动投入怀抱。

这句话钻入莓铛身体的每一处，她的血液都在逆流着，心“扑通扑通”地跳着，随后她才开口解释：“不要……你还在康复……”

道玄斯笑了笑：“我想抱你……”

莓铛别扭地摸索着，最后还是躺在他怀里。

道玄斯使出了全身的力气，手才有了丝丝反应，他下意识地将被子一扯，盖在她身上，随后紧紧地搂着她。

“睡吧……我知道你累了……”道玄斯吻着她的发丝，低声道。

莓铛靠在他怀里，感受着他身上熟悉的气息，让她留念不已，她忍住眼泪不让它掉下来，随后缓缓地闭上眼睛，轻轻拥着道玄斯入睡。

这几天，她真的是累坏了，什么都没吃，现在的她面容憔悴，道玄斯醒来的时候，她既高兴又伤心，带着矛盾的思绪渐渐地入睡。

道玄斯见莓铛没有了动作，他低下头，发现她很快就睡着了，左手无名指上那蔷薇的钻戒熠熠生辉，原来她一直戴着。

优美的唇线轻轻抿成一条线，他吻了吻她的额头。

“晚安……”

晨曦徐徐地走来，空中升起一绸绸的白雾，如同丝绸般扯不断挥不断，天空浮现出瑰丽至极的朝霞，初升的太阳从大海的边际缓缓地升起。

湛蓝的海水被阳光照耀得金灿灿的，波光闪闪，凌晨的时候，少女默默地走进海洋……

她带着遗憾，带着绝望，带着对生前幸福的，迈开步伐的时候其实也有着千万的不舍。

莓铛没有想太多，直直走到了海洋深处，海水毫不留情地将她完全吞噬掉……

道玄斯感觉到怀里没有了温度，他忐忑不安地半睡半醒着，点滴再一次被人加入了麻醉剂。

“……对不起……道玄斯……”朦朦胧胧中，道玄斯听得见这似梦似幻的女音，随后听见病房门关上的声音。

他的头开始摇晃，修长的手轻轻地颤抖着，难受得如同一根根细细的针扎进他的心扉！

“莓铛……莓铛……不要走……不要离开我……莓铛……”道玄斯缓缓地睁开眼睛，发现怀里的人早已经离去。

似乎想到了什么，他猛地慌了，他急了，使出全身的力气将手上的针拔掉，随后匆匆忙忙地下了床。

“砰——”身体受到了麻醉剂的影响，他有气无力地从地上迅速地爬了起来，身体依靠着周围的东西支撑着，他扶着墙走了出去。

脑海中、眼里全部都是莓铛哭泣的样子，即便自己的伤口再怎么痛，莓铛不在身边，他就好像感觉自己失去了什么一样！

各种不安的情绪涌进他的脑海中，他焦急地快速走了出来，可就在他艰难地冲过去的瞬间，就见亚子美泪流满面地跑了过来。

“道玄斯……我……呜呜呜……我……”亚子美连忙扶住道玄斯，话都还没有说完，她禁不住泪崩了起来，似乎哭了好久。

“滚开！我要见莓铛！”道玄斯根本没有心思听她说话，霸道地推开亚子美，随后恍恍惚惚地继续向前走去。

“莓铛她……莓铛她……莓铛她死了……”

那一瞬间，道玄斯的身体骤然僵硬在原地，暗黄色的晶眸黯然，心如刀割般疼痛，她的声音铿锵有力，准确无误地钻进他的耳朵，寻找莓铛的意念如同美丽的泡沫般瞬间破碎！

他眼前一片漆黑，脑海一片空白……

海岸线上，若隐若现的白线正缓缓地逼近，蓦然间，大海变得可怕起来，潮水越来越靠近，声音如同雷音般震撼人心，好似有几架大炮在莓铛的耳边隆隆作响！

莓铛从昏迷中醒来，发现高庄早已不在身边，而自己在草丛内躺着，被一件刻有“安氏”图腾的徽章外套包裹着，身体的剧烈刺痛感随着她的清醒起伏着，她后知后觉地明白了过来，指尖狠狠地掐入泥土中……

泪水顺着眼角滴落至草中，她感觉自己痛不欲生，伤心地闭上眼睛，抬起已经没有丝毫力气的手擦了擦眼泪，她的脸都被泪水浸湿了，一次又一次，干枯疼痛。

可这些痛远远不及她的心痛，她想起高庄，她觉得好恨啊……

Part 3

海边的白线越来越汹涌，海潮如同勇猛的千万匹野马般冲锋疾驰而来！顷刻间，海浪叠着一层又一层掀起巨大的浪花，无情地将前面的浪花吞噬，无情地将海滩渐渐淹没！

潮水被冲刷着，后浪推前浪，狠狠地击打着礁石，浪花触碰礁石的时候瞬间飞溅开来，如同银白色的钻石被粉碎般，随后接而不断地继续袭击着，疯狂地猛烈攻击，如同海兽般令人胆怯。

天色渐渐翻起了鱼肚白，渐渐离去的月光将最后的一丝光芒辉映在她的衣衫上，“安氏”图腾在光芒的照耀中熠熠生辉，可莓铛却没有发现，其实她早被安默隐的手下救了出来。

她觉得自己被高庄侮辱了。她觉得自己一生已经没有脸见任何人了。

她哭干了眼泪也无法冲刷自己内心的绞痛，脸上浮现难过的青筋，她无助地仰望着渐渐变得昼白的天穹，一次次的记忆让她狠狠地跌入地狱，她爬了无数次，却无数次跌入，好累……

直至她哭干了泪水，缓缓地站起身，如同木偶人般艰难地挪动着步伐，她光着脚丫，面向波涛汹涌的海水走去。

那一刻，她不带有任何想法，那一刻，她绝望到巅峰，那一刻，她想要结束自己，成全所有人。

浩瀚无垠的海浪翻滚着，浪花有几十米高，随后如同疯狂的野兽般将前浪吞噬！那疯狂的海水令人战栗，可对莓铛来说，那里却是归宿！

雷鸣般的海声如同千军万马席地而来，它们如同魔鬼般猖狂，如同猛兽般冲锋陷阵，气势磅礴！

“莓小姐！莓小姐回来！”

“莓小姐！莓小姐！涨潮了不能过去！”

在公路边发现了瘦弱的身躯渐渐被海水淹没，安默隐的保镖们吓得连忙从公路上跳了下来，火速地向海边跑去！

“呼叫 NRS–005！呼叫 NRS–005！呼叫 NRS–005！请迅速进行海上搜寻！请迅速进行海上搜寻！莓小姐被海水冲走了！请迅速救人！”

“NRS–005 收到！但是得等到潮水退了才能近海搜捕！”

“为什么？必须现在！必须！”保镖急了，连忙对着耳机大吼。

“现在是涨潮，对直升飞机有很大的电波影响，保不准我们也会掉入海里！必须等潮水退了才能进行任务！”

保镖凝望着莓铛被潮水吞噬，下一秒，莓铛便不见人影，披在她身上的“安氏”图腾外套被海水越卷越远，抵达了深水区，直至更远更远……

“所有安氏保镖准备！请迅速在半分钟内进入深海区救人！请迅速在半分钟内进入深水区救人！”

“这里是 NRS-097！海面上有巨大旋涡！海面上有巨大旋涡！请撤离！请迅速撤离！”

“莓小姐是安少爷喜欢的人！不管是龙卷风还是旋涡！请迅速赶往深海区救人！这是——命令！”

“ASS-889 接到信号，正靠近深水区，请所有人安全撤离！”忽然几架机身刻着“道”氏的华丽图腾的直升机从另一边火速开来，驾驶员认真地拿起对讲机，带着西方腔淡淡地说道。

驾驶员放下对讲机，操控着整架直升飞机，他衣袖上的“道”氏图腾在昏暗的环境下闪着异样的金色光芒，图腾里的龙熠熠生辉，活灵活现。

他淡淡地看着海面上不大不小的几个龙卷风，看着海面上巨大的旋涡，看着周围刮起的大风下着大雨。

莓锴的记忆凌乱，她被海水冲刷进肚，陷入了危险区，凝望着自己在海底上下浮动着，她的呼吸困难，头痛欲裂，可眼角却禁不住流下眼泪……

“砰！”车子与车子碰撞的声音。

“谁啊？一个出租车司机开车还这么跋扈！不要命啊？”

路上的车都因道玄斯这横冲直撞的架势而不得不停下来。他蹙紧眉头，眼里心里脑海里全是莓锴的笑容，顾不上所有人对他的偏见，他疯狂地摁着喇叭键，踩紧油门，把出租车当作跑车用，出租车如同一把飞疾的火箭，疯狂地在公路上穿梭着！

想到亚子美那张哭得稀里哗啦的脸，想到亚子美从来都不会对他撒谎，他开始半信半疑，他开始暴躁！

来到大海的公路上，就见安默隐静静地坐在车内，手里轻轻地摩擦着被分肢的洋娃娃，他的思绪非常凌乱，不敢相信他的手下人下海寻找了几个小时了，却依然找不到莓锴……

他轻轻地抬起眸，望见道玄斯霸气地停下车，不顾一切地往大海跑去。

“他疯了吗？他身上的伤还不能下海。”安默隐淡淡地对着站在门外静候的林文说道。

林文微微俯下身：“少爷，要不要去阻止他？”

他侧过脸，声音轻柔：“去吧……”

下一秒，道玄斯准备跳入大海，便被其他人拦住，而那群人长着一副标

准的西方脸孔。

“道少爷，我们已经帮你下海寻人了，安默隐少爷也在派人搜寻莓铛小姐，现在没有一点点线索，您身体还在恢复，不适下海！”

他扭过头凝视着阻止他的西方保镖，脸色渐渐深沉，随后他猛地推开这名保镖，却被另一名西方保镖阻挠。

“道少爷，莓铛小姐已确认死亡，请节哀……”

“道少爷，我们是老爷派来接您回M国的，请随关总与我们一并回国！”

Part 4

“滚！你们只是找不到莓铛而已！只有我才找得到莓铛！只有我！我要见莓铛！她还活着你们眼瞎吗？”

他疯狂地嘶吼着，如同被关在深渊里的恶魔般，那双咄咄逼人的暗黄色晶眸冷冷地直视着几名西方保镖！

“道少爷！莓铛小姐真的……真的……少爷别冲动！我们会再继续搜寻的！”西方保镖企图忽悠。

“我不信！我不信！”

他冷漠地转过身，想要奔向大海，可很快就被他们死死地箍住，直至西方保镖非常无情地将道玄斯的手用手铐铐住，任由他暴躁地咆哮嘶吼着，任由他肆意地想要挣扎着，直到见到道玄斯胸口的伤正慢慢地裂开，他们才停了下来。

“少爷！您现在身体不能下海！莓铛小姐不会游泳！不会游泳的人在海里挣扎几分钟就那个了！莓铛小姐被潮水冲进深水区！很有可能都被……”

西方保镖连忙阐释道，在道玄斯没有来之前，安默隐和道氏保镖都在全力搜寻莓铛，可除了那件安氏图腾的外套，再也没有其他足迹！

道玄斯愤怒地一拳冲了上去，将西方保镖打倒在地上！

“胡说！她一定还活着！我要找到她！”

“少爷，老爷那边已经吩咐我们，一定要你跟我们回M国，请少爷不要再为难我们！莓小姐我们会尽力去搜寻的！”西方保镖无奈地将道玄斯箍住，下一秒，他一拳将沮丧到崩溃的道玄斯打晕。

“少爷，对不起了。”

西方保镖冷漠地抬起头，与安氏保镖对视了一眼，似乎在做什么交接似的，他们将道玄斯扛走，扛起来的时候，西方保镖细细地打量着道玄斯的脸，忽然发现他的眼角处残留着泪珠。

“对不起，少爷，以后还会有比莓铛小姐更好的人出现的，上帝会保佑你，会保佑莓小姐。”西方保镖有些心疼地将道玄斯扶进车内，随后一名保镖走了过来，对着安默隐鞠躬示好。

安默隐默默地摆了摆手，并没有看他，而是将手中分肢的洋娃娃递给西方保镖：“等道玄斯醒来，把这个给他吧，这是——莓铛生前最喜欢的洋娃娃。”

他的心脏仿佛快要停止跳动，他悲切得宛如万箭穿心，迷离的蓝色晶眸闪烁，拓映出洋娃娃即便刮花却依然微笑的小脸，如同莓铛。

“是，搜寻莓铛小姐的事情，多亏安少爷出手相助！”西方保镖接过洋娃娃，郑重地感谢道。

安默隐沉默，不再言语。

那一天，莱恩德学院莓铛的同班同学纷纷从 B 市赶来 A 市，协助安氏保镖搜寻莓铛的工作，他们充满愧疚，充满激情，为了帮助道玄斯，为了帮助莓铛。

“同学们！过去的事情就过去吧！今天开始，莓铛同学就是我们的一员！同学有难，大家一起分担！”

班长手里捏着那天道玄斯与莓铛送给同学们的公仔，他如同队长一般站在前面，郑重地对着大家宣布道。

“班长！我去礁石那边找，也许能找到！”一女同学举起手，随后大声说道。

班长点点头。

“班长！我去深水区！”一名男同学毫不犹豫地举起手。

“班长！我负责拿电波仪检测海水！”

“班长班长！我也帮忙！”

所有的同学争先恐后地想要帮助莓铛，这样盛大的举动感动了安氏的保镖们，感动了在潜艇的工作人员，他们非常仔细认真地搜寻着，一丝不露，下海的同学恨不得往下游得更深。

要找一个人，大海捞针，莓铛出事的时候正是涨潮的高峰期，根本不知道莓铛会被冲去哪里，深水区的四面八方，他们几乎盲目地找遍了，他们基本上把大海掀开了，那段时间，他们几乎没有离开过那片大海，渴望莓铛能够出现。

直至所有人都失望了，所有人都不再期待了。

他们开始懊悔，在莓铛生前的时候这样欺负莓铛，全都是夏美欣从中捣鬼，让他们所有人都失去了理智。

他们将一朵朵粉色的蔷薇花撒在海水上，蔷薇花飘落，点缀着鳞波闪闪的海，海水寂静得如同一面明亮的镜子，柔软得如同酥软的果冻，从游轮上俯视海洋，深邃的海底高深莫测，神秘得看不见深处的海底动物，他们沉重地呼吸着，凝望着蓝色的海水漂流着蔷薇花。

粉色的蔷薇花一簇簇地拥簇着，在黄昏的时候散发着金黄色的光芒，如同道玄厮的瞳孔色，如同流萤飞舞在蔷薇之上。

尾　声

半年后——Z 市大楼的屏幕上一直回放着半年前道玄嘶的故事。

那天的 M 国举行着全球奥数大赛，一向以冠军连胜的道玄嘶做出了荒谬的决定，这个决定震撼了全世界，让所有观众觉得既浪漫又感动！

视频上，男人颀长的身躯巍峨地屹立在舞台上，眼里不带任何感情。

他毫不犹豫地在答题屏幕上写了一个女孩的名字：莓铛。

他代表莓铛出席全球奥数比赛，并以莓铛的身份获得了全球的总冠军！

半年前，所有人都在祈祷道玄嘶能够找到莓铛；半年前，所有女性都在对莓铛这个女孩做出褒义或贬义的评价，随后开始怀疑莓铛这个人是不是……真的去世了。

莱恩德学院放寒假的时候，莓铛的同班同学们纷纷点上白色的蜡烛，默哀着莓铛的不幸，网上、电视上、报纸上到处都是有关道玄嘶的爱情故事的报导，可大家却不知道莓铛这个天使般的女孩到底长什么样子。

同学们从来都没有将莓铛的样子发布在网上，为了尊重已经过世的人，他们选择让这个消息压了下去。

Z 市市中心，少女一只手拎着几包中药，随后扶着老爷爷从药房内走出，看着老爷爷弯着腰步行，她都快哭出来了，连忙对着老爷爷抱怨：

“爷爷，为什么他们要这样做？太讨厌了！现在钱被抢光了，我们根本没有钱坐公交车回家！”

老爷爷笑着望向那洋娃娃般的少女，和蔼地安慰道：“见怪不怪了，咱还是不要太冲动比较好，他们人多势力大，你看，我这手里不还有些钱嘛，

等会儿够我们坐公交车回家！”

“爷爷！你现在身子怎么样？好些了吗？”她有些焦急地侧过身，左顾右望地检查着老爷爷的身子，老爷爷的背有些驼，脸上的肌肤都皱巴巴的，面目憔悴，她知道，老爷爷的身子一直都不好。

“好多了，自从爷爷有了小花之后，爷爷的病就好很多了！”老爷爷故作矍铄的模样，可他清楚，自己都快八十了，动作一天比一天迟钝，总不能老是这么拖着她。

少女笑了笑，声音如同天使般梦幻：“那我等你的病完全好了再去工作！”

“没事没事，爷爷能自己照顾自己。”老爷爷的嘴笑开了花。

“我在女仆店工作了差不多四个月，老板娘说今天就会给我把上个月的钱结了，今天我可以请爷爷吃好吃的、买贵的药！”

想到自己辛辛苦苦赚来的工资终于可以发放了，这些钱虽然买不起爷爷的昂贵药物，可能买得起中等价格的药，她就高兴地跳了起来，白皙的脸上泛起一抹红润，粉嫩的小唇嫣然地笑开。

老爷爷也跟着笑了笑，不做回应，她就这样继续扶着他，陪老爷爷有说有笑，已经有半年了。

老爷爷说，她是半年前被他救下来的，当时他正在海上，忽然掀起的海潮把他漂到了另一边，等他控制好船头想要挪转方向的时候，遇见了她。

从此两人相依为命。

虽然少女也很想知道自己的过去是什么样子，可是她已经想不起来了，不知道自己的姓名，不知道自己的来历，不知道自己身边曾经最重要的人。

老爷爷给她取了个名字，叫小花。

因为老爷爷救下她的那天，她身上有一股淡淡的蔷薇花香，老爷爷并不知道那是什么花，所以就叫她小花。

那段时间，路边的高楼大厦上的大屏幕播放着那时 A 市的海上漂浮着的蔷薇花，老爷爷看见了，才知道那群人正在寻找小花，他们都认为小花死了。

那个时候的老爷爷多想帮助小花找到她的家人，可是小花心地善良，加上他年纪大了，还被一堆病魔缠身，一直想要送小花回 A 市的决心偶然间变成了他的梦想。

老爷爷抬起头，凝视着大屏幕上的回放，看着年轻的男人以自己最心爱的人名义夺得冠军，老爷爷伸出手指，再一次询问小花：

“小花，你认识这个人吗？”

小花看了看屏幕上的英俊男人，眼睛眨巴了一下，随后笑眯眯地对老爷爷回应：“爷爷你是不是开始健忘了？那个是道玄斯，我怎么会认识世界学霸呢？你这是第十次问我了！我倒是认识道玄斯，可是道玄斯认识我吗？”

老爷爷听了乐呵呵，一颗年老的心终于放下了，他握紧小花的手：“我以为，这个叫道玄斯的年轻人寻找的人是你，也许是我想多了。”

小花温柔地笑了笑，如同绽放的玫瑰，如同盛开的蔷薇：“想多了想多了！道玄斯失去心爱的人那天，只是恰好跟爷爷救我的时间一致而已，我怎么可能会是道玄斯最心爱的人呢？”

老爷爷沉默，随后淡淡地说道：“可是小花，你长得真像天使。”

“真的吗？”小花有些难以置信地抚摸着自己的小脸，嫣然一笑，好似在逗老爷爷开心。

“嗯，而且，声音也很独特，爷爷要是年轻人，也一定会爱上你的。”

“嗯，那我就嫁给爷爷！”小花甜滋滋地回应。

“我老伴儿在天上也一定会看见的，咱小花长大了！半年前救你的时候，你可是不爱说话呢！”老爷爷回想起半年前，内心竟然有些感慨。

小花笑了笑，挽着老人走上了公交车。

凝望着两人离去的身影，高庄在车内非常震惊，两人穿着平凡，甚至有些落魄，可少女那精致的洋娃娃脸，那吹弹可破的肌肤，他还是完完全全能够认识的。

他来Z市出差，在等红灯的时候居然看见了熟悉的身影。

“长得也太像小铃铛了吧？”

后座的男人半眯起眼睛，将车窗拉了下来，看着小花的侧脸，长卷的睫毛下一双清澈见底的晶眸，粉嫩的唇瓣一张一合着，蓬松的刘海以及那被扎起的长卷发，完全符合莓铛的标准。

高庄更加沉思默起来，半年前他主动寻找警方交代了事情都是夏美欣安排的，警察也就没追究他，那天凌晨，他找了莓铛，莓铛从医院离开了道玄

厮，可就在他开到高速公路的时候，她忽然从天桥上一跃而下，后来他才知道莓铛跳海自尽了。

可眼前那熟悉的身影，却活生生地站在他面前，他邪魅一笑，对着司机冷冷地说：“调查一下前面那个少女和老人。”

“好的，高总。”